ROBERTA POLIDORI
PERNELL & GLORIA POLIDOR
OSCAR POLIDORI
STELLA POLIDORI

A mamma

Anja Fislage

i FANTASMI di Villa Polidori

Illustrazioni di
Verena Wugeditsch

EDICART

Osa andare all'avventura!
È piena di pericoli e di buio e di colori,
e vale ogni secondo!

Consiglio della dottoressa Stella
in caso di indecisione

Prologo

Appena oltre il cartello di uscita per la piccola stazione climatica di Tildrum, sulla punta di un promontorio troneggiava il Polidorium. Grande e magnifico, ma anche un po' storto. Alle sue spalle luccicava il mare verdeazzurro. L'edificio si ergeva solitario alla fine di una strada accidentata; le case vicine si stringevano l'una all'altra a qualche centinaio di metri di distanza, come se avessero paura di quel cupo esemplare della loro specie.

Si vedeva che la casa aveva già passato il suo massimo splendore: le spesse mura di mattoni oltre la recinzione di ossa di capodoglio segnata dalle intemperie si stavano sgretolando, sul tetto c'erano visibili buchi, e la natura del giardino incolto si era già riappropriata di una parte considerevole della casa.

Quello che non si vedeva era che il Polidorium sapeva difendersi. Al suo interno si era annidata un'oscurità potente, che proteggeva le mura in rovina e tutto ciò che contenevano.

Se ne stava là, mentre la natura selvaggia gli rodeva le mura. Se ne stava là, mentre i tre fratelli arrancavano verso l'edificio carichi di borse e valigie.

L'oscurità sembrò prendere un respiro e fare una pausa.

Come se aspettasse proprio i tre fratelli Polidori.

Parte 1

Benvenuti al Polidorium

Capitolo 1

La Stanza della torre

Petronella Polidori era infastidita dal formicolio di eccitazione che le correva lungo la schiena. No, la casa non le sarebbe piaciuta! Al massimo le sarebbe stata indifferente. Ne aveva il fermo proposito. Ora, però, quella pelle d'oca le stava mandando all'aria i piani. Che cosa inopportuna! Poco prima avrebbe potuto esplodere dalla rabbia, dalla tristezza e dallo sfinimento.

«Credete davvero che qui ci abiti qualcuno?» esclamò Roberta ridendo. Voleva suonare sprezzante, ma Petronella conosceva a sufficienza la sorella maggiore per cogliere il tremolio di gioia nella sua voce. «È una di quelle case. Tipico! Avete presente, no? Scommetto che da qualche parte tengono uno scheletro nella vasca da bagno. State a vedere!»

Petronella alzò lo sguardo alle mura in rovina. I rampicanti selvatici invadevano metà della facciata e si erano già impadroniti di alcune finestre. Che cosa poteva nascondersi là dietro? Ogni parte di quella casa sembrava dirle: *stammi lontano! Sono pericolosa!* Al solo pensiero, Petronella avvertì una specie di...eccitazione. Molto sconcertante.

«Abbandonati nelle steppe desolate della Frisia Orientale... dagli scout!» esclamò Roberta entusiasta. «Se non è questo l'inizio di una storia da far rizzare i capelli!»

Si aggiustò il cappello piumato e fece un passo avanti a gambe rigide. Al contrario di Petronella e Pellegrino, alla divisa da scout aveva preferito un completo scozzese composto da una camicetta formale, una gonna al polpaccio e tacchi a spillo. Al momento era nella sua fase da anziana signora distinta. Ne facevano parte anche i vari cappelli che andava alternando (da qui le tante cappelliere con cui aveva caricato Petronella e Pellegrino; alla sua età, sosteneva, non le era più consentito trasportare certi pesi. Se lo si chiedeva a Petronella, quelle fasi mettevano alla prova i nervi di tutta la famiglia. Ma a Petronella nessuno lo chiedeva).

«I piedi e la schiena mi fanno male. Il sole mi scotta la pelle» dichiarò Pellegrino con il tono di uno scienziato che riassume i risultati delle sue ricerche. «Inoltre, ho una gran fame e... oh! Che cosa abbiamo qui?» Colto da un fervore improvviso, lasciò cadere nella polvere cappelliera, valigia e zaino e si precipitò alla recinzione segnata dalle intemperie per esaminarla a fondo con la sua piccola lente d'ingrandimento. «*Physeter macrocephalus*! Senza ombra di dubbio».

Petronella sospirò, ma solo interiormente. La predilezione di Pellegrino per le scienze naturali e i termini in latino era sempre un po' fuori luogo, ma specialmente qui e ora, pensava. Anche a lei piacevano gli animali, ma quelli vivi (avere un animale domestico tutto suo era sempre stato il suo più grande desiderio, o se non altro il secondo più grande), mentre a Pellegrino interessavano più che altro le parti che li componevano e le relative definizioni. Chiunque costruisca una recinzione di ossa di animali attorno a casa sua non può essere una brava persona, pensò lei, nel debole tentativo di contrastare quella sua inappropriata eccitazione. In ogni caso, se lo tenne per sé. Mettersi a discutere con Pellegrino non aveva senso. E poi, era troppo esausta per quei dettagli marginali.

Da quella mattina i suoi pensieri si incentravano su quest'unica frase, che le aveva scatenato una tempesta selvaggia nella testa e ora continuava a risuonare come un'eco:

> ...siamo spiacenti di informarvi che la *Vento di bufera* non invia alcun segnale da sette giorni e le operazioni di ricerca sono state finora infruttuose...

La frase proveniva da una lettera della Società per l'esplorazione degli abissi marini che, quella mattina, il poco amichevole capo scout dei Piccoli Stambecchi aveva letto loro con voce monocorde. Dopodiché, aveva accompagnato di persona i fratelli al treno, con una faccia da funerale li aveva salutati usando il segnale segreto dei Piccoli Stambecchi, e con sollievo si era dileguato.

Questa era stata la brusca fine del soggiorno al campo scout sulle Alpi dove avevano trascorso le vacanze estive, poiché i loro genitori erano partiti per un viaggio scientifico nel sud dell'Atlantico. Questo fatto in realtà non era per niente insolito, perché entrambi studiavano le profondità marine. Tuttavia, fino ad allora erano stati un ricercatore e una ricercatrice che preferivano stare seduti alla scrivania piuttosto che fare immersioni. Almeno, così era stato per il padre, mentre la madre l'aveva sempre esortato a prendere finalmente parte a una vera spedizione. Questa volta, era riuscita a convincerlo. E ora, era successo quello che lui aveva sempre temuto: il dottor Oscar e la dottoressa Stella Polidori erano dati per dispersi nell'Atlantico.

Già. Quella poteva essere non solo la fine delle vacanze estive, ma anche la fine della vita che avevano vissuto fino a quel momento. Con quei pensieri in testa, Petronella avvertì le lacrime bruciare dietro le palpebre. Buttò indietro la testa e alzò gli occhi verso la piccola torre sul tetto pieno di buchi. Le finestre della torre sembravano ricambiare lo sguardo con aria di sfida. Stranamente, quella vista le fece dimenticare le lacrime.

Dopo quel viaggio in treno di dieci ore verso nord, durante il quale avevano perso per due volte la coincidenza, il sole era ormai piuttosto basso nel cielo e disegnava lunghe ombre dietro di loro sul viottolo di conchiglie a pezzi. Conduceva a una porta d'ingresso d'ebano e ottone che incuteva un certo timore.

Roberta suonò il campanello e fece un cenno con la testa prima a Petronella e poi a Pellegrino. Stava a significare: ricomponetevi, zucconi (una delle parole preferite di Roberta), e Petronella constatò di nuovo che, a dire il vero, non aveva per niente paura. No, continuava a sentire quel formicolio inopportuno correrle su e giù per la spina dorsale.

Risuonò un potente, maestoso rintocco di campana. Appena un secondo dopo, la pesante porta si aprì e un'anziana signora distinta (per davvero, a differenza di Roberta) si presentò davanti a loro indossando una veste da camera dorata. Petronella conosceva sua nonna solo dalle poche fotografie di un album ingiallito, nelle quali era decisamente più giovane. Ora era anziana; e sempre bella, constatò Petronella con stupore. Nonostante il bastone da passeggio bianco dorato su cui la nonna si appoggiava, o forse proprio per quello, era particolarmente elegante, in una maniera strana e antiquata. I suoi occhi si intravedevano appena dietro i grandi occhiali oscurati. La bocca aveva un aspetto severo, ma ecco che si stirò in un sorriso molto ampio, in cui i denti tra le lucide labbra rosate brillavano come perle perfettamente allineate.

Petronella si tirò subito il labbro superiore sugli incisivi e abbassò lo sguardo a terra. E nel mentre si arrabbiò con se stessa, per l'ennesima volta. Di sicuro sembrava una stupida, e tanto non riusciva comunque a nascondere i denti sporgenti (al numero tre sulla lista dei suoi desideri più grandi, anche se i suoi genitori erano sempre stati irremovibili. «Io ho vissuto tutta la vita con i denti sporgenti» era solita dire la dottoressa Stella «e non sono mai stata svantaggiata in alcun modo, mai!», che a Petronella pareva una bugia bella e buona. Le si formò un nodo in gola, ora, ripensando alla voce di sua madre).

«PERNELL!» chiamò la nonna a gran voce, senza distogliere lo sguardo dai tre, e Petronella in un primo momento credette che li stesse salutando in una lingua straniera. La nonna invece si riferiva al nonno, che era rimasto da qualche parte nelle profondità della casa. «Guarda, i passerotti sono arrivati!»

Rivolse a turno un sorriso a Petronella, a Pellegrino e a Roberta con i suoi denti di perla. Poi, tutto d'un tratto il suo volto si fece serio. Trasse un profondo respiro e fissò lo sguardo oltre i tre, in lontananza. Esitante, Petronella si girò e cercò di capire che cosa o chi la turbasse così tanto. Quando scoprì che non c'era niente e nessuno, rivolse un'occhiata perplessa a Roberta e Pellegrino. La nonna aveva appena avuto un infarto? Che fosse malata?

Ora la nonna si portò entrambe le mani al cuore e finalmente espirò, emettendo un suono tra un grugnito e un sospiro. «Come mi fa piacere vedere voi tre! Pernell, vieni, sono arrivati!»

La testa del nonno emerse dall'oscurità, lui si mise alto e dritto accanto alla nonna, le poggiò una mano sulla spalla e si schiarì la gola. «Nipoti miei. Siete arrivati puntuali per il tè». La sua voce era profonda e calma. «Entrate dentro».

«Si dice *entrate*, Pernell» lo corresse la nonna. «Oppure *venite* dentro. Non entrate dentro. È sbagliato, capito?»

Roberta ridacchiò e si beccò un'occhiata severa della nonna.

«Non si ride delle disgrazie altrui» sentenziò, ed entrò con dignità in casa, l'orlo della veste da camera dorata che sfiorava il pavimento come uno strascico. Spalancò le braccia e tuonò: «Benvenuti! Il momento è arrivato. Urrà! I Polidori sono di nuovo insieme».

Non tutti, pensò Petronella, ma non disse niente.

«Decisamente bizzarra, tutta questa storia» sussurrò Roberta agli altri due, con un sorriso raggiante come il sole.

Petronella sospirò, ma molto lievemente. "Decisamente bizzarra" lo era già la sua famiglia. I nonni non sembrava facessero eccezione.

Vide i nonni scambiarsi occhiate eloquenti mentre tutti loro venivano inghiottiti dal buio freddo dell'ingresso. C'era un odore di legno umido, polvere, gigli e qualcosa di sconosciuto, e la porta d'ingresso non fece in tempo a chiudersi dietro di loro che già Petronella non riuscì più a immaginare che fuori ci fossero ventotto gradi.

Pel, pensa al piano B, avrebbe voluto dire con gli occhi a Pellegrino (con nessun altro poteva parlare con gli occhi, era una cosa da gemelli). L'idea del piano B era venuta a Roberta: se non si fossero trovati bene dai nonni, uno di loro, preferibilmente Roberta, avrebbe dovuto telefonare ai Piccoli Stambecchi camuffando la voce, e dire che si trattava di un'emergenza e che dovevano venirli a prendere il prima possibile.

Ma gli occhi di Petronella in quel momento erano troppo impegnati per parlare. Per quanto dall'esterno la casa con quelle mura storte sembrasse così cupa e squallida, all'interno era allegra e colorata! Era stipata da cima a fondo di ogni genere di oggetti bizzarri. Da una vetrinetta, per esempio, una gru impagliata con le ali spiegate la fissava con i suoi occhi morti. Accanto a una colorata raccolta di gusci di molluschi c'erano navi in bottiglie di varie dimensioni e barattoli con animali marini conservati.

Fantastico, pensò Petronella ignorando il cuore che le martellava nel petto. *A quanto pare c'è qualcuno che ha la tua stessa passione per gli animali morti, Pel.*

Alle pareti color verde oceano erano appesi vari dipinti, tutti quanti con lo stesso, unico soggetto: il mare.

Petronella si sentiva ancora più piccola del solito tra quelle pareti alte e i lunghi corridoi con innumerevoli porte chiuse. Quella casa ne aveva almeno un centinaio, o se non altro così le sembrava.

«Passerotti, per prima cosa vi facciamo vedere le vostre stanze».

Il cuore di Petronella ebbe di nuovo un sussulto. Un altro desiderio che era sempre rimasto irrealizzato: una stanza tutta per lei! Da non credere.

Anche il suo quarto più grande desiderio era dunque a portata di mano. Da che riuscisse a ricordare, si era sempre immaginata la sensazione magnifica e adulta che avrebbe provato in un giorno lontano, quando finalmente non avrebbe più dovuto condividere la stanza con Pellegrino (non che non gli volesse bene. Infatti si sentiva in colpa a desiderare qualcosa del genere. Il fatto era che la sua raccolta di reperti e le enciclopedie che scriveva avevano di recente occupato molto spazio nella camera che condividevano... non c'era dunque da stupirsi se Petronella non aveva un hobby tutto suo). Ed ecco che quel giorno, all'improvviso, era arrivato. Così!

No, non semplicemente così. L'eco della frase fatale della lettera della Società per l'esplorazione degli abissi marini risuonò più forte nella sua testa.

«Possiamo scegliere noi la stanza?» chiese senza fiato.

«Ma no» esclamò la nonna agitando la mano in modo sprezzante, come se fosse la domanda più sciocca al mondo, per poi aggiungere con voce vellutata dopo qualche secondo: «Pernell vi mostrerà le camere. A te, passerottino, abbiamo assegnato la Stanza della torre».

Anche Roberta e Pellegrino erano i "passerotti" della nonna e sarebbe stata assegnata loro una stanza ciascuno, al che Roberta incrociò le braccia e comunicò che non era il passerotto di nessuno e che la stanza, semmai, l'avrebbe scelta da sola, sì, dopo un'attenta valutazione, perché una camera sarebbe stata un'importante fonte d'ispirazione per una scrittrice, e una nonna qualunque che non aveva mai visto in vita sua non poteva certo pensare di darle una stanza qualsiasi. E se questo le avesse impedito di sfondare?

Nonostante ciò, le fu assegnata la Stanza Rosa Madreperla.

La definizione *Stanza della torre* aveva un che di magico per Petronella. La sua non era una stanza qualsiasi tra le tante, era la *Stanza della torre*! Con il cuore che le batteva forte, seguì il nonno su per una scala a chiocciola di pietra e rimase senza parole sulla soglia. La stanza era circolare. Il nonno entrò a grandi passi nella camera e aprì una delle cinque finestre che davano tutte sul mare verdeazzurro. Subito, portate dal vento, entrarono le grida dei gabbiani e una brezza salmastra.

«Oh» mormorò Petronella.

Si guardò intorno, sopraffatta. La camera ai suoi occhi era gigantesca. Alle pareti blu oceano erano appesi disegni scientifici di pesci e uccelli che non aveva mai visto prima, e un vecchio planisfero. Tuttavia, il suo sguardo fu catturato dalla massiccia scrivania che stava nel bel mezzo della stanza. Aveva un cassetto con una serratura! Non poteva credere di avere tanta fortuna (una scrivania con un cassetto che si potesse chiudere a chiave era il suo quinto più grande desiderio).

Che meraviglia, magnifico, fantastico! esultò Petronella.

Divenne chiaro che aveva esultato soltanto nella sua testa, perché il nonno si schiarì la gola e sussurrò n tono cospiratorio: «Se non ti piace, magari possiamo... Anche se alla nonna non sta molto bene che le sue decisioni vengano, come dire...»

«No!» lo interruppe Petronella, ancora più forte, e poi aggiunse, abbassando la voce: «Mi piace». Il nonno le sorrise. Le ricordava un airone cenerino per come se ne stava in piedi lì, dritto e magro, con gli abiti scuri e con i capelli grigioneri pettinati con cura all'indietro. Le piaceva, constatò.

«Questa stanza una volta era di tuo padre, sai».

A Petronella si scaldò il cuore. Cercò di immaginarsi il dottor Oscar da bambino, che qui, nella sua camera, sognava di diventare un giorno un famoso e stimato ricercatore delle profondità marine.

Non funzionò.

Anche perché il dottor Oscar non le aveva mai raccontato molto della sua infanzia. Se si parlava di Strombidi o di pesci ago, poteva andare avanti per ore a farle lezione. Ma su di sé non diceva praticamente neanche una parola. Non era la prima volta che questo la faceva arrabbiare.

«Com'era il dottor Oscar? Da piccolo, intendo» chiese Petronella.

«Mm?» Il nonno parve riemergere dal profondo dei suoi pensieri, lo sguardo perso nel planisfero appeso alla parete. Si riscosse e domandò: «Come, scusa?»

«Com'era il dottor Oscar... papà! Da piccolo!»

Avevano preso l'abitudine di chiamare i loro genitori "dottor Oscar" e "dottoressa Stella", e non mamma e papà come fa la maggior parte dei bambini. Ma sicuramente questo il nonno non lo sapeva. A ben vedere, che cos'è che sapeva il nonno di loro?

«Ah, Oscar. Ah, lo sai».

«No, proprio non lo so! Appunto per questo te lo chiedo, nonno».

Poi si udì risuonare dal piano di sotto, a un volume assordante: «Passerotti, è ora!»

«Aaah, il tè è pronto» disse il nonno con impazienza, e sembrò quasi sollevato di non dover più parlare di suo figlio. A quanto pareva, il dottor Oscar non era il solo a cui non piaceva molto parlare di sé.

«Io preferirei una Coca Cola, però» disse Roberta.

Petronella, Roberta e Pellegrino sedevano stretti stretti

sul divano sfondato color rosso corallo della Sala del camino, mentre i nonni troneggiavano sulle loro poltrone. In questa stanza, una carta da parati con un motivo verde, blu e dorato adornava le pareti. Un tempo aveva di certo avuto un aspetto molto nobile, ma ora in molti punti si stava scollando. Un'ampia vetrata offriva una vista sul giardino incolto.

«Bapbapbap» fece la nonna, lasciando cadere tintinnando tre pezzi di zucchero candito in ciascuna delle tazze di porcellana rosa perla, per poi versarvi il tè nero con un getto esageratamente lungo. «Sono le cinque, e alle cinque si beve il tè. Ora, per favore, togliti quella mostruosità di cappello, Roberta!»

Il nonno passò il bricco della panna.

«Ferma!» esclamò lui quando Petronella prese il cucchiaio. «Non mescolare!»

Petronella si bloccò sul bordo del divano, osservando i nonni che con grande cura versavano la panna nel tè.

«Guarda, Gloria, che bella nuvoletta che hai».

«Sì, Pernell, oggi le nostre nuvolette sono diventate davvero molto belle».

Roberta guardò Petronella, sorrise e con la mano mimò i movimenti di un tergicristallo.

«Qualcuno desidera un waffel?» si levò una voce morbida alle loro spalle.

Solo ora Petronella notò il ragazzo pallido e smunto vicino al camino. Dall'aspetto, non sembrava molto più grande di Roberta, ma c'era qualcosa in lui che lo faceva sembrare fuori dal tempo. Forse era l'espressione seria degli occhi, che apparivano in qualche modo troppo grandi per il suo viso dalle guance incavate, o le bretelle vecchio stile che portava

sopra la camicia. Tra le mani teneva un vassoio con una pila di waffle fragranti, un bricco di panna montata e una ciotola di porcellana colma di more scure e lucenti.

«Hein, amico mio» disse il nonno. «Non era davvero necessario».

«Oh sì, invece» disse Hein sorridendo. «Vedo qui tre persone reduci da un lungo viaggio, che hanno un disperato bisogno di waffel da mangiare con il tè».

Petronella si rese conto di quanta fame effettivamente avesse. Durante tutto il viaggio in treno, non aveva messo sotto i denti neanche un boccone, nonostante il poco amichevole capo del campo avesse dato loro diversi pacchetti di biscotti scout asciutti come la sabbia. La frase, la terribile frase della lettera, aveva continuato a coprire come una nuvola di tempesta tutte le altre emozioni.

«Questi waffel sono veramente paradisiaci!» disse Roberta con la bocca piena mentre caricava il cucchiaio di una bella dose di panna montata.

Era vero. Probabilmente erano i migliori waffel che Petronella avesse mai mangiato. Hein, tuttavia, era sparito via inosservato così come era arrivato.

«Hein è il vostro, ehm, maggiordomo?» chiese Petronella, sentendosi stupida per la domanda. Nessuno aveva più un maggiordomo, nemmeno persone all'antica come i suoi nonni.

«Hein è il mio assistente» disse il nonno schiarendosi la gola. «Non so nemmeno come sia successo, ma ormai si è reso indispensabile in tutta la casa. È un po' l'anima buona della casa».

Petronella si chiese se anche Hein non volesse una tazza di tè e un waffel, ma aveva la sensazione che ulteriori domande fossero inopportune.

«Passerotti miei» aggiunse la nonna senza alzare lo sguardo dal tè. Fissò la sua tazza così a lungo che Petronella credette che si fosse pietrificata. Ma poi la nonna sollevò lo sguardo e lo diresse verso il camino spento. «Anche se l'occasione è grave, Pernell e io non potremmo essere più felici di avervi finalmente con noi. La famiglia,» disse, alzando gli occhi verso la parete sopra la mensola del camino, dove erano appese foto e dipinti di varie persone, e poi, guardando negli occhi i nipoti uno per uno, «ne siamo convinti, la famiglia è la cosa più importante nella vita. Vogliamo mostrarvi che cosa significa far parte della famiglia Polidori. Ora siete a casa».

Pellegrino alzò la mano come se fosse a scuola.

«Aspetta, per favore, passerotto». La nonna bevve un sorso di tè, portando la delicata porcellana alla bocca come al rallentatore e posandola di nuovo prima di continuare: «Noi Polidori siamo il genere di persone che... Bene, allora, che cosa c'è? Così non si può andare avanti a parlare» rimproverò di scatto Pellegrino, che nel frattempo aveva cominciato a schioccare le dita in aria.

«Domanda» disse Pellegrino. «Quella vecchia signora in camera mia, anche lei fa parte della famiglia?»

La nonna, che stava facendo tintinnare lo zucchero candito nella sua tazza, si fermò e lanciò al nonno una lunga occhiata. Sarebbe dovuto sembrare un gesto casuale, ma se c'era una cosa che la nonna non amava era comportarsi in modo da non dare nell'occhio, Petronella lo aveva già constatato. La nonna raddrizzò la schiena e tornò alla sua cerimonia del tè. «Passerotto, non c'è nessuna vecchia signora in questa casa». Fece una risata artificiosa.

«Non è neanche una *vera* donna vecchia. Non credo che

appartenga alla specie *Homo sapiens*». Pellegrino si spinse gli occhiali sul naso con l'indice. Scivolavano sempre giù perché erano molto pesanti per via delle lenti spesse. «Non fraintendetemi. Ipotizzo che si tratti di un *Homunculus*. Non ci metto la mano sul fuoco, ma il sospetto che mi è sorto spontaneo è stato che fosse un'allucinazione ottica. Avendo lei anche detto qualcosa, sarebbe allo stesso tempo anche acustica...»

«Mi sbaglio» lo interruppe il nonno con la sua profonda voce da basso «o questo ragazzo è dotato di una fantasia florida?»

«Si dice *fantasia fervida*, Pernell. Per inciso, lo penso anch'io».

«Ma no» ribatté Pellegrino. «Io di fantasia praticamente non ne ho».

«Proprio così» annuì Roberta. «Quella con tanta fantasia sono io».

Petronella cercò di catturare lo sguardo di Pellegrino. Era vero: era preparatissimo in fatto di scienze naturali, ma era quasi impossibile che si fosse inventato da solo quell'incontro evidentemente molto singolare nella sua stanza.

Sul serio, Nelli, l'ho vista, le disse con gli occhi. Rieccolo di nuovo, quel formicolio.

Ti credo, Pel, rispose Petronella allo stesso modo.

«Dov'ero rimasta?» La nonna si strizzò il ponte nasale tra il pollice e l'indice e chiuse gli occhi per poi alzare un dito con un ampio movimento del braccio. «La famiglia Polidori...»

«Quello che vogliamo dire» la interruppe il nonno. Unì le lunghe dita a formare una tenda, scrutando i fratelli oltre il tetto. «È che vi siamo vicini in questo momento difficile».

Mentre la nonna lentamente, quasi con riluttanza, faceva

scendere l'indice, Petronella abbassò imbarazzata lo sguardo e tacque. Voleva chiedere se i nonni sapessero qualcosa di più rispetto al capo scout dei Piccoli Stambecchi, qualcosa di più di quello che c'era scritto nella lettera, ma le parole non riuscivano ad attraversarle le labbra. Le succedeva spesso: nei momenti importanti rimaneva muta, e poi le parole le esplodevano fuori quando era del tutto inopportuno. Che rabbia che le dava!

«Ci sono notizie dalla nave?» chiese Roberta al posto suo.

Impastò tra le dita il cappello da signora, che aveva già perso qualche piuma. Quasi con un po' di sorpresa, Petronella notò un luccichio negli occhi di Roberta. Naturale, in fin dei conti, non era altro che una ragazza di quattordici anni preoccupata per i suoi genitori (cosa a cui Petronella

stentava a credere, perché, per quanto ne sapeva, la sorella maggiore non aveva mai avuto paura di niente).

«Mi dispiace, miei cari» disse il nonno. «Ancora nessun segno di vita dalla *Vento di bufera*».

«È come se l'Atlantico l'avesse inghiottita» esclamò la nonna con voce drammaticamente strozzata, al che il nonno le poggiò una mano sulla sua per placarla.

«Questo significa che... la nave è affondata?» domandò Roberta.

Non piangere! Non piangere! pensò Petronella.

Il nonno sorrise, mesto. «Non sappiamo ancora nulla. È dura, ma dobbiamo attendere. Però faremo tutto il possibile per alleggerirvi questo momento difficile. Non è vero, Gloria?»

«Domanda» si agganciò Pellegrino, e solo Petronella notò che il labbro inferiore gli tremava un po' mentre si precipitava a continuare: «Ipoteticamente parlando, qual è la probabilità che la nave dei nostri genitori sia affondata, ma si sia depositata, per esempio, sul dorso di un Physeter macrocephalus, che poi li ha trasportati al lembo di terra più vicino? In percentuale? Cinque? O dieci?» La sua voce era aumentata di volume mentre parlava, tanto che l'ultima frase la pronunciò gridando: «Insomma, i capodogli sono animali relativamente intelligenti!»

«Pel, è una completa idiozia» disse secca Roberta.

In quel momento un urlo stridente squarciò l'aria.

Capitolo 2

Il cassetto della scrivania con la serratura

Tutte le teste si voltarono verso la nonna, che all'improvviso stava in piedi al centro della stanza con un lungo oggetto in mano. Petronella aveva già visto qualcosa di simile in un disegno su un libro... Com'è che si chiamava? Per fortuna, la nonna non puntava l'estremità a forma di freccia contro il resto della famiglia Polidori, bensì verso la finestra.

«Mmmmoooh» ansimò per poi sparire dalla Sala del camino, con sorprendente agilità, considerati l'arma e il bastone.

«Mia cara, per favore, metti giù l'arpione!» Il nonno le corse dietro.

Un arpione, pensò Petronella con orrore. È con quello che si uccidono le balene!

I fratelli seguirono i nonni attraverso il corridoio fino a una biblioteca con scaffali alti un metro pieni di vecchi libri impolverati e un insolito tappeto decorato con una mappa del mondo.

La nonna stava in piedi sopra la Groenlandia e puntava con il lungo braccio teso verso il giardino.

«State indietro!» mormorò agli altri. «Sono tornati!»

Quando Petronella seguì con gli occhi la direzione della punta della freccia, vide di chi si trattava. Una grande portafinestra aperta dava sul giardino incantato. L'aria salmastra della sera portava con sé, unito al rombo lontano del mare, un insieme di suoni non umani... un fruscio e un mormorio.

«Wow» sussurrò, sopraffatta.

Stavano ai piedi di una scala di pietra ricoperta di muschio: animali. Petronella stentava a credere ai suoi occhi, perché nella sua vita sempre in grande città non si era mai trovata così vicina ad animali palesemente selvatici, tanto da riuscirne a sentire l'odore della pelliccia. Vide un cervo, diversi conigli, due volpi e... erano delle lumache, quelle là nell'erba? L'aria era pervasa da brusii e ronzii di insetti vari e tra i rami di un enorme tiglio riconobbe uno stormo di uccelli neri.

In un batter d'occhio, i Polidori, in particolare la nonna con l'arpione, e la moltitudine di animali si trovarono faccia a faccia.

«Ma, nonna, perché vuoi uccidere queste dolci bestiole? Non ci faranno niente!" Petronella ruppe l'incantesimo. Sentì un'ondata di indignazione che le montava dentro.

«Ah! Questo lo credi solo tu, passerotto». La nonna sbuffò senza abbassare l'arpione.

«Non permetterò che la natura selvaggia prenda il sopravvento e finisca per distruggere casa nostra. Non finché vivrò!»

Al suono della sua voce, un gracchiare si levò dal tiglio, al che lo stormo di uccelli si levò e, con un «Cra! Cra!» a più voci, si alzò nel cielo della sera. Per l'intera moltitudine di animali, quello sembrò essere il segnale di disperdersi. Mentre Petronella si precipitava fuori per seguirli con lo sguardo, un uccello disegnò un altro cerchio sopra il giardino. Petronella ebbe la sensazione che la stesse fissando dritta negli occhi, come se la riconoscesse. Un brivido le corse lungo la schiena.

«Gloria, mannaggia a te!» Il nonno si accigliò preoccupato. «Perché continui a tirare fuori quel vecchio arnese? Pensa alla tua gamba!»

«Che cos'è successo?» chiese Roberta.

«Davvero insolito» osservò Pellegrino meravigliato «un raggruppamento di specie così diverse. Forse una sorta di simbiosi?»

Il cuore di Petronella batteva forte. «Vengono spesso qui?»

«Un giorno li acciufferò». La voce della nonna era grave e ferma, ma lei era appoggiata al bastone con un'espressione sofferente.

«La gamba sta bene, mia cara?» chiese il nonno con il suo tono basso e dolce.

«Neanche un po'» disse la nonna ridendo.

Da qualche parte, nel profondo della casa, un orologio stava battendo le ore.

Il nonno stiracchiò la schiena e apparve ancora più alto e dritto di prima. «Ti dispiace, mia cara? Lo rimetto al suo posto» disse con enfasi alla nonna e le tolse l'arpione di mano.

Mentre Petronella si affacciava sul corridoio, lo vide aprire una porta dipinta di nero e scendere una rampa di scale dietro di essa. La porta aveva un pomello dorato a forma di conchiglia... di nautilus, Petronella lo sapeva.

«Che cos'è questa porta, nonna?» chiese.

«Questa porta, passerotti miei, è sempre chiusa a chiave». La nonna riprese con fatica a camminare e zoppicò con grazia fuori dalla biblioteca. «Conduce in cantina. E in cantina...» Petronella dovette incespicarle dietro per riuscire a cogliere il resto della frase, perché la nonna era ormai scomparsa di nuovo nella Sala del camino. «...si trova l'impresa».

«L'impresa? Che impresa?» domandò.

«Infatti, che impresa?» si udì risuonare dall'ingresso. Roberta e Pellegrino le avevano seguite (che peccato. Petronella avrebbe voluto passare più tempo da sola con la nonna. Ecco di nuovo quella sensazione familiare di essere invisibile).

«L'impresa di pompe funebri che noi Polidori gestiamo qui da generazioni». La nonna si lasciò scivolare sulla poltrona e batté il palmo della mano sul bracciolo. «Ma che cosa diavolo vi hanno raccontato i vostri genitori?»

«Be', il dottor Oscar e la dottoressa Stella hanno approfondito con noi soprattutto le interrelazioni della biologia marina» rispose Pellegrino. «Sapevano tutto, t-u-t-t-o! Non hai mai visto il loro programma in televisione, nonna? *Mondi sommersi* con il dottore e la dottoressa Polidori?

«Sì, sì. Oscar, Stella e il mare». La nonna sorrise.

Poi il suo volto si fece serio, e con voce scura, diversa, disse: «Sapete, in questa casa ci sono alcune cose da tenere a mente». Fece un maestoso movimento della mano, al quale i presenti si dovettero riunire attorno alla poltrona. «In questa casa ci sono alcune porte che per voi rimarranno chiuse. Tra queste ci sono la porta della cantina e la porta del Salotto Verdemare. Riconoscerete le porte proibite dal nautilus. Ricordate: non potete entrare in queste stanze senza che noi vi accompagniamo».

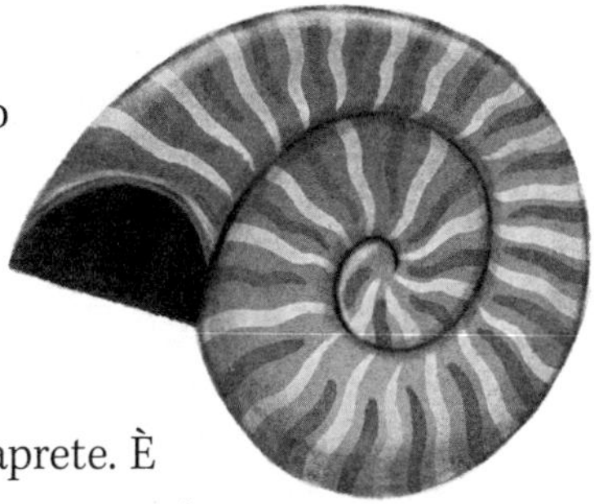

«Si tratta del genere *Nautilus* o *Allonautilus*?» si precipitò a chiedere Pellegrino, riprendendo il tono da professore: «Sono caratterizzati entrambi dalla conchiglia a forma di guscio di chiocciola, come forse saprete. È questo che li distingue dai *Coleoidea*, ovvero i calamari comuni...»

Roberta gemette e Petronella gli lanciò un'occhiata fulminea. *Pel, non ora!*

Si morse il labbro inferiore per la tensione. Aveva intuito che la casa nascondeva un segreto!

«Perché non possiamo entrare? È perché siamo piccoli?» Roberta sporse il mento con indignazione. «I gemelli, forse. Ma io ho praticamente quindici anni, non lo sai?»

Petronella le scoccò un'occhiataccia. A volte Roberta sapeva essere davvero cattiva.

«Inoltre, ci sono alcune altre regole da rispettare» proseguì la nonna, imperturbabile. «Quando arriva l'ora di andare a letto, rimanete nelle vostre stanze. Non alzatevi e non girate per casa». «E se dobbiamo andare in bagno?» chiese Roberta.

«Be', ci sono i vasi da notte» disse la nonna.

«Bleah!» Roberta sbuffò. «Non siamo più nel Medioevo!»

«Non è l'ideale» ammise la nonna, ma subito accantonò ogni dubbio con un gesto ampio. «Dobbiamo ancora pensare a una soluzione migliore. Dopotutto, queste circostanze sono inaspettate tanto per voi quanto per noi».

«E hai intenzione di dirci perché non ci è permesso girare per casa di notte?» insisté Roberta in tono un po' seccato.

Petronella trattenne il fiato.

Ma la nonna esitò. «Ve lo spiegheremo più avanti. Che altro c'è di importante da dirvi?» Ci rifletté. «Giusto. Come avrete notato, non tolleriamo che entrino animali in casa nostra».

«Animali vivi» disse Pellegrino. «Probabilmente intendi animali vivi. Perché in questa casa ho già avvistato numerosi animali morti, per esempio la *Grus grus* imbalsamata in corridoio o il *Vampyroteuthis infernalis* e il *Nautilus pompilius*. Sono morti, ma pur sempre animali».

«Hai ragione, passerotto. In effetti, sto parlando di animali vivi. È diverso».

«Nemmeno... i pesci?» chiese Petronella, pensando all'acquario di acqua salata nel loro appartamento a Monaco. Quelli erano gli unici animali domestici che il dottor Oscar e la dottoressa Stella avevano concesso ai ragazzi, e prima di partire avevano donato anche quelli allo zoo.

«Niente pesci, niente gatti, niente uccelli, niente di niente» disse la nonna, e il suo tono di voce cambiava così rapidamente tra l'assoluta fermezza e una spensierata morbidezza che Petronella riusciva a malapena a tenere il passo. «Il Polidorium ha le sue regole. Ma se le si rispetta, non c'è alcun problema. Capito?»

«Capito» arrivò sparata la risposta di Pellegrino.

«Il Polidorium?» chiese Roberta.

«È così che chiamiamo il vecchio rudere". Adesso la voce della nonna suonava quasi tenera. «Ora anche voi fate parte del Polidorium. Finalmente!»

Quando Petronella si chiuse alle spalle la porta della Stanza della torre, quella sera, udiva uno sciabordio nelle orecchie, e non era il mare. Stanca morta, si tolse i vestiti e si infilò il pigiama. Il letto della nuova stanza non era un letto normale, ma era incassato nel muro come una cuccetta. Si infilò sotto le coperte e accese la piccola lampada a pinza. C'era anche una tenda che poteva chiudere per sentirsi come in una grotta. Completamente nascosta e al sicuro da tutti i pericoli dentro e fuori da quelle mura.

Che il dottor Oscar si sentisse sempre così quando se ne stava sdraiato qui? Che quella cuccetta fosse stata costruita apposta per lui?

Intrecciò le braccia dietro la testa e cercò di non pensare al dottor Oscar e alla dottoressa Stella dispersi nell'Atlantico. Perché quando lo faceva, era come se un fiume d'acqua nera e ghiacciata le si infrangesse sul corpo, trascinando via tutti i suoi sentimenti finché non restavano solo il freddo e il buio. Era molto faticoso impiegare tutte le proprie forze per riuscire a non pensare a nulla. Le lacrime, che per quell'intera, lunga giornata aveva trattenuto dietro le palpebre, si spinsero fuori e le scorsero in rivoli caldi a destra e a sinistra lungo le tempie e sul cuscino. Riusciva a percepire la fredda oscurità che stava in agguato dietro le lacrime come una grande entità sconosciuta.

«Se proprio devi pensare, almeno pensa a qualcosa di buono» disse a voce alta e un po' fragile nel silenzio della cuccetta. La dottoressa Stella glielo aveva detto spesso quando, mordicchiandosi il labbro inferiore, si ritrovava a rimuginare. "Qualcosa di buono" era che aveva una stanza tutta sua (in una torre!) e il letto più comodo su cui si fosse mai sdraiata. La cuccetta era la seconda caratteristica migliore della camera, subito dopo il cassetto della scrivania con la serratura...

Di colpo le lacrime si asciugarono e l'oscurità ritrasse i

suoi tentacoli. Il cassetto! Petronella saltò giù dal letto e, con il cuore che le batteva all'impazzata, si inginocchiò ai piedini a zampa di leone di quel mostro di scrivania che se ne stava lì e sembrava la stesse pazientemente aspettando. Aveva la sensazione infallibile che in quel cassetto si nascondesse qualcosa di molto interessante.

Ma purtroppo il cassetto con la serratura era... chiuso a chiave. Petronella diede uno sguardo alla stanza circolare della torre, perlustrando con gli occhi il soffitto a volta, le pareti blu e il pavimento polveroso. Dove si poteva nascondere lì la chiave di un cassetto segreto? A parte qualche batuffolo di polvere, non riuscì a individuare nulla, nessuno scomparto segreto, nessuna fessura sospetta.

Petronella chiuse gli occhi e pensò al dottor Oscar. Era un uomo timido e tranquillo, dalla voce sommessa, che non sapeva mai dove tenere le mani quando parlava. Sicuramente era stato così timido e tranquillo anche da bambino. Petronella deglutì. Sì, si assomigliavano molto.

Lei dove avrebbe nascosto la chiave?

Si alzò in piedi e si infilò di nuovo nella cuccetta, fece scivolare la mano sotto il materasso e tastò il bordo. Il cuore le sobbalzò nel petto. E infatti! Sentì qualcosa di liscio, a forma di anello: la testa di una piccola chiave dorata che probabilmente aspettava lì da molti anni e che ora lei aveva tirato fuori. Trattenne il respiro mentre la infilava nella toppa del cassetto della scrivania. Entrò.

Con un leggero scatto, il cassetto si aprì per rivelare il contenuto segreto: una conchiglia di una chiocciola marina decorata a motivi, che era stata trasformata con un bocchino dorato in una specie di corno, un calamaio vuoto e un quaderno per gli appunti sulla cui etichetta qualcuno aveva cancellato qualcosa scrivendovi poi sopra, con una calligrafia infantile:

Sotto di essa, questa persona aveva disegnato la forma di un guscio di chiocciola.

Con il cuore che batteva forte, Petronella aprì il quaderno. Conteneva disegni e appunti. Al di sopra dello scheletro di un uccello, meticolosamente contrassegnato da termini tecnici, c'era scritto, per esempio:

Gavina

Larus Canus

Il quaderno assomigliava a una delle "enciclopedie" che Pellegrino redigeva con grande zelo fin da quando aveva imparato a scrivere. Vi annotava tutto ciò che gli sembrava importante, ed evidentemente il dottor Oscar da bambino aveva fatto lo stesso.

Petronella avvertì di nuovo la familiare fitta nel petto. Sì, erano tutti d'accordo che Pellegrino un giorno avrebbe seguito le orme del dottor

SPIRAMENTUM
POLIDORIUM

Oscar e della dottoressa Stella, mentre Roberta progettava una carriera da scrittrice. E lei? Che cosa avrebbe fatto, un giorno?

Seguivano altre pagine di accurati disegni e attente osservazioni di uccelli marini, pesci, molluschi e chiocciole.

Poi, però, senza preavviso, il contenuto cambiava e anche la calligrafia infantile appariva diversa. Petronella quasi fece cadere il quaderno. Dalla carta della pagina a righe la fissava un orribile ghigno dai piccoli occhi neri. Quello che il dottor Oscar aveva disegnato qui con precisi e sottili tratti di matita la fece sussultare dai brividi: quel ceffo era incorniciato da un groviglio selvaggio di capelli ispidi che arrivava fino al retro delle ginocchia della figura. Questa aveva denti storti e aguzzi, e un corpo massiccio con braccia lunghe e forti, gambe dotate di piedi da gigante infilati in pesanti scarpe nere. Ma la cosa davvero sconvolgente era che il dottor Oscar aveva disegnato questa persona, o meglio questo mostro, tre volte.

La «Fig. 1» lo raffigurava con un'anatomia simile a quella umana.

La «Fig. 2» illustrava le braccia, le gambe e parte della parte inferiore del corpo che venivano sostituite da qualcos'altro: topi!

La «Fig. 3» era una montagna di una miriade di topi ammassati l'uno sull'altro.

Nella parte superiore della pagina, il titolo recitava:

MUSGRET

Petronella guardò gli occhietti nero carbone, i tanti dentini aguzzi nel faccione di Musgret e la massa di topi in cui evidentemente, passo dopo passo, Musgret andava trasformandosi.

Sotto la terza illustrazione c'era scritto:

METAMORFOSI
COMPLETATA

Suo padre aveva corredato anche questo disegno di didascalie, come in un libro di biologia. C'erano frecce a indicare ogni parte del corpo possibile, accanto alle quali erano scritti termini come:

DENTI (DECISAMENTE MUS MUSCULUS!)
ARTIGLI (MUS MUSCULUS?)
TESTA (HOMO SAPIENS)
MANO (HOMO SAPIENS)

E così via. C'erano tanti altri termini, che Pellegrino si sarebbe sicuramente divertito a spiegare. Un'altra predilezione che il dottor Oscar, la dottoressa Stella e Pellegrino avevano sempre avuto in comune. E che dava alquanto fastidio. Ciò che condividevano, però, era anche una fervente fede nella scienza. E il contenuto di quel quaderno sarebbe potuto benissimo provenire dalla penna di Roberta. Perché lei aveva una fervida immaginazione (come dicevano sempre tutti, lei compresa). A Petronella tornò in mente l'anziana signora di cui voleva chiedere a Pellegrino, per avere informazioni più dettagliate.

Era davvero possibile che queste creature esistessero qui, nella realtà?

Difficile, pensò. *Probabilmente il dottor Oscar da bambino non era poi così privo di fantasia. Chi lo sa? Io no di certo.*

In fondo alla pagina c'era scritto:

Fenomeni concomitanti:
Fruscio, scalpiccio, passi

Petronella trasalì. Aveva sentito qualcosa? Ascoltò con un brivido. Non c'era mai silenzio in quella casa. Da chissà dove, lontano, su un altro piano, da una delle tante stanze, le giunse all'orecchio uno scricchiolio sordo, mentre da un'altra parte si udiva un mugolio... forse il vento? Poiché non riusciva ad attribuire un'origine a nessuno di quei rumori, decise di non dare loro ulteriore importanza e proseguì a sfogliare le pagine con le dita sudate.

Nella pagina successiva non c'era soltanto una figura spaventosa, bensì diverse. In alto era apposta la denominazione:

LUMINA

Sotto, il dottor Oscar aveva scritto:

(appaiono solo in sciame)

Nessuna delle creature raffigurate assomigliava a un'altra. Avevano tutte un aspetto così bizzarro che al confronto gli amati pesci abissali di Pellegrino sembravano dei peluche.

Petronella continuò a sfogliare le pagine con un brivido.

ZIA MORTA

recitava il titolo della pagina successiva...

«Che cosa stai facendo?»

Petronella si voltò di scatto.

Sprofondata nel quaderno, non aveva minimamente sentito Pellegrino entrare. Con i pensieri che gli disegnavano una ruga verticale in mezzo alle lenti degli occhiali, le si avvicinò alle sue spalle.

«Quella è...?» Si accovacciò accanto a Petronella e fissò la pagina del quaderno del dottor Oscar. «Nelli, dove l'hai preso?»

«Era qui, nella vecchia scrivania del dottor Oscar. Perché?»

«Perché quel disegno lì è identico alla vecchia in camera mia».

Le assi di legno nere scricchiolavano quasi a malincuore sotto i loro piedi nudi, come ad avvertire Petronella e Pellegrino che stavano commettendo un atto proibito. Sgusciarono attraverso il lungo corridoio, superando molte porte di stanze sconosciute. Non osando accendere le luci, avevano indossato le lampade frontali del campo scout.

In quella casa dall'arredamento che ricordava l'avventura, il loro equipaggiamento non stonava nemmeno, pensò Petronella.

Passarono davanti a un assortimento di oggetti molto diversi tra loro.

Disposti in maniera così stravagante, ricordavano a Petronella allo stesso tempo il museo di storia naturale che aveva visitato con la sua classe alle elementari e un negozio di souvenir in cui gli altri nonni l'avevano trascinata durante la sua prima e unica vacanza: clessidre in vari modelli si alternavano a teschi di uccelli e scheletri di animali. Pezzi di legno portati dal mare invasi da balani, un'enorme ancora arrugginita e altri relitti fungevano da superfici d'appoggio per barattoli e semenzai con stelle marine essiccate, ciottoli colorati, conchiglie e gusci di molluschi.

Petronella sussurrò: «Ora abbasso la maniglia. Ce l'hai il coltellino?» Non erano sicurissimi che un coltellino svizzero fosse adatto per difendersi dalla figura apparsa nella stanza di Pellegrino, ma non avevano avuto idee migliori. E oltretutto non avevano voluto immaginarsi l'incontro con la Zia Morta in termini tanto dettagliati.

«Io...» Pellegrino cominciò a rovistare nelle tasche dei pantaloni del pigiama. «...l'ho dimenticato di sopra, Nelli!»

Roberta a questo punto avrebbe detto: «Oh cavolo, Pel, zuccone! Sei veramente lo scout peggiore a cui il mondo abbia mai dato i natali. Presto correggerà l'errore, credi a me!» O qualcosa del genere. Pellegrino poi, irritato, avrebbe detto qualcosa sulla probabilità che il mondo avesse coscienza dei propri errori. Petronella si limitò ad alzare gli occhi al cielo nel buio e a fare un sospiro appena percettibile.

Un attimo dopo pensò davvero che fosse giunta la sua ultima ora. Invece era solo un grande orologio a pendolo in fondo al corridoio.

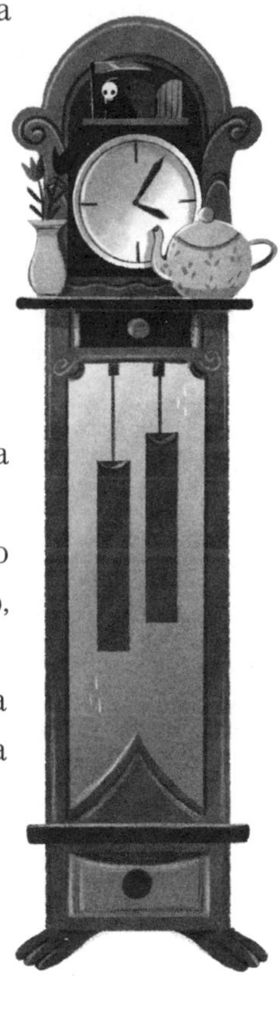

Petronella stentò a credere ai suoi occhi quando una porticina sopra il quadrante dell'orologio si aprì e ne uscì un piccolo scheletro che con sicurezza meccanica faceva oscillare la sua minuscola falce a ogni rintocco della pendola.

«Aiuto!» mormorò Petronella. «Che cos'è, la Pendola della morte?»

«Quest'orologio è sempre stato qui. È più vecchio perfino dei nonni. L'ho chiesto direttamente a loro, è ovvio».

Dall'ombra dell'orologio a pendolo, una figura dorata con un bastone da passeggio avanzò nella luce della luna che si riversava da una finestra sul pavimento di legno nero.

«Roberta! Quella è la veste da camera della

nonna? E il suo bastone da passeggio?»

«Li hai rubati? Roberta, ti conviene restituire tutto o i nonni ci butteranno fuori» piagnucolò Pellegrino. Sembrava davvero spaventato.

«Non lo faranno. Non hai ascoltato? Noi siamo una fa-mi-glia e la fa-mi-glia è la cosa più importante che ci sia nella vita...» Roberta fu piuttosto brava a imitare il tono drammatico della nonna.

«Che cosa ci fai qui nel bel mezzo della notte? La nonna ti ha detto che è vietato andare in giro di notte».

«Ah! Sono io a chiederlo a voi». Roberta li punzecchiò con il bastone da passeggio.

«È un'emergenza. Siamo sulle tracce di un fenomeno misterioso» spiegò Pellegrino. «Sai, l'allucinazione ottica nella mia stanza».

«Come, scusa?» Roberta incrociò le braccia sul petto. «Volevate uscire di notte a cercare fantasmi... senza di me? Che, tra tutte le persone di questa famiglia, probabilmente sono quella che ne sa di più di infestazioni!»

«Shh, ti prego» disse Petronella, perché Roberta stava alzando sempre di più la voce. «Te l'ho detto, è un'emergenza. Adesso apro la porta».

«Faccio io!» Roberta spinse da parte Petronella e mise la mano sulla maniglia per entrare nella stanza di Pellegrino. «Attenti! Siete pronti?» Si voltò e la luce della luna le illuminò il volto mentre, già fiutando guai, spalancava gli occhi. Probabilmente credeva che fosse tutto un gioco, dato che non sapeva nulla del quaderno.

Fissarono tutti e tre la porta, incantati.

Roberta abbassò la maniglia, e non osarono respirare

quando la porta si aprì. Ma non si sarebbero mai aspettati lo spettacolo che si ritrovarono davanti.

Un muro di mattoni.

Nient'altro.

«Ah» fece Roberta.

«Sei sicuro che sia la porta giusta, Pel?» gli chiese Petronella.

«Senza ombra di dubbio». Pellegrino annuì serio, aggrottando la fronte. Indicò un vaso contenente un pesce a forma di anguilla che si trovava in una vetrinetta in corridoio. «La porta accanto alla lampreda. Stavo ancora pensando che fosse una bella coincidenza, perché ho appena letto un articolo su *Immersioni & Letture* sul *Petromyzontiformes*, che sarebbe appunto la lampreda. A proposito, sapevate che il *Petromyzontiformes* è un fossile vivente? Proprio come quel *Nautilus pompilius* laggiù...»

«Pel, non è il momento di tenere una lezione di scienze». Petronella gli poggiò una mano sulla spalla. Non sempre serviva a qualcosa, ma talvolta riusciva a tirarlo fuori dal suo vortice di pensieri.

Roberta batté sul muro con il bastone della nonna.

«Wow. È una specie di porta segreta» mormorò «o meglio, l'opposto. È una specie di porta segreta al contrario!»

«Ma lì dentro ci sono tutte le mie cose!» Pellegrino sembrò comprendere solo adesso la gravità della situazione. Si fece largo di fianco a Petronella e iniziò a tastare freneticamente la parete, come se volesse trovare il pulsante segreto

che annullasse tutto quanto. «Le mie enciclopedie! L'edizione commentata dalla dottoressa Stella di *11.000 metri sotto la superficie del mare*! *Fondamenti di esplorazione abissale I + II*! Lì dentro c'è dentro TUTTO ciò che conta!»

«Colpa tua» disse Roberta senza pietà. Sembrava di nuovo la nonna. «Perché ti porti dietro quella roba dappertutto?»

(Era vero. Pellegrino non andava mai da nessuna parte senza tutti i suoi libri sul mare e la raccolta completa delle enciclopedie che aveva composto. Anche ai Piccoli Stambecchi non erano stati troppo entusiasti dell'ingombrante bagaglio di Pellegrino, per il quale aveva persino preteso una tenda solo per sé. Un buon motivo per cui non solo lui, ma tutti e tre erano stati lasciati in disparte fin dal primo giorno).

«Direi parecchio enigmatica, la faccenda» osservò Roberta. «Ora non c'è nulla che possiamo fare, qui. Devo riflettere, e voi mi disturbereste e basta. Perciò, via, a letto, passerotti».

Poi se ne andò zoppicando con il bastone della nonna, senza più voltarsi.

«Sembra proprio la nonna, quella vera» gemette Pellegrino.

«Credo che sia merito della veste da camera» ipotizzò Petronella. «Vieni, Pel, puoi dormire su da me».

All'improvviso, tutto il corpo di Petronella tornò a tendersi. Un odore penetrante le si insinuò nel naso, e dovette reprimere un attacco di tosse. *Che cos'è, Pel?*

Lo sento anch'io... Gli occhi di Pellegrino si spalancarono dietro le lenti degli occhiali, e girò la testa verso la parete dietro la porta, lentamente, come se temesse che le pietre fossero scomparse di nuovo e potessero svelare alla vista ciò da cui proveniva quel puzzo.

C'era un odore intenso di... polvere.

Petronella e Pellegrino si irrigidirono nello stesso momento. Da dietro il muro, nella stanza di Pellegrino, si udiva un sussurro. Sembrava stranamente vicino e allo stesso tempo lontanissimo, come se giungesse loro da un'altra epoca. La voce continuava a ripetere due parole. Petronella e Pellegrino si guardarono con occhi sgranati, comprendendo nello stesso momento quello che la voce stava sussurrando.

Erano i loro nomi.

Capitolo 3

Le Pareti Erranti

Petronella balzò in piedi perché un lungo e sottile tentacolo le si stava infilando nell'orecchio. Un attimo dopo si accorse di un sibilo familiare. Usciva dalla narice sinistra di Pellegrino quando espirava. Sospirò. Nell'orecchio non aveva un tentacolo, ma la stanghetta degli occhiali di Pellegrino, che erano scivolati sul cuscino.

I primi raggi di sole filtravano insieme a sporadiche grida dei gabbiani attraverso le tende che si agitavano dolcemente al vento. Petronella cercò di stiracchiarsi, al che Pellegrino russò forte e si girò verso il muro.

«Gli Argonauti non sono dotati di esoscheletro» mormorò, ma rimase immobile.

Petronella percepì il freddo della chiave del cassetto della scrivania nella tasca dei pantaloni del pigiama e si destò all'istante. Facendo attenzione a non svegliare Pellegrino, scivolò fuori dal letto e si avvicinò alla scrivania, dove fece scorrere il cassetto il più silenziosamente possibile.

Voleva rimanere sola con il quaderno del dottor Oscar. Anche se il contenuto era sinistro e inquietante: erano i pensieri e le osservazioni di suo padre quando era bambino (in un modo strano, la faceva sentire più vicina a lui di quanto non lo fosse mai stata in vita sua. Eppure il dottor Oscar e la dottoressa Stella non erano mai stati più lontani come ora. Al solo pensiero, Petronella sentì uno spasmo nella zona dello stomaco). Con il quaderno infilato nell'elastico dei pantaloni del pigiama, uscì dalla Stanza della torre.

La casa era immersa in un silenzio sonnolento. Petronella fu attratta dalla biblioteca. Aprì piano la porta a due ante e si sistemò sulle scale di pietra coperte di muschio. Ma mentre lasciava spaziare lo sguardo sul giardino invaso dalla vegetazione, fu colta dalla curiosità. Pensava agli animali. Che fossero ancora qui, nei paraggi? E se fossero davvero così pericolosi come sosteneva la nonna? Petronella stentava a crederci. Per la maggior parte, non erano nemmeno predatori. O forse i corvi sì?

L'erba umida sotto le piante dei piedi era piacevolmente fresca; tra i rami, ragnatele cosparse di gocce di rugiada scintillavano al sole del mattino. In contrasto con la quiete sonnolenta della casa, la natura era già in fermento: il cinguettio degli uccelli e il ronzio degli insetti riempivano di vita l'intero giardino. L'aria di mare si mescolava al profumo dei cespugli di gelsomino e le lasciava sulla lingua un sapore dolcesalato.

Petronella trasalì quando, fatti pochi passi, riconobbe nell'erba alta tra le rose selvatiche alcune figure immobili. Ma erano soltanto statue di pietra grigia mezze consumate, tutti angeli a cui mancavano vari arti. Uno aveva un'ala spezzata ed era riverso nell'erba, un altro aveva perso il braccio sinistro e un altro ancora tendeva inutilmente la mano in aria; la spada che un tempo impugnava con orgoglio giaceva ai suoi piedi e, lentamente ma inesorabilmente, stava venendo ricoperta dall'edera.

Dalle orbite vuote, squadrava Petronella con aria seccata, come a dirle: *Che cosa vuoi, piccola umana? Sparisci dal nostro giardino!*

Nonostante il tiepido sole del mattino, Petronella aveva i brividi. Decise di precipitarsi dall'altra parte dei cespugli di rose e sentì un dolore pungente in diversi punti quando rimase impigliata nelle spine a forma di uncino. Le avevano fatto un bello squarcio nella manica del pigiama. Ma non aveva tempo di occuparsene. Un ovale nero e liscio come uno specchio la fissava come l'occhio di un gigante. In mezzo alla natura selvaggia del giardino, si apriva un laghetto.

Che posto meraviglioso!, pensò.

Si avvicinò all'acqua e cercò di distinguere qualcosa sotto la superficie, un pesce o il fondale; ma non si vedeva assolutamente nulla. Anche qui c'era un odore dolce, ma non di gelsomino. Era lo stesso odore che aveva percepito ovunque nella casa e nel giardino dei nonni, a volte più intenso, a volte meno. Non sgradevole, ma sconosciuto. Qui non arrivava quasi alcun raggio di sole a scaldare l'ambiente; per essere una magnifica giornata di agosto, intorno al laghetto faceva insolitamente freddo. E c'era silenzio, notò Petronella, nessun uccello canterino sembrava avventurarsi tra quelle ombre.

Si sedette su un masso sulla riva del laghetto e tirò fuori il quaderno. Prima di immergersi nel mondo inquietante che si celava tra le sue pagine, fece un profondo respiro. I suoi occhi si soffermarono su un piccolo disegno sulla quarta di copertina, che non aveva mai notato prima. Accanto a esso, in caratteri microscopici, c'era scritto:

CORNO DI CONCHIGLIA: RACCOGLI-ANIME

Socchiuse gli occhi: sì, nel disegno aveva riconosciuto il motivo della conchiglia con il bocchino dorato nel cassetto della scrivania. Un raccogli-anime? Che cos'era? Avrebbe dato un'occhiata più da vicino al corno di conchiglia!

Aprì il quaderno e sfogliò le pagine fino alla Zia Morta.

Il disegno a matita ritraeva una donna molto anziana con un volto serio, pieno di rughe. Indossava una specie di casco coloniale e aveva gli occhi nascosti da un binocolo attraverso il quale sembrava osservare Petronella dall'interno del quaderno. Senza dubbio, il dottor Oscar fin da bambino era stato un ottimo disegnatore, quasi quanto la dottoressa Stella. A quanto pareva, aveva disegnato la Zia Morta con un'accuratezza tale che Pellegrino l'aveva riconosciuta all'istante. Se Petronella credeva alle parole del fratello (e in effetti era così, si fidava di lui più di chiunque altro), allora aveva davvero visto la Zia Morta. Ed entrambi avevano sentito quella bizzarra voce dietro il muro, che assomigliava a quella di una centenaria. Petronella rabbrividì. Non poteva essere una coincidenza. Significava forse che quella creatura (e tutte le altre creature del quaderno del dottor Oscar!) vivevano sotto il loro stesso tetto? Un'idea inconcepibile...

Una freccia indicava il centro della figura, accanto c'era scritto:

materia
trasparente

↙

In fondo alla pagina si era segnato un'annotazione simile a quella di Musgret:

Fenomeni concomitanti

Odore di polvere

Sussurri (non riesce a parlare a voce alta)

Mentre Petronella continuava a sfogliare le pagine, le cadde in grembo una cosa che era uscita dal quaderno. Era una vecchia fotografia in bianco e nero. Mostrava, sfocato, un uomo; a giudicare dall'abbigliamento, un marinaio d'altri tempi. Dall'aspetto, sembrava una persona normalissima; l'espressione sul suo volto, tuttavia, era spaventosa. Petronella non aveva mai visto nessuno dai lineamenti così ripugnanti. Non era particolarmente brutto, ma nei suoi occhi brillava un lampo come di una bestia in agguato e gli angoli della bocca erano contorti in un ghigno appena percettibile, che gli conferiva un'espressione scaltra, imprevedibile, sì, come... cercò l'espressione giusta... enigmatica. Quell'immagine la impauriva. Sul lato sinistro, la fotografia aveva i bordi sfilacciati. A quanto pareva, qualcuno ne aveva strappata metà. Si intravedeva il braccio di un'altra persona, ma oltre a quello niente di più. Petronella girò la foto; sul retro c'era un commento scritto a mano del dottor Oscar:

HODDER MORKEL
(MORTO?)

Petronella passò il polpastrello sul punto interrogativo dopo quella parola. Era angosciante. Se questo Hodder Morkel non era morto, significava che si aggirava ancora da qualche parte...

Trasalì udendo un gorgoglio e vide la superficie dell'acqua nera del laghetto incresparsi. Probabilmente un insetto, una foglia o un pesce? Si chinò sullo specchio d'acqua.

E fu allora che se ne accorse.

Perché non l'aveva notato prima? Quando guardò nell'acqua nera, vide... niente, assolutamente niente: nemmeno il suo riflesso!

Era molto strano!

All'improvviso avvertì una sensazione di nausea allo stomaco e sulla nuca, come se venisse osservata. Probabilmente era soltanto per via di quella lettura inquietante, ma Petronella desiderava solo andarsene. Con gesti frettolosi, rimise a posto la fotografia e richiuse il quaderno. E Hodder Morkel scomparve di nuovo tra le pagine.

Che infantile, pensò Petronella, ma si mise a correre lo stesso, impigliandosi ancora una volta tra le rose e per un pelo non andò a sbattere contro la creatura che le sbarrava la strada.

Era il cervo. Con occhi vellutati, la scrutava in silenzio socchiudendo le narici. Petronella non osava respirare.

Non è un predatore, si disse, ma questo non modificò il tremore che le attraversava il corpo.

Per quanto impossibile, aveva l'impressione che nello sguardo o nella postura dell'animale ci fosse un che di accusatorio. Ora notò anche un ronzio furioso sopra la sua testa. Era come se tutti gli insetti del giardino si fossero radunati in quel punto.

Pronti all'attacco, pensò, e ora iniziava davvero ad avere paura.

Barcollò all'indietro quando il cervo spostò un orecchio, e quasi inciampò nei suoi stessi piedi. Poi iniziò a correre, portandosi a una grande distanza dall'animale. Boccheggiò quando le sembrò di sentire quel ronzio furioso alle calcagna e si fermò solo quando raggiunse il tappeto con la mappa del mondo in biblioteca. Del tutto senza fiato, si chiuse la porta a due ante alle spalle e appoggiò la fronte al vetro fresco. Nella boscaglia là fuori non riusciva a distinguere né il cervo né il nugolo di insetti né nient'altro di insolito.

«Eccoti qua, mia cara».

Senza pensarci, volò tra le braccia del nonno, facendogli quasi perdere la presa.

«Eri in giardino?»

«Sì, nonno. Ho trovato questo strano laghetto nero e...»

«Ascolta». Il nonno poggiò una mano sulla spalla di Petronella e guardò verso la porta come se temesse di essere ascoltato. «È meglio che non ci andiate».

«Perché? E il laghetto? È pericoloso, in qualche modo?»

«Se gli stai lontana, no». Il nonno le accarezzò la schiena e la accompagnò fuori dalla biblioteca. «Io credo che, una volta, tutto il giardino fosse meraviglioso. La tua proproprozia vi aveva piantato ortensie dai colori splendenti. Ma oramai è tutto...». Esitò. «Qui con noi è tutto un po', come dire, diverso. Ma di sicuro te ne sarai accorta, non è vero?» Sorrise. Lo sguardo gli ricadde sul quaderno arrotolato che Petronella stringeva ancora in mano.

Come colta in flagrante, Petronella chiuse le dita intorno al taccuino. Si tirò il labbro superiore sugli incisivi e annuì.

«Dai, adesso vieni a fare colazione, mia cara. Hein è stato così gentile da prepararci del pane all'uva passa».

Petronella lo seguì e con discrezione fece di nuovo sparire il quaderno nell'elastico dei pantaloni. Decise che ciò che vi era scritto doveva restare segreto. Dopotutto, il dottor Oscar l'aveva tenuto nascosto nel cassetto chiuso a chiave di una scrivania per molti anni: un motivo doveva sicuramente esserci.

Insieme al pane all'uvetta, Hein aveva servito il tè con zucchero candito e panna, marmellata, miele e burro. Lui, però, era già scomparso di nuovo.

«Sarà l'aria buona del mare» osservò il nonno con un sorriso, mentre i fratelli si riempivano i piatti della colazione fino all'orlo. Sebbene a Petronella l'uva sultanina non fosse mai piaciuta, trovava il pane di Hein semplicemente squisito. Pellegrino si sedette accasciato davanti al suo piatto, masticando la crosta.

«Povero, povero passerotto, ho già saputo della tua disavventura» disse la nonna a Pellegrino. Portava di nuovo la veste da camera dorata, il che significava che Roberta l'aveva rimessa a posto senza farsi vedere. «La tua stanza è stata vittima di una Parete Errante. Non succedeva da molto tempo, davvero».

I fratelli smisero di masticare e alzarono lo sguardo.

«Non potete saperlo, naturalmente». Il nonno sorrise. «È un artificio architettonico che la vostra proproprozia Hortensia, nel 1834, ha voluto introdurre in tutta la casa».

«E perché mai?» chiese Pellegrino in tono accusatorio, e la ruga verticale tra le sopracciglia che dava al suo viso un'espressione sempre molto, molto concentrata si accentuò notevolmente.

«Perché era una donna intelligente» fu la misteriosa risposta del nonno.

Petronella e Pellegrino si scambiarono uno sguardo cospiratorio. C'era da scommettere che in qualche modo l'artificio di Hortensia fosse collegato alle strane cose che accadevano nella casa!

«Come funziona?» domandò Roberta.

«Di preciso, nessuno lo sa» disse il nonno. «Nel progetto non c'è nulla al riguardo. Presumiamo che le stanze ruotino sul proprio asse. È così che le porte scompaiono e riappaiono da un'altra parte».

«E ora la porta di camera mia dov'è?» chiese Pellegrino.

«Non preoccuparti, poverino, la tua porta riapparirà». La nonna sfoggiò i denti perlacei.

«Quando?»

«Be', potrebbe accadere oggi... oppure domani... o anche tra dieci anni. Le vie delle Pareti Erranti sono insondabili». La nonna rise come se avesse fatto una battuta.

Pellegrino rimase scuro in volto. «Ma questo non ha senso». Scosse la testa. «Senza ombra di dubbio, non ha senso».

«E se Pel fosse stato in camera sua quando la Parete Errante ha bloccato la porta?» chiese Petronella, spaventata dalla sua stessa presunzione.

«La domanda è piuttosto perché *non* fosse in camera sua!» disse la nonna con severità. «A dispetto delle regole».

Le orecchie di Pellegrino avvamparono e Petronella corse in difesa del fratello: «Aveva paura!»

«Non c'è motivo di preoccuparsi!» La nonna fece un gesto sprezzante con la mano, come se l'eventualità fosse semplicemente assurda. «In questa casa non è mai scomparso nessuno. Che io mi ricordi, almeno. Il Polidorium sa sempre quello che fa».

Alle orecchie di Petronella, non suonava granché convincente. All'improvviso desiderò tornare al sicuro tra gli stretti confini del disordinato appartamento in mansarda a Monaco di Baviera. Anche Pellegrino aveva un'aria infelice.

Nel frattempo, Roberta cercava di inviare loro segnali silenziosi. Ma, a differenza dei gemelli, non padroneggiava l'arte di parlare con gli occhi. Non lo avrebbe mai ammesso, ma Petronella lo sapeva: la cosa crucciava Roberta parecchio.

«Volete venire un attimo con me, per favore?!» esclamò

infine Roberta, infastidita, dopo che Petronella e Pellegrino si erano limitati a fissarla, facendo spallucce.

«Potete alzarvi» disse la nonna, con la grazia di una regina. «Il banchetto è terminato».

Al suo comando, tutti quanti si alzarono in contemporanea.

Sulla porta, Roberta si fermò e si rivolse ancora una volta ai nonni. «Se sapeste qualcosa sulla scomparsa di mamma e papà» disse a bassa voce «ce lo direste, vero?»

«Ma certo, passerotto» rispose la nonna con voce morbida e fece un movimento con le braccia come per scacciare i suoi passerotti. «Sciò! Via, andate!»

«Sì, miei cari, ora lasciate questa stanza» disse il nonno, teso, schiarendosi più volte la gola.

In effetti, quei due non erano molto bravi a comportarsi in modo da non dare nell'occhio.

La camera di Roberta, la Stanza Rosa Madreperla, era all'altezza del suo nome. Non solo le pareti risplendevano di un rosa cangiante, ma anche la soffice moquette, i mobili imbottiti e il letto, telaio compreso.

«O-oh» fece Petronella. «Tu la trovi bella?»

«Chiudi il becco». Roberta aprì le ante dell'armadio e vi scomparve dentro.

«Almeno lei ce l'ha, una stanza» mormorò Pellegrino, affondando le mani nel retiné del tappeto.

«Non importa» arrivò ovattata la voce di Roberta dall'armadio. «Tanto non ho intenzione di restare qui».

«Cosa?» esclamarono Petronella e Pellegrino come da un'unica bocca.

«Ah. Iniziavo a pensare di averlo nascosto troppo bene. Questo scomparto segreto è veramente difficile da trovare». Si udì scricchiolare e raspare, poi Roberta riemerse dall'armadio con in mano quella che si rivelò essere una cartolina spiegazzata. Vi era raffigurata l'aurora boreale su un paesaggio ghiacciato e la scritta a caratteri cubitali *Greetings from Greenland*. «Indovinate che cos'è!»

«Una cartolina» risposero di nuovo all'unisono Petronella e Pellegrino.

«Grazie, questo è evidente» disse Roberta, irritata. «La domanda è: da parte di chi?»

Pellegrino fece spallucce. Ma Petronella avvertì un calore dentro. «Forse...»

«Esatto» annuì Roberta. «Dei nostri genitori! A essere precisi, del dottor Oscar».

In un sol balzo, Petronella e Pellegrino raggiunsero la sorella maggiore. «Facci vedere! Dai, facci vedere che cosa c'è scritto!» Si fecero intorno a Roberta e le orecchie di Petronella pulsavano mentre leggeva le righe...

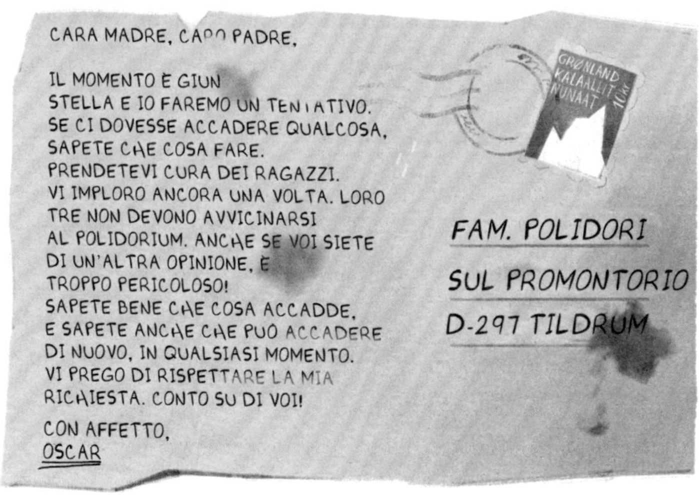
CARA MADRE, CARO PADRE,

IL MOMENTO È GIUN
STELLA E IO FAREMO UN TENTATIVO.
SE CI DOVESSE ACCADERE QUALCOSA,
SAPETE CHE COSA FARE.
PRENDETEVI CURA DEI RAGAZZI.
VI IMPLORO ANCORA UNA VOLTA. LORO
TRE NON DEVONO AVVICINARSI
AL POLIDORIUM. ANCHE SE VOI SIETE
DI UN'ALTRA OPINIONE, È
TROPPO PERICOLOSO!
SAPETE BENE CHE COSA ACCADDE,
E SAPETE ANCHE CHE PUÒ ACCADERE
DI NUOVO, IN QUALSIASI MOMENTO.
VI PREGO DI RISPETTARE LA MIA
RICHIESTA. CONTO SU DI VOI!

CON AFFETTO,
OSCAR

GRØNLAND KALAALLIT NUNAAT

FAM. POLIDORI
SUL PROMONTORIO
D-297 TILDRUM

«E questo che cosa significa?» chiese Pellegrino.

«Dobbiamo chiederlo ai nonni» disse Petronella. «Il dottor Oscar ha scritto la cartolina a loro».

«Infatti0⊠ disse Roberta, seria. «Allora? Non sapete che cosa significa *questo*?»

«Diccelo e basta!» Petronella si sentiva come travolta da un tornado, ma dentro, nel profondo.

«Che non possiamo fidarci di loro. Altrimenti perché credete che non ci abbiano parlato di questa cartolina?»

«Ma dov'è che l'hai presa?» Petronella afferrò il primo pensiero che le balenò per la testa e vi si aggrappò. La cartolina. L'ultimo segno di vita del dottor Oscar e della dottoressa Stella.

«La veste da camera della nonna. Ha le tasche».

Petronella osservò la cartolina logora. Sembrava che qualcuno, presumibilmente la nonna, l'avesse tenuta in mano più e più volte. Le lettere erano piuttosto sbavate. Che fossero macchie di lacrime?

«Forse non ce ne hanno parlato per non farci preoccupare ancora di più?» mormorò.

Roberta sbuffò. «Avete letto la cartolina anche voi. Quindi, ora vi chiedo, di chi vi fidate di più: dei vostri nonni, che fino a ieri non avevate mai incontrato in vita vostra, o dei vostri genitori, che conoscete e amate da sempre?»

Petronella ripensò alle creature spaventose nel quaderno del dottor Oscar e alle Pareti Erranti che avevano inghiottito la stanza di Pellegrino. Si asciugò gli occhi con la manica.

Pellegrino tirò su con il naso. «Sarebbe logico fidarsi di più dei nostri genitori. Se creassi un grafico in cui l'asse orizzontale rappresenta il tempo e quella verticale la fiducia, e disegnassi una freccia per i nonni e una per i genitori, la freccia del dottor

Oscar e della dottoressa Stella sarebbe più lunga sia sull'asse del tempo che su quello della fiducia».

«Già» mormorò Petronella, anche se le sembrava sbagliato prendere una decisione. «Del dottor Oscar e della dottoressa Stella».

«Esatto» disse Roberta «Ascoltate. Ho un piano».

Seguendo le istruzioni di Roberta, Petronella e Pellegrino avevano costruito con una scopa, uno spazzolone, i loro pigiami e alcuni cuscini del divano due fantocci più o meno convincenti e li avevano infilati sotto le coperte di Petronella. Guardarono dubbiosi la loro opera.

«A che cosa ci servono?» aveva domandato Petronella alla sorella maggiore. La quale aveva tirato un sospiro teatrale: «Me lo stai chiedendo sul serio? È così che si fa quando si scappa di casa».

A quanto pareva, lo stesso valeva per le lenzuola annodate insieme che avrebbero dovuto lasciar cadere come una cima dalla finestra di Roberta per poi calarvisi giù. Al suggerimento di Petronella di usare la porta d'ingresso, Roberta alzò gli occhi al cielo. «Non hai mai letto *Il patto della libellula nera*? O *Miss Moonpenny e il bambino invisibile*? Questa sarà una vera avventura, zuccona!»

Petronella pensava al fatto che non avesse mai chiesto un'avventura quando, alle dodici meno cinque («Oh mamma, *chiaramente* deve succedere tutto a mezzanotte!»), sgusciava con Pellegrino giù per la scala della torre alla luce delle torce frontali, il più silenziosamente possibile, cosa non così facile con tre bagagli e due zaini. Su ordine di Roberta, avevano messo in valigia tutto ciò che non avrebbero voluto abbandonare per sempre. Petronella aveva incluso senza esitazione il quaderno del dottor Oscar. Stranamente, il pensiero che ormai non avrebbe più scoperto tutte le creature che vi erano descritte non le dava alcun sollievo... anzi, le sembrava sbagliato.

«Aspetta!» Pellegrino rimase come folgorato, con il risultato che Petronella gli andò a sbattere addosso. Per lo spavento, mollò la maniglia della valigia, che scivolò giù per gli ultimi cinque gradini e si fermò davanti a uno scaffale storto pieno di pezzi di legno portati dal mare. Rimasero impietriti, come in attesa che da un momento all'altro la porta della camera dei nonni si aprisse. Ma evidentemente i due erano immersi in un sonno molto profondo, poiché non accadde nulla.

«Ho cambiato idea» sussurrò Pellegrino. «Non voglio andarmene senza i miei libri e le mie enciclopedie. Preferisco aspettare che le Pareti Erranti tornino al loro posto. Dopodiché, per quanto mi riguarda, possiamo anche scappare».

Era tipico di Pellegrino arrivare alle conclusioni giuste nel momento sbagliato.

Ma di questo Petronella ora non era infastidita. Aveva notato una cosa: la porta con il nautilus, che, stando alla nonna, doveva rimanere sempre chiusa a chiave, era aperta di uno spiraglio.

«Guarda, Pel» sussurrò con trepidazione. «È laggiù che dovrebbero trovarsi i... morti. Secondo te è vero?»

Pellegrino chiuse gli occhi e si concentrò ad ascoltare. Poi annuì. «Comunque, sento dei rumori».

Anche Petronella li sentiva.

All'inizio si udirono un sussurro e uno scalpiccio come di cento minuscoli piedi, appena percepibile. Ma poi, come dal nulla, seguirono dei passi pesanti e fragorosi, tre volte più forti del fracasso che la valigia di Petronella aveva fatto prima. Come piedi enormi dentro a scarpe grandi e pesanti, che si trascinavano ora, senza fretta, su per i gradini dietro la porta con il nautilus. Stavolta, Petronella e Pellegrino desiderarono davvero che i nonni si svegliassero. Ma la porta della loro camera da letto rimase chiusa.

«Aiuto!» ansimò Petronella.

Le balenarono in mente le righe della cartolina del dottor Oscar: *Loro tre non devono avvicinarsi al Polidorium. È troppo pericoloso!*

«Vieni, veloce!» Strinse il braccio di Pellegrino, che le stava affianco come raggelato.

Si tolsero gli zaini il più in fretta possibile, mentre il rombo dei passi si avvicinava sempre di più.

«Forza, qui dentro» sibilò Petronella, sollevando il coperchio di un baule di legno che si trovava tra le vetrinette contro la parete del corridoio.

Entrarono in quella cassa che sapeva di muffa e richiusero il coperchio. L'ultima cosa che videro fu la porta della cantina che si spalancava. Poi ci fu il silenzio. Vicino all'orecchio di Petronella, la narice di Pellegrino emise un lieve sibilo. Lei attese.

Un battito. Due.

Ancora silenzio.

Dov'era la cosa che era salita dalla cantina? Era svanita nel nulla? Con molta attenzione, millimetro dopo millimetro, Petronella sollevò il pesante coperchio del baule. Ciò che vide attraverso lo stretto spiraglio le tolse il fiato.

Sulla porta si stagliava una figura enorme. Aveva una testa

gigantesca con piccoli occhi neri e una bocca deforme piena di dentini aguzzi, che ora si apriva sempre di più, fin quasi a riempirle tutto il grosso faccione. E mentre gli occhietti sfrecciavano perlustrando in giro, dalla bocca uscivano strani rumori che assomigliavano al sibilo di mille minuscoli polmoni.

Petronella si premette una mano sulla bocca per non urlare. Pellegrino stava seduto accanto a lei, perfettamente immobile, come se avesse smesso del tutto di respirare.

Quando se ne accorsero, fu troppo tardi.

Le frontali! A quanto pareva, le luci attirarono la creatura, che ora diresse lo sguardo proprio su di loro. Passo dopo passo si avvicinò, e con una rapidità sorprendente.

Petronella e Pellegrino erano accovacciati nel baule... in trappola, dunque. Non osavano muoversi di un millimetro e, anche se avessero voluto, non ci sarebbero riusciti, perché il terrore li paralizzava.

Poi accadde.

La grande e pesante creatura si inginocchiò e il suo volto si avvicinò sempre di più allo spiraglio. Era ricoperta da una lanugine soffice. Ecco che sollevò un lungo braccio e lo allungò. Il sibilo a molte voci che le usciva dalla bocca si fece più forte e l'indice ricurvo, con un artiglio appuntito al posto dell'unghia, stava per toccare il viso di Petronella...

Petronella continuava a pensare che fosse strano, in effetti, ma oltre alla sensazione che in seguito avrebbe descritto ad altre persone come "orrore senza nome" o "terrore tremendo", provava anche qualcosa di diverso... curiosità. Non riusciva a spiegarselo e, prima di rendersi conto di ciò che stava facendo, sollevò la mano e allungò esitante un braccio verso la creatura.

«Non farlo!» sussurrò Pellegrino, implorante.

Un attimo dopo, l'indice si sgretolò davanti ai loro occhi. Con un gesto involontario, Petronella e Pellegrino si ritrassero nel baule. Tutto il braccio e, infine, il resto del gigantesco corpo con quel grande, bizzarro volto si sgretolarono in tante piccole parti fatte di pelliccia e zampette marroni. La creatura non c'era più. Al suo posto, si aggiravano per il corridoio centinaia di topi, che scomparsero uno ad uno nelle fessure e negli angoli.

La metamorfosi durò pochi secondi, ma a Petronella parve interminabile. Non poté fare altro che osservare con fascinazione la gigantesca creatura di fronte a lei che si sgretolava nelle sue irrequiete componenti.

Una di esse si mise sul bordo del baule e la guardò con i minuscoli occhi neri.

«Shh» fece Pellegrino, scacciando il topo. Aveva le lenti degli occhiali appannate per l'agitazione. «Il *Mus musculus* non è pericoloso di per sé, ma in quanto ricettacolo di batteri è un parassita da non sottovalutare» sussurrò. «Inoltre, in questo caso non mi è chiaro da dove provengano. L'intera faccenda mi sembra piuttosto innaturale. Dunque la mia proposta è: vogliamo andarcene?»

Petronella sollevò il coperchio del baule. I topi non c'erano più, l'infestazione era finita.

«Era Musgret, vero?» disse.

Era più un'affermazione che una domanda. «Il disegno del quaderno del dottor Oscar. Allora esiste davvero!»

Capitolo 4

Il telefono del vento

Soddisfatta, Roberta guardò il fantoccio che aveva abilmente costruito con nient'altro che una scopa e un cuscino e che ora se ne stava sotto le coperte con la sua camicia da notte. Ne andava orgogliosa, perché finora aveva soltanto letto che i bambini che fuggivano (preferibilmente da orfanotrofi o collegi) lasciavano nel letto questi fantocci al loro posto.
Il fatto che avessero effettivamente un aspetto del tutto realistico la sorprendeva.
Controllò ancora una volta la fune fatta con le lenzuola annodate che penzolava dalla finestra come nella scena finale di *Miss Moonpenny e il bambino invisibile*. Dagli ultimi due metri avrebbero dovuto saltare, ma grazie a *Il patto della libellula nera* sapeva che non sarebbe stato un problema.

Roberta aveva già le più rosee aspettative sulla loro fuga. Aveva individuato sulla mappa di Tildrum una località chiamata Hollismoor e aveva deciso che avrebbero piantato la tenda lì. Le sembrava un ambiente selvaggio, romantico e misterioso, dunque un ottimo posto per cominciare un'avventura.

Ripensando alla cartolina, avvertì nello stomaco un groppo duro di paura e delusione.

I nonni le sarebbero potuti davvero piacere. E anche il

Polidorium. Sarebbe potuto diventare la loro casa, cioè una casa per le vacanze. O anche una casa per sempre, se il dottor Oscar e la dottoressa Stella fossero veramente...

No. Ora non avrebbe ipotizzato che fosse successo qualcosa ai suoi genitori. Se si fosse concessa di pensarlo, un oceano nero, freddo e sterminato l'avrebbe travolta e trascinata negli abissi, dove dimoravano quegli orribili pesci mostruosi che i suoi genitori avevano tanto desiderato vedere da vicino prima di...

No. Roberta inspirò, secca. Non poteva essere accaduto.

Infatti aveva un piano. Avrebbe trasformato tutta quella faccenda in un'avventura. Un'avventura a lieto fine, beninteso, perché era così che funzionavano le avventure.

Il lieto fine, aveva ipotizzato Roberta, sarebbe avvenuto in qualche luogo segreto dell'Atlantico. Su una bella isoletta, magari. Con le palme e tutto il resto. Lì avrebbero ritrovato il dottor Oscar e la dottoressa Stella e alla fine sarebbero tornati tutti felicemente insieme.

Tirò fuori il blocco per scrivere e la stilografica antiquata che aveva preso in prestito dal Salotto Verdemare. Era stato l'assistente del nonno, un ragazzo magro e molto pallido, a mostrarle la stanza. Anche se era proibito entrarvi.

Era stato gentile da parte sua. Il ragazzo le aveva spiegato che in quella stanza si tenevano sempre le sedute di consulenza per le famiglie in lutto. Sia sul blocco che sulla penna era raffigurato uno di quegli animali marini a forma di chiocciola (avrebbe sempre potuto chiedere a Pellegrino il nome esatto, se le fosse interessato),

lo stesso che era anche sulle porte della cantina e del Salotto Verdemare. Accanto all'animale, sul blocco e sulla penna, a svolazzi, c'era scritto:

Pompe Funebri Polidori – Un sereno ultimo viaggio

Roberta non impiegò molto a scrivere il biglietto d'addio, perché lo aveva già composto a mente da tempo:

Cari nonni,

ci dispiace dovervi lasciare con così poco preavviso. Ma non ci date altra scelta. Con nostro grande dispiacere, abbiamo scoperto che non possiamo fidarci di voi. Abbiamo trovato la cartolina. Per questo ce ne andiamo. Naturalmente non vi diremo dove. Ora sapete come ci si sente a vedersi nascondere qualcosa di importante. Perciò, riflettiteci! Vi prego, non cercateci e non aspettateci.

Addio!
I vostri nipoti

PS: È stato comunque bello conoscervi. Se mai vi perdoneremo, alla fine ci mancherete.

Tirò fuori il coltellino svizzero, lo aprì e ne conficcò la punta attraverso il biglietto d'addio nel muro rosa madreperla sopra la testiera del letto.

Pellegrino ci aveva pensato e aveva deciso di condividere con Petronella il frutto delle sue riflessioni: «Questa è la scoperta di una nuova specie, dico bene? Il dottor Oscar è riuscito a trovare una forma di vita completamente nuova. Qui, in questa casa!»

Petronella uscì dal baule. «Sì, credo che la si possa considerare così. In ogni caso, qui abbiamo a che fare con un incredibile mistero!»

«Affascinante!» concordò Pellegrino. Tuttavia, tremava ancora un pochino.

«Sai che c'è?» Petronella fece un respiro profondo. Era proprio questo che Pellegrino ammirava di sua sorella: che rimanesse sempre così calma. «Ho la sensazione che la nonna avesse ragione. Quando diceva quelle cose sulla famiglia. Che noi apparteniamo a questo posto. Forse proprio perché qui è tutto così strano».

Pellegrino rifletté intensamente anche su questo. Poi annuì.

«Dobbiamo parlare con Roberta» disse Petronella, mordendosi il labbro inferiore. «Anche se comunque non possiamo garantire nulla. Lo sai».

Sì. Pellegrino lo sapeva: quando Roberta aveva un piano, niente e nessuno poteva dissuaderla. Era una legge di natura. Solo lei stessa. Non si poteva mai sapere se da un momento all'altro avrebbe cambiato i piani. Un po' come adesso. Forse era questo il motivo per cui, alla fine, tutto quanto andava terribilmente storto.

Tutt'a un tratto, gli venne un'idea. Lui stesso avrebbe fatto in modo che stavolta non accadesse. «Tu vai avanti» sussurrò.

«Devo fare una cosa veloce».

Lasciò Petronella lì in piedi e si affrettò a percorrere il corridoio il più velocemente possibile con le due valigie. Era emozionato, perché non gli capitava quasi mai di avere un'idea.

Il *Grus grus* sembrava salutarlo dalla vetrinetta spiegando le ali in segno di incoraggiamento. Il che, ovviamente, non era vero. Una gru impagliata non poteva più muoversi, perché il suo corpo non conteneva più muscoli, ossa e nervi, bensì un certo materiale di riempimento che faceva soltanto in modo che la struttura non collassasse. Quasi tutti gli esseri viventi avevano bisogno di muscoli e nervi per muoversi. Non tutti avevano bisogno delle ossa, come il *Vampyroteuthis infernalis* laggiù nel barattolo, per esempio. Da vivo, non aveva avuto bisogno delle ossa per usare gli otto tentacoli. Allora era stato in grado di fare cose ancora più affascinanti, come espellere una nuvola di particelle luminose...

«Non ora» sussurrò Pellegrino a se stesso, come faceva di solito Petronella quando divagava troppo.

Doveva concentrarsi sul suo piano. A essere precisi, era il piano di Roberta, prima che lei lo abbandonasse per sceglierne un altro. Ora voleva portare a termine quel piano iniziale, perché lui non era molto bravo ad architettare piani. In qualche modo, i suoi mille pensieri lo intralciavano sempre. Ma prima ci aveva riflettuto a dovere. E ora ciò di cui aveva bisogno non erano un *Grus grus* o un *Vampyroteuthis infernalis*, bensì un telefono.

Posò le valigie.

«*Nautilus pompilius*» bisbigliò, toccando l'ottone freddo da cui era stato ricavato un nautilus quasi realistico, un pomello uguale a quello della porta della cantina da cui era emersa Musgret. Questa era la stanza che i nonni chiamavano Salotto Verdemare. Chissà se qui c'era un telefono. Chissà se anche qui stava in agguato una creatura. Entrare senza essere accompagnati dai nonni era proibito. Questa era la regola. E Pellegrino odiava infrangere le regole. Ma quella era un'emergenza. E la porta non era chiusa a chiave. Bastò girare la maniglia e la porta si spalancò.

Qui non si vedevano tanti oggetti interessanti come nella maggior parte delle altre stanze del Polidorium, tuttavia le pareti avevano il colore dell'oceano in una sera di fine estate. Questo tranquillizzò Pellegrino.

A un angolo vicino alla finestra pendeva una tenda dello stesso colore delle pareti. Pellegrino la scostò con esitazione e, su un tavolino di vetro accanto a una poltrona, di fianco a un cofanetto d'argento che conteneva dei fazzoletti... ecco un vecchissimo telefono!

Il logoro ricevitore era freddo e pesante in mano a Pellegrino mentre componeva il numero del capo scout dei Piccoli Stambecchi. Era bravo a ricordare le cose. Numeri, parole, nozioni scientifiche. Ecco perché aveva la testa sempre così piena.

«Pronto? È un'emergenza! Tre Piccoli Stambecchi sono in pericolo e devono essere recuperati urgentemente» disse con voce più scura possibile nel ricevitore, sul quale teneva schiacciato uno dei grandi fazzoletti di stoffa con una P ricamata che aveva preso dal cofanetto d'argento.

Così Roberta aveva fatto in treno a mo' di dimostrazione, usando la torcia al posto del ricevitore telefonico.

«Pronto?»

Niente.

Il telefono doveva essere rotto.

Poi tutto d'un tratto cominciò a gracchiare e a sibilare, prima che si udisse una voce, distorta come se giungesse da molto lontano: «*Pel...*» Interferenze. «*... state... ci dispiace tanto...*» Altre interferenze.

Poi, silenzio.

«Pronto?» ripeté, sforzandosi di far sembrare la sua voce severa e adulta. «Si tratta di Roberta, Pellegrino e Petronella Polidori, attualmente residenti presso la casa di Gloria e Pernell Polidori. Vi prego di inviare tre biglietti per il treno da Tildrum a Monaco. Conoscete l'indirizzo».

Riattaccò ed espirò con un sibilo. Ecco, era fatta. Aveva fatto in modo che potessero restare nel Polidorium. Ora dovevano solo aspettare e vedere.

Roberta guardò infastidita l'orologio da polso. Nove minuti di ritardo! Tipico! Quegli zucconi erano dei buoni a nulla. Eppure aveva dato loro istruzioni precise. Bene. Adesso non c'era più tempo da perdere. Una vera, fulminea operazione segreta andava sempre portata a termine in tutta fretta, qualsiasi bambino lo sapeva.

Proprio mentre stava per alzarsi per vedere in che razza di pasticcio si erano cacciati i gemelli stavolta, udì dei passi in corridoio.

«Shhh!» sibilò, adirata. «Non fate baccano, zucconi!

Perché ci avete messo tanto? Sono già passati sedici minuti...» Roberta si interruppe, incrociando le braccia sul petto mentre rivolgeva a Petronella un'occhiata sospettosa.

La sorellina era in piedi sul soffice tappeto rosa, ansimante ma ancora in piena tenuta scout con torcia frontale, zaino e valigia. Era paonazza in viso.

«Che cos'è successo?» domandò Roberta.

«Ecco, non so se scappare sia davvero una buona idea». Petronella tese il labbro superiore sugli incisivi, come faceva sempre quando era nervosa. «Voglio dire, tu stessa hai detto che Pel e io non siamo che dei bambini».

«Tu sei fuori di testa». Roberta aggrottò la fronte. Petronella di solito ascoltava, anche se faceva un sacco di errori. «È *proprio perché* siete dei bambini che dovete scappare. Se foste adulti, non sareste costretti a farlo. In quel caso, potreste semplicemente assumere un avvocato o fare qualche altra cosa noiosa» spiegò con impazienza. Poi fece un respiro profondo. «Caspita, Nelli, è proprio *bello* essere bambini».

Finalmente Pellegrino apparve sulla porta. Anche lui indossava la divisa da scout. Aveva gli occhiali tutti appannati dall'emozione. Roberta vide il fratello e Petronella scambiarsi un'occhiata. Detestava quando i gemelli facevano così. C'era qualcosa che non andava!

«Ma a noi piace stare qui, sai» disse Petronella a bassa voce. «A me il Polidorium piace. E anche i nonni. E Hein. Non voglio andarmene da qui. Sicuramente c'è una spiegazione per la storia della cartolina...»

Da qualche parte, in casa, sbatté una porta.

Roberta sgranò gli occhi. «Grandioso. Questi di sicuro sono i nonni. Forza, dobbiamo sbrigarci».

Andò alla finestra, ma si fermò quando notò che fratello e sorella non si muovevano.

«D'accordo». Roberta sospirò.

Doveva cambiare musica. Fece un passo verso di loro e tese

le mani. «Forza. Prendetevi per mano. Formiamo un cerchio». Anche se sentiva di non avere più tempo, era ovvio che dovesse succedere adesso.

Con suo grande sollievo, i due obbedirono.

«Ricordate che cosa facevamo quando uno di noi non si sentiva bene? Come quando bagnavi il letto, Pel».

Gli occhiali di Pellegrino si appannarono di nuovo, mentre le orecchie gli diventarono di un rosso acceso.

«O quando tutta la classe ti prendeva in giro e ti chiamava "Petronella Vampirella" per via dei tuoi stupidi denti...»

Come se avesse premuto un pulsante, Petronella tirò il labbro superiore proprio su quei denti.

«Abbiamo formato il Club delle Tre P». Roberta strinse loro le mani. «Avanti, ripetete dopo di me come facevate una volta:

Notte nera e tempestosa?
Prese in giro che piovono a iosa?
Non ci tocca, stiam bene così
perché noi siam le Tre P!
Pronunciamo il giuramento
che spezzare non si può
Noi nel nostro club ci siamo
noi soltanto, e tu... no!»

Mentre recitavano i versi in coro, si tenevano per mano come avevano sempre fatto in passato. E sebbene le sembrasse un po' sciocco recitare quella formula infantile, Roberta sentì, come allora, una nuova energia che la attraversava.

«E ora, forza!» Strinse le mani di Petronella e Pellegrino. «Alla finestra».

Grande e pallida, la luna piena sovrastava la sommità della torre del Polidorium, riversando la sua luce lattiginosa sulle vecchie mura. Era una tiepida notte d'estate e in lontananza si udiva il dolce rumore delle onde.

Il cuore di Petronella le martellava in gola. Era del tutto confusa. Che cosa doveva fare? Fermare Roberta, di questo era certa. Sì, ma come? Era difficile quasi quanto fermare un treno espresso senza il freno d'emergenza.

Con movimenti meccanici, seguì la sorella maggiore e si calò dalla finestra appendendosi alla fune di lenzuola annodate. Uno sciame di pipistrelli si staccò dall'ombra del muro della casa e si precipitò verso di lei. Le sembrò lasciarle dentro la testa un sussurro di molteplici voci che suonava così: *Va viaaa!*, ma, primo, non poteva essere, e, secondo, non aveva il tempo di prestarvi attenzione.

Roberta si arrabbierà, pensò, e si bloccò a metà strada. *Ma anche i nonni saranno infuriati. O tristi. O tutt'e due. D'accordo, lo ripeto ancora una volta. Molto chiaramente. Ora!!*

«Roberta?» chiamò. «Devo dirti una cosa».

«Shhh» sibilò Roberta, accovacciata in un cespuglio insieme a tutte le valigie e agli zaini. «Così riuscirai a svegliarli».

«Io e Pellegrino, ecco, noi... rimaniamo qui» continuò Petronella, ma con voce sempre più bassa. Non avrebbe saputo dire se Roberta l'avesse sentita o meno perché in quel momento qualcosa sfrecciò giù lungo la fune con un grido strozzato.

Pellegrino, appena uscito dalla finestra, aveva perso la presa e stava scivolando giù come un sacco bagnato.

L'impatto col suolo fu attutito da Petronella ed entrambi atterrarono nei cespugli sotto la finestra. Mancarono di poco Roberta, che si buttò di lato con un altro urlo.

In quello stesso momento, una testa si sporse dalla finestra di Roberta.

«PERNELL! Sono quaggiù nelle ginestre!» ruggì la nonna.

Altri due pipistrelli sciamarono spaventati nel cielo notturno.

«Li abbiamo presi, Gloria!» risuonò a un metro da loro la voce profonda del nonno. Era là in piedi, in pigiama, e puntava una torcia verso di loro.

«Ahia» piagnucolò Pellegrino. «Mi sa che mi sono rotto il *radio*. O l'*ulna*...»

«Forza, scappiamo!» esclamò Roberta, balzando in piedi e afferrando una valigia.

Lo stomaco di Petronella si annodò quando vide l'espressione del nonno: spaventata e delusa. «Che cosa ci fate voi tre qui fuori?»

Prima che qualcuno potesse rispondere, una sirena suonò avvicinandosi rapidamente. Lungo la strada accidentata, un'auto della polizia si dirigeva verso la casa dei Polidori.

Petronella deglutì a fatica. Il piano di Roberta non solo era stato sbagliato, ma si era del tutto ritorto contro di loro. Ora sarebbero stati mandati all'orfanotrofio, e per colpa di Roberta! Cominciò di nuovo a sentire un vortice dentro di sé.

Un poliziotto saltò fuori dall'auto della polizia e gridò: «Alt! Fermi tutti!»

Come in un film, Roberta alzò entrambe le braccia e Pellegrino la imitò, anche se il poliziotto non aveva in mano una pistola.

«Va bene, va bene, potete abbassare le mani». La seconda portiera dell'automobile si aprì e un altro poliziotto uscì con estrema calma dalla vettura. Raggiunse lentamente il collega, strascicando i piedi, guardandosi intorno con sospetto. Era il più anziano dei due, come si evinceva dai capelli di un grigio glaciale. «Ufficiale Horks, buonasera. Che cosa sta succedendo qui?»

«Lo chiedo io a voi!» gridò la voce della nonna dall'alto. «Che cosa ci fate qui?»

«Ci hanno chiamato» sbuffò il poliziotto più giovane, anch'egli gettando un'occhiata sospettosa tutt'intorno. «Sembra proprio che qui ci siano molte cose che non vanno».

Imbarazzata, Petronella si tamponò i pantaloni sporchi e soprattutto evitò di guardare il nonno. È stata tutta un'idea di Roberta! Voi mi state simpatici! Io non voglio andarmene! avrebbe voluto gridare, ma la sua bocca rimase muta.

«Io proporrei di entrare tutti in casa» disse il nonno con calma. «E sono sicuro che tutto si schiarirà in men che non si dica».

«Si *chiarirà*, Pernell, si dice *chiarirà*» si udì la nonna dalla finestra. «Adesso vengo giù!» Sembrava una minaccia.

Il nonno condusse i due poliziotti nel Salotto Verdemare.

«Lo immaginavo» Petronella sentì il poliziotto giovane sussurrare al più vecchio mentre percorrevano il lungo corridoio sulle assi di legno scricchiolanti, passando davanti alla gru impagliata e ai piccoli calamari e alle meduse che nuotavano nel liquido di conservazione. «È tutto più che evidente qui, non crede, capo?»

Horks grugnì: «Aspetta e vedrai, Okland, aspetta e vedrai» Si guardò intorno socchiudendo gli occhi.

«Possiamo offrirvi qualcosa? Un tè, magari?» chiese gentilmente il nonno.

«Andiamo al sodo» cantilenò la nonna dal salotto. Indossava una tuta viola di velluto e gli occhiali oscurati scintillavano aggressivi.

«Ci è giunta la notizia che qui c'è un'emergenza!» annunciò Okland. Aveva le guance paonazze per l'emozione e gli occhi dardeggiavano da una parte all'altra come se credesse che l'emergenza potesse essersi nascosta in ogni angolo e sarebbe saltata fuori da un momento all'altro.

Mentre la nonna stava in piedi accanto al divano, benevola come uno degli angeli di pietra del giardino, il nonno si era avvicinato alla finestra con le mani strette dietro la schiena e guardava fuori nell'oscurità.

Entrambi tacevano.

La cosa parve spiazzare Okland, mentre Horks disse: «Sentite, dobbiamo fare delle verifiche. Qui è in gioco il benessere dei bambini».

«Credo di poter dare una spiegazione». Petronella era infastidita dal suono stridulo della sua voce. Doveva decidersi a parlare ora, prima che le cose si mettessero male. Doveva dire ai nonni che avevano trovato la cartolina. Doveva esserci una spiegazione al fatto che i nonni non li avessero messi al corrente. E che la storia della fuga era stata un malinteso. O qualcosa del genere.

Ma comunque nessuno faceva caso a lei. Gli occhi di Roberta si spostavano come incantati dai poliziotti ai nonni e viceversa. Probabilmente anche per lei tutto ciò era emozionante!

Solo Pellegrino guardava Petronella con aria interrogativa.

La voce di Okland quasi si accavallò per lo zelo quando esclamò: «I tali coniugi Schmidt ci hanno telefonato e ci hanno chiesto di venire a controllare». Diede un'occhiata intorno a sé con un sopracciglio alzato. «Cosa che comunque avevamo da tempo intenzione di fare».

«Oh no, non *loro*!» gemette Roberta «Beh, allora buonanotte».

Horks aveva estratto dalla tasca interna della giacca un blocchetto per gli appunti e lesse ad alta voce: «Roberta Lophelia Polidori. Pellegrino Nautilus Polidori. Petronella Spirulina Polidori. Presumo che si tratti dei minori qui presenti? I signori Schmidt ci hanno informato di essere stati contattati da un certo signor... maledizione, non riesco a leggere la mia scrittura...» Strizzò gli occhi e si avvicinò il blocchetto per gli appunti al viso.

Okland approfittò della pausa ed esclamò: «È in pericolo il benessere dei bambini!»

Horks tossì. «Comunque, i signori Schmidt ci hanno chiesto di verificare proprio questo. Sono i nonni dei tre minori qui presenti».

«I nostri *altri* nonni" squittì Petronella. «I nostri nonni, ehm, migliori sono qui con noi».

Alle sue parole, vide chiaramente l'angolo sinistro della bocca della nonna guizzare verso l'alto.

«Beh, lo verificheremo» disse Okland. «Nel frattempo, per tutte le parti interessate è meglio se procediamo a sequestrare i tre minori».

«A prenderli in custodia» lo corresse in fretta Horks, rivolgendo a Okland un'occhiata severa.

«A prenderli in custodia» ripeté Okland, chiudendo gli occhi e mormorando concentrato tra sé e sé, come se stesse studiando dei vocaboli: «Per le persone: prendere in custodia, per gli oggetti: sequestrare».

«Un momento!» La nonna allungò imperiosa il braccio, con i braccialetti d'oro che tintinnavano, e fece un passo di lato come per mettersi di fronte ai nipoti per proteggerli. A Petronella sembrò che gli occhiali le si oscurassero proprio in quel momento. Come su comando, ora il nonno si voltò e si portò accanto alla consorte.

«Pernell» disse la nonna. «Ti ricordi di Ivan Schrödersen?» Parlava con tono basso e cauto, come se stesse recitando un copione che già si era preparata.

«Certamente, mia cara» rispose il nonno con altrettanta delicatezza. «Abete rosso, lucido. Con finiture in madreperla».

Petronella si strofinò gli occhi.

Insieme agli occhiali della nonna, l'intero salotto stava diventando più scuro, o almeno così le pareva. Si rese conto che stava accadendo qualcosa di straordinario. I nonni sapevano con esattezza che cosa stavano facendo e non era la prima volta che intrattenevano una conversazione come quella.

Okland spostava lo sguardo dall'uno all'altra, perplesso, ma Horks sembrava aver capito dove i nonni volessero arrivare. Il suo volto aveva perso tutto il colore, abbassò il blocchetto e aprì e richiuse la bocca più volte in rapida successione. Infine, evidentemente sembrò riuscire a ricomporsi. Fece un passo avanti. «State per caso minacciando la polizia di Tildrum?»

«Ecco, non capisco...» balbettò Okland, sollevando il berretto da poliziotto e passandosi una mano tra i capelli biondo paglierino. «Ivan Schrödersen? Ne abbiamo parlato l'altro giorno alla scuola di polizia. È un caso di morte misteriosa che non abbiamo mai... È stato anni fa!»

«Sua moglie» disse la nonna, impassibile. «È stata sua moglie. Non è vero, agente?»

«Ufficiale» la corresse Okland. «Il suo grado è di ufficiale di polizia».

I nonni lo ignorarono e continuarono a fissare Horks.

«Come fate a saperlo?» La voce di Horks tremò.

Il nonno sorrise. «Avevamo una fonte affidabile. E la prova. Quella palla di vetro con la neve, sa. E una lettera della vittima. *Post mortem*, s'intende, ma le impronte sulla palla di vetro dovrebbero comunque bastare. Vuole vedere entrambe?»

Petronella rifletté intensamente.

Cosa significa post mortem? Lanciò un'occhiata a Pellegrino.

Post mortem è latino e significa "dopo la morte", rispose lui.

Eh??

Senza aspettare la risposta di Horks, il nonno scomparve e Petronella lo sentì aprire la porta della cantina. Con il cuore in gola, si chiese che cos'altro si nascondesse laggiù oltre a Musgret. Osservò Horks, che era in piedi accanto alla porta con il volto pallido come un lenzuolo e la fronte imperlata di sudore, con l'aria di chi sta aspettando una terribile sentenza.

«Che cosa sta succedendo?» sussurrò Okland confuso, ma Horks apparve non sentirlo.

Quando il nonno tornò, teneva in mano una grande e pesante palla di vetro con la neve. Al suo interno c'era una città in miniatura, avvolta da una nuvola di brillantini. Una crepa attraversava metà della palla fino alla base di legno con la scritta *Località Balneare di Tildrum.* Dalla tasca del panciotto, il nonno estrasse un foglio di carta ingiallito, che dispiegò e porse a Horks.

Gli occhi di Horks scorsero increduli sulla lettera. Poi la lasciò semplicemente scivolare a terra. Per un attimo fissò il nonno con occhi lucidi.

«Bene, allora» disse, brusco. «Dimentichiamo tutta questa storia».

Petronella allungò il collo per leggere che cosa c'era scritto nella lettera.

Prima che potesse decifrare qualcosa, il nonno si chinò a raccoglierla e se la fece sparire nella manica. Guardò Roberta, che alzò le sopracciglia con fare eloquente.

«Ma cosa... non capisco... Horks, noi dobbiamo...» Quando vide il volto del collega, Okland si torse le mani e le abbassò...

Horks si girò. «Andiamo, Okland. Qui abbiamo finito». Attraversò a grandi passi la stanza. Sulla porta, si voltò di nuovo e nei suoi occhi scintillava un malcelato disgusto, mentre ribadiva: «Allora è vero quello che la gente dice di voi in città. Santo cielo...» E poi scomparve.

Okland fissò i nonni. Infine gridò: «Capo, aspetti!» e incespicò dietro al collega più vecchio.

«Questa è fatta» disse la nonna impassibile. Poi si voltò verso i tre fratelli, che erano seduti sul divano e al suo sguardo trasalirono. Il suo viso era duro quanto il suo tono di voce: «E ora veniamo a voi!»

Pellegrino si alzò di scatto a sedere.

«È stata tutta colpa mia!» si precipitò a dire. Spostava nervoso lo sguardo tra Petronella e Roberta. «Ho chiamato io il capo del campo scout. Camuffando la voce per fargli credere che fossi un adulto. Avevi detto che altrimenti non avrebbe creduto a noi bambini, Roberta. Era il tuo piano B, dopotutto!»

Roberta sbuffò e balzò in piedi dal divano. «Certo, ma nel frattempo era arrivato il piano C!»

Andò alla finestra, dove prima si trovava il nonno, e voltò a tutti loro le spalle.

«Questo lo sa!» esclamò Petronella in difesa il fratello.

«Ma tu volevi tanto che scappassimo, e ti conosciamo, quando ti metti in testa una cosa...» Petronella si tirò il labbro superiore sugli incisivi e si sedette sulle mani, che le diventavano sempre fredde quando si innervosiva.

«Be', ci avevo pensato bene» disse Pellegrino. «In base alla mia valutazione della personalità del capo scout, sommata alla mia esperienza nel trattare con gli adulti e alla lettura di episodi analoghi, avevo calcolato una probabilità del settantasette per cento che il capo scout non ci avrebbe mandato i biglietti del treno, bensì avrebbe avvisato la polizia. È quello che fanno gli adulti in caso di emergenza».

Roberta incrociò stizzita le braccia e sbottò: «Ah! Ci avevo pensato anch'io, pivello. Proprio per questo ero passata al piano C».

«Mi mancavano valori comparabili per fare ulteriori calcoli».

Pellegrino appoggiò i palmi delle mani sui pantaloni della divisa da scout. «Sono giunto a due possibili scenari: nel caso in cui la fuga fosse riuscita, la polizia ci avrebbe rintracciato e riportato a casa con una probabilità del sessantacinque per cento circa. Con una probabilità quasi del novanta per cento, la polizia sarebbe arrivata prima che fossimo fuggiti e ci avrebbe dunque impedito la fuga. In ogni caso, consideravo la polizia un fattore importante in vista di un esito che fosse per il bene di Nelli, mio e anche tuo.

Roberta gemette. «E allora perché non hai chiamato direttamente il numero di emergenza, imbecille? Almeno così non avrebbero avvisato anche gli altri nonni!»

Pellegrino guardò Roberta confuso.

«Ehm» fece.

A quanto pareva non ci aveva pensato nemmeno per un secondo. Probabilmente, rifletté Petronella, era inevitabile che una persona con tanti pensieri in testa come Pellegrino non sempre riuscisse ad afferrare quello giusto. Ma la maggior parte della gente questo non lo capiva, men che meno sua sorella maggiore.

«Non ci credo! Siete tutti degli stupidi!» strillò Roberta.

Diede un'occhiata intorno alla stanza, individuò un vaso alto, sottile e dall'aspetto delicato che conteneva un mazzo di gigli, e vi si diresse a passi veloci. Prima che qualcuno potesse fermarla, diede uno spintone al vaso. Questo cadde a terra e si infranse con un tintinnio sordo. Roberta guardò trionfante la pozzanghera piena di cocci e i gigli sparsi per terra.

«Ti senti meglio ora, povero passerotto?» chiese la nonna.

Quella, ovviamente, non era la reazione che Roberta aveva sperato di ottenere. La sua espressione si fece di nuovo cupa.

«Lo sentivo malissimo, il capo scout» disse Pellegrino, nervoso. Aveva le orecchie paonazze e gli erano scivolati giù gli occhiali. «Quello strano telefono lì non funziona bene». Indicò il vecchio telefono a filo tra le tende, nell'angolo.

«Un momento» disse il nonno mentre la nonna faceva un sospiro di disapprovazione. «Hai detto che hai usato quel telefono lì» indicò l'apparecchio telefonico «per chiamare il, come hai detto, capitano...?»

«...il capo scout» completò Petronella per il fratello, che era seduto accanto a lei con gli occhiali appannati, misero come uno straccio. Aveva avuto le migliori intenzioni. Ma forse avrebbe dovuto tenere le mani lontano da tutti gli aspetti pratici e concentrarsi piuttosto sui nomi in latino dei pesci abissali.

«Curioso» disse il nonno. «Questo capo skate è morto?»

Petronella lo fissò. «Cosa? E perché dovrebbe essere morto?»

Avvertì i peli delle braccia rizzarsi. Da quando avevano parlato con i poliziotti, prima, i nonni le facevano quasi paura. Non poté fare a meno di pensare all'espressione scioccata di Horks.

«Beh, perché questo apparecchio» il nonno indicò ancora il telefono nero «è un cosiddetto telefono del vento. Non so se ne avete mai sentito parlare».

Petronella lo guardò con aria interrogativa.

«Un'invenzione giapponese. Si usa per chiamare i morti. Con i vivi» si rivolse a Pellegrino «non puoi comunicare. La linea è, insomma, morta».

Pellegrino alzò la testa e aggrottò intensamente le sopracciglia. Nella sua testa, i pensieri facevano le capriole.

«Ehm!» fu tutto ciò che riuscì a tirar fuori.

Si alzò in piedi, si diresse a passi pesanti verso il telefono, prese il ricevitore nero, proprio come aveva fatto cinquantasette minuti prima, dopo aver avuto quell'idea improvvisa. Poi accostò il ricevitore all'orecchio e rimase in ascolto. Niente. Nemmeno un crepitio o un fruscio. Ma soprattutto, non suonava libero. Sollevò l'apparecchio. «A un telefono di questo tipo serve necessariamente un filo, non è vero?» mormorò. «Questo telefono non ha il filo. Perché questo telefono non ha il filo?»

Un'ondata di brividi lo attraversò quando ripensò alla voce bizzarramente distorta che gli aveva risposto dall'altra parte, dopo che aveva composto il numero del capo scout. Essendo così concentrato sulle frasi che si era preparato e su come camuffare la voce, non vi aveva prestato molta attenzione.

«Pel... state... ci dispiace tanto...»

Pel. Il capo scout non lo aveva mai chiamato così. Se proprio, qualche volta lo chiamava "svitato". Nessuno lo chiamava Pel. A parte i suoi fratelli e i suoi... genitori. All'improvviso gli sembrò che le pareti del Salotto Verdemare gli si chiudessero rapidamente addosso.

«Non mi sento molto bene» respirò. «Mi sa che mi devo sdraiare».

Poi divenne tutto nero.

Capitolo 5

L'infestometro di Hortensia

«Mettetelo sul divano» ordinò la nonna.

Petronella e Roberta erano troppo spaventate per disobbedire. Sollevarono il fratello privo di sensi e lo depositarono sull'imbottitura consunta ma morbida. Da qualsiasi posto potesse essere giunto, Hein all'improvviso era lì. Aveva in mano un cuscino di seta, che infilò sotto la testa di Pellegrino, e un panno umido, che gli posò sulla fronte.

«PELLEGRINO!» urlò la nonna a un volume assordante e diede al nipote un sonoro schiaffo con il palmo della mano.

«No!» gridò Petronella inorridita.

Ma l'effetto fu immediato. Come Biancaneve nella bara, Pellegrino aprì gli occhi. «Sono morto?» domandò.

«Povero, povero passerotto. No, non sei morto, sei a casa».

«Oh» mormorò Pellegrino. «Allora devo aver fatto un sogno. Ho sognato che...» Con uno scatto si alzò a sedere, al che lo straccio dalla fronte gli cadde in grembo con un morbido *splat!*

Petronella non avrebbe mai dimenticato l'espressione sconcertata del fratello che, accovacciato lì con gli occhiali scivolati sul naso e le ciocche di capelli bagnate sulla fronte, lentamente disse: «Stasera ho parlato con i nostri genitori.

Con il telefono del vento. Il nonno dice che con il telefono del vento si possono chiamare solo i morti. Di conseguenza, i nostri genitori sono morti».

Un'onda fredda e scura si infranse sul corpo di Petronella. Dovette sedersi.

«Cosa?» sussurrò, ma fu sovrastata da Roberta, che gridò: «Tu sei pazzo! E come dovrebbe funzionare? Una cosa del genere non esiste! Al massimo, nella tua fantasia!»

Pellegrino si accigliò. «È stato molto difficile capire che cosa dicevano. Forse era la voce della dottoressa Stella. Credo che volesse sapere come stessimo. E ha detto qualcosa che sembravano delle scuse».

«... ma lui di fantasia non ne ha» mormorò Roberta, più che altro a se stessa. La sua espressione passò dallo stupore all'indignazione, fino all'orrore e alla disperazione: «Quella che ha fantasia sono io!»

Il nonno si inginocchiò vicino a Pellegrino e gli mise la mano grande e ossuta sul braccio. «Mio caro, ne sei proprio sicuro?» Lo guardò dritto negli occhi. «Non si scherza con una cosa del genere!»

Pellegrino fissò per un attimo lo sguardo avanti a sé, poi annuì. Petronella si sentiva intorpidita. Come quando aveva i piedi addormentati, ma in tutto il corpo.

Fu un momento strano, tutti lì in piedi intorno al divano dove era seduto Pellegrino, in silenzio. Una piccola eternità, riempita fino all'orlo da un gelido oceano nero di pensieri, e allo stesso tempo così infinitamente vuota.

A un tratto, la nonna batté le mani ed esclamò: «Credo che sia ora di prendere il tè dell'una di notte. Non è vero, Pernell?»

«È proprio ora, mia cara» disse il nonno, guardando

l'orologio da taschino con finta indignazione. «Hein, amico mio... Oh. Di certo sarà già in cucina a preparare tutto».

Petronella fu loro grata per quell'idea bizzarra. Anche lei sentiva che dovevano riempire quel grande vuoto nero e freddo con qualcosa. Con il tè, se necessario.

Il tè dell'una di notte si tenne in biblioteca. I nonni occupavano due consunte poltrone da lettura, mentre Petronella, Pellegrino e Roberta si erano sistemati a gambe incrociate sul tappeto con il mondo, sopra all'Atlantico del Nord e all'Atlantico del Sud.

Intorno a loro c'erano tazze da tè e piatti di sandwich che Hein aveva preparato e che loro avevano mangiato tutti, anche se nessuno aveva fame, per il semplice motivo che avevano un sapore così stranamente confortante.

«Questa è la Cronaca della famiglia Polidori». Sulle ginocchia del nonno era appoggiato un grosso libro, che sembrava tanto vecchio quanto pesante, con conchiglie incollate su tutta la copertina. Bevve un sorso dalla tazza da tè e si schiarì la gola. «Ora vi racconterò una storia. La storia. La nostra e la vostra storia. Ma prima...» Alzò l'indice e pronunciò le frasi che seguirono quasi cantando:

«Alla famiglia restiamo fedeli,
ai giovani d'oggi e a quelli di ieri.
I morti noi onoriamo,
i muti e i messaggeri.
Ciò che a noi affidano
In vita custodiamo,

qui lo conserviamo
e lo amministriamo.
E alla morte, il testimone sarà consegnato
e ogni messaggio con noi nella tomba portato».

Tacque, e sembrò avere bisogno di un momento per tornare al presente.

Anche Petronella si sentiva invasa da una certa solennità.

«Wow» disse infine Roberta, ironica. Sembrava ancora abbastanza irritata. «E che cosa vorrebbe dire?»

«È il codice della famiglia Polidori» disse il nonno. «Presto lo comprenderete meglio. Portatelo sempre nel vostro cuore. Ora ascoltate». Il nonno sfogliò molte pagine di carta sottile e ingiallita, riempite fitte fitte di testi scritti in diverse grafie antiquate. Poi, evidentemente, trovò il punto giusto e cominciò a leggere ad alta voce.

Tildrum, 11 agosto 1834

Annotazione di Hortensia Amanda Polidori

Inizia un nuovo capitolo nella storia della famiglia Polidori!

Sto scrivendo queste righe a Tildrum, nella Frisia Orientale, dove qualche settimana fa ho acquistato una nuova proprietà.

Ero di passaggio e mi sono innamorato di quella vecchia catapecchia. La casa era vuota perché un tempo apparteneva a uno dei balenieri della zona, di nome Hodder Morkel. In città ha la fama di essere un furfante perfido e senza scrupoli, e, dopo la sua scomparsa nel Mar Glaciale Artico, nessuno ha voluto la sua casa. Figuratevi, la gente crede che sia infestata! Sono dei veri idioti.

Ma io l'ho comprata. Mi ci è voluto un po' di impegno, però sono riuscita a restaurare il vecchio rudere. Ora ho tra le mani un vero gioiello, posso dirlo con orgoglio e un po' di presunzione. Ho assunto un giardiniere per il giardino intorno al bellissimo laghetto. Heiner ha fatto un ottimo lavoro. Ora le magnifiche rose e la mia omonima, l'ortensia, sono in fiore.

Qui seduta accanto alla finestra aperta della biblioteca, mentre scrivo, sento il mare scrosciare pacifico non molto lontano. Questo è davvero il mio rifugio, il mio luogo dell'anima. Io rimarrò!

Hodder Morkel?, pensò Petronella con orrore. L'espressione dell'uomo nella fotografia del quaderno del dottor Oscar le si era impressa a fuoco nella memoria.

La sua mente correva: che una persona dall'aspetto tanto cattivo potesse essere un baleniere non la sorprendeva affatto. Ciò che la inquietava davvero, però, era l'informazione che un tempo la casa era appartenuta a lui (provò invece sollievo quando concluse che evidentemente non erano stati i Polidori a erigere quella recinzione di ossa di balena).

Dovette costringersi a continuare ad ascoltare la voce del nonno mentre iniziava a leggere l'annotazione successiva:

Tildrum, 2 settembre 1834

Annotazione di Hortensia Amanda Polidori

Non è facile per me scrivere queste righe. Innanzitutto per la stanchezza. Non dormo più molto. E poi, devo ammettere che la gente in città aveva ragione.

In questa casa si aggira qualcosa

Tildrum, 5 settembre 1834

Annotazione di Hortensia Amanda Polidori

Sono stata interrotta mentre scrivevo l'ultima annotazione. In questi giorni vivere in casa mia non è facile. La creatura che si aggira qui dentro sembra essere davvero pericolosa. Non è di origine naturale, di questo ne sono certa. Mi chiama per nome e vuole darmi la caccia.

Ma voglio lamentarmi né disperarmi. Non starò a guardare mentre questa forza sconosciuta si impadronisce della mia casa. Dopotutto, sono una Polidori. Vive in me lo spirito di esplorazione dei miei antenati. Dominerò la paura, osserverò e agirò.

Tildrum, 23 agosto 1835

Annotazione di Hortensia Amanda Polidori

È tanto che non scrivo, non c'è stato abbastanza tempo. Ma ora è fatta, il Polidorium è al sicuro! Sì, è così che l'ho battezzata, la mia amata fortezza. Ho dominato la paura, ho osservato, poi ho tratto le mie conclusioni. Così ho scoperto i punti del Polidorium dove l'oscurità è più forte. E ho agito.

Disponendo di un patrimonio considerevole, ho fatto apportare alla case alcune modifiche piuttosto complesse. Il progetto altamente riservato che allego a questa annotazione mostra tutti gli artifici e gli espedienti che ho fatto realizzare: le Pareti Erranti, i passaggi segreti e i nascondigli così come alcune altre tecniche che hanno tutte il solo e unico scopo di permetterci di vivere qui dentro al sicuro. Inoltre, ho sviluppato un infestometro: consiste in un barometro di Fitzroy, ma invece di mostrare le previsioni meteorologiche, mostra le apparizioni delle creature infestanti! In questo modo saremo in grado di rifugiarci in tempo in un luogo sicuro e di uscire soltanto quando l'apparizione sarà andata via.

Sì, scrivo noi, al plurale! Mi ha scritto il mio amato nipote Nicodemo. Vuole venire qui! Insieme alla sua Theodora, vuole trasferirsi qui per vivere con la sua vecchia zietta. Come mi fa piacere!

Tildrum, 11 dicembre 1835

Annotazione di Nicodemo Elliott Polidori

Da qui scrive un altro.

Ahimè! È con il cuore greve che devo annunciare che la mia amata zia, la buona e unica Hortensia, non è più con noi. Anche se la penna con cui scrivo trema, voglio raccontare ciò che io e la mia fedele moglie Theodora abbiamo dovuto sopportare negli ultimi mesi.

Arrivando qui, in questo posto tranquillo ma bello, dopo un lungo e faticoso viaggio da Londra, eravamo pieni di speranze e impazienti di rivedere la nostra cara zia e di stabilirci con lei per iniziare una nuova vita, liberi dai vecchi fardelli della patria inglese. Tuttavia, siamo rimasti un poco meravigliati per il fatto che la zia non fosse venuta a prenderci al porto. Non era proprio da lei.

Ma, ahimè!, quale sconvolgimento quando, senza ancora presagire nulla di male, siamo giunti qui, in questa bellissima tenuta, e... la mia mano quasi si rifiuta di scriverlo, la devo forzare! ...abbiamo trovato la mia amata zietta riversa sul pavimento della biblioteca. Pallida! Muta! Morta! Era caduta dalla scala. E non solo! Voglio registrarlo qui per i posteri, perché in città nessuno ci crede: non è morta di morte naturale. È stato un omicidio! Su questo torneremo più avanti.

Abbiamo pianto, ma i nostri lamenti non sono serviti a nulla: abbiamo dovuto seppellirla.

E grande è stata la nostra sorpresa, sì, la nostra costernazione, quando la sera seguente abbiamo rivisto in biblioteca la cara zia defunta, del tutto illesa, soltanto un po' pallida e trasparente! E così è stato da allora in poi, giorno dopo giorno, dopo il calar delle tenebre. La zia, muta e morta (ma comunque sempre buona, su questo eravamo d'accordo) veniva a farci visita ogni sera.

Con il tempo, io e Theodora ci siamo abituati e abbiamo iniziato a parlare con lei. E così ci siamo resi conto di ciò che la nostra zietta aveva da dire: voleva avvertirci! Non era l'unica a essere morta in questa casa! Pur restando muta, ci mostrò questo libro meraviglioso, la Cronaca della nostra famiglia, questo tesoro dal valore incommensurabile. Abbiamo letto, abbiamo compreso. E le abbiamo chiesto: «Chi ti dava la caccia?» La risposta è arrivata con prontezza, scritta da una mano invisibile davanti ai nostri occhi. Diceva: è stato HODDER MORKEL!

Ora Petronella non ce la faceva più. «Hodder Morkel!» sbottò. «Ha ucciso lui la nostra proproprozia? Nonno, ma è...»

«Silenzio, tesoro» la interruppe il nonno. «Ascolta bene». Proseguì a leggere:

Noi resteremo qui. Grazie agli artifici e alle invenzioni senza precedenti della zia, ci sentiamo ragionevolmente al sicuro! E sì, lo spirito di esplorazione è insito anche in noi. Domineremo le nostre paure, osserveremo. Trarremo le nostre conclusioni. E poi agiremo.

Tildrum, 12 giugno 1836

Annotazione di Nicodemo Elliot Polidori

A scrivere queste parole è un uomo ricco. Già, stiamo bene qui nel Polidorium, come chiamiamo affettuosamente questa vecchia catapecchia. È la nostra amata casa e la nostra fortezza.

La condividiamo con i morti che la gente della città porta da noi. La nostra missione è diventata accompagnarli nel loro ultimo viaggio. Alcuni sono morti e tali restano, ma altri hanno ancora una preghiera da fare, come quella volta la nostra cara zia Hortensia, che Dio la benedica! Abbiamo constatato che la maggior parte dei defunti hanno un segreto che appesantisce l'anima impedendo loro di andare oltre. Noi ci offriamo di ricevere quel segreto e custodirlo, così da consentire loro il trapasso. È uno scambio che giova a noi tanto quanto ai defunti.

Li trascrivo qui, nel nostro Codice di famiglia. Chiunque viva nel Polidorium lo rispetti sempre scrupolosamente!

Dopodiché il nonno chiuse il libro.

«I Polidori hanno imparato a vivere con i morti» proseguì «rispettando le regole della casa, sfruttando gli artifici architettonici di Hortensia e non avendo troppa paura, né troppo poca». Guardò a turno i nipoti. «Ma, miei cari, come quasi sempre, c'è un inghippo: poiché il nucleo di tutto questo è innaturale, poiché qui le leggi della natura sono state sconvolte, la natura intorno al Polidorium ha cercato di ristabilire l'equilibrio facendosi più forte e selvaggia. Il mondo selvatico ha cercato di impossessarsi della casa, per ristabilire così l'equilibrio».

«Ah! Equilibrio!» La nonna sbuffò sprezzante e artigliò le dita sui braccioli della poltrona.

«Gloria, lascia perdere». Dal tono del nonno, Petronella capì che avevano già discusso molte volte di quell'argomento. Mentre la nonna alzava gli occhi al soffitto, il nonno proseguì:

«Ma i Polidori non lo avrebbero permesso, perché si erano affezionati alla casa; era la loro unica, familiare dimora, conquistata a caro prezzo. Escogitarono un compromesso o, se volete, uno stratagerma...»

«*Stratagemma*, Pernell, si dice *stratagemma*!» sibilò la nonna.

«Uno stratagemma hanno escogitato, sì, per cui di volta in volta offrivano alcuni pezzi della casa: una volta,una tegola e un mattone, un'altra, la gamba di una sedia e un'asse del pavimento, e gettavano tutto nella pozza in giardino. Il piano funzionava: il mondo selvatico sembrò placarsi per il momento, ma si faceva sempre più forte e selvaggio, perciò il giardino rimase di loro proprietà. In questo modo, per quanto possibile, i Polidori mantennero e mantengono tuttora la casa in armonia con le leggi della natura. È un linea sottile, una zona di confine, una delicata, fragile armonia, ma esiste. E noi vogliamo fare tutto il possibile perché così rimanga, non è vero, miei cari?»

Petronella avvertì un improvviso senso di nausea. Il pensiero di essersi seduta tranquillamente sulle sponde della Pozza Nera, a leggere... Vide la superficie dell'acqua davanti a sé, nera e opaca, e l'assenza del proprio riflesso. *Un portale.*

«Quella pozza senza riflesso...» sussurrò «inghiotte anche... le persone?»

«Beh, sì» disse il nonno, stiracchiandosi e tossendo. «È meglio non farci il bagno».

«Ehm, un momento...» Roberta spostò lo sguardo tra il nonno e Petronella. «Di che cosa stiamo parlando? Quale pozza?»

«La chiamiamo Pozza Nera» annunciò solennemente il

nonno. «Sembra quasi un normalissimo laghetto da giardino, ma è molto di più!»

«Alla fine, è solo un portale per l'eternità» disse la nonna con un tono come se stesse parlando di un paio di calze bucate.

«Un portale per... cosa?» Roberta fissò la nonna con gli occhi sgranati, poi scoppiò a ridere. Suonava un po' stridula. «Sì, certo. Credete che siamo dei completi idioti!»

«Un portale per l'eternità» ripeté impaziente la nonna, e aggiunse in tono quasi annoiato: «Uno dei tanti in questo mondo. I luoghi di passaggio nascono ovunque prevalga una grande oscurità».

«Certo!» Roberta rise e poi chiese con voce strozzata: «E perché questa grande oscurità prevale proprio qui?»

Petronella non l'aveva mai vista così turbata. Possibile che persino Roberta, che non prendeva nulla sul serio, avesse paura?

«Hodder Morkel». Un'ondata di rabbia investì i lineamenti di solito così controllati del nonno. «Ha fatto nascere queste tenebre, aprendo così una breccia nel regno dei morti».

Ancora una volta, all'udire quel nome Petronella rabbrividì. Aveva la sensazione che i pensieri le turbinassero nella testa. Ma poi una parola si liberò dal vortice di pensieri e le si stagliò davanti all'improvviso nell'occhio della sua mente, in una linda calligrafia infantile:

MORTO?

«E dov›è ora Hodder Morkel?» chiese con voce flebile. «È... morto?»

«Siamo sicuri che se n'è andato!» disse il nonno. «Alla fine, se ne sarà fatto una ragione: i legittimi proprietari di questa casa sono i Polidori».

La nonna fece un gesto sprezzante con la mano. «Noi Polidori abbiamo tutto sotto controllo. Non avete nulla di cui preoccuparvi!»

«Ce lo dice la Pendola della morte» disse il nonno. «Se l'equilibrio venisse alterato e l'oscurità prendesse il sopravvento, andrebbe all'indietro».

Come a sottolineare quelle parole, la Pendola della morte nel corridoio suonò le ore. Il nonno estrasse dalla tasca interna del panciotto l'orologio da taschino e lo aprì con uno scatto. «Preciso al minuto» osservò soddisfatto.

La mente di Petronella continuava a vorticare: gli inquietanti disegni a matita sul quaderno, il sorriso assassino di Hodder Morkel nella vecchia fotografia, il corno di conchiglia... e poi, ancora e ancora, il dottor Oscar e la dottoressa Stella, piccoli e soli in uno sterminato oceano nero. Dove potevano essere finiti? Erano morti da tempo, in fondo al mare? E che cosa significava davvero "morti", se esistevano dei portali per l'eternità? Per un attimo Petronella ebbe la sensazione di venire afferrata dal turbinio che aveva in testa ed essere poi scaraventata a terra. Tuttavia, rimase seduta, chiuse per un attimo gli occhi e trattenne il fiato prima di espirare con forza. Questo le fu di leggero aiuto. Con calma, tornò a pensare con chiarezza.

Si tirò il labbro superiore sugli incisivi e cercò di catturare lo sguardo di Pellegrino. *Dovremmo dire a Roberta e ai nonni del quaderno del dottor Oscar?* cercò di comunicargli con la mente.

Ma, per tutta la conversazione, Pellegrino aveva fissato

in silenzio un punto davanti a sé nell'Atlantico del Sud del tappeto, con un profondo solco tra le sopracciglia.

Ora alzò lo sguardo. «Ammetto di non aver ancora capito bene i collegamenti». Era un po' pallido. «Ma probabilmente questa faccenda ha a che fare anche con la vecchia signora nella mia stanza e con quella creatura fatta di topi in corridoio, giusto?»

Roberta era disorientata come Petronella non l'aveva mai vista prima. Le dispiaceva per lei... e quello era un sentimento che non riusciva ad associare alla sorella.

«Quindi questo significa...» Roberta fece una pausa e aggrottò la fronte «... che questo posto è *davvero* infestato? Cioè, come in una storia di fantasmi? Solo che è tutto vero?»

«È ovvio che abbiate molte domande, passerotti miei» disse carezzevole la nonna.

«È normalissimo. Dopotutto, il Polidorium è un luogo pieno di segreti, non è vero? Ma abbiamo tutto sotto controllo». All'improvviso allargò le braccia e con un gesto teatrale unì i palmi delle mani davanti al mento. Inclinò la testa e per un ‹attimo rimase immobile con un'espressione estasiata sul volto. «Ah!» esclamò poi, battendo sui braccioli della sedia. «Pernell, credi che sia il momento giusto per il passaggio di consegne?»

«Sì, Gloria, io credo di sì».

La nonna armeggiò dietro di sé e tirò fuori tre pacchettini. Con un gesto solenne, ne porse uno ciascuno a Petronella, a Pellegrino e

a Roberta. Fece un ampio sorriso scoprendo gli impeccabili denti perlati.

Il pacchettino era avvolto in carta marrone e sembrava sorprendentemente pesante nelle mani di Petronella. Quando lacerò l'involto, scoprì un cofanetto di legno neromarrone. Nel suo, come negli altri due cofanetti, c'era un tubicino di vetro racchiuso in un telaio di lucido metallo giallo dorato. All'interno del tubicino scorreva un liquido grigio nebbioso. Sia sul coperchio del cofanetto che sul metallo intorno al tubicino era inciso il suo nome.

«Ehm, è...?»

«Proprio così, passerotti miei. L'infestometro di Hortensia». La nonna era raggiante come una prestigiatrice a fine spettacolo.

Il nonno si schiarì la gola. «A tutti noi in questa casa conviene possedere un infestometro. Per questo ne abbiamo fatti fabbricare tre nuovi per voi. E ora che è deciso che resterete...» Fece una pausa. «Con l'infestometro ad avvertirvi del pericolo, d'ora in poi, in teoria, potrete muovervi liberamente nel Polidorium in qualsiasi momento. Dovrete solo prestare attenzione alla consistenza del liquido...»

«In teoria!» lo interruppe la nonna. «Il che non significa, però, che d'ora in poi possiate girare per casa di notte senza un valido motivo!»

«E quale sarebbe un valido motivo? Solo quando dobbiamo andare in bagno?»

«Gloria, eravamo d'accordo: dovrebbero, anzi, devono fare le loro esperienze!

«Io... voi... noi...» Roberta era balzata in piedi, affannandosi a trovare le parole mentre frugava freneticamente nelle mille tasche della divisa da scout. Alla fine trovò quello che cercava e lanciò ai nonni un pezzo di carta spiegazzato. Era la cartolina dalla Groenlandia, che ora svolazzava lenta verso terra.

Roberta esclamò: «Il dottor Oscar vi aveva avvertito! Non voleva che vivessimo in questa casa! È troppo pericolosa!»

La nonna guardò la cartolina con la fronte aggrottata. La sua mano si strinse attorno al pomello del bastone da passeggio come se dovesse tenerlo stretto. Ma poi si costrinse a sorridere. «Calmati, passerotto! Non hai ascoltato quello che abbiamo detto prima? Abbiamo tutto sotto controllo!»

«Tu sei una Polidori, mia cara Roberta» disse il nonno, calmo. «Come tutti noi, dominerai la paura. Osserverai, e trarrai le tue conclusioni».

«Anche il dottor Oscar è un Polidori». Roberta boccheggiò. «E nemmeno lui ha...»

«Ehm, un momento, Roberta!» Anche Petronella si alzò da dove sedeva a gambe incrociate e fece un passo verso la sorella maggiore. Si sfilò il quaderno del dottor Oscar dalla cintola e glielo porse. «Lui ha fatto proprio questo, sai. Ha dominato la paura. Ha osservato, e ha tratto le sue conclusioni...»

Non fece in tempo a pronunciare le ultime frasi, che avvertì una spiacevole tensione nella stanza.

Lo sguardo osservatore della nonna si posò sul quaderno e, mentre gli occhiali le si oscuravano, parve a Petronella una potente maga. Roberta prese il quaderno con la punta delle dita, come se Petronella le stesse porgendo un grondante pesce abissale. Lo sfogliò per un po', fissando i disegni di Musgret, della Zia Morta e delle altre creature. Poi alzò lo sguardo. L'occhiata che rivolse a Petronella si sarebbe potuta definire, quasi senza esagerare, mortale.

«Dove l'hai preso?» ringhiò tra i denti.

Petronella non riuscì a reggere il suo sguardo e fissò il pavimento. «Era in un cassetto della mia, ehm, della scrivania del dottor Oscar».

«E da quando ce l'hai?»

«Ehm. Dall'altro ieri».

«Sì, me l'ha fatto vedere proprio la sera del giorno in cui siamo arrivati» aggiunse Pellegrino, il che naturalmente non migliorò la situazione.

Roberta si lasciò scivolare di mano il taccuino e l'infestometro, che andarono a posarsi non lontano dalla cartolina, sul Brasile.

«Vi odio tutti!» gridò.

Poi uscì dalla stanza senza dire un'altra parola.

«Tutto a posto». Hein era entrato in biblioteca e aveva cominciato a impilare piatti e tazze su un vassoio. «Penserò io a Roberta. Non dovrete preoccuparvi per lei».

Nessuno gli domandò come facesse a dirlo con tanta sicurezza.

«E il progetto?» chiese Petronella. «Il progetto di costruzione di Hortensia con gli artifici. Posso vederlo?»

Il nonno allargò le mani con rammarico. «Scomparso. È un peccato, perché non possiamo attivare gli artifici di Hortensia. Ma state tranquilli: il Polidorium non dorme mai. Veglia su di voi».

* * *

La nonna impiegò molto tempo per scalare i ventiquattro gradini che portavano alla Stanza della torre. Ma quella notte aveva insistito per dare personalmente la buonanotte a ciascuno dei nipoti (l'alba si stava già annunciando). Aveva avvicinato la sedia della scrivania alla cuccetta di Petronella e ora vi sedeva in modo così elegante e dritto che nessuno avrebbe capito quanto la salita dovesse essere stata faticosa per lei.

«Le Mura Erranti hanno riaperto la stanza di Pellegrino». Parlava più piano del solito, quasi con dolcezza. «Tuo fratello è rimasto estasiato. Vostra sorella, invece... Be', credo che Hein abbia ragione. Si calmerà. Ma non parliamo degli altri. Come stai *tu*, passerotto?»

Era da tanto tempo che a Petronella nessuno lo chiedeva. Artigliò con le dita il copriletto mentre cercava di mettere ordine nelle sue emozioni e nei suoi pensieri.

«Non lo so. Sono... sono davvero morti? Il dottor Oscar e la dottoressa Stella?»

«È come ha detto tuo nonno, passerottino mio. Con il telefono del vento si possono chiamare solo i defunti. Se tuo fratello diceva la verità...»

«Pel dice sempre la verità».

«Allora conosci la risposta. Mi dispiace, mia povera...»

«Anch'io voglio parlare con i miei genitori» la interruppe Petronella a bassa voce. «Come Pel. Con il telefono del vento. Mi mancano tanto».

«I morti sono imprevedibili». Il tono della nonna non lasciava spazio a dubbi. Con le dita fresche, scostò la frangetta a tendina di Petronella, un piccolo gesto di conforto, proprio come aveva fatto qualche volta la dottoressa Stella, in quei rari momenti di tranquillità, loro due sole.

«Perché il dottor Oscar le ha scritto quella cartolina? Perché ha scritto che il Polidorium è troppo pericoloso per noi? C'entra qualcosa con Hodder Morkel?»

La nonna ritrasse la mano. Il suo volto assunse un'espressione seria, quasi sofferta. «Sai, tuo padre era molto coinvolto nelle vicende del Polidorium quando era bambino».

Lo sguardo di Petronella cadde sul cassetto della scrivania, dove il quaderno del dottor Oscar era stato riposto di nuovo al sicuro. La chiave era infilata tra il materasso e la parete della cuccetta.

«Aveva sempre una paura terribile». Gli occhiali della nonna rilucevano alla luce della lampada a pinza mentre guardava il mare fuori dalla finestra. Poi, a un tratto, le lenti divennero scure. Tutta la tenerezza svanì dal suo volto e la sua voce e la frase che pronunciò suonarono come una sentenza di condanna: «Non ha mai dominato la paura come un Polidori avrebbe dovuto».

«Ma...» Petronella voleva controbattere, difendere il padre, ma poi le venne in mente la voce pacata del dottor Oscar e i suoi occhi sempre un po' troppo spalancati. Se lo immaginò mentre scriveva la cartolina ai nonni con mani tremanti. Sì, aveva sempre avuto paura, anche di questo viaggio di esplorazione.

Tutto il contrario della dottoressa Stella.

Più come me, pensò e borbottò: «Anch'io ho paura».

La nonna si voltò verso di lei e i braccialetti d'oro tintinnarono quando pose le mani sulle spalle di Petronella con una pressione sorprendentemente forte. «Passerotto, tutti hanno paura. Non è un problema!» Fece una risata limpida. «Non devi fare altro che dominare la paura. Solo allora potrai osservare. Solo allora potrai agire». Si tirò su gli occhiali fino all'attaccatura dei capelli e guardò Petronella dritta negli occhi. «E solo allora potrai fare cose meravigliose, passerotto, cose pericolose, cose magnifiche!» Spalancò le braccia come se volesse conquistare il mondo intero.

A Petronella, per la soggezione, era venuta la pelle d'oca sotto la coperta. «Ehm» fece, desiderando che la sua voce non suonasse così piccola. «Che tipo di cose, per esempio?»

La nonna abbassò le braccia e mormorò: «La tua proproprozia Hortensia. Ha fatto grandi cose!

Geniali! Certo, ha dovuto pagare un prezzo molto alto».

Petronella si tirò su a sedere. «Ti riferisci ai suoi artifici architettonici?»

«Tutte quelle invenzioni ge-nia-li!» esclamò la nonna.

«E che prezzo ha dovuto pagare?»

La nonna scrollò le spalle. «Ha dovuto stringere un patto con le tenebre, è ovvio. Era assolutamente indispensabile». Da come ne parlava la nonna, sembrava un male necessario, ma Petronella sentì comunque un brivido correrle lungo la schiena. «Altrimenti non avrebbe potuto servirsi del potere oscuro per creare gli infestometri, le Pareti Erranti, la Pendola della morte e diverse altre piccole meraviglie. Tutto per tenere a bada Hodder Morkel!»

«Ma, in che senso, un patto con le tenebre?» chiese Petronella ansiosa. «Insomma, dopotutto è morta, Hodder Morkel l'ha assassinata!»

«Le forze che governano in questa casa sono molto potenti, lo sai. Hortensia se ne è servita per sé, per noi, ma...» Si ammutolì, accasciandosi un po', prima di continuare a voce bassa: «Il Polidorium è diventato parte di lei, ma adesso anche lei è parte del Polidorium, per sempre. E, come ora sai, passerotto, qui i confini tra la vita e la morte sono sfumati».

«Quindi dovrà rimanere qui per sempre?» Il sangue frusciava nelle orecchie di Petronella, che udiva la voce della nonna ovattata, come se provenisse da molto lontano:

«È così. Chiunque stringa questo patto, dopo la morte sarà legato a questa casa per sempre. Come tutte le creature in quel quaderno che hai trovato».

«Non può uscire dalla casa, mai?»

«Ora». Con un gesto elegante della mano, la nonna riportò gli occhiali sul naso. «Ci sono mezzi e modi. Mi limito a dirti che anche questo richiede un prezzo. Niente è gratuito».

Le domande vorticavano nella testa di Petronella, ma ce n'era una più pressante di tutte le altre: «Anche il dottor Oscar ha stretto questo patto? Tornerà anche lui al Polidorium per restarvi per sempre?»

Il suo cuore ebbe un sussulto doloroso, come se volesse balzarle fuori dal petto mentre Petronella aspettava la risposta.

La nonna prese la mano della nipote e la strinse: «Non sappiamo nulla, passerotto.

Dobbiamo solo stare a vedere. Ma quello che sappiamo è che siamo i Polidori. Tutti noi. E il nostro posto è qui, nel Polidorium, vivi o morti».

Petronella esitò, poi annuì.

«D'ora in poi, questa è casa vostra».

La nonna sorrise. Si alzò e si avvicinò alle finestre, dove la brezza marina gonfiava le tende. Prima che girasse la testa, Petronella vide il suo sorriso spegnersi. Fissò qualcosa fuori dalla finestra e per un breve momento un'ondata di rabbia le attraversò il viso, per poi scomparire con la stessa rapidità con cui era arrivata.

«Dormi ora, passerotto. Sarai molto stanca». E le diede un bacio.

Non appena la nonna fu uscita dalla stanza, Petronella saltò fuori dalla cuccetta e si mise in punta di piedi vicino alle finestre. I primi raggi di sole proiettavano una luce irreale sull'albero in giardino. Sul Tiglio Morto, come Petronella lo aveva battezzato dato che non gli crescevano più le foglie, erano appollaiati dei corvi, almeno una ventina, e tutti la guardavano dritta in faccia con gli intelligenti occhi neri.

Quando percepì le loro voci, fu proprio come quando Pellegrino le parlava con gli occhi.

Quelle voci spuntarono nella sua mente ed erano tante, alcune più basse, altre più forti:

Lasciaci entrare ***Lasciaci entrare*** *Lasciaci entrare* ***Lasciaci entrare*** *Lasciaci entrare* ***Lasciaci entrare*** *Lasciaci entrare* ***Lasciaci entrare*** *Lasciaci entrare* ***Lasciaci entrare*** *Lasciaci entrare* ***Lasciaci entrare*** *Lasciaci entrare* ***Lasciaci entrare*** *Lasciaci entrare* ***Lasciaci entrare*** *Lasciaci entrare* ***Lasciaci entrare***

Petronella sussultò e indietreggiò di un passo. Subito, la tempesta di voci nella sua testa si spense.

«Li capisco» mormorò. «Perché capisco quello che dicono?»

Si accostò di nuovo al davanzale. I corvi erano ancora appollaiati sul Tiglio Morto.

Perché riesco a capire quello che dite? disse ai corvi con il pensiero.

Seguì prontamente un gracchiare a più voci:

Tu sei come lui Lasciaci entrare Tu sei come lui Lasciaci entrare Tu sei come lui Lasciaci entrare Tu sei come lui Lasciaci entrare Tu sei come lui Lasciaci entrare Tu sei come lui Lasciaci entrare Tu sei come lui Lasciaci entrare Tu sei come lui Lasciaci entrare Tu sei come lui entrare Tu sei come lui Lasciaci entrare Tu sei come lui Lasciaci entrare Tu sei come lui

Io sono come chi? Chi è "lui"? chiese muta Petronella.

Lasciaci entrare Lasciaci entrare Anche lui ci ha lasciato entrare Lasciaci entrare Anche lui ci ha lasciato entrare Lasciaci entrare Lasciaci entrare Lasciaci entrare Lasciaci entrare Lasciaci entrare Lasciaci entrare Lasciaci entrare Lasciaci entrare Lasciaci entrare Lasciaci entrare Lasciaci entrare Lasciaci entrare Lasciaci entrare Lasciaci entrare Lasciaci entrare Lasciaci entrare

Alcuni corvi sembravano aver già perso interesse. Spiegarono le ali emettendo un rauco «Cra!» che si insinuò tra le voci nel pensiero.

La nonna non vuole animali in casa! Petronella cercò di far sembrare dura e severa la sua voce nel pensiero.

Come rispondendo a un comando invisibile, ora anche gli altri corvi spiegarono le ali e uno dopo l'altro si alzarono in volo. Lentamente, le loro grida si spensero.

Nella testa di Petronella rimase un rombo.

Okay, pensò e buttò fuori l'aria. *Ho appena parlato con uno stormo di corvi. So parlare con gli animali!*

Mentre Petronella tornava a coricarsi nella cuccetta, ascoltando lo sciabordio del mare che filtrava nella Stanza della torre attraverso la fessura della finestra, avvertì di nuovo quel formicolio anticipatorio. *Questo*, pensò, *deve essere il mio spirito di esplorazione. Perché sono una Polidori.*

«Io sono Petronella Polidori» disse ad alta voce nella penombra. «Dominerò la paura. Osserverò, trarrò le mie conclusioni. E poi agirò».

Parte 2

Osa andare all'avventura

Capitolo 6

Le forbici per mancine di Linnéa LeVander

L'estate si concluse con un temporale che infuriò su Tildrum per ventotto ore. Si lasciò dietro un ufficio postale allagato, tre alberi caduti, molte tegole disperse e una città autunnale.

Anche il tetto del Polidorium aveva riportato nuovi buchi. Ora nelle crepe e negli angoli si udiva gemere e ululare ancora più di prima. Inoltre, un angelo di pietra in giardino era caduto dal piedistallo e aveva perduto la testa.

Per gli abitanti della città, la mareggiata era uno di quegli eventi dopo i quali tutti si raccontavano dove si trovavano o quello che stavano facendo nel momento in cui era arrivata.

«Stavo tirando su le reti da pesca! Poi il mare è diventato tutto nero... Talmente nero che se non lo vedevo con i miei occhi non ci credevo!»

«Quando è iniziato a piovere a dirotto (e lì ho pensato: oh, che gocciolone!) ero al faro. Pensavo: così te la vai a cercare!»

«E penso: l'ufficio postale è andato! Tutto allagato, tutto pieno di lettere e pacchi bagnati... Nei prossimi mesi arriveranno solo lettere in bottiglia, credete a me!»

Una donna in bicicletta era stata colpita da un fulmine davanti alla biblioteca della città. Non poteva più raccontare niente a nessuno, almeno, a nessuno in città, perché ora giaceva sul tavolo argenteo nel seminterrato del Polidorium ed era morta. La sua pelle era attraversata da uno strano disegno che ricordava i rami di un albero rossoblu.

«Si chiama figura di Lichtenberg» spiegò il nonno. «Questi disegni si formano ovunque vi sia stata una scarica di tensione elettrostatica, anche sotto la pelle umana».

«È veramente bello» osservò Petronella meravigliata. «Sembra che stia solo dormendo. Tutti quelli che stanno qui con te hanno sempre quest'aspetto, vero, nonno?»

Petronella scendeva spesso là sotto per guardare il nonno e Hein mentre lavoravano. Si aspettava sempre che i morti si tirassero a sedere nella bara e cominciassero a parlare. Proprio come aveva fatto Ivan Schrödersen, almeno, così se lo immaginava. Ma finora non era successo nulla del genere. Tutti i cadaveri erano rimasti distesi in silenzio e si erano lasciati lavare e truccare. Se ne occupavano il nonno e Hein per prepararli al funerale imminente.

In un angolo nascosto dell'agenzia c'era una serie di ampie vetrinette d'ebano. All'interno, una gran varietà di oggetti era conservata dietro a un vetro, come in attesa del pubblico. Tutti gli scomparti erano etichettati con dei nomi. In uno di essi c'era la palla di vetro con la neve che il nonno aveva mostrato allo sbigottito ufficiale di polizia Horks, e sotto c'era scritto:

IVAN SCHRÖDERSEN

Nello scomparto accanto c'era una macchina da scrivere vecchio stile, al di sotto della quale si trovava un mazzo di chiavi, poi c'erano tre monete da dieci penny, un sacchettino

di biglie di vetro, due lucidi bottoni d'argento e molto altro. Alcuni scomparti erano vuoti.

Le vetrinette emanavano una calma stranamente solenne. Petronella lo chiamava il "Museo dei morti". Le sarebbe piaciuto chiedere al nonno le storie che si nascondevano dietro quegli oggetti, ma sentiva che non sarebbe stato opportuno.

A Petronella piaceva stare qui con lui quando non si ritirava nella sua cuccetta meravigliosamente accogliente. Era contenta che per tutta l'estate non ci fosse mai stato motivo di lasciare le mura protettive del Polidorium. Le avevano infuso sicurezza durante quello strano periodo di attesa e di preoccupazione per ciò che poteva essere accaduto al dottor Oscar e alla dottoressa Stella.

Ma presto le cose sarebbero cambiate.

«Ho paura della scuola» sbottò Petronella mentre guardava il nonno che chiudeva la lampo del sacco per cadaveri e spingeva la defunta di nuovo nella cella frigorifera.

«Lo so, mia cara». Il nonno si tolse i guanti di gomma e rivolse alla nipote uno sguardo attento.

«Non posso restare qui, nonno? Non potete farmi da insegnanti? Voi due sapete così tante cose!» Petronella si tirò il labbro superiore sugli incisivi, anche se aveva deciso di abbandonare quell'abitudine.

«No, mia cara» rispose il nonno. «Purtroppo non si può fare»

Per un po' si udirono solo i rumori tipici della loro nuova casa, l'ululato del vento nelle fessure e gli scricchiolii nei corridoi ai piani di sopra.

Il Polidorium mi piace, pensò Petronella, e poiché aveva anche deciso di pensare meno e parlare di più, disse ad alta voce: «Sai, nonno, qui con te ho già realizzato due dei miei cinque più grandi desideri. Ho un cassetto tutto mio nella scrivania che si chiude a chiave. E ho una stanza tutta mia. Adoro la mia Stanza della torre!»

Il nonno sorrise.

«Mi chiedo se anche il mio terzo più grande desiderio si avvererà presto. Degli incisivi nuovi. Mi date il permesso di avere degli incisivi nuovi?»

«Dovrai chiederlo a tua nonna. Penso che i tuoi incisivi siano perfetti così».

«*Tu* non devi andare in una nuova scuola» disse Petronella tetra. «Sai come mi chiamavano nella mia vecchia scuola?»

«Faresti un passo da parte, per favore? Devo andare alla vetrinetta».

«Petronella Vampirella!»

«Grazie, mia cara». Il nonno aprì lo sportello di vetro di una delle vetrinette d'ebano e vi pose dentro un paio di orecchini colorati a forma di pappagallo. Sullo scomparto incollò un'etichetta con il nome

MATHILDE LEVANDER

«Se non posso avere dei denti nuovi, magari mi lasciate prendere un cane?» supplicò Petronella. «Il più grosso possibile, che mi difenda. Un animale domestico è il mio secondo desiderio più grande in assoluto!»

«Lo sai che non si può, Petronella. Gli animali non sono ammessi nel Polidorium».

«Ma io lo voglio così taaanto, quasi quanto...» Petronella fece una pausa.

Il nonno alzò lo sguardo. «Sì?»

«Voi il mio più grande desiderio non lo potete esaudire" mormorò Petronella. «Nessuno può».

«Qual è il tuo più grande desiderio, mia cara?»

«Un'amica» disse Petronella dolcemente. «Una vera anima affine che mi capisca come nessun altro».

«Un'anima affine?» Il nonno inarcò le sopracciglia folte per la meraviglia. «Credevo che tu e Pellegrino lo foste, anime affini».

Petronella si morse il labbro inferiore, poi sussurrò: «Non dirglielo. Io voglio davvero bene a Pel. Ma a volte è un vero rompiscatole. E non posso parlargli di cose come con una migliore amica, sai com'è».

«Certo, lo capisco. Ma aspetta e vedrai, forse nella scuola nuova ti farai un'amica».

«Pensi davvero che potrebbe succedere?»

«Sì, mia cara, lo credo. Davvero».

Petronella fece un profondo sospiro. La speranza le brillava nel petto come un piccolo fuoco caldo. *Quanto sarebbe bello!* Forse avrebbe dovuto dare una possibilità alla nuova scuola.

La stanza di Pellegrino era soprannominata "l'Acquario". Era per via delle piante che si inerpicavano fuori, sulla facciata della casa, e che ricoprivano le finestre. Questo faceva sì che la luce nella stanza apparisse verdastra e opaca, come in un acquario.

«*Wisteria villosa*» aveva già comunicato Pellegrino a tutti. «Noto anche come glicine».

Le pareti blu intenso dell'Acquario erano ornate da dipinti

a olio di pesci abissali in cornici dorate, per i quali Pellegrino nutriva un amore profondo. Se il dottor Oscar e la dottoressa Stella fossero stati qui ora, si sarebbero interrogati a vicenda. («*Bathylychnops exilis*?» «Appartengono alla famiglia degli *Opisthoproctidae* e raggiungono i cinquanta centimetri di lunghezza! Sono dotati di organi luminosi!») Pellegrino non poté fare a meno di sorridere.

Perché sorrido? pensò, stupito. *Il sorriso è un'espressione di felicità. E io non sono affatto felice. Sono triste. Sì. Sono triste, perché non so se potrò mai più giocare alle domande di specie con il dottor Oscar e la dottoressa Stella.*

Eppure... c'era una certa sensazione di calore, come quella che si prova dopo un abbraccio.

Sembrava che quella stanza lo stesse aspettando. I quaderni verdi con le voci della sua enciclopedia sugli animali marini e i quaderni neri in cui annotava tutte le sue osservazioni quotidiane erano allineati con ordine sulla mensola. I suoi barattoli accuratamente etichettati contenenti reperti quali gusci di uova di gabbiano, conchiglie e campioni di sabbia tappezzavano ogni superficie libera della stanza, disposti secondo uno specifico sistema (il suo grande sogno era che il suo primo pesce abissale finisse classificato qui, anche se Petronella diceva che i pesci devono stare in acqua e in nessun altro posto). Tutte le sue cose si integravano talmente bene con il resto dell'arredamento che pareva fossero sempre state lì.

«Ecco, pronto per la raccolta».

Soddisfatto, guardò la scheggia della recinzione di osso di balena nel nuovo barattolo per reperti e con la sua penna stilografica iniziò a scrivere in bella grafia

Osso di:
Physeter necrocephalus
(parecchio deteriorato)

su un'etichetta. Di solito, quando era impegnato con i suoi reperti, riusciva a spegnere del tutto il mondo esterno per ore.

Ma ora sussultò perché qualcuno lo stava chiamando per nome.

Lo sguardo di Pellegrino cadde sull'infestometro che si trovava sul comodino dalla notte in cui avevano appreso la vera storia del Polidorium. E infatti: il liquido nebulizzato all'interno aveva iniziato a muoversi e si snodava attraverso il tubo di vetro.

Il mio battito sta aumentando, pensò. *Mi si stanno rizzando i peli delle braccia. Questi sono i segnali fisici della paura.*

Per tutta l'estate, non c'erano stati altri episodi appartenenti a quella categoria. La vecchia signora, quell'illusione ottica che tale non era, non si era più fatta vedere dopo che le Pareti Erranti avevano sbloccato l'accesso alla sua stanza. Anche la creatura chiamata Musgret non era apparsa una seconda volta. Fenomeni interessanti, estremamente insoliti. Per questo una parte di lui sperava che si ripetessero. Ma non quando era da solo! Un esploratore non dovrebbe mai partire da solo per una spedizione pericolosa. La prudenza è la massima priorità, gli aveva spiegato il dottor Oscar.

Pellegrino rimase seduto tutto impettito, con la penna in mano e lo sguardo fisso sull'infestometro. La nebbia non si stava già un po' calmando? Forse la cosa fuori dalla porta era già sparita. Doveva solo andare a controllare.

Ma... che cosa avrebbe dovuto fare se quella vecchia signora inquietante fosse stata ancora lì a fissarlo con il binocolo? Nessuno sapeva se fosse pericolosa o meno. Gli venne un'idea. Cercò di fa sembrare la sua voce forte e decisa mentre recitava la formula delle Tre P.

Notte nera e tempestosa?
Prese in giro che piovono a iosa?
Non ci tocca, stiam bene così
perché noi siam le Tre P!
Pronunciamo il giuramento
che spezzare non si può
Noi nel nostro club ci siamo
noi soltanto, e tu... no!»

Ma il labbro inferiore gli tremava ancora. Presumibilmente, l'incantesimo poteva avere effetto solo quando erano in tre a pronunciarlo.

Ma devo comunque agire, pensò. *Ora andrò a dominare la paura. Osserverò e trarrò le mie conclusioni, come uno scienziato. Come un Polidori.* Si alzò e si diresse verso la porta. Lentamente, centimetro dopo centimetro, abbassò la maniglia e aprì un minuscolo spiraglio nella porta.

Da questa parte, gli risuonò di colpo una voce maschile nella testa. Allo stesso tempo, notò un movimento nel barattolo con il *Petromyzontiformes*, la lampreda. Lo stava fissando.

«Tu sai parlare?» domandò Pellegrino, spalancando del tutto la porta. Gli sembrava strano conversare con un reperto biologico in liquido.

Sììì, camerata. Ho bisogno del tuo aiuto, gracchiò la lampreda.

«Freddofreddofreddooooo» strillò Roberta. Era piegata in avanti sulla vasca da bagno, dai capelli le gocciolava una tinta color blu notte. «Odio il bagno di questo piano. Non funziona niente, qui».

Come per contraddirla, il vecchissimo boiler sibilò e fece piovere acqua calda fumante dal soffione della doccia.

«Aaargh!!! Scottaaa!» Roberta ritrasse la testa dal getto d'acqua. Pulì lo specchio appannato e vi si rimirò con soddisfazione. «Il colore si chiama *Midnight Hour*. Mi sta veramente bene, vero?» Si sentì più viva di quanto non fosse da settimane.

«Magnificamente» risuonò morbida la voce di Hein proprio dietro di lei.

Non era seduto sul bordo della vasca appena un momento prima?

«Oh, si è appannato di nuovo, stupido specchio!» disse in fretta e si precipitò a strofinarlo con il dorso della mano, in modo che Hein non si accorgesse che era trasalita per lo spavento. Non voleva che Hein, che appariva così calmo, così adulto, la considerasse una coniglietta paurosa. «Grazie per l'aiuto. Prima erano le mie amiche a tingermi i capelli, ma qui in questo paesucolo... Pfff». Schioccò le dita per sottolineare la sua antipatia nei confronti di Tildrum. «Qui non c'è mai un nessuno che sia abbastanza interessante per me».

«Sono sicuro che anche tua nonna ti avrebbe aiutato volentieri».

«No, grazie». Roberta scosse i capelli bagnati e si poggiò le mani sui fianchi.

«Serbi ancora tanto rancore nei confronti della tua famiglia?»

Roberta si strinse le labbra al pensiero di quelle solitarie settimane estive. Oh, quanto rancore serbava! Com'era tipico, i gemelli facevano di nuovo comunella. Ovviamente, con i nonni andavano d'amore e d'accordo. E poi, questa storia inquietante! Era quello che le bruciava di più. Aveva sempre tanto desiderato vivere una vera avventura. Ma non così! Non una che iniziava con messaggi criptici dai loro genitori morti, comunicati per mezzo di un telefono del vento. Quella non era un'avventura, era semplicemente orribile.

«Non vale affatto la pena di sopportarli. Me ne andrò da qui al massimo entro l'inverno. Devo solo diventare difficile da educare».

Prima che Hein potesse cercare di dissuaderla dal suo ultimo piano, si avvolse l'asciugamano che aveva in testa trasformandolo in un turbante e sfrecciò nella Stanza Rosa Madreperla. Raccolse dal pavimento la giacca nera borchiata in finta pelle e se la infilò. Poi si guardò soddisfatta nello specchio a muro. Capelli blu notte. Giubbetto rovinato. Sì! Ecco come si immaginava una ragazza di difficile educazione.

Prima chiuse la porta con un calcio e poi con l'alluce girò la manopola del volume dello stereo, prima di pescare dalla scrivania la brochure patinata. *Isentoorn – Il collegio dell'isola per ragazzi e ragazze di difficile educazione* recitava, in severi caratteri grigi.

«Be', mi mancherai». Hein si era avvicinato allo stereo e aveva abbassato l'audio.

«Oh, Hein, non devi spaventarmi sempre così» esclamò Roberta, in primo luogo perché davvero non si era accorta che Hein l'avesse seguita, e in secondo luogo per nascondere quanto quell'affermazione le facesse piacere. «Davvero? Ti mancherò?»

«Ma certo». Prese tre piatti pieni di briciole di sandwich e una tazza da tè dal comodino e le rivolse uno sguardo gentile. I suoi occhi erano nerissimi, fin troppo scuri. C'era qualcosa di insolito in quegli occhi, ma Roberta non riusciva ad afferrare che cosa fosse.

«Lo sai che sei l'unico in realtà a cui sto ancora simpatica?»

«È una sciocchezza, Roberta, e lo sai. I tuoi fratelli e i tuoi nonni ti vogliono ancora bene».

«Ma *a me* non vanno più a genio loro. Ecco! Isentoorn» disse con fermezza. «È lì che andrò. Possono portare quella schifosa scuola di Tildrum da qualche altra parte...»

«Anch'io andrò lì a scuola».

Roberta alzò sorpresa gli occhi dalla brochure. «Davvero?»

«Se non sbaglio, saremo anche nella stessa classe».

«Davvero?» ripeté Roberta «avrei giurato che tu fossi più grande di me».

Hein scrollò le spalle. «Capita di sbagliarsi».

«Va bene». Roberta rimise la brochure del collegio sulla scrivania. «Posso provare a resistere fino a quest'inverno. Ma lo faccio solo per il tuo bene, capito?»

La scuola di Tildrum si trovava dall'altra parte della città. L'edificio rettangolare di mattoni rossi di clinker svettava nel paesaggio brullo come se fosse stato messo lì per caso.

Quando Petronella, Pellegrino e Roberta scesero dalla lunga auto nera dei nonni, Petronella sentì subito gli sguardi su di sé. I nonni non avevano voluto sentire ragioni, li avevano accompagnati a scuola di persona per il loro primo giorno, e Petronella si domandava se fosse stata davvero un'idea intelligente. Perché a quel punto seppero davvero tutti sapevano chi erano. I finestrini posteriori dell'auto dei nonni erano coperti da tendine di pizzo bianco arricciate e sul lucido nero notte del carro funebre, accanto a un nautilus bianco, spiccava, a svolazzi:

Pompe Funebri Polidori –
Un sereno ultimo viaggio

«Arrivederci, miei cari!» disse il nonno, e la nonna scese per soffiare a tutti loro un «In bocca al lupo!» a labbra socchiuse sopra la spalla sinistra. Indossava una mantella rossa come il sangue, lunga fino a terra, con un enorme colletto. La faceva assomigliare a Dracula, ma solo la nonna sapeva se fosse intenzionale.

Se non altro, Petronella poteva convincersi che la sua famiglia riusciva benissimo a distogliere l'attenzione dalla sua personalità insignificante.

Roberta, con la nuova tinta e la vecchia giacca di pelle, si guadagnò il maggior numero di occhiatacce dopo la nonna. Al terzo posto c'era Pellegrino, che naturalmente era un ottimo bersaglio con i suoi occhialoni e le orecchie paonazze.

Ma Petronella non poteva dire di essere stata particolarmente popolare nemmeno nella sua vecchia scuola. «Una bambina tranquilla» avevano detto di lei gli insegnanti. Dopo la fase "Petronella Vampirella", ben presto gli altri bambini avevano perso interesse per lei, perché non si difendeva né piangeva in pubblico. Di conseguenza, per la maggior parte del tempo era stata semplicemente invisibile. Aveva intenzione di comportarsi allo stesso modo anche nella nuova scuola. Non ci sarebbe riuscita.

Se n'era accorta subito: i Polidori erano assai impopolari a Tildrum. A quanto pareva, la gente di qui aveva davvero paura dei nonni e della loro inquietante casa. Se non si trovavano costretti a ricorrere ai servizi dell'unica impresa di pompe funebri del paese, se ne tenevano alla larga. E accadeva di rado che un Polidori si recasse volontariamente in città. Finora.

Non appena Petronella e Pellegrino varcarono la soglia dell'aula della loro nuova classe, il vivace mormorio e le risate si spensero all'istante. Per alcuni lunghi, spiacevoli secondi, il silenzio calò sull'aula come una cupa nube di tempesta. Poi ripresero i sussurri e le risatine, ma l'eccitazione rilassata del primo giorno di scuola dopo le vacanze estive non c'era più. Ora il clima era ostile.

Una ragazza con un grande fiocco rosso in un mare di riccioli d'oro uscì dalla folla bisbigliante.

Si fece avanti con un paio di passi sicuri e si fermò solo quando arrivò faccia a faccia con Petronella e Pellegrino. Rivolse a entrambi uno sguardo penetrante. Comunicava non solo rifiuto, ma anche una certa curiosità. Petronella si sentì come un ragno sotto un microscopio.

L'alito della ragazza odorava di liquirizia e la sua voce era sorprendentemente scura e rauca. «È vero che nel vostro giardino gli scheletri ballano in cerchio?»

Petronella si chiese se la domanda fosse seria. Gli altri, che si erano radunati dietro la ragazza, risero. Quindi no.

«Sì, e se non stai attenta, gli scheletri verranno a casa tua. A loro piace un sacco mangiarsi le bambine dalla lingua troppo lunga». Questo avrebbe detto Roberta ora, e probabilmente avrebbe continuato la storia e l'avrebbe arricchita di dettagli raccapriccianti finché a tutti non si fosse strozzato il riso in gola. Probabilmente lo stava facendo in quel preciso momento, un piano sopra di loro, nella sua classe. Se così sarebbe riuscita a farsi qualche amico era un'altra questione. Ma di sicuro era meglio di quello che stava per fare Petronella.

«Gli scheletri» disse Pellegrino accanto a lei tra le risate «non possono ballare. Non ne sono fisicamente in grado».

Le risate degli altri si spensero. Si scambiarono occhiate ghignanti.

«*Omne vivum ex vivo*» proseguì Pellegrino, alzando l'indice.

Petronella presagiva che la cosa non potesse finire bene.

Ma Pellegrino era già perso nei ragionamenti scientifici.

«Le ossa sono materia morta. Da un punto di vista biologico...»

Qualcuno sbuffò. Le risate ripartirono, questa volta più forti di prima, tanto da soffocare le ulteriori osservazioni di Pellegrino. «Hai sentito, Marie-Hedwig? Gli scheletri non possono ballare!» strepitò un ragazzo con un mucchio di lentiggini.

Con un solo gesto della mano, Marie-Hedwig, la ragazza dai riccioli d'oro, li fece tacere tutti. Era ormai chiaro che in classe era lei a comandare. Tutti sembravano sapere che, se si voleva ridere di qualcosa, bisognava stare dalla sua parte. «E dimmi, i tuoi genitori...» Fece una pausa significativa, durante la quale Petronella sentì montarle dentro una tempesta, che lenta si gonfiò e le salì alla gola come un tornado. «...anche loro sono materia morta?»

La frecciata fu tanto profonda che anche Pellegrino smise di discutere. Rimase lì, con le braccia penzoloni, e deglutì rumorosamente. La sua espressione impotente fece infuriare Petronella molto più dell'offesa subita.

Erano le forbici per mancine di Linnéa LeVander. Petronella lo scoprì più tardi, perché alla fine di quel disastroso primo giorno di scuola le stringeva ancora nella mano ormai contratta, e perché vi era attaccata una targhetta con il nome.

Le forbici per mancine di Linnéa LeVander erano lì appoggiate a portata di mano, e Marie-Hedwig era ancora così vicina a Petronella che le bastò tendere il braccio. Vide le pupille di Marie-Hedwig dilatarsi, ma prima che qualcuno potesse reagire, un ricciolo d'oro stava già cadendo a terra. *Zic, zac,* altre ciocche seguirono, fino a quando tutti quanti non si riscossero dal torpore.

«Me la pagherai, becchina che non sei altro» gemette Marie-Hedwig a denti stretti, mentre si portava la mano sui ciuffi spelacchiati sul lato sinistro della testa, come se avesse una ferita dolorante. «Ti sei appena fatta un'acerrima nemica».

Così, Petronella giaceva sul pavimento di linoleum dell'aula, sepolta da cinque compagni, prima ancora di aver pronunciato una sola parola nella sua nuova scuola.

In seguito si disse che nel momento stesso in cui la prima ciocca dei riccioli d'oro di Marie-Hedwig cadde a terra, si udì

un tonfo sordo. Un corvo era volato contro la finestra dell'aula. Petronella non se ne ricordava e non ne parlò mai con Pellegrino.

Ma sapeva una cosa: quello fu il giorno in cui si rese conto che i corvi la seguivano. Si appollaiavano sul faggio rosso di fronte all'aula e sulla rastrelliera per le biciclette ai margini del cortile della scuola. Si posavano sui fili elettrici accanto alla fermata dell'autobus e se ne stavano tra i rami nodosi del Tiglio Morto nel giardino del Polidorium, in modo che Petronella potesse vederli quando si affacciava alla finestra della Stanza della torre.

Capitolo 7

I segreti dei morti

Dopo quel primo giorno di scuola abbreviato, Petronella si chiuse nella Stanza della torre. Quasi accecata dalle lacrime e con un graffio sulla guancia sinistra, era tornata al Polidorium facendo tutta la strada di corsa. Ora era sdraiata nella sua cuccetta, con le guance che le bruciavano e le dita ancora contratte intorno alle forbici per mancine di Linnéa LeVander.

Alla porta, la nonna aveva osservato il volto di Petronella con sguardo inquisitore. In silenzio, le aveva asciugato la guancia con un fazzoletto profumato, aveva applicato un cerotto sulla ferita e non aveva fatto una sola domanda. Di questo Petronella le fu molto grata. Pensò a come Pellegrino avrebbe superato il resto della giornata a scuola, tutto solo, ed ebbe l'impulso di tornare là per stare al suo fianco. Ma solo per un breve istante.

Mi dispiace, Pel, inviò al fratello nella sua mente, ben sapendo che non poteva funzionare senza il contatto visivo. *Non posso tornare. Non voglio più mettere piede in quella scuola!*

Si strofinò gli occhi gonfi di pianto, tirò su con il naso... e trasalì. Da quando il suo naso faceva rumori così forti? O aveva un'altra origine quel...

Eccolo di nuovo: si sentiva raschiare! E non dal suo naso,

ma dal muro. Più precisamente, dalla stanza che doveva trovarsi dietro al muro della Stanza della torre. Petronella si tirò a sedere e premette l'orecchio contro la parete. Si udiva chiaramente raschiare e grattare, ma c'era qualcos'altro, come uno... sbattere d'ali?

Che tipo di stanza poteva essere? Si immaginò la casa dall'esterno. La Stanza della torre si trovava davanti al tetto, quindi dietro quel muro doveva esserci la soffitta. La scala a chiocciola in pietra dalla porta di camera sua continuava a salire di altri cinque scalini.

Grata per essere stata distratta dal cupo rimuginio sulla scuola, prese la chiave del cassetto della scrivania. Posò le forbici per mancine di Linnéa LeVander accanto al corno di conchiglia. Con le dita accarezzò la madreperla liscia. *Raccogli-anime*, era la denominazione riportata sul retro del quaderno del dottor Oscar. *Che cos'è un raccogli-anime?*

Lo sbattere d'ali la distolse di nuovo dai suoi pensieri, e Petronella afferrò l'infestometro, che aveva riposto nel cassetto insieme al resto. I gradini della scala conducevano a una porta bassa di legno tarlato. Era più una botola che una porta, ed era chiusa solo con una barra di legno che Petronella riuscì a spingere da parte con facilità. Con una piccola spinta e un forte cigolio dei cardini, si aprì.

Un odore di muffa, legno umido e, sì, cacca di uccello, la investì insieme a una folata di vento. Non sentiva più raschiare, graffiare o svolazzare, ma per fortuna neanche lo scalpiccio delle zampette di qualche topo. Un'occhiata all'infestometro le confermò che non c'era alcun pericolo, né da parte di Musgret né delle altre creature spettrali, poiché il liquido grigio nebbioso nel tubicino di vetro rimase inalterato.

Speriamo che questo coso funzioni davvero, pensò Petronella, raccolse tutto il suo coraggio ed entrò nella soffitta del Polidorium.

Nelle strisce di luce che filtravano dagli innumerevoli buchi del tetto, la polvere danzava nella brezza. C'erano freddo e umidità. Lo sgocciolio incessante ricordava a Petronella quello di una grotta piena di stalattiti. Proprio sopra la sua testa, sentiva scrosciare la pioggia.

Per il resto, l'unica differenza tra la soffitta e il resto del Polidorium era che qui c'erano ancora più spifferi e ancora più cose sparse in giro rispetto alla maggior parte delle stanze. Alcuni oggetti più grandi erano coperti da lenzuola bianche che si gonfiavano dolcemente alle correnti d'aria. Il che faceva sembrare l'ambigua stanza ancora più sinistra di quanto già non fosse. Petronella passò davanti a uno scarmigliato gabbiano imbalsamato a cui mancava un'ala e rabbrividì guardando i suoi occhietti spenti. Le sfuggì un urlo sommesso quando le parve di vedere una figura in fondo alla stanza. Si rivelò essere soltanto una giacca da marinaio impolverata che oscillava avanti e indietro su una gruccia. Lì accanto c'era una cassa delle dimensioni di una valigia, fatta di legno dipinto di verde scuro. Si inginocchiò per decifrare ciò che era stato pitturato sul coperchio in un'antiquata calligrafia sinuosa e si ritrasse quando riconobbe le parole:

Subito le tornò in mente l'espressione scaltra del baleniere, il vecchio proprietario del Polidorium, nella fotografia del quaderno del dottor Oscar, e gli occhi le sfrecciarono all'infestometro.

Continuava a non segnalare nulla.

Trattenne il respiro e cercò di sollevare il coperchio della cassa, ma non si aprì. Dalla serratura di ferro nero non spuntava nessuna chiave.

«Aspetta» disse.

La determinazione nella sua stessa voce le infuse coraggio. Si alzò e si guardò intorno. Probabilmente non avrebbe mai trovato una chiave in tutto quel disordine, ma magari qualcosa per forzare il coperchio della cassa di Hodder Morkel sì.

La prima scoperta le provocò un tuffo al cuore: quando tolse una delle lenzuola, scoprì una bara impolverata. Per fortuna, constatò direttamente che era vuota, perché il legno era talmente marcio che si era squarciato in molti punti, rivelando la seta all'interno. Dietro la bara, su un piedistallo, era accovacciato uno scheletro a quattro zampe di medie dimensioni senza testa, che fece correre a Petronella un altro brivido lungo la schiena.

Per quanto avesse imparato a voler bene ai nonni, non riusciva e non voleva condividere quella loro strana passione per gli animali morti.

Sotto una finestra a vetri opachi, che lasciava entrare un po' di luce lattiginosa, trovò finalmente quello che stava cercando: lì nell'angolo era appoggiata una pala, che sembrava aspettare solo lei.

«Al lavoro!» esclamò Petronella tra sé e sé e si diresse a passi veloci verso la cassa. Un attimo dopo, per poco non inciampò nei suoi stessi piedi. Abbassò la pala e si fermò, con il cuore che batteva forte. Alla luce che scendeva filtrando da uno dei buchi nel tetto, la fissavano due grandi occhi neri.

Chi abbiamo qui? le risuonò in testa una profonda voce femminile. *Se non è il piccolo di Oscar, smetto di mangiare topi!*

Chi è? Petronella strinse gli occhi e cercò di riconoscere nella penombra la proprietaria di quegli occhi. *Dove sei?*

Trasalì quando una piccola figura chiara emerse silenziosa dalla penombra e fluttuò verso di lei. I grandi occhi appartenevano a un volto di piume bianche e continuavano a fissarla, penetranti.

Sono io, risuonò di nuovo la voce nei suoi pensieri.

Un barbagianni! Si posò lieve sulla pala che Petronella teneva ancora in mano. Il rapace non era molto grosso, ma aveva un becco che sembrava spaventosamente affilato. Il cuore di Petronella ebbe un sussulto. Un altro animale che le parlava! Non sapeva se rallegrarsi o avere paura, tuttavia cercò di reggere quello sguardo impassibile.

Tu sei il pulcino di Oscar. La voce seguiva uno strano ritmo che non assomigliava a nessuna melodia a lei conosciuta, eppure le sembrava armonioso. *La somiglianza è inconfondibile!*

Questa Petronella non l'aveva mai sentita prima. Di solito, le dicevano tutti che era la copia esatta della dottoressa Stella, non del dottor Oscar. E il motivo era evidente. Senza volerlo, Petronella si tirò il labbro superiore sugli incisivi, anche se probabilmente i barbagianni non si curavano di quegli inestetismi.

Tu conosci mio padre?

Era piccolo come te. Mi ha lasciato entrare, me e anche alcuni altri animali.

Lo sguardo di Petronella fu attirato da alcune ragnatele che fluttuavano dal soffitto. Solo ora si rese conto che in tutto il Polidorium non c'era la più piccola ragnatela, e dire che di polvere ce n'era un parecchia. Gli unici animali che aveva visto all'interno delle sue mura erano stati i topi di Musgret, e la loro provenienza non era certo naturale. Con la coda dell'occhio percepì il movimento guizzante di qualcosa di più grande di un topo. Era un ratto, che ora allungava la testa e guardava Petronella.

Sia ringraziato Oscar, sussurrò l'animaletto nella testa della ragazza, prima di sparire tra le cianfrusaglie.

Petronella si voltò verso il barbagianni e aggrottò la fronte. *Siete voi i responsabili dei buchi nel tetto?* Cercò di far sembrare la sua voce severa come quella della nonna.

La natura fa cose del genere. Noi manteniamo l'equilibrio, pulcino di Oscar.

Mi chiamo Petronella. Ma se ho capito bene i miei nonni, voi volete distruggere il Polidorium, giusto?

Non appena ebbe pronunciato queste parole, Petronella prese consapevolezza che la posta in gioco in quella conversazione era molto alta.

Per quanto il barbagianni sembrasse amichevole, voleva distruggere la casa dei Polidori. Petronella doveva stare all'erta.

Perché restate quassù? Perché non scendete di sotto? chiese, cauta.

Questa è la casa del baleniere, rispose il barbagianni.

«No! Questo è il Polidorium, appartiene a noi, i Polidori!» esclamò Petronella e, spaventata dal volume della sua voce, si mise una mano sulla bocca. Poi guardò il barbagianni: *Dov'è*

Hodder Morkel? È morto?

Non è morto. È solo rinchiuso.

Il cuore di Petronella batteva forte. *Dov'è?*

Qui in casa. Volevamo distruggere la casa, ma lei ce l'ha impedito.

Chi? La nonna? chiese Petronella.

Il barbagianni spiegò le ali e improvvisamente apparve molto più minaccioso. Emise un verso che scosse Petronella fin nelle ossa.

L'altra bambina, disse poi, e la sua voce era piena di gelida rabbia. *La femmina.*

Quale bambina?

Stella, sputò il barbagianni.

Petronella guardò il rapace con sorpresa. *Anche mia madre ha vissuto qui da bambina?*

Sapeva che i suoi genitori si conoscevano fin dall'infanzia, ma non pensava che anche la dottoressa Stella potesse essere già stata al Polidorium.

Che cos'è che ha fatto?

Il barbagianni richiuse le ali. *Ha scelto l'altra parte.* Il tono era amareggiato. *L'altra parte, quale altra parte?* la interrogò Petronella, ma mentre pensava alla domanda, cominciò a capire.

Il nonno glielo aveva spiegato. «L'altra parte» era il mondo innaturale, cioè Musgret e la Zia Morta e gli altri morti. Ma anche il Polidorium. Quindi, la dottoressa Stella aveva stretto il patto con le tenebre, come aveva fatto all'epoca Hortensia? E il dottor Oscar invece... no?

Oscar ha scelto la natura selvaggia, disse la voce del barbagianni mescolandosi con i suoi pensieri. *Stella no.*

Petronella si sentiva come se il suo cuore si dividesse in due. Boccheggiò.

Lo sguardo indagatore del barbagianni si fece ancora più pressante. *Tu puoi fare di meglio. Lasciaci entrare. E poi va' via. Lontano da qui. Porta gli altri con te! Andatevene! Lasciateci sistemare le cose!*

Andare via? Non posso andarmene. Quali cose...

A un tratto, ruppe il contatto visivo con il barbagianni. Senza alcun preavviso, l'uccello dispiegò le ali e volò via silenzioso come era arrivato.

Solo allora Petronella udì la voce della nonna che echeggiava su per le scale. Doveva essere stato questo ad allontanare il rapace. «PETRONELLA! Passerotto miiiooo, dove ti nascondi? Hai viiisiteee!»

Il richiamo della nonna la riportò alla realtà. A Petronella sembrò di essere appena rientrata da un altro mondo, da un altro tempo. Per poco non lasciò cadere la pala per lo spavento. Si sentiva in qualche modo colta sul fatto, anche se non le era mai stato proibito di entrare in soffitta. E poi, una visita? Chi mai avrebbe potuto farle visita? Che Marie-Hedwig fosse venuta a casa sua per fargliela pagare direttamente?

Con le ginocchia molli, Petronella si precipitò alla botola, la sprangò e si fiondò giù per le scale. Per poco non si scontrò con una ragazzina davanti alla porta della Stanza della torre. Petronella era sicura di averla vista in classe quella mattina. Si ricordava l'acconciatura accuratamente raccolta e la quantità di badge diversi che aveva cuciti sul cappotto.

«Sono Linnéa LeVander. Hai ancora le mie forbici per mancine».

Petronella abbassò lo sguardo a terra per la vergogna. Le

scarpe di vernice di Linnéa LeVander scintillavano come il cielo stellato, anche se fuori pioveva a dirotto e il sentiero che portava alla casa era di sicuro pieno di fango. Nel complesso aveva un aspetto così curato che Petronella si chiese subito quanto lei dovesse apparire brutta. Probabilmente aveva le guance ancora rosse di pianto, per non parlare del cerotto, e i capelli senz'altro le sparavano in tutte le direzioni.

«Oh, ehm... m-mi spiace. Aspetta. Te le restituisco. Scusa». Senza guardare Linnéa, la oltrepassò per entrare nella Stanza della torre.

«Figurati. Non devi scusarti. Sono venuta qui con mio padre perché... oh, wow, camera tua è rotonda!» Linnéa aveva seguito Petronella e volteggiava entusiasta in tondo. «Proprio come nelle favole! Raperonzolo, Raperonzolo... eccetera, lo sai». Linnéa scoppiò a ridere e si avvicinò alle cinque finestre per vedere il mare. Poi rise di nuovo senza motivo e si avvicinò alla parete per guardare i disegni. «E questi? Che animali sono questi?»

«Non lo so. Li ha disegnati mio padre». Petronella si morse il labbro inferiore. *Materia morta*, disse una vocina cattiva nella sua testa, *i tuoi genitori sono materia morta.*

Linnéa si voltò a guardarla. L'ilarità era scomparsa dal suo viso. Dato che a Petronella non venne in mente nient'altro, si affrettò verso la cuccetta per prendere la piccola chiave del cassetto. Ecco di nuovo quel silenzio imbarazzante. Le succedeva sempre. Riusciva a ottenerlo anche quando aveva a che fare con i più grandi chiacchieroni.

Petronella, che insegna a tutti a tacere, pensò tetra.

Ma Linnéa continuò a parlare: «Ho letto dei tuoi genitori. Era sul giornale l'altro giorno. Che sono dispersi nell'Atlantico con la nave da ricerca. Mi dispiace molto!»

Le mani di Petronella sudavano, motivo per il quale la chiave le scivolò dalle dita tre volte mentre cercava di aprire il cassetto della scrivania. «Figurati» mormorò.

«Ho appena guardato TUTTI gli episodi di *Mondi sommersi* dei dottori Polidori!» Linnéa LeVander iniziò a canticchiare la sigla del programma. «I tuoi genitori erano famosi! Sono! Sono famosi! Scusami. Non si sa ancora se sono... Oh mamma, mi conviene chiudere la bocca!»

«Ecco qui». Petronella le passò le forbici per mancine. Nel farlo, fissò le scarpe di vernice lucida di Linnéa invece dei suoi occhi. «Mi dispiace, non volevo portartele via».

«Oh, sai una cosa? In realtà puoi tenerle. Te le regalo! Tanto ne ho un sacco a casa. Mio padre è il proprietario del negozio per mancini e mancine al Vecchio Campo Sportivo. Per cui posso avere tutte le forbici per mancine che voglio, quando voglio. O anche gli spremiaglio per mancini. Ti serve uno spremiaglio? Ne abbiamo a bizzeffe! E righelli per mancine e mancini. E... be', insomma, abbiamo proprio TUTTO per mancine e mancini!»

«Ehm, grazie. Okay». Petronella posò le forbici per mancine sulla scrivania e si strofinò le mani sui jeans. Pensò freneticamente a qualcosa di carino da dire a Linnéa prima che tornasse a raccontare a tutti i compagni di classe che Petronella Polidori era davvero la strana becchina che tutti credevano che fosse. Perché Linnéa era venuta al Polidorium? Poteva esserci una sola ragione.

«È morto qualcuno?» chiese. *E si ritorna sull'argomento... grandioso.*

«Come, scusa? Ah, giusto! Mia zia. Faceva la bibliotecaria

alla biblioteca di Tildrum. Te lo immagini, è stata colpita da un fulmine! Così, BUM!, ed è caduta dalla bici! Sai, durante la tempesta, no. Io e mio padre stavamo sistemando i nuovi affettaverdure per mancini quando ci è arrivata la telefonata. È stato uno shock, te lo garantisco. Veramente TERRIBILE. Prima io e mio padre discutevamo con i tuoi nonni i dettagli del funerale di zia Mathilde. Ma dimmi, in tutte le pompe funebri funziona che... Ah, lascia perdere. Sta aspettando di sotto. Mio padre, intendo».

«Le mie più sincere condoglianze» disse Petronella, cercando di imitare il tono del nonno. Tese la mano a Linnéa.

«Già. Allora è il caso che torni giù anch'io». Linnéa le prese la mano e gliela strinse.

Petronella era sbigottita: «No, non intendevo... Non devi andartene, insomma, per quanto mi riguarda non devi andare via» annaspò.

Sentiva le guance calde e di sicuro erano diventate ancora più rosse di quanto già non lo fossero.

«Mio padre mi sta aspettando. Non lo ammetterebbe mai, ma è incredibile quanto sia impaziente! Non riesce nemmeno a far bollire un uovo perché non è capace di aspettare per dieci minuti. Te lo immagini? Ma non importa, tanto io le uova le preferisco alla coque».

Petronella si limitò ad annuire perché non le veniva in mente nulla da aggiungere.

«Bene, allora. È meglio che torni di sotto». Le scarpe di vernice di Linnéa LeVander tacchettarono forte sul pavimento mentre andava alla porta.

Arrivata al pianerottolo, si voltò ancora una volta. «Volevo dirti che stamattina secondo me sei stata proprio coraggiosa. Tutti si comportano sempre come se Marie-Hedwig fosse il capo. Ma hanno solo paura. Voglio dire, quello che hai fatto non è stato bello. Ma nemmeno quello che ha detto lei. Ecco. Bene. Ora l'ho detto. Ma non ripeterlo a nessuno, okay? Se Marie-Hedwig viene a sapere che ho parlato di lei in questo modo, mi ammazza. Be', non per davvero, ma... Oh, hai capito!»

Petronella fu colta così di sorpresa che non riuscì a spiccicare parola. Fissò Linnéa LeVander mentre saliva le scale a chiocciola della torre con la schiena perfettamente dritta.

A un tratto, Linnéa si fermò, si girò ancora una volta e disse: «Qualche volta puoi venire a trovare me e mio padre. AL negozio per mancine e mancini. Anche il Vecchio Campo Sportivo è un po' fuori città. Come casa vostra».

«Va bene» Petronella annuì. «Magari vengo».

Chiuse la porta e pensò a una cosa che le aveva detto una volta la dottoressa Stella: *Può sembrarci strano, ma a volte qualcuno dice una cosa intendendo tutt'altro, ma, nonostante ciò, ci sembra che quelle parole vadano a occupare proprio lo spazio vuoto che abbiamo nel cuore.*

Roberta sbadigliò forte con la bocca spalancata. Poi lentamente riabbassò la testa sul tavolo e la fece sbattere con un piccolo tonfo. La giacca di finta pelle emise un audace crepitio. Ignorò gli sguardi furtivi degli altri. Aveva deciso di fingere che tutti quelli intorno a lei non fossero che aria.

Tutti tranne Hein, ovviamente.

Girò la testa di lato e lo guardò attraverso la cortina di capelli blu notte.

Con le bretelle e la camicia bianca, sembrava un attore di un vecchio film in bianco e nero. Il che era buffo, perché in realtà era il contrario: l'aula, i ragazzi e le ragazze ai banchi, l'insegnante alla lavagna, tutti erano pallidi e grigi. Hein, invece, risplendeva di luce e colore. O almeno, così appariva a Roberta.

«Che noia mortale, vero?» gli sussurrò.

«Intendi la lezione? Pensavo che letteratura ti piacesse».

«Sì, prima sì. Adesso non so cosa mi piace». Roberta tirò un forte sospiro, incurante di parecchie teste che si mossero per fissarla. «Non questa scuola, comunque».

«Vuoi condividere qualcosa con noi, ehm... perbacco, come hai detto che ti chiami?» All'altro capo dell'aula, il paffuto insegnante dal ridicolo maglione di lana tossicchiò e sfogliò una pila di appunti come sperando di trovarvi il nome di Roberta. Mentre faceva frusciare i fogli, tutti aspettavano con trepidazione.

«Roberta Polidori» chiamò Roberta a gran voce nel silenzio. Si appoggiò allo schienale, con la giacca che scricchiolava, per dimostrare quanto tutto questo la tediasse. Il gesto tipico dei ragazzi difficili da educare. «È il mio nome. Ma non c'è problema. Anch'io ho dimenticato il Suo».

«Uuuh!» fece un ragazzo, agitando la mano come se l'avesse appena appoggiata su una piastra bollente.

Che rammolliti, pensò Roberta, e subito lo sibilò a Hein, il quale però si limitò a scuotere dolcemente la testa.

«Ma certo! Roberta!» esclamò l'insegnante. «Perbacco, che bel nome, vero? Il mio è molto simile: Ruprecht». Le rivolse un leggero inchino e Roberta si domandò se facesse sul serio o se la stesse soltanto prendendo in giro.

Non importa. «Perfetto, Ruprecht» disse lei, guardando fuori dalla finestra.

«Oggi è il tuo primo giorno in questa scuola» osservò Ruprecht. «E in ogni inizio c'è della magia...» Sorrise estasiato dalle sue stesse parole e sembrò stare ad ascoltare ancora per un momento, senza accorgersi che la classe cominciava ad agitarsi. Alla fine rivolse un sorriso raggiante a

Roberta. «Non ti piacerebbe raccontarci qualcosa di te? Così possiamo conoscerti meglio».

«No, preferirei di no» disse Roberta in modo poco gentile.

«No? Ma è un peccato». L'insegnante la osservò pensieroso. «Potrei cominciare io e poi facciamo a turno. Che ne pensate?»

Si levarono mormorii di approvazione. Probabilmente tutti erano grati per la pausa dalla lezione di letteratura.

«Io propongo che Lei riprenda da dove si è interrotto e che gli altri ritornino a dormire» disse Roberta.

Tutti sussultarono, sbigottiti.

«Roberta» sussurrò Hein. «Penso che basti così».

«Cosa?» sibilò Roberta «Sto solo dicendo quello che pensano tutti. O no? È quello che pensate anche voi, non è vero?» disse ad alta voce alla classe. Poi si rivolse di nuovo a Ruprecht: «A proposito, se ritiene che io sia una ragazza difficile, può comunicarlo ai miei nonni. E anche alla direzione della scuola!»

«Ecco, ehm...» Ruprecht si mise una mano sulla fronte come se avesse dimenticato di nuovo il nome di Roberta «Roberta, io non credo che sarà necessario».

La campanella suonò e Roberta si alzò di scatto. Diede una pacca sulla schiena a Hein. «Forza, filiamocela».

Per un breve momento si fermò stupita a guardare le facce spaventate intorno a lei. Anche il sorriso di Ruprecht era scomparso dal suo volto. D'accordo, era stata un po' insolente, ma questo non giustificava il terrore negli occhi di tutti. Che cosa stava succedendo?

Nessuno si mosse, solo Hein la seguì lentamente, a testa china.

«Dimmi un po', ma sono sempre così bacchettoni qui?» gli chiese fuori, in corridoio, mentre venivano inghiottiti dal brusio della ressa.

Hein tacque. Poi si fermò e le mise una mano sulla spalla. Per un momento formarono un'isola in mezzo alla folla. «Roberta, devi darti una regolata. Hai capito? Altrimenti non possiamo continuare a essere amici». La guardò con insistenza, gli occhi di un nero pece.

Nessuno ha occhi così neri, quel colore non esiste, fu il pensiero che le attraversò la mente.

Per un breve attimo, Roberta ebbe l'inquietante sensazione di sprofondare verso il basso, lentissimamente.

«Benissimo. Mi darò una regolata, giuro». Rabbrividì, gettò un'occhiata furtiva tutt'intorno e si asciugò gli occhi. «Ti prego, non puoi lasciarmi sola».

«Sono qui». Hein la prese tra le braccia.

Roberta gli sorrise da sopra la spalla. «Grazie, Hein. È bello avere un amico».

Quando Petronella entrò nella Sala del camino, notò subito che c'era qualcosa che non andava. I nonni troneggiavano sulle loro poltrone, seri in volto, sorseggiando in silenzio dalle tazze da tè. Nel camino crepitava il primo fuoco di quell'autunno, qua e là il Polidorium scricchiolava, sembrava opporsi al vento come una nave in alto mare.

«Roberta e Pellegrino non sono ancora tornati da scuola?»

La domanda le sembrava sbagliata, perché in realtà anche lei avrebbe dovuto essere in classe.

La nonna sembrava pensarla allo stesso modo. Ora toccava a Petronella rispondere alle domande.

«Ha chiamato la preside della tua scuola» annunciò la nonna. «Pare che ci sia stato un problema con una compagna di classe».

Petronella annuì con il labbro superiore tirato in avanti. Il graffio sulla guancia le pulsava. «Le ho tagliato i capelli con un paio di forbici per mancine».

«Perché l'hai fatto, mia cara?» Il nonno la guardava con gentilezza, ma anche curiosità.

«Ha detto che i nostri genitori sono...»

Petronella esitò e abbassò lo sguardo ai suoi calzini. Non voleva ripetere le parole di Marie-Hedwig. «Mi sono infuriata all'improvviso. Davvero infuriata. Mi sono spaventata anch'io. Non mi era mai successo».

Il nonno si schiarì la gola. «Pare che vogliano espulgerti da scuola. Abbiamo un appuntamento urgente con la direttrice».

Petronella ebbe un tuffo al cuore. Anche se non aveva alcun desiderio di rimettere piede nella scuola di Tildrum, un'espulsione era pur sempre un'espulsione. Lei era Petronella la bambina tranquilla, la ragazza invisibile, non certo Petronella la furiosa, che si beccava un'espulsione. Non era mai successo a Roberta, figuriamoci a lei!

«*Espellere*, Pernell. Si dice *espellere* da scuola». Impassibile, la nonna bevve un sorso di tè e posò la tazza.

Appoggiandosi al bastone da passeggio, andò da Petronella e le mise una mano sulla spalla. «Povero passerotto! Non preoccuparti. Tuo nonno e io risolveremo tutto».

«Davvero? Ci riuscirete?» chiese Petronella.

Pensò a Horks e Okland, i due poliziotti, e seppe già la risposta. Se quella risposta le piacesse, non avrebbe saputo dirlo. Era fantastico che i nonni sembrassero così forti e potenti. Che stessero al suo fianco e apparissero in grado di risolvere qualsiasi problema. D'altro canto, provava una certa angoscia se si chiedeva come facessero i nonni a riuscirci.

«Pernell, sono gli occhiali. Sai, quelli con la stanghetta rotta» disse la nonna.

«Certo, mia cara. Terzo scomparto da sinistra, quarto dall'alto, se non mi sbaglio». Il nonno si avviò e Petronella sapeva dove stava andando.

«Questi occhiali» chiese Petronella, incerta «sono in una delle vetrinette al piano di sotto, vero? Appartengono alla preside? O a un parente morto della preside?»

«La defunta si chiamava Fram. Doris Fram» gridò la nonna al marito, ignorando la domanda di Petronella. «Ricontrolla per sicurezza l'etichetta sullo scomparto. Ho una memoria eccellente, ma non posso portarmi tutto nella testa». Rise un po' compiaciuta e tornò a sedersi.

«Farete con la preside come avete fatto con i poliziotti?» indagò Petronella. «Conoscete un segreto con cui...» ...*ricattarla*, pensò, ma non lo disse ad alta voce. «Questa Doris Fram vi ha rivelato il segreto?»

La nonna fece tintinnare dolcemente lo zucchero candito nel tè. «Sei una bambina intelligente, Petronella. Per questo capirai che preferiamo tacere sui segreti dei morti. Ricorda il nostro codice. Ecco. E ora vado a cambiarmi. Serviti pure, passerottino mio. C'è ancora tanto tè nella teiera».

I nonni non avevano fretta. Dopo che la nonna ebbe indossato un abito viola spaventosamente solenne e il nonno lo smoking nero per le occasioni, si avviarono nella lunga automobile.

Petronella rimase nella Sala del camino ad ascoltare i rumori del Polidorium. Il guaito del vento si alzava e si spegneva. Se chiudeva gli occhi, percepiva un leggero sciabordio.

Improvvisamente si rese conto di essere sola.

O forse no.

Sprofondò ancora di più nel cuscino della poltrona, che sapeva del confortante profumo della nonna, e cercò di concentrarsi sul crepitio del camino. Ma all'improvviso non sentiva più quel piacevole calore.

Al contrario, un'altra sensazione le strisciava lungo la spina dorsale. Un freddo umido si era impossessato di lei.

Le venne da pensare a relitti marcescenti, giù, sul fondo del mare, avvolti da un nero opprimente.

I suoi arti si fecero pesanti e rigidi, tanto che fece molta fatica a infilare la mano nella tasca dei pantaloni, dove aveva infilato l'infestometro di Hortensia.

Le mie dita! pensò, fissandosi le mani con orrore. *Che cos'hanno le mie dita?*

Bianche e ghiacciate, le sue dita si avvolsero intorno al tubicino di vetro, all'interno del quale vorticava una nebbia rosso intenso che sembrava provenire dagli angoli più bui della casa. Non c'era di nuovo quella voce che chiamava il suo nome?

A questo si unirono uno sciabordio e un gocciolio, e Petronella si aspettava che da un momento all'altro avrebbe visto filtrare da sotto la fessura della porta un'ondata di nera acqua salmastra.

Quel senso di umidità continuò a salirle lungo la schiena, l'afferrò per la nuca e la scosse...

«Passerooottooo, siamo tornaaati!»

Quando la voce della nonna riecheggiò dalla porta di casa, quella sensazione abbandonò Petronella come una piovra che lascia andare la preda e ritrae i tentacoli.

Petronella espirò rumorosamente. Si era immaginata tutto o era successo davvero?

Quanto tempo era passato?

La porta si aprì di scatto e la nonna entrò nella Sala del camino, di ottimo umore e sicura della vittoria. «Santo cielo! Perché sei così pallida, mio povero passerotto? E come mai qui dentro fa un freddo terribile?»

Senza dire una parola, Petronella balzò in piedi e le si gettò al collo.

La nonna fece una risata argentina e le accarezzò la testa. «La sai una cosa? Domani tornerai a scuola come se non fosse successo nulla». Schioccò le dita. «Problema risolto!»

Petronella sospirò e sprofondò di nuovo nella poltrona.

Aveva il sospetto che i suoi problemi fossero appena cominciati.

Capitolo 8

Il corno di conchiglia

Petronella e Pellegrino erano gli unici sullo scuolabus quella mattina. Almeno Petronella non era sola con il senso di nausea. Era il vantaggio di avere un fratello gemello: non restava quasi mai sola perché Pellegrino era sempre al suo fianco. Chissà dov'era Roberta. Da quando si era tinta i capelli di blu e portava quella giacca di pelle, Petronella l'aveva vista ancora meno che durante tutta l'estate.

«Lo sapevi che i generi *Dolichopteryx*, *Opisthoproctus* e *Winteria* possono illuminarsi da soli?» domandò Pellegrino.

«Ah, davvero? Ci sediamo qui davanti?»

«Sono dotati di certi organi detti organi luminosi. Il batterio bioluminescente *Photobacterium phosphoreum* emana una luce debole. Nel caso di *Dolichopteryx* e di *Opisthoproctus*, gli organi luminosi servono a mimetizzarsi. E sai come?»

«Mm? Ah. No, non lo so...» Petronella aveva ascoltato le spiegazioni di Pellegrino solo a metà perché nel frattempo stava osservando dal finestrino tre corvi che svolazzavano nel vento pochi metri sopra l'autobus. Che fossero i suoi corvi?

«I pesci vengono avvolti da una luce diffusa che permette loro di non essere visti dal basso per via della luce che proviene dall'alto!»

Pellegrino si spinse su gli occhiali e le rivolse un sorriso. «Non è affascinante?»

Il vantaggio di avere un gemello era, in un certo senso, anche uno svantaggio. Se Petronella avesse viaggiato da sola, gli alunni che salivano alle fermate successive avrebbero potuto anche ignorarla. Cupa, abbassò gli occhi prima su di sé e poi guardò Pellegrino. Immaginò come dovevano apparire agli occhi degli estranei: due dodicenni pallidi dalle facce serie, una oscurata da un gigantesco paio di occhiali giganti e l'altra da due giganteschi incisivi. Insieme, senz'altro inconfondibili.

«I gemelli becchini!» sussurrò qualcuno, alzando apposta la voce, dalle retrovie.

Quando Petronella si gettò un'occhiata furtiva intorno, vide che dietro di loro erano rimaste vuote ben cinque file e tutti gli altri passeggeri erano accalcati sui sedili posteriori.

«Speriamo che non abbia portato le forbici!» sibilò qualcun altro.

Petronella sentì di nuovo montare quel tornado interiore. Si sforzò di ignorare gli sbuffi e le risatine sommesse sull'autobus.

Per distrarsi, domandò a Pellegrino: «E gli altri pesci per che cosa usano gli organi luminosi?»

«Ti riferisci a *Winteria*, immagino» rispose Pellegrino, rallegrandosi di quell'improvviso interesse per il suo argomento preferito. «Oh, purtroppo, in generale, sappiamo ben poco sulle forme di vita che dimorano nelle profondità marine. Il dottor Oscar e la dottoressa Stella hanno una teoria secondo la quale i *Winteria* sfrutterebbero i loro organi luminosi come deterrenti. Ma io personalmente presumo che

li usino per attirare le prede. Qual è la tua opinione in merito?»

Le porte dell'autobus si aprirono con un sibilo quando si fermarono davanti al parallelepipedo rosso mattone della scuola di Tildrum.

Scendendo, lo sguardo di Petronella cadde subito su cinque corvi che presero il volo dal lampione e si alzarono in aria gracchiando a più voci. Cominciarono a volare in cerchio proprio sopra la sua testa.

Non qui, non adesso. Andate via! Petronella cercò invano di stabilire un contatto visivo con gli uccelli.

«Ehm, Nelli?» disse Pellegrino a bassa voce e, mentre lei continuava a guardare verso l'alto, più forte: «EHM, NELLI?»

«Pel, non lo so davvero per che cosa *Winteria* usi gli organi luminosi...»

Prima che Petronella potesse finire la frase, si rese conto che in quel momento, per una volta, Pellegrino non si stava riferendo alle sue creature marine. Voleva attirare la sua attenzione su qualcos'altro.

Senza fretta, anzi con una calma quasi maestosa circondata da un'ampia schiera di ragazzi e ragazze, si avvicinava a grandi passi Marie-Hedwig. Con il suo cappotto rosso ciliegia, era impossibile non notarla.

Dalla direzione opposta, però, a passi veloci e incespicando, le veniva incontro un'altra persona. Era una donna bassa, con le labbra sporgenti e il naso a punta, che ora si trovava di fronte ai gemelli. Poiché aveva il fiato corto, le ci volle un attimo prima che riuscisse a parlare.

«Petronella Polidori». La voce della donna era stanca quanto il grigio del suo tailleur. «I tuoi nonni ieri sono, ehm, venuti a consultarmi».

Oh-oh, pensò Petronella. *La preside. Ma certo. Non me la farà passare liscia tanto facilmente.*

«Non te la farò passare liscia tanto facilmente». Il tono della preside era strascicato, come se fosse annoiata da se stessa, ma il naso a punta mirava minaccioso contro Petronella.

Il sole del mattino squarciò le nuvole e riscaldò l'asfalto del cortile della scuola. Una folata di vento si insinuò tra le fronde del grande faggio rosso e ne fece turbinare alcune foglie colorate. Nel frattempo, Petronella aveva contato quattordici corvi. Si poteva senz'altro definire uno stormo. Il loro cupo «cra-cra!» ricordava un cimitero.

«Tu ti scuserai con la nostra Marie-Hedwig» disse la preside, rivolgendo alla sua protetta uno sguardo zuccheroso che non lasciava dubitare da che parte stesse.

«Non c'è problema, signora preside». Marie-Hedwig si fece scivolare le mani nelle tasche del cappotto e si posizionò di fronte a Petronella. «Ci penserò io. Di certo avrà cose più importanti da fare che preoccuparsi di una faccenda come questa».

Gli incisivi di Petronella si conficcarono nel labbro inferiore fino a farle sentire il sapore del sangue. Stranamente, proprio ora le tornò alla mente il Polidorium.

Avrebbe preferito sedersi faccia a faccia con il barbagianni in soffitta, o anche starsene accovacciata nel baule in corridoio, ad ascoltare lo scalpiccio delle zampe di cento topi; perfino riprovare l'inquietante sensazione di umido che l'aveva colta ieri nella Sala del camino... qualsiasi cosa, piuttosto che stare lì, sotto il tiepido sole autunnale, ad affrontare la sua arcinemica appena acquisita.

«Ah, che brava, brava bambina!» La preside accarezzò

Marie-Hedwig sulla testa, poi lanciò a Petronella un altro sguardo minaccioso. «Quanto a te! Ti terrò d'occhio, puoi starne certa». Sospirò, esausta, e tornò incespicando a scuola, un tragitto che durò un'eternità.

La chioma dorata di Marie-Hedwig splendeva alla luce del sole. Sul lato sinistro della testa, le ciocche spelacchiate lasciate dalle forbici per mancine di Linnéa LeVander brillavano come neve dorata.

«Ciao, Marie-Hedwig» si costrinse a dire Petronella, alzando una mano come per salutarla. *Oh cavolo, ma che cosa sto facendo*, pensò, e abbassò di nuovo la mano. Le bruciavano le guance, probabilmente erano già rosse come il cappotto di Marie-Hedwig. «Mi spiace. Per... i tuoi capelli. -cusa». L'ultima parola la borbottò perché intanto stava cercando di nascondere gli incisivi sotto il labbro superiore.

«A-ah!» urlò il ragazzo pieno di lentiggini. «Sa parlare!»

Risate e grida risuonarono per il cortile della scuola.

Marie-Hedwig non rise. «Ma pensa» disse.

Petronella si costrinse a guardarla in faccia. Le palpebre di Marie-Hedwig scintillavano di blu e le labbra di rosa. L'eye-liner nero le faceva apparire gli occhi ancora più cattivi del giorno prima. A Petronella quel trucco sembrava pittura di guerra. Non per la prima volta, desiderò di essere o coraggiosa o invisibile.

«Ma non sarà così facile» disse Marie-Hedwig. Parlava a bassa voce, il che faceva suonare le sue parole ancora più minacciose.

Con una mano scacciò alcune ciocche di capelli che il vento aveva fatto finire sul lato calvo della testa.

Petronella non poté fare a meno di fissare la peluria dorata.

Dunque, quella era opera sua. Con la coda dell'occhio vide altri corvi alzarsi dai rami del faggio e unirsi allo stormo che volteggiava in cerchio.

«Ti dona» si sentì dire. «In un certo senso».

Un brusio attraversò la calca dietro Marie-Hedwig. Una ragazza emise perfino un sommesso strillo.

«Ti darò la possibilità di scusarti come si deve». Marie-Hedwig incrociò le braccia. In quel momento a Petronella sembrava quasi onnipotente. «Alla Harrys, la fabbrica di liquirizia e marzapane. Oggi, dopo la scuola».

«Va bene» mormorò Petronella, contorcendo il volto in un sorriso. «Ehm, grazie».

È una cosa positiva, le disse Pellegrino con gli occhi mentre camminavano fianco a fianco verso l'aula. *Le chiederai scusa e poi sarà tutto a posto.*

Ma sei scemo?, gli occhi di Petronella gli urlarono contro. *Quella è una predatrice!*

«È inquietante, secondo me sanno usare la telegrafonia o come si chiama» esclamò il ragazzo lentigginoso, puntando il dito contro i gemelli.

«Be', vorrai dire la telepatia» lo istruì Pellegrino. «Conosciuta colloquialmente come "trasferimento del pensiero"». Disegnò con le dita delle virgolette in aria. «Finora non siamo stati in grado di fornire alcuna prova significativa di tale fenomeno, quindi: non c'è da aver paura».

Per un attimo il ragazzo ebbe qualche incertezza. Poi scoppiò a ridere e, altrettanto improvvisamente, si interruppe.

«È inquietante!» sibilò ancora, puntò il dito verso Pellegrino e si allontanò.

Petronella guardò fuori dalla finestra. Appollaiati sui

rami del faggio rosso c'erano i suoi corvi, talmente tanti che aveva rinunciato a contarli, e la fissavano. Nella sua testa risuonavano le voci:

Lasciaci sistemare le cose Lasciaci sistemare le cose Lasciaci sistemare le cose Lasciaci sistemare le cose Lasciaci sistemare le cose Lasciaci sistemare le cose Lasciaci sistemare le cose Lasciaci sistemare le cose Lasciaci sistemare le cose Lasciaci sistemare le cose Lasciaci sistemare le cose Lasciaci sistemare le cose Lasciaci sistemare le cose Lasciaci sistemare le cose Lasciaci sistemare le cose Lasciaci sistemare le cose Lasciaci sistemare le cose Lasciaci sistemare le cose

Basta! Petronella distolse lo sguardo e strizzò gli occhi finché nella sua mente non regnò il silenzio.

Dalla sua altura, la Fabbrica Harry di liquirizia e marzapane si stagliava nel cielo del pomeriggio come una gigantesca torta di gesso e pietra. L'edificio rosa sembrava essere stato decorato di bianco con un'enorme sac à poche e guarnito sul tetto con ciminiere a strisce. Con soffi e sbuffi ritmici, le ciminiere pompavano nell'aria brezze di liquirizia e profumo di mandorle pralinate.

Davanti ai cancelli di ferro della fabbrica, un po' distante dal vivace trambusto della città, le due stavano una di fronte all'altra.

Tutta la classe si era radunata dietro a Marie-Hedwig. Facce piene di aspettative, di malizioso compiacimento.

Dietro a Petronella c'era solo Pellegrino.

«Ahhh, un profumo delizioso, non è vero?» Marie-Hedwig inspirò ostentatamente l'aria, chiudendo gli occhi. Quando li riaprì, fissò lo sguardo su Petronella. «Questa fabbrica appartiene ai miei genitori. Nel caso ancora non lo sapessi. È la cosa migliore e la più importante che questa città ha da offrire. Ricordatelo».

Petronella socchiuse gli occhi. In controluce, Marie-Hedwig sembrava emanare luce.

Per mimetizzarsi o come deterrente?, balenò in mente a Petronella. *Oppure cerca di attirare la preda?*

Dietro alla nuca udì fischiare la narice sinistra di Pellegrino. Lui non poteva aiutarla, perché sapeva ancora meno di lei che cosa fare in situazioni del genere. Era più il contrario, e sarebbe toccato a lei proteggere lui...

Marie-Hedwig porse la mano a Petronella. Era un gesto cortese, e a tutta prima Petronella non sapeva bene che cosa si aspettasse da lei. Doveva forse farle il baciamano, come a una regina? O la stava invitando a ballare?

Fece una risata nervosa e infine le prese la mano.

Nessun altro rise, nemmeno il ragazzo con le lentiggini.

Poi sussurrò: «Ehm. Scusa». Si tirò subito il labbro superiore sugli incisivi.

La controparte contorse la bocca in un sorriso dolciastro che scomparve rapidissimo come una murena nella tana, pronta per il prossimo attacco. Marie-Hedwig fece un passo avanti e mise le mani sulle spalle di Petronella. Nello stesso momento, il sole scomparve dietro una nuvola.

Il respiro di Marie-Hedwig solleticò l'orecchio di Petronella mentre sussurrava: «So tutto della tua famiglia». Poi fece un passo indietro e si portò una mano all'orecchio con un gesto esagerato. «Come, scusa?» esclamò in tono affettato, con gli occhi spalancati. «Non ho ca-pi-to!»

Petronella si accigliò, incredula, e ricominciò a dire: «Scusa, io...»

Le sue parole furono soffocate dai corvi che sembravano apparsi dal nulla e che oscuravano il cielo sopra di lei. Erano ancora di più. Disegnarono alcuni cerchi e poi si posarono sugli archi di pietra glassata della Fabbrica Harry di liquirizia e marzapane.

«Devi parlare più forte, nessuno ti ha senti-ito!» la canzonò Marie-Hedwig.

«Scusa!» gridò Petronella, disperata. «Scusa!»

«Bis! Bis!» muggì il ragazzo con le lentiggini dalle retrovie, ma nessuno si unì a lui.

L'aria era elettrica, e tutti se ne accorsero.

«Scuse accettate». Il sorriso di Marie-Hedwig si allargò. Si girò verso gli altri come se si aspettasse un applauso. «Ecco perché» continuò, slacciandosi il primo bottone del cappotto «voglio restituirti questo». Si mise la mano dietro la nuca e poi tese il pugno chiuso a Petronella.

Quando aprì le dita, Petronella fissò sorpresa l'oggetto che giaceva nel palmo. Le ci volle un attimo per capire da dove proveniva. Nella mano di Marie-Hedwig c'era il guscio di un mollusco. No, non un guscio normale ma un corno di conchiglia. Quel corno di conchiglia. Il raccogli-anime. Che era chiuso nel cassetto della scrivania nella Stanza della torre. La cui chiave era infilata tra il materasso e la parete della cuccetta.

«Questa chiocciola mi è sembrata la cosa più bella di tutte nel tuo cassetto» gongolò Marie-

Hedwig. «Il quaderno l'ho trovato noioso e, a giudicare dal contenuto, abbastanza disgustoso». Fece una smorfia. «E i calamai... ce n'erano tanti quanti sono i granelli di sabbia su una spiaggia. Non hai visto che è da tutto il giorno che porto la chiocciola al collo?» Si tirò indietro i capelli e fece un sorriso innocente. «Be', allora siamo pari».

«*Charonia tritonis*» disse Pellegrino, guardando il guscio di mollusco dal bocchino dorato. «È la conchiglia di un mollusco, non è una chiocciola. Tuttavia, è stata lavorata, evidentemente per realizzare una sorta di strumento».

Petronella si limitò a fissare con le labbra serrate l'oggetto che Marie-Hedwig aveva in mano. Come diavolo aveva fatto a rubare il corno di conchiglia dal cassetto chiuso a chiave della scrivania nella sua stanza, a casa sua? Che cosa sapeva? Che era un raccogli-anime? Sapeva più cose di Petronella?

Con uno sguardo compiaciuto, Marie-Hedwig si incamminò oltrepassando i gemelli. Tutta la classe la seguì.

Solo Linnéa LeVander si fermò. Non si avvicinò, ma alzò il pollice. «Ottimo lavoro» pronunciò con le labbra e poi continuò a camminare.

Petronella preferì evitare il suo sguardo. Non c'era proprio niente di ottimo.

Ben presto, Petronella e Pellegrino rimasero soli all'ombra della Fabbrica Harry di liquirizia e marzapane. Guardarono in silenzio la capa e il suo branco andare via.

Nello stesso istante, mentre i corvi si alzavano ad uno ad uno dagli archi di pietra, Petronella ebbe per qualche secondo la folle sensazione che il mondo si fermasse, ma solo dentro di lei. Il tornado si era ritirato, ma aveva lasciato una specie di vuoto, un silenzio ingannevole.

Marie-Hedwig e i suoi seguaci si erano fermati e guardavano a bocca aperta verso l'alto. Lo stormo di corvi disegnò una curva elegante sopra le loro teste con molti, sonori «cra». Il cerchio successivo si trasformò gradualmente, corvo dopo corvo, in una picchiata che aveva un chiaro obiettivo su cui atterrare: Marie-Hedwig.

Questa strillò forte e sbatté furiosamente le braccia mentre dozzine di uccelli neri cercavano di atterrarle addosso. Alcuni le si impigliarono nei capelli, altri le lacerarono la stoffa del cappotto.

«Un comportamento insolito» osservò Pellegrino.

Gli altri all'inizio indietreggiarono e rimasero come pietrificati a guardare. Poi alcune bambine iniziarono a proteggere Marie-Hedwig e a scacciare i corvi. Alla fine, gli uccelli lasciarono andare la loro vittima e si alzarono in volo con grida minacciose.

Tutt'a un tratto calò un silenzio tale che Petronella riuscì a sentire distintamente la voce roca di Marie-Hedwig.

«Questo» esclamò senza fiato «l'hai fatto apposta, becchina!»

«Io?» gracchiò Petronella, provando fastidio per quanto la sua voce sembrasse lamentosa. «Io non ho fatto proprio niente! Insomma, com'è che avrei...»

La frase incompiuta rimase sospesa nell'aria sopra il complesso della fabbrica.

Il branco si rimise in marcia, lasciandosi dietro i gemelli da soli. Fissavano le schiene che diventavano sempre più piccole, e sembravano arrabbiate, o almeno così sembrava a Petronella.

Alla fine, Pellegrino disse: «Marie-Hedwig non è

particolarmente intelligente. Non può esserci un nesso causale tra te e il comportamento dei corvi. Non c'è alcuna prova che lo dimostri».

Il sole rimase coperto da nuvoloni scuri e le prime fini goccioline di pioggia gli si posarono sugli occhiali.

Petronella si strinse nelle spalle. «Non lo so. Insomma, dopotutto, non ho chiesto io ai corvi di attaccare Marie-Hedwig, no?»

So tutto della tua famiglia. Quella frase la spaventava. Non da ultimo perché lei stessa della sua famiglia non sapeva praticamente niente.

Sulla via del ritorno dalla Fabbrica Harry di liquirizia e marzapane, la pioggia e il vento si erano intensificati. Per tutto il tragitto Petronella tenne il corno di conchiglia stretto in pugno, tanto che i bordi dentellati le lasciarono segni profondi sul palmo.

Quando la torretta del Polidorium fece capolino da dietro la diga, un brivido di sollievo corse lungo la schiena di Petronella. *La mia casa*, le passò per la mente. *La mia amata, inquietante casa.*

Le venne una gran voglia di precipitarsi subito nella sua Stanza della torre e di accoccolarsi nella sua cuccetta in posizione fetale.

«I passerotti sono tornati!» esclamò la nonna dalla porta d'ingresso. «Santo cielo, ma siete fradici! E che cosa sono quei musetti lunghi? Presto, presto! Qui può aiutare solo un bagno caldo».

Un quarto d'ora dopo, Petronella e Pellegrino erano seduti

uno di fronte all'altra nella vasca da bagno, circondati da montagne di schiuma profumata. Intorno a loro si sentiva un dolce crepitio, mentre fuori la pioggia sferzava con furia il vetro della finestra. Su uno sgabello accanto alla vasca, posizionato con cura, c'era la panacea dei nonni per tutte le situazioni della vita: un vassoio con del tè nero, una brocca di panna e lo zucchero candito.

«Sai cosa mi domando, Nelli?» La voce di Pellegrino riecheggiava sulle piastrelle nere come in una cappella. «Da quando siamo qui, ho già dovuto buttare alle ortiche alcune teorie che nel mondo esterno sono date per certe. Ma finora questo fatto è avvenuto solo nel Polidorium. Oggi, davanti alla fabbrica, ho assistito a qualcosa di singolare».

«Sì, i corvi» mormorò cupa Petronella e afferrò con il palmo della mano alcune bolle di schiuma galleggianti, che scoppiarono sommessamente. Non sapeva bene perché, ma fino a quel momento non aveva detto al fratello di aver parlato con la civetta e con i corvi. Le sembrava un segreto che dovesse restare tra lei e gli animali.

«Non mi riferisco ai corvi». Pellegrino sbatté le palpebre, come se fosse sorpreso delle sue stesse parole. Senza occhiali, in qualche modo i suoi occhi sembravano sempre troppo piccoli per il suo viso, oppure il naso e la bocca troppo grandi, Petronella non ne era sicura. «Mi riferisco a Marie-Hedwig. Non hai visto? Ha *emanato luce*».

Petronella fece affondare la mano e fissò il fratello oltre le montagne di schiuma. «L'hai visto anche tu?»

Pellegrino annuì. «Come i *Winteria*. Secondo te anche lei ha un organo luminoso?»

«Ma è una follia. Ci saremo sbagliati tutti e due e sarà stata solo la luce del sole, o che so io».

La luce emanata da Marie-Hedwig era una cosa. Come si fosse impossessata del corno di conchiglia era un'altra. Anche se, chissà come e chissà quando, era riuscita a intrufolarsi nella Stanza della torre senza farsi notare, il cassetto della scrivania era sempre stato chiuso a chiave! Petronella decise di rifletterci ancora con calma, anche se la questione la spaventava parecchio.

«La luce del sole. Sì... forse». La ruga verticale tra le sopracciglia di Pellegrino si accentuò mentre rifletteva a voce alta. «Sarebbe una spiegazione logica. Dopotutto, Marie-Hedwig non è che una ragazza normale. Quindi, deve dipendere da noi. Perché noi non siamo normali. Siamo più simili a questa casa che a tutti gli altri là fuori...»

«Mm, ma non sono sicura che Marie-Hedwig sia davvero normale. Come ha fatto a impossessarsi del corno di conchiglia? È rimasto per tutto il tempo chiuso a chiave nel mio cassetto» disse Petronella. «A proposito di 'non normale', ho scoperto un'altra, ehm, creatura» proseguì. «L'ho chiamata "Dita Gelate". Non era una creatura vera e propria, è stata solo una sensazione. L'ho sentita chiaramente quando sono rimasta da sola nella Sala del camino. È arrivata all'improvviso, una sensazione veramente strana. Di freddo umido».

«Capisco». Pellegrino annuì gravemente. «Anch'io ho... anch'io devo dirti una cosa».

«Sì?»

«È meglio che te la faccia vedere. Ho trovato... un nuovo reperto. È in camera mia».

«Okay» mormorò Petronella.

In quel momento più che mai era indifferente ai reperti

che Pellegrino teneva nella sua stanza. Il suo pensiero tornò a Dita Gelate. Certo, quando era arrivata strisciando nella Sala del camino, era stata una sensazione terrificante. Ma anche... *affascinante*, come aveva detto Pellegrino. Come ogni cosa, qui nel Polidorium. Il lato oscuro della loro casa era inquietante e imprevedibile, senza alcun dubbio. Ma lei sentiva un forte desiderio di scoprirlo e comprenderlo. Soprattutto ora che aleggiava quella vaga minaccia di Marie-Hedwig, che a quanto pare era in grado di penetrare in casa sua e impadronirsi di oggetti. E che sapeva qualcosa su di lei e sulla sua famiglia. No, non avrebbe potuto accettarlo. Avrebbe dovuto agire.

Ma come?

Petronella chiuse gli occhi e trattenne il fiato. Si lasciò scivolare fino a quando la schiuma e l'acqua della vasca si richiusero mescolandosi sopra la sua testa. Sott'acqua, i rumori familiari del Polidorium sembravano monotoni e rimbombanti, gli scricchiolii e i sussurri, i sospiri e i gemiti amplificati molte volte... Ma questo che cos'era? Uno strano rumore, più vicino degli altri, fece tremare l'acqua del bagno. Come di... ruote? Con un rapido scatto, Petronella si alzò a sedere nella vasca e si strofinò via l'acqua dagli occhi, giusto in tempo per vedere qualcosa sfrecciare oltre la porta del bagno, che era socchiusa. Si voltò a guardare il fratello.

L'hai visto anche tu, Pel?

Sento un rumore. Pellegrino si rimise gli occhiali, le lenti piene di gocce di condensa. *C'è qualcosa in corridoio.*

Avvolti negli asciugamani, si avvicinarono alla porta il più silenziosamente possibile. Petronella sporse con cautela la testa dallo spiraglio e sbatté incredula le palpebre. Vedeva davvero quello che stava accadendo, o era pura immaginazione? Provò il folle impulso di scoppiare a ridere, e allo stesso tempo rimase sgomenta alla vista della donna quasi trasparente a cavallo della bicicletta, che se ne andava sulle assi di legno del pavimento, con il volto coperto da un disegno ramificato di linee sottili. «Figura di Lichtenberg» l'aveva chiamata il nonno. Era la bibliotecaria morta che era stata colpita da un fulmine durante la grande tempesta e che ora percorreva il corridoio del Polidorium come trainata da un filo invisibile.

«E adesso che cosa dobbiamo fare?» sussurrò Pellegrino, nascondendosi dietro la porta.

Petronella resistette all'impulso di fare lo stesso e rifletté intensamente. Grazie alla Cronaca di famiglia, sapeva bene di che cosa si trattasse. Quella era la zia di Linnéa LeVander, era

stata colpita da un fulmine ed era morta, e ora era intrappolata qui nel Polidorium perché non riusciva a passare oltre. Come Hortensia Polidori, a quanto pare doveva ancora fare qualcosa di importante. Petronella raccolse tutto il coraggio che aveva, uscì dal bagno e si fermò in mezzo al corridoio.

«Alt!» gridò, alzando una mano.

Ma la bibliotecaria morta non sembrò accorgersi di lei. Con il terrore immutato sul volto, gli occhi e la bocca spalancati, i capelli come agitati da una specie di tempesta invisibile, sfrecciò imperterrita verso Petronella. Nell'orecchio interno, Petronella percepì uno strano rumore di schiocchi. Allo stesso tempo, avvertì un brivido, uno strattone e uno scatto mentre la bibliotecaria con la bicicletta le passava attraverso. Finì tutto con la stessa rapidità con cui era cominciato. Petronella vide la figura lattiginosa sfrecciare verso la fine del corridoio.

«Stop! Fermati!» gridò e poi, colta da un'improvvisa ispirazione: «Mathilde LeVander!»

La bicicletta si fermò e la bibliotecaria si voltò lentamente verso di lei, come una sonnambula appena svegliata. Petronella si chiese se fosse stata davvero una buona idea. La morta fissò Petronella in silenzio. Aveva gli occhi rossi e le figure di Lichtenberg sulla pelle pulsavano come vene. Era uno spettacolo inquietante.

«Che cosa fai qui?» Petronella raccolse tutto il suo coraggio per pronunciare quella domanda.

A1277435E... La voce della bibliotecaria era sottile e debole, come se arrivasse da molto lontano. E la cosa più inquietante era che non muoveva le labbra. *Quattrocentocinquantasei... giorni.*

«Scusi, ma io...»

A1277435E... Quattrocentocinquantasei ... giorni.

«Non capisco!» Petronella fissò impotente la bibliotecaria morta, che ripeteva lentamente e a bassa voce quelle parole.

A1277435E... Quattrocentocinquantasei... giorni.

Per quanto sottile e piccola, la voce di Mathilde aveva un tono pressante. Petronella capì che quelle parole non erano destinate a lei, ma a qualcun altro. «Linnéa?» tirò a indovinare. «È un messaggio per Linnéa?»

A1277... La bibliotecaria fece una pausa. Il suo sguardo si fissò su Petronella, e per quanto avesse un aspetto orribile, Petronella sentì come se tra loro ci fosse un legame, una sorta di intesa.

«Lasciate che me ne occupi io». La voce morbida e pacata sul pianerottolo apparteneva a Hein. Lentamente, senza fretta, si diresse verso la bibliotecaria morta. Teneva in mano qualcosa di piccolo e colorato, che Petronella riconobbe solo a un secondo sguardo essere gli orecchini a forma di pappagallo dallo scomparto di Mathilde LeVander nel Museo dei morti. «Vieni». Tese la mano alla morta.

No, tu no...! A ogni parola la voce della bibliotecaria si allontanava sempre di più. Non posso venire con te, devo ancora...

Proprio nell'istante in cui Hein le afferrò la mano, accadde qualcosa di inconcepibile: fu come se i due si liquefacessero, i loro contorni e colori si confondessero gli uni con gli altri e lentamente filtrassero giù, tra le fessure delle assi di legno del pavimento, fino a scomparire del tutto.

«Hein!» strillò Petronella.

Era troppo tardi. Fissò in silenzio il corridoio vuoto. La Bibliotecaria in bicicletta e Hein erano scomparsi. Tremando,

Petronella si rivolse a Pellegrino. «Hein tornerà, vero? Tornerà, vero?»

Pallido come un lenzuolo e tutto imbacuccato nell'asciugamano, Pellegrino e ne stava ancora al riparo della porta del bagno. I denti gli batterono mentre mormorò: «Aveva ragione. Me l'aveva detto. Hein è... Hein è...»

«*Chi* ti ha detto *cosa*? Che fine ha fatto Hein?»

Pellegrino evitò di guardare la sorella. Le passò frettolosamente accanto per raggiungere camera sua e sbatté la porta. Confusa, Petronella fissò le impronte bagnate sul pavimento di legno.

Capitolo 9

Amico Hein

Il collegio dell'isola di Isentoorn, ovviamente, era il piano B. Solo nel caso in cui Roberta avesse avuto bisogno di un piano B (non voleva pensare alle conseguenze di quell'eventualità). Il piano A era sempre il piano A: partire per andare a cercare i suoi genitori. Non l'aveva detto a Hein, né ai suoi fratelli e nemmeno ai nonni. Lo avrebbe fatto di propria iniziativa.

Ma prima di sparire (stavolta per davvero!), Roberta aveva delle faccende da sbrigare. Doveva assicurarsi che i suoi fratelli sarebbero stati bene, nonostante tutto.

Soddisfatta, rimise il tappo al pennarello e guardò le piccole correzioni che aveva apportato alla parete del bagno:

I
VEND~~ET~~TA
~~SUI~~ PER
NIPOTI DEI BECCHINI

MARIE-HEDWIG
VS BECCHINA
= VENDETTANTECARAMELLE

Roberta ridacchiò. *Meglio frasi senza senso nei bagni della scuola, piuttosto che dichiarazioni di ostilità*, pensò. O avrebbe dovuto annerire quegli scarabocchi e basta? Ma no, così era più divertente. A lei niente di tutto questo importava granché, ma poteva immaginare come avrebbe reagito la sua sorellina se avesse letto qualcosa come: «Vendetta sui nipoti dei becchini». Niente lacrime, niente rabbia, ma probabilmente si sarebbe ammutolita. E Pellegrino? In quelle situazioni era impotente come un cagnolino appena nato. Gli sarebbe tremato il labbro inferiore, e sarebbe stato solo l'inizio. No, toccava a lei sistemare le cose! Dopotutto, era una brava sorella maggiore.

Roberta stava per cambiare cubicolo per cercare altri scarabocchi, quando la porta si aprì e delle voci riempirono il bagno.

«... ha preso le forbici e... *zac, zac!* Via tutto!»

«Ho sentito che gli occhi le brillavano di rosso mentre lo faceva! E che le usciva fumo nero dal naso! Come un mostro!»

«E hai sentito la storia dei corvi? Ha fatto un incantesimo agli uccelli! Credo che ci fossero anche dei gatti neri... e un enorme cane fantasma!»

«Mia mamma mi ha detto che mia nonna le ha detto che la sua, di mamma, le aveva raccontato che i Polidori discenderebbero dai vampiri. Dormono pure nelle bare!»

«Anche quel suo fratello gemello è proprio inquietante, vero? E hai sentito che cosa si dice della sorella maggiore?» Chi parlava fece una pausa per creare aspettativa. Roberta, nel cubicolo, trattenne il fiato per la tensione. «Quella è fuori di testa! Parla tutto il giorno da sola e ride come una matta».

«No, non da sola. Parla con i morti!»

«Bleeeah! Che schifo!»

Con un botto fragoroso, Roberta spalancò la porta del bagno.

«Tra poco parlerò davvero con i morti!» esclamò. «E indovinate chi saranno!»

Quell'entrata in scena suscitò l'effetto sperato. Le ragazze urlarono e si aggrapparono ai lavandini. Con gli occhi sgranati per il terrore, fissavano Roberta come tre conigli davanti a un serpente.

«P-per favore, n-non farci niente» balbettò una ragazza con l'apparecchio. Si strinse lo zaino al petto a mo' di scudo.

Roberta fece un passo verso le ragazze e puntò loro l'indice contro. Tutte e tre indietreggiarono inorridite, come se fosse un coltello affilato. Roberta non poteva negare che le piaceva far passare l'inferno a quelle gallinelle spaventate. Peccato che si fosse lasciata alle spalle già da tempo la fase Nosferatu. Quelle zanne da vampiro che sembravano vere e gli occhi iniettati di sangue avrebbero aggiunto il giusto fascino alla sua performance.

«Potete parlare di me quanto vi pare. Non me ne frega niente». Si sforzò di mantenere un tono di voce minaccioso. «Andate a dire che mangio gattini. O pappagallini. O le studentesse stupide nel bagno delle femmine». Alle ultime parole, fece uno scatto volontario con la mano, che fu subito ricompensato da un guaito a tre voci. «Ma vi dico una cosa: se torcete anche solo un capello ai miei fratelli...» Aspirò l'aria e sputò loro in faccia le parole successive, cariche di disprezzo: «... siete morte! Siete invitate a spargere la voce. Anzi, ve lo chiedo espressamente!»

Si voltò dando le spalle alle ragazze spaventate e piagnucolanti, sogghignando compiaciuta quando vide una figura esile dalle gambe lunghe seduta alla finestra della toilette. Era Hein con un sorriso di apprezzamento.

Roberta si inchinò nella sua direzione. Poi si mise a ridere: «Ehi, aspetta un attimo: qui non puoi entrare. Questo è il bagno delle femmine!»

«Via, veloce» sentì quella con l'apparecchio sibilare dietro di lei. «Lo sta facendo ancora!»

«È davvero pazza! Andiamo!»

Quando Roberta si girò, vide solo la pesante porta del bagno che si richiudeva da sola. Qualcuno aveva inciso nel legno della porta due omini stilizzati, uno con un paio di occhiali squadrati e l'altro con i denti esageratamente grandi. Tutt'e due penzolavano da una forca e sopra di loro c'era una scritta:

Ci sono parole che colpiscono subito. Come frecce. Ma ci sono anche parole che penetrano lentamente e sprigionano il loro effetto velenoso dall'interno, quasi goccia a goccia. Era questo il caso.

Lo sta facendo ancora! Il significato di quelle quattro parole, sussurrate attraverso un apparecchio dentale nel bagno delle femmine, colse Roberta del tutto alla sprovvista mentre si sedeva al suo banco per la lezione di tedesco. Rientravano in una serie di piccole stranezze che aveva sì notato, ma a cui non aveva prestato molta attenzione.

Gli sguardi sconcertati della classe quando parlava con Hein.

Parla da sola... No, con i morti...

La testa le rimbombava, il mondo intorno a lei stava sfumando. Solo un punto era ancora nitido: il viso di Hein, la sua bocca che diceva il suo nome. Gli occhi nerissimi, nei quali c'era qualcosa che non andava. E ora capì anche che cos'era: quegli occhi non erano solo di un nero insolito. In essi non si rifletteva nulla. Una superficie nera e opaca. Aveva già sentito parlare di qualcosa del genere. Ma dove?

Parla da sola... No, con i morti...

Improvvisamente si sentì male.

Si alzò di scatto, si precipitò fuori dall'aula, ignorando Ruprecht, che, spaventato, si affannò a raggiungerla, e corse per i corridoi della scuola, che sembravano infiniti, finché finalmente trovò l'uscita. Constatò sollevata che evidentemente l'insegnante aveva già rinunciato all'inseguimento e, senza fiato, si lasciò cadere a terra tra le biciclette. Frugò nelle tasche dei pantaloni e trovò infine quello che stava cercando tra le tante conchiglie rotte e un elastico per capelli: gli avanzi di un sacchetto di liquirizie assortite. Coperto di sabbia all'esterno per via di un pomeriggio solitario in spiaggia, ma comunque efficace contro quella sensazione di sconquassamento allo stomaco.

Il sapore salato sulla lingua le fece bene, le riordinò i pensieri.

Bello, dunque. A quanto pare di lei si diceva che parlasse da sola. O con qualcuno di invisibile. *Lo sta facendo ancora...* Aveva detto così quella ragazza quando si era rivolta a Hein. Quindi Hein era invisibile. Era... morto? Chi, o meglio: *cosa* era Hein?

In quel momento un'ombra cadde su di lei.

«No, tu no!» esclamò e si buttò le braccia davanti al viso. Non voleva più guardare quegli occhi neri, mai più!

«P-perché, che cosa ti ho fatto?»

Non era chiaramente la voce di Hein. Roberta socchiuse gli occhi oltre l'incavo del braccio e riconobbe un ragazzo della sua età. Abbassò le braccia e sbatté di nuovo le palpebre. Quella visione era così buffa che di colpo si sentì meglio.

«Ma che cos'hai in faccia? Ti sei disegnato i baffi?» chiese, senza poter fare a meno di sorridere.

Le guance del ragazzo si colorirono di un rosso leggero. «Ehm, no. Sono veri!»

«Oh, andiamo». Roberta si alzò a sedere. Si rese subito conto che i suoi capelli neri erano chiaramente tinti. Sotto di essi si nascondeva di certo un biondo paglierino, che a Tildrum sembrava il colore che avevano tutti. Capelli tinti e baffi disegnati. La cosa era un pochino interessante. «Perché mai ti sei disegnato i baffi?»

«Ruprecht mi ha detto di venire a vedere come stai» il ragazzo cambiò discorso e si allontanò. «Bene. Evidentemente ti senti meglio».

«Aspetta!» gridò Roberta. «Come ti chiami?»

Il ragazzo si fermò. «Luk. Schrödersen».

Roberta aveva già sentito quel nome. «Luk Schrödersen.

Sei parente di...»

«Ivan Schrödersen. A quanto pare, tutti conoscono quella storia». Luk sembrava infastidito. «Era mio padre. Lo conoscevo appena».

Roberta si chiese se anche lui sapesse quello che sapevano lei, i suoi nonni e l'ufficiale di polizia Horks: che sua madre aveva ucciso suo padre. All'improvviso le dispiacque per lui.

«Liquirizia? Però è un po' sbriciolata. E ho già mangiato tutti i tentacoli». Gli porse il pacchetto.

Luk esitò. I baffi disegnati si arricciarono.

Ovviamente starà riflettendo su quanto sia intelligente mettersi a interagire con una dei nipoti dei becchini, pensò Roberta.

Diede un colpetto per terra accanto a lei. «Dai. Non mordo mica. Anche se la gente dice il contrario. O torni subito alla lezione di tedesco di Ruprecht?» Imitò il modo di parlare un po' nasale del professore: «Accidenti! Parlo come un barboncino con il raffreddore e sono noioso come il mio orrendo maglione!»

Luk rise e infilò la mano nel sacchetto. «C'è ancora la liquirizia salata?» Si sistemò accanto a lei. «Posso immaginare che cosa significhi per voi. Quello che si dice in giro, intendo. Ai tempi per noi non era diverso, dice mia madre». Masticò cupo. «E non si ferma mai del tutto. Soprattutto quando si vive sotto lo stesso tetto con otto fratelli e ventitré gatti...»

«Lo so. Non m'importa. Aspetta un attimo, hai appena detto che vivi sotto lo stesso tetto con otto fratelli e *ventitré* gatti?»

«Ah, lascia stare». Luk era di nuovo arrossito. «Tu parli davvero con i morti?»

«Certo che sì». Roberta gli rivolse uno sguardo penetrante e sussurrò: «Anch'io sono morta molto tempo fa, sai? In un incidente aereo sopra Gibilterra». Alzò la mano e tracciò una linea davanti al collo. Luk la scrutò per un attimo, poi rise: «Sei davvero matta». Si ammutolì e tornò serio prima di domandare: «Quindi parli da sola? Perché?»

Molto lentamente, Roberta si rese conto della drammaticità della sua situazione. A Luk e a tutti gli altri della classe doveva sembrare davvero che fosse pazza e che parlasse con un amico immaginario. Come una bambina! O, appunto, una pazza. Che imbarazzo. Che proprio lei, esperta di storie spettrali, non avesse capito che Hein era un fantasma.

Poi qualcosa la attraversò come un fulmine. Il quaderno che Petronella le aveva tenuto sotto il naso quella sera in cui tutto aveva cominciato a vacillare. In fondo, Hein non era l'unica creatura che infestava la casa. Ma certo! Doveva assolutamente parlare con la sua famiglia. Erano le uniche persone che potevano capirla ora.

Si alzò di scatto. «Devo andare a casa».

«Ho detto qualcosa di male?» Luk la guardò sorpreso. «Senti, m-mi dispiace, non volevo...»

«Non preoccuparti». Allontanandosi, gli lanciò il sacchetto di liquirizia e gridò oltre la spalla: «Comunque, la tinta non è niente male. Sui baffi possiamo ancora lavorare, però. Se vuoi!»

«Ehi, cosa devo dire a Ruprecht?» le gridò dietro Luk.

«Inventati qualcosa! Ci conto!»

Mentre Roberta si affrettava verso la fermata dell'autobus, pensava a Petronella e al quaderno. Pensava a Pellegrino, che aveva parlato di quella strana vecchia in camera sua. Alla cronaca di famiglia. Agli infestometri. E deglutì. Aveva buttato con disprezzo il suo infestometro in un angolo della sua stanza, insieme ai libri di storie del terrore che improvvisamente non sopportava più. Perché non voleva credere a tutto questo, ai fantasmi, ai morti... Ma ora, lo sentiva, non c'era modo di tornare indietro. Doveva affrontare il suo destino. Doveva andare al Polidorium, trovare il suo infestometro, parlare con la sua famiglia!

Pellegrino, avvolto in una coperta, era sprofondato in una delle poltrone da lettura in biblioteca e teneva lo sguardo dritto avanti a sé. Petronella si era messa comoda sul tappeto del mondo in mezzo all'Atlantico del Sud (all'altezza di Sant'Elena). Era seduta a gambe incrociate. Sul ginocchio destro teneva in equilibrio un panino alla marmellata di more, e sulla sinistra la pesante Cronaca di famiglia aperta. Si stava chiedendo se, per certi versi, non fosse una combinazione pericolosa, quando il nonno entrò in biblioteca.

«Vi sentite meglio, miei cari?» Il suo sguardo si soffermò sul vecchio libro (e sul pane).

Petronella fissò Sant'Elena ai suoi piedi e, imbarazzata, mormorò: «Ehm, credo di sì».

Quella mattina si era svegliata da un incubo urlando. Rimaneva solo una vaga, brutta sensazione e il ricordo fugace degli occhi cattivi di Marie-Hedwig che la fissavano da un viso di corvo nero mentre si alzava in volo spalancando le grandi ali e gridava: «So tutto della tua famiglia, becchina! E lo userò contro di te!» A quanto pareva, a colazione Petronella aveva avuto un'aria miserabile quanto il suo umore, perché i nonni invece di mandarla a scuola l'avevano rispedita senza mezzi termini nella Stanza della torre. Era riuscita a malapena a sussurrare: «Credo di aver contagiato anche Pellegrino».

Aveva inviato al fratello un messaggio con uno sguardo insistente: *Fidati, oggi è meglio non andare a scuola.*

Così erano rimasti a casa e Petronella intendeva sfruttare il tempo per recuperare il presunto vantaggio di Marie-Hedwig nella conoscenza. E qual era il modo migliore per scoprire qualcosa sulla sua famiglia?

«La cronaca di famiglia» disse solennemente il nonno. «Sono contento che ti interessi leggerla. Fa' solo attenzione alla rilegatura. Le conchiglie sono molto antiche. E molto delicate». Il suo sguardo passò ancora una volta sulla metà di panino alla marmellata di more, che Petronella si precipitò a cacciarsi in bocca in due morsi.

«Grmpf» gorgogliò.

«Sì, bambina mia?»

Petronella ingoiò il grumo di pane e marmellata. «La Cronaca di famiglia è davvero segreta?»

Il volto del nonno divenne improvvisamente molto serio. «Certo, mia cara. Ciò che è scritto in questo libro rimane in famiglia. Nessun altro,» alzò l'indice «badate bene, nessun altro dovrà mai conoscere i molteplici segreti dei Polidori! Riguardano solo noi. Credevo che l'avessimo chiarito».

Petronella quasi si strozzò con una briciola ed ebbe un attacco di tosse. Qualcosa nell'espressione preoccupata del nonno le impedì di raccontargli della minaccia di Marie-Hedwig. Non doveva pensare che fosse stato un errore mostrare loro la cronaca di famiglia e dare loro gli infestometri. No, avrebbe dovuto affrontare Marie-Hedwig senza l'aiuto dei nonni.

«Ma certo,» disse, cercando di sembrare adulta e ragionevole, «puoi fidarti di noi. Volevamo solo, ehm, essere sicuri. Non è vero, Pel?»

Guardò il fratello. Lui annuì debolmente.

«Bene». Il nonno sorrise. «Mi fido di entrambi. Siete saggi e coscienzienti».

Coscienziosi, Pernell, avrebbe detto ora la nonna.

Quando il nonno fu uscito dalla biblioteca, Petronella chiese al fratello: «Ehi, che cos'hai? Sei malato?»

«Sì» rispose con una vocina sottile. «E anche tu. Per questo oggi non siamo andati a scuola. L'hai detto tu stessa stamattina».

«Ma... era solo una scusa!» Ma certo! Come aveva fatto a non pensarci. Suo fratello non solo era incapace di mentire, no, non era nemmeno molto bravo a riconoscere le bugie degli altri.

Si spinse gli occhiali su fino alle sopracciglia. «Ma perché una scusa? Pensavo che fossi malata e che mi avessi contagiato. Non ero sicuro dei sintomi, ma tu hai detto ai nonni che...»

Petronella sospirò: «Pel, ascolta. Non volevo andare a scuola per via di Marie-Hedwig. Per la storia del corno di conchiglia, della luce... per le cose che mi ha detto. Che sa tutto della nostra famiglia. Non ti è sembrato strano? Voglio guadagnare tempo. Prepararmi ad affrontarla».

«Quindi stiamo saltando la scuola?» chiese Pellegrino, angosciato. «Ma è contro le regole».

«A volte le regole vanno infrante» mormorò Petronella, persa nei suoi pensieri.

Passò la mano sulle conchiglie della copertina della

cronaca di famiglia e aprì il librone. Sfogliò senza meta le pagine fitte delle annotazioni dei suoi antenati. In gran parte, erano scritte in una calligrafia molto antiquata.

«Non si riesce a leggere» disse delusa.

Improvvisamente il panino alla marmellata le pesò sullo stomaco. Come diavolo faceva Marie-Hedwig a sapere della sua famiglia? E perché, ancora una volta, non aveva osato aprire bocca?

Altre persone, per esempio Roberta, avrebbero assillato Marie-Hedwig finché non avesse detto la verità. Petronella si alzò a sedere. Ma certo... Roberta! Lei avrebbe trovato una soluzione. Roberta trovava sempre una soluzione.

«Ma siete qui!» la voce trafelata della sorella rimbombò nella biblioteca. «Vi ho cercato dappertutto».

«Roberta!» Petronella le rivolse un sorriso raggiante con tutti i denti che aveva. Era davvero felice di vedere sua sorella. «Sai leggere nel pensiero?»

«Quella è una dote che avete solo voi gemelli inquietanti» Roberta si lasciò cadere sull'Atlantico del tappeto accanto a Petronella. «A proposito di inquietante. Ho bisogno del vostro aiuto. Il Club delle tre P deve riunirsi»

Gli occhi di Petronella si sgranarono. «Tu? *Tu* hai bisogno del *nostro* aiuto?» Per quello che si ricordava, Roberta non aveva mai chiesto l'aiuto del Club delle Tre P per se stessa.

«Senti, mi dispiace per non avere più parlato con voi. Mi sono chiusa in me perché...» Roberta sospirò. «Be', non lo so. Qui è tutto una follia. Quel telefono del vento con cui il dottor Oscar e la dottoressa Stella hanno parlato con te, Pel, perché... dovrebbero essere morti. E poi, in particolare, tutti i morti che ci sono qui dentro. È stato un po› troppo per me». Roberta alzò gli occhi al soffitto. «E io ero gelosa di voi due».

«Di noi?» chiese Petronella incredula.

«Pensavo che solo voi poteste vedere i morti. Finché non ho scoperto che io stessa ho sempre parlato con un fantasma. Hein. Lo sapevate?»

Pellegrino si alzò di scatto sulla poltrona e fissò Roberta.

«Be'» mormorò Petronella. «Fino a ieri, no. Ma poi, quando è sprofondato attraverso il pavimento insieme alla Bibliotecaria in bicicletta...»

«Lui è *cosa*?! Chi è, di grazia, la Bibliotecaria in bicicletta?»

«Una dei morti del nonno. Be', una di quelli che non hanno ancora potuto, ehm, passare oltre».

«Cosa? Ora spiegami, che cos'è successo?»

«Hein le ha toccato il braccio e un attimo dopo erano entrambi scomparsi. Come se si fossero sciolti o qualcosa del genere. Non è vero, Pel?»

Roberta e Petronella alzarono lo sguardo verso il fratello, che sedeva immobile sulla poltrona, con la coperta tirata su fino al mento e gli occhi sgranati.

«Tutto bene, Pel?» chiese Roberta. «Ti chiederei se hai visto un fantasma, ma presumo di conoscere già la risposta». Sorrise.

«Hein ti ha fatto qualcosa, Roberta?» chiese Pel con voce spenta.

«A me?» Roberta rimase meravigliata e ci rifletté. «No, affatto. Anzi, è sempre stato molto gentile con me».

«Mm» fece Pel. Sembrava lontano nei suoi pensieri.

Petronella lo guardò. Da ieri Pellegrino si comportava in modo strano. Certo, l'incidente con Hein e la Bibliotecaria in bicicletta era stato spaventoso, ma Musgret e la Zia Morta, dopotutto, non erano meno inquietanti.

All'improvviso ebbe un'illuminazione: «Volevi farmi vedere una cosa, Pel. In camera tua. Dicevi che avevi trovato un nuovo reperto»

Pellegrino trasalì. «No!» esclamò.

Petronella lo fissò. Che Pellegrino le avesse *mentito*?

Scambiò un'occhiata con Roberta, che fece spallucce.

Petronella decise che al momento c'erano cose più importanti da risolvere. «Roberta, tu sei espertissima di libri. Ci leggi qualcosa dalla Cronaca di famiglia? Ti prego! Io non riesco a leggerla, ma tu sì. Sai anche decifrare i codici segreti!»

«Dai, dammi qua». Roberta apparve lusingata e prese il pesante librone. Sfogliò le pagine, accigliata. «È veramente difficile da decifrare, però. Uff... aspetta, ecco. Da qui in poi migliora. Un certo Sheridan Carlino Polidori scrive quanto segue». Si schiarì la gola.

La nascita di nostra figlia è avvenuta senza complicazioni. Gloria Roberta è una bambina sana e vivace (con una voce estremamente forte!) e anche la madre sta benissimo.

«Si parla della nascita della nonna, vero? Gloria Roberta! Non può essere una coincidenza» esclamò Petronella con un sorriso. «Vi assomigliate molto, non trovi?»

Roberta la punì con l'indifferenza. «Trovo molto più interessante il cognome. Ho sempre pensato che la nonna avesse preso il nome Polidori dal nonno. Era quella l'usanza normale, no? Ma evidentemente è venuta al mondo già come Polidori. Be', nella nostra famiglia non avviene mai nulla di davvero normale» rifletté Roberta.

All'improvviso le venne da ridacchiare. «Ve la immaginate la nonna da piccola?»

«Sarà venuta al mondo con addosso già una vestaglia dorata!» fece Petronella unendosi alle risatine.

«Con gli occhiali dalle lenti oscurate!» sbuffò Roberta.

Solo Pellegrino non si unì alle risate, ma rimase seduto sulla poltrona come un'ombra immobile.

Roberta tornò seria. «Questo Sheridan qui scrive... ma è terribile!» Si chinò sulla pagina e lesse ad alta voce in tono precipitoso:

Purtroppo ci sono anche cattive notizie. Il progetto della nostra venerata Hortensia Amanda è scomparso. Abbiamo interrogato i morti, ma non hanno saputo dirci dove si trovi il documento. Tuttavia ci hanno rivelato chi l'ha preso:

HODDER MORKEL...!

Petronella raggelò quando Roberta lesse quel nome.

Roberta abbassò la Cronaca. Era pallida come un cencio. «Lui conosce gli artifici di Hortensia» mormorò.

«Sì, ma...» Petronella sentì che era arrivato il momento in cui non poteva più mantenere il segreto. «Devo dirti una cosa assurda».

«Oh, andiamo» sbuffò Roberta. «Ancora più assurda di questa?»

«Io so parlare con gli animali».

«Cosa?» L'invidia nella voce di Roberta si percepiva

appena. «Come fai a saper parlare con gli animali? Non ci credo!»

Pellegrino guardò Petronella con aria interrogativa. «Con chi hai parlato?» chiese con la fronte aggrottata. In qualche modo appariva allarmato, pensò Petronella.

«Più che altro con un barbagianni. Vive in soffitta perché il dottor Oscar l'ha fatto entrare, ma...»

«Anche il dottor Oscar sa parlare anche con gli animali?» strillò Roberta. «E pure tu, magari?» Fissò Pellegrino con aria accusatoria.

«No, no» si affrettò a mormorare, abbassando lo sguardo.

Che quella fosse un'altra bugia? Petronella decise di affrontare il fratello più tardi.

«Comunque, gli animali hanno aiutato il dottor Oscar a tenere sotto controllo Hodder Morkel. E la dottoressa Stella, insieme ai morti, si è assicurata che Hodder Morkel venisse rinchiuso. Non so dove... Ma non credo che rappresenti più un pericolo».

Petronella vide la tensione sul volto di Roberta attenuarsi. «Okay» disse. «Okay, bene».

«Tuttavia...» Petronella si bloccò.

Il sollievo nell'espressione di Roberta le impediva di proseguire. Non aveva il cuore di raccontarle del patto che la dottoressa Stella aveva stretto... e il dottor Oscar no. Di spiegare che la dottoressa Stella sarebbe tornata al Polidorium, anche se fosse morta, mentre il dottor Oscar no. Roberta avrebbe dovuto pensare che andasse tutto bene, almeno per il momento.

Pellegrino non sembrava per nulla impressionato. «C'è scritto qualcosa su Hein nella Cronaca?» chiese con impazienza.

Roberta sfogliava le pagine avanti e indietro, leggendo a fatica con gli occhi stretti.

«Qui si parla di un giardiniere di nome Heiner... e di un cuoco chiamato Heinrich...» Improvvisamente impallidì intorno al naso. «Oh mio Dio. Qui Hortensia ha incollato alcune foto del Polidorium e... guardate!»

Petronella le si accostò con impazienza. Pellegrino dalla poltrona si lasciò scivolare accanto a lei. Oltre le spalle di Roberta, videro la vecchia fotografia in bianco e nero che Hortensia Polidori aveva incollato accanto a una delle sue annotazioni. Era del Polidorium. Mostrava il magnifico giardino che ora era irriconoscibile. In mezzo a un mare di ortensie e rose, davanti alla porta a due ante della biblioteca, stavano in piedi un'anziana signora che sorridendo si riparava il viso dal sole, e, accanto a lei, un ragazzo biondo dal viso smunto e dagli occhi grandi e tristi. Sopra alla camicia portava le bretelle.

«È preciso identico a Hein» esclamò Petronella. «Indossa persino gli stessi vestiti».

«Questo è Hein» disse Roberta.

Esaminando il volto bianco e nero, Petronella capì che Roberta aveva ragione. «Quindi era il giardiniere di Hortensia, che lei chiamava Heiner» osservò.

«E scommetto che era anche il cuoco di cui Nicodemo scrive più avanti...Heinrich!» esclamò Roberta, sfogliando in fretta le pagine ingiallite. «E poi, a un certo punto, è diventato l'assistente del nonno. Capite? C'è sempre stato!»

Si scambiarono occhiate. Pellegrino annuì cupo.

«C'è scritto qualcos'altro lì dentro su Hodder Morkel?» chiese Petronella, seguendo un'intuizione improvvisa.

«Che cosa vuoi che ci sia scritto?» chiese Pellegrino a voce così alta che Petronella trasalì. «Hai appena detto che non rappresenta più un pericolo!»

«Lo so» rispose, incerta. «Ma vorrei comunque sapere qualcosa di più su di lui. In soffitta ho trovato la sua cassa da marinaio e...»

«Oh!» Pellegrino scattò in piedi. «Devi farmela vedere!»

Le sorelle lo guardarono sorprese.

«Guarda che là dentro non ci sono mica animali marini, te ne rendi conto, vero?» chiese Roberta, beffarda. «Però voglio vedere anch'io la soffitta. Dai, andiamo a caccia di fantasmi! Avete con voi gli infestometri?»

Petronella li condusse su per la torre fino alla soffitta. Il cuore le batteva forte e si guardò intorno in cerca del barbagianni. Chissà se anche Roberta o Pellegrino potevano parlarci.

Ma, a parte il vento che fischiava attraverso i buchi del tetto, l'umido locale era vuoto.

«Non sembra che questo posto sia infestato, vero?» Roberta alzò il suo infestometro.

Petronella e Pellegrino la imitarono.

«No» disse Pellegrino con voce incalzante. «La nebbia all'interno cambierebbe colore. Dov'è il baule di Hodder?»

«Qui». Petronella sfiorò il fratello con un'occhiata di sbieco. Da quando era così sfacciato? Non era affatto da lui. *Tutto okay, Pel?*

La luce del giorno, che cadeva in fitte nuvole dai fori del tetto, si rifletteva sugli occhiali di Pellegrino rendendole impossibile vedere i suoi occhi. Forse era per questo che non aveva sentito i suoi pensieri. Senza parlare, suo fratello si inginocchiò davanti alla cassa e cercò di aprire la serratura di ferro.

«Aspetta. Dobbiamo forzarla». Petronella prese la pala che aveva lasciato lì l'ultima volta.

«Faccio io». Roberta le prese la vanga dalla mano e la conficcò nella fessura tra il coperchio e la parte inferiore della cassa. Il legno scricchiolò, ma non si mosse.

A un tratto, Petronella avvertì una sorda, fredda sensazione allo stomaco. Pensò alle parole del barbagianni, che i corvi più tardi avevano ripetuto: *Lasciaci sistemare le cose.*

«E se in quella cassa si nascondesse qualcosa di pericoloso?» chiese.

Pellegrino le tese il suo infestometro. «Allora saremmo stati avvertiti, no?»

«Pel ha ragione. In fondo, è solo una cassa, tutto qui. Dai, dacci una mano!»

Roberta mise di nuovo la pala in posizione e, unendo le forze, piegarono il manico verso il basso finché il legno non si spaccò e il coperchio si aprì di schianto. Indietreggiarono barcollando e poi si precipitarono verso la scatola. Roberta sollevò il coperchio. Incuriositi, allungarono il collo.

«È vuota» commentò Roberta con disappunto.

Sul lato interno del coperchio, qualcuno aveva dipinto usando scuri colori a olio un paesaggio tempestoso. Mostrava il mare, un pezzo di terra e una casa.

«Ma quello è il Polidorium!» esclamò Petronella.

«È la casa di Hodder» disse Pellegrino.

«Come?» chiese Petronella, irritata.

«La casa» spiegò Roberta al posto di Pellegrino. «Dopotutto, prima apparteneva a Hodder Morkel, come sappiamo dalla Cronaca di famiglia. È questo che intendi, vero, Pel?»

Pellegrino non rispose. Si inginocchiò di nuovo davanti alla cassa e la fissò. Qualcosa si rifletteva nelle lenti dei suoi occhiali, ma stavolta non era la luce del sole.

«Che cos'è che brilla?» esclamò Petronella.

A quanto pareva si trattava di un'illusione ottica. Chinò la testa sulla cassa, ma all'interno si trovava solo una piccola statuina intagliata a mano. Era costituita essenzialmente da due teste, che esibivano entrambe un sorriso grottesco dai molti denti.

Pellegrino avvolse con delicatezza la statuetta con entrambe le mani e ne accarezzò la superficie. «Dente di *Physeter macrocephalus*» disse con riverenza. «Non ho dubbi».

«Che brutta». Roberta tese la mano verso la statuetta.

«Fa' attenzione!» esclamò Pellegrino, stringendola tra le mani per proteggerla.

«Perché? Hai appena detto che non può essere pericolosa!»

«Non intendevo che la statuetta potrebbe essere pericolosa per te, ma *tu per lei!*»

«Ma scusa, perché dovrei voler...»

«C'è anche uno scomparto laterale!» Petronella interruppe il duello verbale e infilò una mano nella cassa.

Sul lato destro c'era un piccolo scomparto di cui riuscì ad aprire il coperchio. Tastò due oggetti: un foglio di carta piegato e una foto in bianco e nero. Petronella tirò un respiro affannoso quando la girò e riconobbe chi vi era immortalato.

«Ecco di nuovo Hein!» gridò Roberta. «Ma chi diavolo è questo tizio? Aspetta un attimo, che Hein sia... Hodder Morkel? Nel quarto volume delle *Indagini di Miss Moonpenny* c'è un caso...»

«No. Guardate, la fotografia è stata strappata» li interruppe Petronella, passando il dito sul bordo sfilacciato. «E so anche dov'è l'altra metà!»

Capitolo 10

Spiramentum polidorium

«Aspettate, ecco...» Petronella sfogliò il quaderno del dottor Oscar.

I tre si erano infilati nella cuccetta di Petronella, avevano tirato la tenda e acceso la lampada a pinza. Forse era solo la sua immaginazione, ma era il luogo in cui Petronella si sentiva più al sicuro. Era bello starsene lì accoccolati con Roberta e Pellegrino. Avevano appoggiato gli infestometri sulla coperta davanti a loro, in modo da essere avvertiti all'istante se una delle creature che Petronella stava ora passando frettolosamente in rassegna fosse apparsa per davvero.

«Eccolo qui. Guardate». Petronella sollevò la foto in bianco e nero, dalla quale il baleniere disperso le sorrideva con i lineamenti un po' sbiaditi ma non per questo meno ripugnanti.

«Uff, ha un'aria proprio rassicurante» osservò Roberta.

Petronella le accostò l'altra metà della fotografia trovata nella cassa in soffitta. Combaciava perfettamente. La mano di Hodder era appoggiata alla spalla di Hein ed entrambi guardavano verso l'obiettivo.

«Si assomigliano molto, vero?» considerò.

«Sì, però...» Roberta guardò i due ragazzi nella fotografia.

Avevano entrambi gli stessi capelli di un biondo chiaro, le stesse guance incavate e le stesse labbra sottili. «Hein è decisamente più carino».

«Prima hai detto che Hodder aveva un'aria rassicurante» la accusò Pellegrino.

«Si chiama ironia, zuccone». Roberta alzò gli occhi al cielo.

«Che cosa si chiama ironia?»

«Cercalo sul dizionario!»

«La somiglianza ci dice che sono come minimo parenti. Fratelli, magari» ipotizzò Petronella.

Roberta prese il quaderno e sfogliò le pagine. «Li avete visti tutti? Insomma, esistono davvero tutti? Qui in questa casa?» La sua voce fremeva di eccitazione.

Petronella annuì e provò uno strano orgoglio. «Non ancora tutti. Ma Musgret, la Zia Morta...»

«In confronto, uno scheletro in una vasca da bagno è una bazzecola» osservò asciutta Roberta. Poi raddrizzò la schiena. «Voglio vederli anch'io! Dopotutto, abito qui. Ne ho il diritto!»

Petronella sollevò dubbiosa un sopracciglio. «Non credo che tu possa costringerli...» Poi le venne in mente qualcosa. «Aspettate un attimo! C'era qualcos'altro. Nella cassa di Hodder». Tirò fuori il foglio che aveva scoperto nel piccolo scomparto laterale insieme alla foto di Hein e lo dispiegò.

Impiegarono un attimo per capire che cosa rappresentassero tutte quelle linee.

«Il progetto di Hortensia!» esclamò Petronella.

Era la piantina di tutti i piani del Polidorium.

«Non vedo che cosa ci sia di tanto speciale» osservò Roberta. «Il nonno ha letto che la zia ci aveva scritto i suoi artifici architettonici, no?»

«Infatti» Amareggiata e sfiduciata, Petronella abbassò il foglio. «Qui non è segnato niente. Sono indicate solo le stanze che conosciamo già. Qui c'è la mia, la Stanza della torre, lì c'è il Salotto Verdemare...»

«Forse...»

All'improvviso il volto di Roberta si illuminò. «Ho un'idea. Aspettate, torno subito».

Si precipitò fuori dalla stanza.

«Passamelo, per favore» disse Pellegrino a Petronella e prese il progetto. «Forse è meglio che lo esamini in pace. È importante che...»

«Dammelo!» Roberta era già tornata, con un pacchetto di fiammiferi in mano. Strappò il foglio dalle mani di Pellegrino e accese un fiammifero.

Petronella e Pellegrino strillarono all'unisono. «Non incendiarlo! Sei impazzita?»

«Oh, miseria, certo che voi due siete proprio cresciuti sulla luna» sbuffò Roberta. «Non ditemi che voi zucconi non avete mai sentito parlare di inchiostro invisibile! Nel terzo volume, Miss Moonpenny riesce a risolvere il mistero del sarcofago sigillato solo perché sa che il suo avversario, Spencer Morgue, ha scritto le rune con il succo di limone. Il succo di limone, infatti, sparisce, ma diventa di nuovo visibile per effetto del calore. Voilà!»

E infatti, tra le righe di inchiostro nero, apparvero altre righe e parole man mano che Roberta teneva il fiammifero acceso vicino alla facciata posteriore del foglio.

«Oh, Roberta, ma è fantastico! Sei la migliore!» Petronella batté le mani, entusiasta.

«Grazie. Lo so». Roberta annuì con soddisfazione. «Queste devono essere le Pareti Erranti. Come abbiamo già potuto constatare, corrono intorno alla tua stanza, Pel, ma anche intorno al Salone Verdemare e giù nel seminterrato. Ah, quello è un passaggio segreto?» Indicò una linea che portava dal Salone Verdemare alla biblioteca. «E questo, che cos'è? Una botola, sul serio?»

«Che cosa significa questo segno?» Petronella indicò un simbolo a forma di chiocciola disegnato in corrispondenza di alcune stanze.

«C'è una legenda». Pellegrino posò l'indice su un elenco di simboli vari con le relative spiegazioni. «Anche qui compare il segno con la chiocciola. Accanto c'è scritto *Spiramentum polidorium*».

«Io lo conosco» esclamò entusiasta Petronella, indicando l'etichetta sul quaderno.

«Ce ne sono tanti soprattutto in cantina» commentò Roberta. «Pel, se c›è qualcuno che lo sa, sei tu. Tu parli latino, vero? Che cosa significa *Spiramentum polidorium*?»

«Nessuno *parla* più il latino. È una lingua morta» disse Pellegrino con dignità. Poi estrasse dalla tasca dei pantaloni un minuscolo libretto. «Fortuna che porto sempre con me il mio dizionario tascabile». Sfogliò il libriccino in miniatura. Quando trovò il punto giusto, alzò l'indice e lesse ad alta voce scandendo fin troppo le parole:

«*Spiramentum, -i, -n.*

1. alito, soffio, effluvio, profumo; spiraglio, m.

2. respiro, respirazione, anche: periodo della respirazione (= intervallo di tempo in cui non si respira).

3. foro d'aria, m. (un'apertura attraverso la quale si sfiata, si soffia, si respira)».

Roberta gemette e sgranò gli occhi. «Grandioso, anche questo non ci serve a niente».

«Sì, io credo di sì». Pellegrino si spinse gli occhiali sul naso. «Aggiungendo *polidorium* sappiamo che si tratta di un fenomeno che si verifica solo qui, nel Polidorium. Considerando le conoscenze che già abbiamo su questo edificio» appoggiò una mano sul quaderno «possiamo continuare a supporre che stiamo parlando di infestazioni. In un certo senso, le infestazioni si possono spiegare come un intervallo di tempo in cui non si respira: i morti hanno già esalato l'ultimo respiro. Nel tempo che intercorre tra la vita e la morte non c'è respirazione, se capite cosa intendo. Dal momento che l'espressione si trova su una mappa, si tratta di un modo per stabilire l'esatta collocazione del fenomeno in questione. Tutto considerato, concludo che *Spiramentum polidorium* sia l'indicazione dei luoghi in cui l'infestazione in questa casa è maggiore».

Roberta e Petronella fissarono il fratello a bocca aperta.

«Wow, Pel, è stato...»

«... impressionante. Fratellino, mi rimangio tutto». Roberta gli diede una pacca sulla spalla e annunciò: «Allora è deciso. Io vado in cantina. Stanotte».

«Che cosa?» esclamò Petronella.

«Se la cantina è il luogo in cui l'infestazione è più intensa, allora è lì che è più probabile vedere qualcosa» spiegò Pellegrino. «E Roberta, prima, ha detto che voleva vedere anche lei le creature spettrali».

«Bene. Allora vengo con voi» disse Petronella.

Roberta e Petronella guardarono Pellegrino.

«Perché mi guardate così?»

«Vieni anche tu in cantina con noi stasera?» chiese Roberta.

«D'accordo» annuì Pellegrino.

«Splendido» disse Roberta. «Il Club delle Tre P è riunito! Spettri, state in guardia!»

Avevano preferito non chiedere il permesso ai nonni. Da quando avevano ricevuto gli infestometri, non avevano più il divieto di andarsene in giro per il Polidorium dopo il calare delle tenebre... tuttavia, dubitavano che fosse loro davvero consentito restare in cantina di notte. Per Roberta, in ogni caso, era indubbio che avrebbero messo in atto il piano, perciò era superfluo chiedere il permesso, pensava. Petronella era d'accordo con lei. Una volta aveva visto dove il nonno teneva la chiave della cantina, dentro la Pendola della morte.

«Ma come facciamo a sapere che non stiamo infrangendo nessuna regola?» chiese Pellegrino preoccupato.

«Non lo sappiamo. È proprio questo il punto» rispose Roberta, lanciando in aria un cratere nero da un sacchetto di liquirizia appena cominciato per poi acchiapparla abilmente con la bocca.

Era stata un'idea di Roberta quella di montare la piccola tenda scout sul pavimento della cantina. Ora vi sedevano in cerchio, con le torce frontali accese, masticando liquirizia e aspettando che gli infestometri si attivassero.

E infatti, ecco che qualcosa si agitò nelle provette di vetro: il liquido cominciò a vorticare. In pochi secondi passò dal grigio nebbioso al rosso sangue e infine al nero. Tre minuscole tempeste vorticavano negli strumenti.

«Ecco! Credo di aver sentito qualcosa» sussurrò Petronella. «È meglio spegnere le frontali. Le creature spettrali reagiscono alla luce».

Spensero le torce e intorno a loro calò il buio. Petronella aspettò che i suoi occhi si abituassero all'oscurità, ma non accadde.

«È normale che sia così buio?» sussurrò Roberta. «O è già cominciato?»

Petronella si strinse nelle spalle, anche se Roberta non poteva vederla.

«In effetti, è insolitamente buio» sussurrò Pellegrino.

Roberta si mosse con un fruscio, poi si udì una cerniera aprirsi di un millimetro.

«Che cosa fai?» alitò Petronella.

«Vedo se anche fuori dalla tenda è così buio. Sì. Oh, mamma, quant'è inquietante».

Petronella si chiese se non fosse stata un'idea assolutamente folle (e subito si rispose di sì. Ma, considerato che era stata un'idea di Roberta, non era per niente insolito). Se quello che sospettavano era vero, allora si erano andati a cacciare dritti al centro dell'infestazione.

«Lo sentite anche voi? Il freddo?» sibilò Roberta.

Sembrava che nella tenda soffiasse una brezza gelida. Dopo la corrente d'aria arrivò un'umidità appiccicosa, che si insinuava dentro di loro, strisciava lungo la schiena, appesantiva le membra, si infiltrava nelle dita e le faceva irrigidire.

Poi lo udirono. Lo scalpiccio, il fruscio, il sussurro come di cento zampette di topo.

Nessuno si mosse, tutti e tre rimasero immobili nella tenda ad ascoltare lo scalpiccio delle zampette tutt'intorno a loro. Petronella fece appena in tempo a premersi una mano sulla bocca per non gridare quando sentì qualcosa di piccolo e morbido sfiorarle il ginocchio.

A un tratto, lo zampettio si fece più frenetico, qua e là si udì uno squittio isolato, poi sempre di più. Sembrava che gli animaletti stessero tutti correndo nella stessa direzione. Finché gli echi delle molteplici zampette si trasformarono gradualmente in passi pesanti e rumorosi. Petronella sapeva chi si trovava in cantina con loro. E si stava avvicinando.

Se ne andava in giro, come probabilmente faceva ogni sera, mentre si trasformava e si ritrasformava innumerevoli volte. Accanto a sé, Petronella udiva Roberta e Pellegrino respirare. I passi erano così vicini e così forti che tutti e tre si coprirono impotenti le orecchie e abbassarono la testa.

Musgret, pensò Petronella, emozionata. La sentiva di nuovo, quella curiosità conflittuale, quel chiaro desiderio di vedere e di scoprire che cosa stava succedendo fuori dalla tenda. *Rieccolo di nuovo, lo spirito di esplorazione dei Polidori*, pensò.

Scivolò con cautela sulle ginocchia e sulle mani verso l'ingresso della tenda.

«Che cosa fai?» chiese ora Roberta, e al contempo Pellegrino supplicò: «Meglio che resti qui, Nelli!»

Troppo tardi. Petronella ignorò i loro sussurri agitati e aveva già la testa fuori dalla tenda. Si spostò con il resto del corpo. Nel buio più assoluto.

Dove avrebbero dovuto esserci le vetrinette, il Museo dei morti e gli altri arredi dell'impresa di pompe funebri, ora era tutto semplicemente nero, di un nero denso e opprimente come mai aveva visto in vita sua. Avrebbe potuto trovarsi nell'abisso più profondo dell'oceano, tanto quell'ambiente era buio, freddo e lontano da tutto ciò che conosceva. Era come se lo spazio della cantina si fosse semplicemente dissolto per far posto a quell'oscurità.

All'improvviso, uno sciame di esserini bizzarri si staccò dall'oscurità e le volò incontro: Petronella si abbassò, ma le passarono accanto luccicando, per poi venire di nuovo inghiottiti dal nero.

Ancora accovacciata a terra, Petronella percepì un freddo che sembrava scendere su di lei. Guardò in alto, dove vide un bagliore freddo che lentamente si ingrandiva. Le ricordava l'aurora boreale della cartolina del dottor Oscar, ma questa luce era più densa, una superficie scintillante. Apparteneva a un'enorme creatura che scivolava sopra di lei come un'inquietante, eterea balenottera azzurra. Mai e poi mai una cosa del genere sarebbe potuta entrare in una casa o addirittura in una cantina. Qui le leggi della natura erano state sospese.

Era sconvolgente, terrificante e meraviglioso.

Petronella percepiva il battito accelerato, ma avvertiva anche che il formicolio della pelle d'oca sul suo corpo non era dovuto solo alla paura.

In un modo del tutto suo e particolare, tutto questo era bello.

Fu allora che si accorse di qualcos'altro, vicino al suo viso, oltre alla pelle d'oca e al freddo umido che da tempo le era strisciato dai piedi fino alle spalle. Non riuscì più a resistere e cercò l'interruttore della torcia frontale. Un grido le si bloccò in gola e così si limitò invece a fissare avanti a sé. A fissare per la seconda volta quegli occhi neri, piccoli e vuoti. Occhi di topo, ma in un volto simile a quello umano, eppure in qualche modo inumano, chinato su di lei.

Per un breve, surreale momento, Petronella e Musgret rimasero in quella posizione. Poi Petronella alzò la mano e, con lentezza e cautela, accarezzò il viso di Musgret. Le sembrò sorprendentemente morbido. Di colpo comprese che quella creatura, per quanto spaventosa, non era una minaccia. Anzi, avvertì una profonda solitudine, come una fame insaziabile.

Quando ritrasse la mano, stentò a credere ai suoi occhi. Che Musgret si fosse rimpicciolita? E non solo: i suoi capelli, quei terribili capelli ispidi, all'improvviso sembravano un po' più lisci. Così come i suoi lineamenti. In effetti erano diventati più... umani. Petronella alzò di nuovo la mano e stava per posarla sulla guancia di Musgret, ma poi accadde l'inevitabile: la creatura si disintegrò da capo a piedi nelle sue tante piccole, pelose componenti. I topi si allontanarono dal cono di luce della torcia frontale.

Quando Petronella alzò lo sguardo, dovette reprimere un altro urlo. Perché naturalmente anche le altre figure spettrali erano state attratte dalla luce. Si erano riunite tutt'intorno a lei: mute e fluttuanti, debolmente luminose, grandi e piccole, tutte diverse nella loro stranezza. Alcune avevano ancora sembianze umane, altre erano ormai da tempo irriconoscibili da quanto erano... *spettralizzate* (questa fu la parola che a Petronella venne in mente).

Petronella ne riconobbe alcune dai disegni del quaderno,

anche se non si ricordava più tutti i nomi.

L'odore di polvere annunciava l'arrivo della Zia Morta, dunque Petronella non fu sorpresa quando la sua figura si fece avanti dal mezzo di quella muta compagnia. Emanava una brezza ghiacciata. Aveva un aspetto terribile, perché non era una donna invecchiata secondo natura. Doveva essere morta da molto tempo, come si poteva vedere dall'antiquato casco coloniale, da cui lunghe e spesse ragnatele pendevano fino alle spalle. Ma la cosa più strana era il fatto che guardasse Petronella attraverso un binocolo, anche se si trovava proprio di fronte a lei.

Eppure Petronella sentiva che quella donna fantasma le era familiare in un modo tutto suo. Se osservava con attenzione, dietro il binocolo e sotto le rughe polverose, riusciva a cogliere l'espressione che quel viso aveva avuto una volta, quando era ancora in vita: un misto di determinata ostinazione e appassionato zelo. Sì, avrebbe riconosciuto quel piglio ovunque.

«Io so chi eri un tempo, Zia Morta» disse Petronella, timidamente. La sua voce divenne più ferma mentre continuava: «Ho visto il tuo volto in una fotografia. Tu sei Hortensia. La nostra proproprozia».

Petronella sentì una specie di sussulto dalla tenda: Roberta e Pellegrino stavano ascoltando.

Il volto dietro il binocolo non mostrava alcun movimento.

Chissà se mi vede, pensò Petronella. *Forse è...*

Petronella non riuscì a finire il pensiero, perché a un tratto qualcosa di freddo le sfiorò la testa. Avvertì come una rete appiccicosa e all'inizio non riuscì a capire che cosa fosse successo: la Zia Morta in una mano polverosa teneva

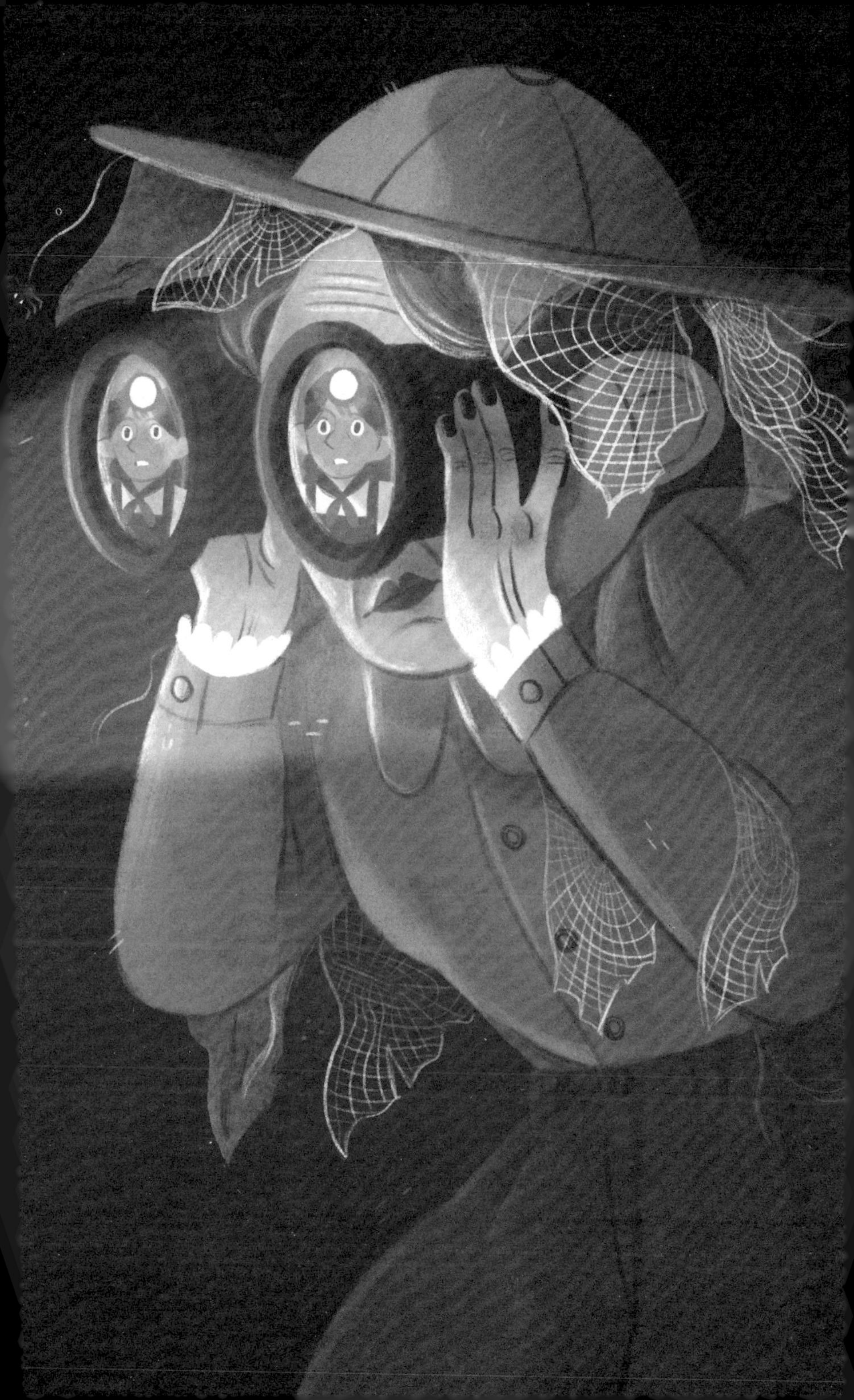

un'enorme retino e con quello aveva catturato Petronella. Era in trappola come un animaletto!

«Ma che...?» cominciò Petronella, ma si interruppe sorpresa quando all'improvviso perse il contatto con il pavimento.

La Zia Morta la sollevò con il retino come se non pesasse più di un pesciolino. I suoi movimenti erano lenti e meccanici, ma decisi. Petronella si sentiva come presa nelle grinfie di un calamaro gigante. O come inghiottita da un grosso pesce. Si dimenticò di respirare e a tutta prima non pensò nemmeno di gridare.

Finché non le venne in mente. «Lasciami andare subito!» gridò direttamente in faccia alla Zia Morta.

Quella puntò il binocolo verso Petronella con concentrazione, ma non sembrava percepirla realmente. Sembrava piuttosto che fosse lontana, dietro un vetro spesso... o in un altro tempo.

«Adesso vado là fuori!» Era Roberta. Dal tono, sembrava che si stesse facendo coraggio da sola.

«Aspetta, vengo anch'io» risuonò ora la voce lamentosa di Pellegrino.

Petronella nel buio non riusciva a vedere fratello e sorella, ma solo a sentirli, perché il cono di luce della torcia frontale non arrivava abbastanza lontano: l'oscurità semplicemente lo inghiottiva.

«Ehi, Zia Morta!» esclamò Roberta. «Lascia andare mia sorella subito! Cavolo se è buio qui!»

Ci fu un fracasso. «Nelli, dove sei? Non vedo niente!»

Le voci di Roberta e Pellegrino rimbombavano stranamente ovattate, come soffocate dall'oscurità che li circondava.

«Sono qui! Neanch'io vi vedo!» urlò Petronella, ma ebbe la

sensazione che il suo grido fosse inghiottito dal silenzio.

Ora qualcosa agitò il viso della Zia Morta. Muoveva la bocca e sembrava che anche lei stesse gridando. I movimenti erano graduali, come al rallentatore... e non usciva alcun suono. Poi iniziò a muoversi all'indietro. A passi lenti, portava via Petronella nel retino.

«Aiuto!» gridò Petronella graffiando la rete. Lentamente, la paura si trasformò in panico. «Roberta! Dove mi sta portando?»

Ma non udiva più la voce dei suoi fratelli.

Okay. Manteniamo la calma, pensò Petronella. *Domina la paura.*

«Propproprozia Hortensia?» provò a dire, e le sembrò strano, come se stesse parlando a un muro. «Mi riconosci? Sono una tua... discendente, si dice così? Di sicuro non mi farai del male».

Qualcosa nel volto della Zia Morta sembrò cambiare. Si stava rasserenando? Aveva capito Petronella? Ma all'improvviso i lineamenti si distorsero, fissò oltre Petronella, abbassò il binocolo, spalancò occhi e bocca come se volesse cacciare un grido di terrore. Petronella avrebbe voluto urlare anche lei, ma la paura le strozzava la gola. In quel momento cominciò a cadere. Di riflesso chiuse gli occhi, anche se tutto intorno a lei era comunque buio. E poi impattò.

Il pavimento era più morbido di quanto temesse. Prima ancora di riaprire gli occhi, percepì che qualcosa era diverso. L'oscurità non c'era più, la brezza fredda era sparita. Lo *Spiramentum polidorium* era svanito.

Al suo posto, accanto a lei c'era Roberta, che la stringeva nel suo caldo abbraccio. Erano in biblioteca. Petronella era distesa sul tappeto del mondo, accanto a lei uno spesso libro aperto: la Cronaca di famiglia.

«Ci ho riflettuto. L'infestazione deve finire» Roberta ruppe il silenzio depresso dell'"Acquario".

Roberta e Petronella erano sdraiate nei loro sacchi a pelo sul pavimento della stanza di Pellegrino. Avevano smontato la tenda in cantina in pochissimo tempo, un po' perché temevano che i nonni si accorgessero di qualcosa e si arrabbiassero, un po' perché temevano che l'infestazione non fosse ancora finita.

«Fermi tutti. Ho un piano» continuò Roberta.

«Mm?» Petronella riemerse dai suoi pensieri, nei quali si trovava ancora in cantina con la Zia Morta, Musgret e gli altri. «Cosa? Perché, cosa intendi con "finire"?» Si voltò allarmata verso la sorella.

«Be', non può andare avanti così. O dovremmo continuare a vivere sotto lo stesso tetto con queste... creature?»

«E che hai intenzione di fare?»

«Allooora, fermi tutte e ascoltate. Ecco il mio piano». Petronella conosceva quello sguardo. Roberta sembrava un treno rapido che sfrecciava inarrestabile in una direzione. «Dobbiamo procedere passo dopo passo.

Non tutto insieme. Inizieremo con una delle creature spettrali, e quando l'avremo scacciata...»

«Aspetta! Perché vuoi scacciarle?»

«Pronto? Terra a zuccona?!» Roberta batté le nocche sulla fronte di Petronella. «Sei tu quella che è stata catturata dalla Zia Morta con un retino, no? Sono pericolose! Gli spettri sono pericolosi!» Sbuffò. «Sono cose che si sanno».

«Ma è la nostra proproprozia! Ve l'ho già detto!»

Roberta gettò le mani in aria. «E allora?»

Petronella si rivolse a Pellegrino. «Anche tu pensi che siano pericolose?»

«Dunque». Pellegrino si alzò a sedere sul letto e si spinse su gli occhiali. «Per verificarlo, saranno necessarie indagini più approfondite. Tuttavia, sulla base delle conoscenze attuali, vorrei lanciare un forte avvertimento e tendenzialmente esprimermi d'accordo con la posizione di Roberta».

Petronella si tirò il labbro superiore sugli incisivi e fissò il pesce abissale appeso alla parete, che nella penombra della lampada da comodino di Pellegrino appariva ancora più terrificante del solito.

«Attenti. Inizieremo con Musgret». Roberta non aveva proprio tempo da perdere.

«Con Musgret?» esclamò Petronella.

«Shh. Ora smettila con le domande stupide» sibilò Roberta. «Allora, com'è che si fa a sbarazzarsi dei topi?»

Petronella, offesa, strinse le labbra e tacque.

Pellegrino si chinò verso di loro e fece la sua espressione da conferenziere. «Non mi intendo molto di mammiferi terrestri. Ma so che un nemico naturale del *Mus musculus* è il *Felis catus*. Ma anche *Tyto alba* o *Vulpes vulpes* sono...»

«Sì, sì, esatto, un gatto!» esclamò Roberta impaziente. «Prenderemo un gatto. Ci penso io. Si dà il caso che conosca qualcuno che fa proprio al caso nostro».

«E come lo spiegherai alla nonna? L'hai dimenticato? Nel Polidorium gli animali sono vietati!» Petronella scosse la testa.

«Niente. Non spiegherò niente». Roberta si protese in avanti e disse con fare cospiratorio: «Sarà il nostro gatto segreto». Poi sprofondò nel sacco a pelo. «Ora dormite. Pel, spegni la luce. Avremo molto da fare e dovremo essere riposati».

Pellegrino obbedì immediatamente e spense la lampada del comodino. Ma come poteva dormire Petronella con un oceano straripante di pensieri che le vorticava in testa? La luce della luna filtrava attraverso i rampicanti fuori dalla finestra di Pellegrino e proiettava ombre labirintiche sulla parete. Più e più volte dovette rivivere nella sua mente le esperienze di quella notte. La Zia Morta con i suoi movimenti lenti, meccanici, come al rallentatore, e la sua voce, inudibile sebbene sembrasse urlare con tutte le sue forze. Era come se si trovasse dietro un muro invisibile e qualsiasi contatto le sarebbe costato un'incredibile quantità di energia. Era evidente che avesse qualcosa da comunicare.

Sì, magari aveva catturato Petronella con il retino.

Ma forse non l'aveva fatto per farle del male.

Anche Musgret non sembrava avere cattive intenzioni. Petronella pensò a come i lineamenti di Musgret si fossero addolciti al tocco della sua mano, a come la gigantessa fosse diventata più piccola. Non era sicura che tutte quelle creature rappresentassero un pericolo. Non appena le guardavi più da vicino, non apparivano più così sinistre, ma al massimo tristi, sole e irrequiete.

Perché la Zia Morta mi ha portato in biblioteca?, pensò Petronella.

«La Cronaca di famiglia!» disse ad alta voce nella stanza buia.

«Non preoccuparti, l'ho rimessa sullo scaffale» mormorò Pellegrino assonnato. «Il nonno è sempre in ansia che sia al suo posto».

«Cavolo!» Petronella si tolse di dosso il sacco a pelo e balzò in piedi. «Ti ricordi a che pagina era aperta, Pel?»

«Certo. Perché?»

«Andiamo! Roberta, porta i fiammiferi».

«Vuoi bruciare la Cronaca di famiglia?» Pellegrino riaccese la luce. «Nelli, ma poi i nonni ci metteranno di sicuro alla porta! Sai che il nonno è sempre molto...»

«Sciocchezze!» sbottò Roberta, balzando in piedi anche lei. «Credo di aver capito che cosa intendi, Nelli!»

A piedi nudi, si precipitarono in biblioteca.

«Ma cosa?» piagnucolò Pellegrino mentre si alzava dal letto e incespicava dietro di loro.

«Pensi che qualcuno abbia lasciato un messaggio segreto nella Cronaca di famiglia, vero, Nelli? Con l'inchiostro invisibile, come nel progetto, vero?» sussurrò Roberta.

«Non qualcuno a caso. La nostra pericolosissima Zia Morta!» Petronella era senza fiato per l'emozione. Porse la Cronaca al fratellino perplesso. «A che pagina era aperta?»

«Qui». Pellegrino aprì il libro alla pagina con l'annotazione di Sheridan Carlino Polidori, l'ultima che avevano letto. «Attenta, Roberta!»

«Logico, non sono una principiante». Roberta accese un fiammifero e lo tenne a debita distanza dal retro del foglio. Non dovettero attendere molto prima che i tratti svolazzanti della calligrafia di Hortensia Polidori diventassero visibili. Erano solo poche parole, scarabocchiate in fretta e furia:

Polidori!
Guardatevi da

«Illumina lì» disse Petronella. «Come prosegue la frase?»

«Lo sto facendo. Non c'è scritto altro».

«È stata interrotta» mormorò Petronella, mentre pensava all'espressione spaventata sul volto della Zia Morta prima che lei cadesse.

«Chi o che cosa l'ha interrotta?» chiese Pellegrino.

«Probabilmente la stessa persona da cui dovremmo guardarci» disse Roberta cupa. «Ah, aspettate... lo sentite anche voi?»

Accese un altro fiammifero e lo tenne con cautela dietro la pagina del libro. I fratelli poterono osservare le lettere apparire come se qualcuno, qualcuno di invisibile, le stesse scrivendo proprio in quel momento:

HODDER
MORKEL

Aspettarono ed ecco apparire un'altra frase:

Aiutateci e noi
vi aiuteremo!

Petronella sapeva che cosa significava. Si premette i pugni contro le palpebre ed espirò rumorosamente:

«Devo dirvi una cosa pazzesca» disse.

«Che altro c'è *ancora*?» gridò Roberta. La paura sul volto di Roberta lasciò il posto a un accesso d'ira. «Stupida zuccona! Perché ora ci nascondi sempre qualcosa? Non siamo le Tre P...? Ah, che importa!» Scagliò la Cronaca di famiglia a terra. Diverse conchiglie si staccarono dalla copertina e si sbriciolarono sul tappeto del mondo.

«Mi dispiace» sussurrò Petronella, tirando il labbro superiore sui denti. «Comunque,» continuò poi a bassa voce «il barbagianni... quello in soffitta, sapete... mi ha detto che anche la dottoressa Stella era qui nel Polidorium, a quei tempi. Lei e il dottor Oscar si conoscono dai tempi della scuola, come ben sapete».

Roberta girò gli occhi al cielo. «E immagino che anche la dottoressa Stella sapesse parlare con gli animali? Perché hanno trasmesso questo dono solo a te? Non è giusto!»

«No. Il barbagianni mi ha raccontato che, allora, la dottoressa Stella aveva deciso di opporsi agli animali. Aveva scelto di proteggere il Polidorium, con l'aiuto dei morti. Ma ora ho capito una cosa».

«E cosa?» Roberta teneva le braccia incrociate sul petto e rivolgeva a Petronella un cipiglio. Naturalmente non le piaceva affatto che la sorellina ne sapesse più di lei, ma Petronella non poteva tenerne conto ora.

«Non aveva deciso necessariamente di opporsi agli animali, quella è stata solo una conseguenza. Voleva opporsi a Hodder Morkel! E per farlo, aveva bisogno dell'aiuto dei morti. Capite?»

«No!» esclamò Pellegrino. «Come poteva sapere che dei morti ci si poteva fidare?»

Roberta annuì. «Per una volta devo essere d'accordo con te, Pel. Non mi sembrano molto affidabili, a esser sincera. Come facciamo a sapere che non sono in combutta con Hodder Morkel?»

Petronella si morse il labbro. A quella domanda non aveva una risposta.

«Comunque, di sicuro trovo più simpatici gli animali dei morti» disse Roberta. «Perfino il tuo strano pesce abissale, Pel».

«Ma...» Petronella si interruppe, perché non le veniva in mente altro per convincere i fratelli.

Capitolo 11

Puffi

«Questo è da parte mia per te, Linnéa. Dal profondo del cuore. Gustatele!»

Udendo la voce roca, Petronella alzò gli occhi dal libro di biologia e incontrò lo sguardo di Marie-Hedwig, che stava appoggiando sul banco di Linnéa LeVander un sacchetto di carta con l'etichetta *Harrys Liquirizia e Marzapane*. Passò davanti a Petronella e a Pellegrino con una provocatoria lentezza e posò un altro sacchettino sul banco successivo.

«E questo è per te, Ode. Solo per te!» Marie-Hedwig sfoderò i denti della giusta misura in un sorriso vincente. Con la cadenza di una venditrice al mercato, vociò: «Triangoli al sale, scagliette, tentacoli, navi di mandorle, creste di spuma! Per tutti... be', *quasi* tutti». Con apparente rammarico, rivolse un'alzata di spalle a Petronella e Pellegrino e si infilò in bocca una nave di mandorle. «Mmm, deliziosa! Fresca di fabbrica!»

Quando tutti, tranne Petronella e Pellegrino, ebbero in mano un sacchetto di dolciumi, Marie-Hedwig si sedette al suo posto in prima fila. Petronella strinse gli occhi. E, infatti, eccolo di nuovo: dai riccioli d'oro alle scarpe rosso ciliegia,

Marie-Hedwig era circonfusa da un leggero bagliore. Se non si prestava attenzione, poteva passare inosservato.

Petronella guardò Pellegrino. *Non c'è dubbio! Emana luce!*

Lui annuì. *Davvero insolito per un Homo sapiens.*

Durante la lezione di biologia, Petronella non staccò un attimo gli occhi dalla sua acerrima nemica. Ecco perché si accorse degli animali solo quando era già troppo tardi. Non c'erano solo i corvi, appollaiati in fila sul davanzale, ma anche ragni. Probabilmente in ogni aula del mondo c'era più di un ragno, non era troppo insolito. In questa c'erano quindici ragni piccoli e sette grandi. Di insolito c'era soltanto che in quel momento erano tutti usciti dalle ragnatele e strisciavano fuori dai loro angolini camminando sulle loro otto zampette.

Poi accaddero diverse cose nello stesso momento.

Suonò la campanella di fine lezione.

Ora o mai più, pensò Petronella. *Affronterò Marie-Hedwig. Le chiederò come ha avuto il corno di conchiglia. Che cosa sa della nostra famiglia. E perché lo sa. E come si spiega la luce che emana! Non mi interessa più di niente.*

Come in trance, si alzò dalla sedia e attraversò l'aula per dirigersi verso Marie-Hedwig, che la stava aspettando, sfoggiando un ampio sorriso e gettandosi la criniera ricciolutasulle spalle.

Come in formazione coordinata, un corvo dopo l'altro si staccò dal davanzale della finestra e volò via con «cra-cra» soffocati, al che tutti i presenti in classe si fermarono e girarono la testa verso la finestra.

Nessuno prestò attenzione al pavimento.

«Ehi, Petronella!» Linnéa LeVander la rincorse e le porse il suo sacchetto di caramelle. Apparentemente, come tentativo di riconciliazione. Se solo avesse saputo quanto poco importasse a Petronella di quelle liquirizie!

Marie-Hedwig rise e disse: «Lascia stare, Linnéa, non le vogliono. Dico bene?» Sollevò un sopracciglio guardando Pellegrino e, a voce più bassa, si rivolse a Petronella: «Tuo fratello non è un po' una palla al piede per te, becchina? Non saresti contenta di sbarazzartene, una buona volta?»

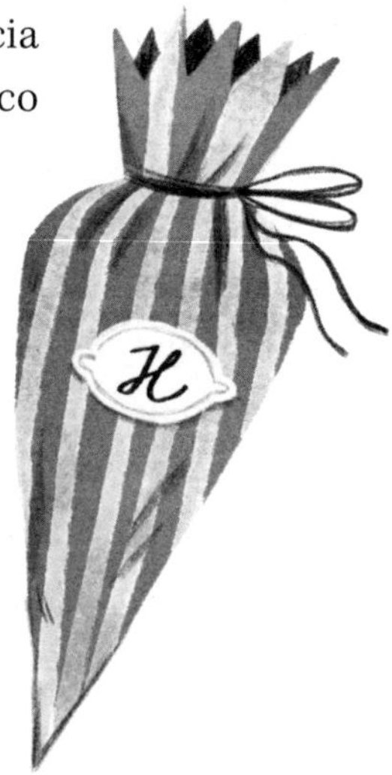

Ecco che tutte le frasi che Petronella si era preparata a mente furono spazzate via. Non sapeva se il silenzio fosse dentro di lei o intorno a lei, ma i richiami dei corvi, le voci e le sedie che si muovevano, il fruscio dei sacchetti di carta: tutto di colpo si ammutolì.

Nel mezzo del silenzio, scoppiò un urlo. Proveniva dalla gola di una ragazza di cui Petronella aveva dimenticato il nome. La ragazza pestava i piedi sul posto, gridando, e indicava il banco di Marie-Hedwig.

Marie-Hedwig si girò di scatto. Tutti e ventidue i ragni, compreso un ragno delle case piuttosto grosso, si erano radunati all'angolo del suo banco.

Per favore, non adesso! Petronella cercò di comunicare agli animali con il pensiero. *Per favore, andate via! Mi metterete solo nei guai!* Era quasi impossibile guardarli negli occhi, prima di tutto perché erano minuscoli e poi perché gli animaletti ne avevano troppi.

O i ragni non riuscivano a capirla o non volevano... oppure semplicemente erano troppo impegnati: Petronella si accorse solo ora dei fili sottili, luccicanti alla luce del sole, che avevano tessuto tra il maglione di Marie-Hedwig e il banco. Camminandovi sopra, si arrampicarono sulla lana rossa. Tutto avvenne così in fretta che un notevole strato argenteo era già attaccato alla schiena di Marie-Hedwig quando cominciò a girarsi su se stessa, ansimando. Intanto i ragni le avevano ormai raggiunto la faccia, il grosso ragno delle case si era sistemato con le zampe pelose sulla punta del suo naso.

«*Tegenaria domestica*, chiaramente» osservò Pellegrino.

Petronella fece un passo verso Marie-Hedwig e poi si fermò davanti al suo banco con le braccia a penzoloni.

La sua acerrima nemica rimase immobile, poi scoppiò: «Iiiiiiiih! Aiutatemi!!»

Al suo comando, alcuni compagni di classe cominciarono con cautela a darle pacche sulla schiena. I ragni presero il largo, ma le ragnatele appiccicose non erano così facili da rimuovere.

«Devo uscire di qui!» squittì Marie-Hedwig. Era diventata tutta pallida.

«Aspetta! Ci vediamo oggi pomeriggio al gruppo di lettura del mercoledì?» le gridò Linnéa LeVander.

Ma Marie-Hedwig si era precipitata in fretta e furia fuori dalla stanza. Alcune ragazze l'avevano seguita, altre erano rimaste in classe a squadrare con ostilità Petronella.

«*Lei* stava parlando con le bestioline» disse il ragazzo lentigginoso di nome Ode, indicandola. «*Lei* ha aizzato i ragni contro Marie-Hedwig!»

«Devo dire che non mi intendo molto di aracnidi, ma definirei il comportamento di quegli animali stamattina piuttosto insolito» disse Pellegrino.

I gemelli camminavano verso l'autobus che li avrebbe riportati al Polidorium. Dopo l'incidente con i ragni, quel giorno di scuola per loro si era trasformato ancora una volta in una gogna.

Adesso tutti saranno sicuri che la becchina ha qualcosa di inquietante, è chiaro, pensò Petronella.

«Ci vediamo, Petronella!» una voce squillante risuonò alle loro spalle. «A proposito, secondo me i ragni sono buoni. In realtà. In un certo senso. Be', magari non proprio buoni. Ma neanche cattivi! Insomma, alla fine sono solo animali, no? Animali schifosi con quelle zampe lunghe e sottili e il corpo peloso, però... oh, hai capito! Ciao!»

Linnéa LeVander li salutò e salì su un autobus con la scritta Vecchio Campo Sportivo a caratteri luminosi.

All'improvviso Petronella fu colta come da un fulmine. Si fermò e si diede uno schiaffo sulla fronte. «Mi sono dimenticata! Dovevamo dare un messaggio a Linnéa LeVander. Da parte di sua zia!»

Pellegrino la fissò. «Intendi la Bibliotecaria in bicicletta? Quella che è sprofondata attraverso il pavimento insieme a Hein?»

«Sì, esatto!» esclamò Petronella entusiasta. Era contenta di poter pensare a qualcosa di diverso dai ragni e dagli occhi cattivi di Marie-Hedwig. «Quel numero complicato. Solo che... l'ho dimenticato! Non mi ricordo più il numero, Pel!»

«A1277435E» disse Pellegrino.

«Cosa? Ti sei ricordato quel numero lungo... ma ovviamente!

Sei il migliore, fratellino!» Petronella lo guardò raggiante, mentre tirava fuori dallo zaino la penna stilografica. «Com'era, A1277... e poi?»

Pellegrino si strinse nelle spalle e ripeté la lunga combinazione di lettere e numeri come se non fosse nulla di speciale.

«Io prendo il prossimo autobus per il Vecchio Campo Sportivo» ragionò Petronella ad alta voce. «Tu vai a casa, Pel». Si soffiò sulla mano, dove aveva scritto il numero, per asciugare l'inchiostro.

«No, voglio venire con te, Nelli».

«Pel... secondo me è meglio che me ne occupi io da sola».

«Perché?»

Petronella si tirò il labbro superiore sugli incisivi. Dopotutto, non poteva certo dire a suo fratello che non voleva che venisse perché la infastidiva. Perché temeva che le avrebbe rovinato di nuovo la serata. Che sperava che Linnéa LeVander potesse diventare sua amica. Forse addirittura la sua migliore amica, sì, un'anima affine! Per scoprirlo, doveva recarsi subito al negozio per mancine e mancini. E senza Pellegrino.

Una palla al piede, le balenarono nella mente le parole cattive di Marie-Hedwig. Si accarezzò la fronte, come per scacciare quei pensieri, e indicò l'autobus in arrivo. «Ecco! Vai, veloce, prima che riparta!»

«Ma... e se mi perdo? O se scendo alla fermata sbagliata?»

«Ma va'! Devi solo restare seduto fino al capolinea. Non ti puoi perdere!»

Entrambi sapevano che, se c'era qualcuno capace di perdersi su uno scuolabus, quello era Pellegrino.

Ma in quel momento stava arrivando anche l'autobus

successivo, diretto al Vecchio Campo Sportivo, e Petronella diede una spinta al fratello nella direzione giusta per poi correre verso l'altro autobus, senza voltarsi.

Il negozio per mancine e mancini era così piccolo che quasi ci passò davanti. Era nascosto nel bel mezzo di un boschetto di abeti sull'unica collina che Tildrum aveva da offrire. Da qui si godeva della vista su tutta la città. In lontananza, Petronella riconobbe il promontorio sulla cui punta il Polidorium troneggiava come una roccia scura, tra la furia del vento e delle onde.

«Ehi, sei venuta! Che sorpresa!»

Petronella trasalì quando qualcuno le diede una forte pacca sulla schiena.

«Bella la vista da quassù, vero? Entra, entra!» esclamò Linnéa LeVander, ridendo allegramente.

La sua risata si mescolò al tintinnio dei campanellini sopra la porta mentre trascinava Petronella nel negozio. Il piccolo locale era illuminato fino all'ultimo angolino, tanto che l'ordine meticoloso che regnava sugli scaffali sembrava quasi opprimente. Lì c'era proprio tutto.

«Qui c'è proprio tutto!» disse Linnéa LeVander. «Qualsiasi cosa ti serva, qui la troverai: tazze per mancine, coltelli per mancine, mestoli per salse per mancine, dosatori per gelato per mancine, astucci per matite per mancine... eccetera, eccetera!»

«Io sono destrorsa» mormorò Petronella. «Mi dispiace».

«Oh, non c'è problema. Ma se mai avessi bisogno di un regalo per un mancino o una mancina... Papà, guarda chi è venuta a trovarci oggi! Petronella Polidori, della mia classe» esclamò Linnéa LeVander.

Petronella si tirò il labbro superiore sugli incisivi. Si sentiva in mostra e se c'era una cosa che non sopportava era proprio quella sensazione.

Ma l'uomo dietro il bancone non sembrava affatto interessato a lei. «Mm?» fece e, concentrato, continuò a spuntare parole da una lista.

«Papà» disse Linnéa LeVander in tono accusatorio. «Sei veramente maleducato! Stavi almeno ascoltando?»

«Mm?» fece il signor LeVander. «Cosa? Sì, sì. Polidella Petrinori. Molto piacere. Senti, per caso ti ricordi quando doveva arrivare la consegna delle nuove affettaformaggio? Venerdì o lunedì?»

«Martedì, papà" disse Linnéa. «Le affettaformaggio arrivano martedì».

Petronella si schiarì la gola. «Ho un messaggio da darti».

«Un messaggio?» L'espressione di Linnéa LeVander si illuminò. «Riguarda il Memory-Club? Avremmo proprio bisogno di altri membri sotto i settant'anni! Oppure vuoi unirsi al gruppo di lettura del mercoledì? Ci incontriamo ogni mercoledì alle tre nella biblioteca pubblica!»

«N-no» disse Petronella. «C'è un posto dove possiamo parlare indisturbate?»

«Ah, è una cosa seria? Vieni!» Linnéa LeVander afferrò Petronella per il gomito e la trascinò in un bugigattolo ancora più ordinato del resto del negozio. Accese una lampadina sopra le loro teste e chiuse la porta.

«Hai qualche problema, Petronella? Se posso fare qualcosa per aiutarti...»

«Ehm» fece Petronella. «Forse non ci crederai, ma... ho un messaggio da parte di... di... ehm... una persona che conosci».

Una persona morta, aggiunse nel pensiero. Era davvero una buona idea? Consegnare un messaggio da parte di una morta? Di sicuro Linnéa avrebbe pensato che fosse pazza. Probabilmente era proprio quello che tutti qui a Tildrum si aspettavano da quei pazzi dei nipoti dei becchini. «Devi promettermi di non agitarti».

«Così aumenti la suspense, però!» Gli occhi di Linnéa si allargarono. «Spara! Sono tesa come una corda di violino!» Ridacchiò. «È quello che dice sempre papà. A proposito, abbiamo anche archetti e violini per mancine!»

Petronella fece un respiro profondo. *Non importa, ora devo andare fino in fondo*, pensò. «È da parte di tua zia. Il messaggio, intendo. Non lo capisco nemmeno io, però...»

«Cosa?» Le rughette del sorriso intorno agli occhi di Linnéa LeVander svanirono all'istante. «Come sarebbe a dire, da parte di mia zia? Come...? Guarda, davvero, devo dirtelo, non è divertente!»

«No, infatti!» Le mani di Petronella sudavano e, per evitare di guardare Linnéa LeVander, fissava una scatola con l'etichetta *Gomme per cancellare per mancini*, misura 4, mentre sussurrava in fretta: «Ecco. Non posso dirti come o perché, ma tua zia mi ha detto di darti un messaggio. Deve essere molto importante, altrimenti lei non sarebbe... ehm... Ecco, è molto importante, okay?»

Linnéa LeVander la guardò con sospetto. «Certo. Importante. Capisco. Ma ti rendi conto che mia zia è *morta*, vero?»

Petronella strinse le labbra e tese a Linnéa il palmo della mano con la combinazione di lettere e numeri. «Ecco. Questo è quello che devo comunicarti».

«A1277435E» lesse Linnéa LeVander, aggrottando la fronte. «Che cosa vorrebbe dire?»

«Io non ne ho idea. Pensavo che lo sapessi tu». *Oh, fantastico. Tutto inutile*, pensò Petronella.

«Mi sa che è meglio se te ne vai ora» disse Linnéa, posando la mano sulla maniglia della porta. «Tutta questa storia mi sembra abbastanza strana. Volevo darti una possibilità, davvero. Perché io credo che tutti si meritino una possibilità. Non mi sembrava giusto quello che tutti dicevano di te e della tua famiglia. Ma evidentemente mi sono sbagliata. Peccato, però... Aspetta un attimo, credo di sapere che cos'è!» Afferrò la mano di Petronella e lesse di nuovo i caratteri. «Aspetta, devo scrivermelo». Con una penna per mancine, annotò le lettere e i numeri su un blocco note per mancini.

«Che cos'è?» chiese Petronella con sollievo.

«Sono abbastanza sicura che sia il codice di un libro. Un libro della biblioteca. Mia zia era bibliotecaria lì e forse si tratta di un libro importante... Oh, ma certo!» Linnéa LeVander si batté la fronte. «Il libro che Marie-Hedwig ha preso in prestito. Mia zia me ne aveva parlato. Marie-Hedwig ha superato la data di scadenza del prestito. Ma c'era anche qualcos'altro... Zia Mathilde era tutta sconvolta quando me ne ha parlato. Diceva che il libro era in qualche modo... pericoloso o qualcosa del genere...»

Quando Linnéa pronunciò il nome «Marie-Hedwig», all'improvviso nella mente di Petronella tornò quella quiete, come la calma prima della tempesta.

Ma certo! È andata così! Petronella fissò Linnéa LeVander. Il tornado interiore si era scatenato.

Ormai non si poteva più tornare indietro.

«Petronella?» La mano di Linnéa le passò avanti e indietro davanti agli occhi. «Stai bene?»

«*Tu*» incalzò Petronella. «Sei stata *tu*».

«Cosa? A fare cosa? Petronella, ma che cosa ti prende?»

«Non riesco a credere di non averci pensato subito... Certo. Hai rubato tu il corno di conchiglia dal cassetto della mia scrivania! Per Marie-Hedwig!» Petronella aveva alzato sempre di più la voce, aveva la gola in fiamme, tutto il suo corpo fremeva di rabbia.

La scatola di gomme per mancini fu la prima a volare via dallo scaffale, poi buttò giù altre tre scatole e le calpestò finché tutto il pavimento del bugigattolo fu ricoperto da centinaia di gomme per mancine, matite per mancine e tazze per mancine rotte.

«Di' un po', sei impazzita?!» gridò Linnéa LeVander.

Ma a quel punto Petronella era già corsa fuori dal bugigattolo, passando davanti al perplesso padre di Linnéa, che la fissò senza parole. Solo quando raggiunse la fermata dell'autobus Vecchio Campo Sportivo, il respiro di Petronella si calmò e la tempesta di rabbia si placò.

Alla faccia delle anime affini, pensò, cercando di ignorare il gelido grumo di rabbia e delusione che aveva nello stomaco.

Per l'ultimo dei suoi piani, Roberta si era infilata un berretto a quadri sui capelli blu notte e si era messa un lungo cappotto scuro.

Più ci pensava e più ne era sicura: le creature spettrali andavano cacciate. Era fuori questione! Dopotutto, in ogni storia di fantasmi il punto non era quello di porre fine all'infestazione? Se i protagonisti non ci riuscivano, per loro finiva male. Sempre. Petronella non ne sapeva per niente quanto lei. Roberta avrebbe dovuto spiegarglielo, come sempre.

Ma prima doveva agire. Una cosa alla volta, come in ogni buon piano. Prima era il turno di Musgret. Poi le sarebbe venuto qualcosa in mente anche per la Zia Morta e quell'Hodder Morkel (che sicuramente erano in combutta!).

Sì, piano piano cominciava a sembrare una vera avventura.

Roberta pensò per un attimo alla dottoressa Stella, che amava le avventure quanto lei. Ma poiché il ricordo arrivò accompagnato da una buia onda nera che le attraversò il corpo, preferì scrollarselo subito di dosso.

Alzò il colletto e si sentì una vera detective.

Il bersaglio del suo pedinamento stava imboccando un sentiero fangoso verso l'argine. Senza dare nell'occhio, come un gatto a caccia di topi, Roberta si appostò e tenne d'occhio Luk. A quanto pareva, non era così facile spiare qualcuno su un argine. Per questo motivo, cambiò strategia, si infilò le mani nelle tasche del cappotto e si avviò, canticchiando a bocca chiusa una melodia innocua: non era altro che una turista intenta a godersi la vista sul mare.

Quando Luk imboccò un sentiero ancora più stretto tra i cespugli di *Rosa spinosissima*, si fermò e si girò a guardarla. «Okay. Perché mi stai seguendo?»

«Io?» Roberta alzò di scatto le sopracciglia fino alla visiera del berretto e si mostrò del tutto sorpresa. «Perché ti starei seguendo?»

«Be'...» Luk si guardò intorno. «Perché non c'è nessun altro qui?»

«Come si fa a essere tanto egocentrici?» Roberta rise, indignata. «Magari semplicemente volevo andare proprio dove volevi andare anche tu».

«A casa mia?» Luk indicò una piccola baita fatiscente che si trovava alla fine di un lunghissimo filo per il bucato.

«Ehm. Sì. Credo di sì» Roberta fece una cosa che non faceva mai: arrossì. «Tu abiti là dentro?»

Luk incrociò le braccia e la guardò con sospetto. «Che cosa vuoi?»

«Venire a trovarti».

«E perché?»

«Pensavo che noi due... magari potessimo diventare amici». Mentre pronunciava quella frase, Roberta si rese conto che era la verità. Sperava davvero che Luk Schrödersen potesse diventare suo amico. Un amico normale (be', se si tralasciavano quei singolari baffi disegnati... e la bizzarra baita in cui viveva con la madre, che aveva ucciso il padre, otto fratelli e ventitré gatti. Non importava. Perlomeno non era invisibile).

«Okay». Luk continuò a guardarla dubbioso. «E che cos'è che vuoi davvero?»

«Te l'ho detto: diventare tua. Cioè. Tua amica. Diventare tua amica». Roberta avvertì il rossore che si stava diffondendo sulle guance. «Tuttavia... ho anche un'altra richiesta. Ho bisogno di... un gatto».

«Hai bisogno di... cosa? Per questo sei venuta da me?»

«Be', mi hai detto che hai ventitré gatti. Così ho pensato che magari potevi darmene uno». Roberta sfoderò il suo speciale sorriso accattivante.

Non sembrò mancare il bersaglio.

«Mm» fece Luk.

Poi, con la testa, le fece cenno di seguirlo.

Mentre camminavano fianco a fianco tra quelle che parevano un centinaio di mutande per bambini, camicie e magliette appena lavate, lei si chiese come di grazia facessero dieci persone e ventitré gatti a stare in quella piccola baita. Quando Luk aprì la porta e gridò: «Mamma! Sono io!» si rese conto che non ci stavano proprio.

Per prima cosa furono investiti da tre bimbi urlanti. Un gatto tigrato si posò sulla spalla di Luk, mentre un esemplare nero si piazzò in mezzo ai piedi di Roberta con un miagolio esigente. Nel resto della stanza, moltissimi altri bambini e gatti sedevano, dormivano e correvano in mezzo, e sopra, a mobili, scatole e mensole accatastati. E come se la minuscola baita non fosse già abbastanza affollata, in ogni angolo erano appese lanterne colorate, ghirlande, fili di lucine, gru di carta, acchiappasogni e sciarpe. A Roberta sembrava di stare in mezzo al mercato di un paese straniero. Il livello del frastuono era quello.

Si mescolavano mille e uno odori di coriandolo, dragoncello, lavanda, bastoncini d'incenso, caffè, candele profumate, lettiere per gatti, e tanti altri.

In un angolo, dietro una stoffa decorata a fantasia, Roberta riconobbe la sagoma di una donna.

«Hai portato qualcuno» esclamò la sagoma sovrastando il rumore. «Che bello, Lücke. Entra!»

«Lüüücke!» gridò un bambino di circa cinque anni. «Guarda cos'ho insegnato a Baskerville!» Indicò un gatto a macchie bianche e nere che faceva una specie di verticale sul muro.

«Non ora, Hidde». Luk si spinse oltre il bambino e il gatto fino a un piccolo fornello con un bollitore sopra. «Caffè?» chiese, rivolgendosi a Roberta.

«Tu bevi il caffè?» chiese Roberta a sua volta.

A due metri da lei si levarono dei ruggiti selvaggi e un bambino con una scatola di cartone in testa le sfrecciò davanti a cavallo di una scopa, inseguito da un altro bambino che urlava e agitava un ramo.

«Sì. Con due o tre zollette di zucchero». Luk sollevò il coperchio di una zuccheriera, vi sbirciò dentro e fece una smorfia. «O anche senza».

«A casa beviamo solo il tè» Roberta si affrettò a dire. E pensò che aveva appena chiamato il Polidorium casa per la prima volta.

Luk guardò in un secondo barattolo. «Okay. Abbiamo finito anche il caffè. Acqua del rubinetto?»

Roberta annuì e si guardò intorno. Un minuscolo gattino aveva artigliato l'orlo del suo cappotto e stava cercando di arrampicarsi. Non sembrava in grado di affrontare Musgret. Il gigantesco gattone ringhioso sul bracciolo della poltrona là in fondo era una scelta migliore.

«Ecco». Luk spinse un bicchiere d'acqua nella mano di Roberta.

«Posso davvero portare a casa uno dei tuoi gatti?» chiese Roberta, annusando l'acqua.

«Certo». Luk scrollò le spalle con indifferenza. «Ne abbiamo più che a sufficienza. Scegli pure».

«Vuoi che ti dica come si chiamano?» chiese una bambina, alzando entusiasta il nasino moccioso. «Allora, quella là si chiama Cacciatrice di draghi. Quello è Polpetta... si vede perché si chiama così... là ci sono Pastinaca, Dentediferro, Incubo, Artiglio Mortale, Agguatodimorte, Mortedeitopi...»

«Per favore, Edda, non interessa a nessuno» gemette Luk, infastidito.

«Io prendo Mortedeitopi» disse Roberta, deliziata.

In quel momento la sagoma dietro il telo si alzò in piedi ed emerse. La madre di Luk portava una specie di kimono e, in testa, una stoffa con fantasie selvagge. Sotto, i capelli erano ricci e dello stesso biondo cenere di tutti i suoi figli (a parte Luk, il cui ciuffo tinto di nero sembrava in qualche modo fuori luogo). Si avvicinò a Roberta, agitando le braccia in aria come per scacciare delle mosche molto lente. Si portò invece le dita alle tempie e strinse le palpebre fino a farle increspare tutte. «Seeento fooorti vibrazioni. Le vibrazioni stanno diventando più fooorti. Sì. Decisamente. È questo qui».

Aprì gli occhi e indicò un gatto piccolo e magro, con una pelliccia color bianco sporco che in molti punti era rizzata in modo malsano. Il gatto aveva un occhio cisposo e, a quanto pareva, un solo dente che spuntava lungo dalla bocca.

«Puffi» chiarì la sorellina di Luk.

«Puffi?» ripeté Roberta, inorridita. «Ma io preferirei Mortedeitopi, okay? O almeno Agguatodimorte!»

«Le vie del destino non si possono cambiare» disse con rammarico la madre di Luk, accarezzando la guancia di Roberta.

Si avvicinò ai fornelli e mise su il bollitore borbottando tra sé e sé in modo incomprensibile.

Roberta le fissò la nuca e capì che doveva accettare la sconfitta.

«Va bene» Roberta scrollò le spalle. «Posso cambiargli il nome».

«Nooooo!» La madre di Luk si voltò di scatto e gridò così forte che Roberta indietreggiò di un passo. Al che la donna mormorò: «I nomi non si possono cambiare! Porta sfortuna!»

«Aspetta qui» mormorò Luk e andò alla porta. «Vado a prenderti una scatola per il gatto».

Sua madre, nel frattempo, era tornata nel suo angolo come una sonnambula, canticchiando a bocca chiusa senza una melodia. Gli occhi di Roberta caddero sulla fotografia di una coppia, in una cornice appesa storta alla parete. Riconobbe la madre di Luk, che però aveva un aspetto molto diverso, soprattutto per via dei capelli pettinati e dello sguardo limpido negli occhi. L'uomo accanto a lei era molto alto, forte e ancora più arruffato: la criniera rosso fuoco e la barba folta e massiccia gli coprivano quasi del tutto il viso, così che lo si doveva automaticamente guardare negli occhi azzurro acqua arrabbiati. Roberta non riusciva a immaginare come quella donna minuta fosse riuscita ad abbattere un simile gigante usando una palla di vetro con la neve. Forse i nonni si erano sbagliati?

Roberta pensò alla detective dei suoi libri preferiti. Miss Moonpenny aveva la capacità unica di coinvolgere i sospetti in conversazioni apparentemente innocue ed estorcere loro informazioni cruciali con abilissime strategie.

«È suo marito?» chiese Roberta rivolgendosi verso la tenda.

In assenza di risposta, scostò la stoffa e vide la madre di Luk seduta a un tavolino. Davanti a lei c'erano tante carte con illustrazioni a colori.

«Accomodati, figliola». La madre di Luk indicò un piccolo sgabello alla sua sinistra. «Le carte possono predire il tuo destino. Che cosa vuoi sapere?»

«Ha davvero picchiato a morte suo marito Ivan Schrödersen con una palla di vetro con la neve?»

D'accordo. Di sicuro Miss Moonpenny avrebbe risolto la questione in un'altra maniera. Il metodo di Roberta era palesemente più diretto.

E meno efficace. Un breve guizzo attraversò il volto della signora Schrödersen, come se la sua fronte e gli angoli della bocca prendessero vita propria. Ma poi passò. Raccolse le carte e porse il mazzo a Roberta. «Pesca cinque carte».

«Be', in realtà io non ci credo».

«Non importa. Pesca cinque carte!»

«Va bene» sospirò Roberta e la accontentò. Tanto non sarebbe stata una conversazione.

Dietro di loro, gli ululati dei bambini nella baita aumentarono, accompagnati da forti miagolii.

La madre di Luk non sembrava sentire il rumore, prese le carte e le dispose davanti a Roberta. «La Grande Sacerdotessa. Il Mago. L'Eremita. Il Potere. La Stella». Rivolse a Roberta un sorriso. «Bene, molto bene! Verrai protetta». Era davvero raggiante. «Ora vediamo come va a finire. Pesca le ultime due carte!»

Roberta sospirò, prese altre due carte e le poggiò sul tavolo.

«Oh». La madre di Luk aggrottò la fronte. «La Morte e il Diavolo. Be'».

«Non significa necessariamente qualcosa di brutto, no?» chiese Roberta. «È quello che dicono sempre tutti a questo punto. Almeno, nelle storie che ho letto».

La madre di Luk la guardò profondamente negli occhi. Pose l'Eremita, la Forza e la Stella sopra le due carte con il

Diavolo e il Tristo Mietitore. «Queste tre devono restare unite. È la cosa più importante. Ecco, te le regalo».

«No, grazie, io...»

«Prendile. No, aspetta, prendile tutte. Per fare pratica. Hai un dono, lo vedo!» La madre di Luk avvolse con impazienza un nastro intorno al mazzo di carte e lo porse a Roberta.

Roberta rise di gusto. «Ecco, io non credo di...»

Sul fornello, il bollitore cominciò a fischiare.

All'improvviso la madre di Luk si alzò di scatto e strinse gli avambracci di Roberta con le mani. Roberta riusciva a sentire l'odore di caffè nel suo alito mentre la piccola donna sibilava: «Io vedo chi sei! Tu sei uno dei guardiani segreti! Tu vivi nella grande casa sul mare. Pregalo di lasciar perdere. Che se ne vada, che finalmente, finalmente se ne vada!»

Roberta, sbigottita, fissò i suoi occhi sgranati mentre cercava di liberarsi da quella stretta incredibile. Il fischio del bollitore diventava sempre più forte.

«Sono sicuro che Roberta non vuole sapere niente delle tue doti di cartomante, mamma!» La porta si spalancò e Luk rientrò nella baita, oltrepassando con disinvoltura tre bambini che giocavano sul pavimento e due gatti addormentati fino a raggiungere il piano cottura. Tolse il bollitore dalla piastra e il fischio finalmente cessò. Poi, senza tanti complimenti afferrò il gatto bianco e lo mise in una scatola di cartone. Puffi penzolava floscio tra le sue mani e lo lasciò fare senza opporre resistenza. Roberta si chiese se l'animale fosse malato o solo molto, molto pigro.

«Ecco a te». Luk le porse la scatola.

«Ciao. E, ehm, grazie» Roberta si rivolse ancora una volta alla cartomante mentre faceva sparire le carte nella tasca del cappotto. Ma quella aveva già distribuito un nuovo mazzo di tarocchi davanti a sé e vi era assorta. «Lücke! Vuoi sapere che cosa ti aspetta tra due martedì? Qui vedo la Torre e...»

«Lascia stare, mamma» Luk interruppe burbero la madre, che si afflosciò sullo sgabello e ricominciò a canticchiare senza una melodia.

Luk spinse Roberta fuori e le porse la scatola con il gatto ormai addormentato. La brezza fresca era piacevole dopo il caos di odori della baita. Quando la porta si chiuse alle loro spalle, anche i rumori di fondo si attenuarono....

«Ignorala» disse Luk. «È un po'...»

Fece un gesto vago. «Ma probabilmente te ne sarai già accorta».

Roberta sentiva di dover dire qualcosa di carino. Di certo non era sempre stato un piacere vivere in una minuscola baita fatiscente con una madre veggente, otto fratellini e ventitré gatti. «Anche la mia famiglia è abbastanza strana. Direi che qualcosa in comune ce l'abbiamo».

Luk infilò le mani nelle tasche dei pantaloni e si fissò la punta delle scarpe. «Già».

«Tuo padre...» cominciò Roberta.

«... è morto da tempo» Luk terminò la frase al posto suo, come a dire: *E ora non ne parleremo più.*

Ma Roberta non si arrese così facilmente. «È da allora che tua madre è così...?» Cercò la parola giusta.

«Schizzata?» La voce di Luk assunse un tono duro. «Ascolta, alcune cose sono andate male. Lei pensa che mio padre non sia ancora morto per davvero, o qualcosa del genere. Non lo so. Non ne parliamo». Si sfregò gli occhi e diede le spalle a Roberta.

Roberta si voltò per andarsene. «In ogni caso, grazie per, ehm, Puffi»:

«Roberta?» le gridò Luk.

«Sì?»

«Per favore, non dirlo a nessuno, okay?»

«Cosa intendi di preciso?»

Luk indicò alle sue spalle, dove si era appena levato un urlo a più voci. «Questo. Tutto questo».

Roberta lo osservò pensierosa. In ogni caso, Luk non sembrava avere degli amici veri, se nessuno era ancora stato a casa sua. A quanto pare avevano davvero molto in comune.

«Magari un giorno potrò ricambiare il favore». Gli fece un cenno e, mettendosi la scatola con Puffi sotto il braccio, si rimise in cammino verso l'argine.

Quando arrivò in cima, si lanciò una rapida occhiata alle spalle.

I fantasmi, pensò, *esistono perfino nella più piccola baita.*

Sorrise. Una bella frase, doveva ricordarsela. Dato che evidentemente non sarebbe diventata un'investigatrice provetta, avrebbe dovuto attenersi alla carriera di autrice di best-seller.

Petronella riuscì a trattenersi finché la pesante porta d'ebano non si chiuse alle sue spalle e le spesse mura del Polidorium la separarono dal mondo esterno. Le lacrime le scorrevano sulle guance come un rivolo caldo, mentre si affrettava a salire le scale di pietra fino alla Stanza della torre.

Stare da sola, pensava. *Accoccolata nella mia cuccetta e da sola.*

Il fatto che la tenda della cuccetta fosse tirata le sembrò subito strano. Ma, nonostante ciò, il terrore le attraversò gelido le membra quando scorse due sagome sul copriletto con la testa china su una scatola.

«Ma che diavolo...»

«Shh... entra e tira di nuovo la tenda» sibilò Roberta.

Petronella si asciugò in fretta gli occhi. «Che cosa ci fate nella mia stanza?» mormorò contrariata. «Questa è la mia... oh!!! Cosa, cioè, chi è quello?»

«Felix catus» disse Pellegrino.

«Puffi» disse Roberta.

Petronella percepì il nodo duro che aveva nella pancia sciogliersi alla vista del gattino bianco nella scatola. Sfiorò la morbida pelliccia con la punta delle dita.

«Oh, mio Dio!» *Grazie, piccola umana, dissero gli occhi verdi del gatto. Sono lusingato e quindi ti mostrerò clemenza. Anche se, naturalmente, potrei colpirti in qualsiasi momento con un sol colpo delle mie potenti zampe...* Puffi sbadigliò, chiuse gli occhi e si raggomitolò.

In quel momento le tende furono tirate con uno scatto brutale.

I fratelli si schiacciarono contro il muro e Roberta mise un braccio a protezione della scatola. Ma era troppo tardi.

Le labbra della nonna erano bianche di rabbia come la pelliccia di Puffi e il nonno scuoteva afflitto la testa.

«Questo» disse in tono sommesso «non avreste dovuto farlo».«

Capitolo 12

Dominare la paura

Quando, la mattina dopo, i fratelli si avviarono a testa bassa a colazione, erano pronti al peggio.

«Mesi... macché, anni in castigo» ipotizzava Roberta, mentre in Pellegrino riaffiorava la paura che i nonni li avrebbero semplicemente messi alla porta.

Non lo farebbero, Pel, cercò di consolarlo Petronella. *Ci rimanderebbero almeno dai Piccoli Stambecchi. O dagli altri nonni.*

Le sue parole non sortirono l'effetto desiderato, perché il labbro inferiore di Pellegrino si mise a tremare ancora più forte.

Tuttavia, non erano pronti a quello che li aspettava al tavolo della colazione.

La sola vista dei nonni quella mattina fu spaventosa, pur se in maniera sorprendente: tutt'e due, al posto dei loro soliti abiti eleganti, avevano addosso quelle che inequivocabilmente dovevano essere uniformi da escursionisti (piuttosto antiquate). Se la nonna a colazione di norma indossava la vestaglia dorata su un pigiama di seta rosa e il nonno portava già la tuta nera da casa, ora entrambi avevano un paio di scarponi da trekking e pantaloni da trekking marroni che arrivavano fino ai calzettoni di lana. Sopra indossavano entrambi la stessa giacca di loden verde e, a completare quel ridicolissimo look, due piccoli cappelli di feltro.

Così i nonni sorseggiavano il loro tè e facevano finta di non notare i nipoti che se ne stavano in piedi, folgorati, sulla soglia della sala da pranzo.

Alla fine Roberta non ce la fece più e chiese, reprimendo a fatica una risatina: «Che fine hanno fatto i vestiti normali?»

«Buongiorno!» disse la nonna, fredda, senza alzare lo sguardo. «Perché non vi sedete?»

Il nonno aspettò che i tre si sistemassero sui bordi delle sedie, in silenzio e in imbarazzo. Poi si schiarì goffamente la gola e cominciò, con il suo fare solenne: «Ieri sera in questa casa gli animi si sono un po' scannati...»

«*Scaldati*, Pernell!»

«Sì. Le ultime settimane sono state un periodo difficile per voi, ma anche per noi. Tutti noi dobbiamo elaborare un lutto e adattarci alla nuova situazione».

Petronella fissò il tavolo davanti a sé. Si sentiva esausta. Avrebbe voluto tornare al piano di sopra, nella Stanza della torre, e accoccolarsi nella sua cuccetta. Con la tenda chiusa e la coperta tirata sulla testa. Forse così sarebbe riuscita a riordinare i pensieri, le immagini e le emozioni che turbinavano dentro di lei: le facce deluse dei nonni alla vista di Puffi (che cosa avrebbero fatto adesso? Avrebbero mandato via Puffi?), Linnéa LeVander, che Petronella aveva lasciato lì nel bugigattolo devastato (era in combutta con Marie-Hedwig? O Petronella sbagliava a sospettare di lei?), la voce cattiva di Marie-Hedwig (che cosa diavolo voleva Marie-Hedwig da lei??), Musgret, la Zia Morta, la Bibliotecaria in bicicletta (erano pericolosi o no?)... e sempre, continuamente la dottoressa Stella e il dottor Oscar, persi in un grande oceano nero.

«...non abbiamo certo scelto noi di vivere qui con voi in mezzo al nulla!» la voce accusatoria di Roberta strappò Petronella ai suoi pensieri.

«Sì, lo sappiamo» spiegò il nonno. «Comunque, io e vostra nonna abbiamo steso una decisione».

«*Preso*, Pernell, si dice preso una decisione!» lo rimbrottò la nonna.

Solo ora Petronella si accorse che in ogni posto c'era un altro cappello di feltro e un pacchettino di viveri.

I nonni ci vogliono abbandonare, disse. *Come Hänsel e Gretel, vogliono lasciarci in qualche luogo solitario a cavarcela da soli...*

Cercò lo sguardo di Pellegrino, ma lui fissava i nonni con gli occhi sgranati, come se aspettasse di sentire la sua condanna a morte. L'angolo della bocca di Roberta, invece, era solleticato da un sorrisetto. Ma anche la sorella maggiore non riusciva a prendere niente sul serio! Eccoli seduti lì, tre presunti orfani che molto probabilmente tra poche ore sarebbero stati abbandonati nel deserto dai loro stessi nonni, e Roberta non riusciva a pensare a niente di meglio da fare che sorridere!

«Per l'amor del cielo, Pernell, arriva al punto!» tuonò la nonna nel bel mezzo dei suoi pensieri e proseguì lei: «Il fatto è che abbiamo tutti bisogno di uscire da questo vecchio rudere! Fuori, all'aria aperta!»

Sbatté il palmo della mano sul tavolo, facendo trasalire tutti. «E là» continuò in tono minaccioso «faremo in modo di far sparire questo... animale». Alla parola "animale" contorse leggermente il viso, con disgusto.

«Ma, nonna...» cominciò Petronella, ma fu soffocata dalla voce roboante della nonna:

«Fine della discussione! Basta! Forza, sciò, in camera vostra a cambiarvi! E non dimenticatevi il cappello!»

«E le provviste» disse la voce morbida di Hein, che ancora una volta era apparso come dal nulla. «Vi ho preparato i vostri sandwich speciali preferiti».

Il sorriso di Roberta scomparve di colpo dal suo viso e lo guardò con rabbia. «Tu!» sibilò. «Ho un conto in sospeso con te! Non accetto provviste da un... fantasma!» Con ciò, girò i tacchi e si precipitò fuori dalla cucina.

Pellegrino era balzato in piedi e fissava Hein come fosse un'apparizione. Quello gli rivolse un sorriso benevolo e gli porse un pacchetto di provviste. «Ecco a te, Pellegrino, prendi».

La ruga verticale tra le sopracciglia di Pellegrino si approfondì minacciosamente. Poi con due dita si spinse con forza gli occhiali sul ponte del naso e si dileguò a sua volta dalla porta senza toccare il pacchetto.

«Tu sei davvero un fantasma, no?» Petronella osservò Hein con attenzione e aggiunse in un sussurro con uno sguardo di lato verso la nonna: «Ma non sei come gli altri fantasmi qui... tu puoi uscire dal Polidorium, gli altri no, vero?»

«Possono farlo solo se sono vincolati da un patto» rispose Hein a bassa voce.

«Quindi anche tu sei vincolato da un patto?»

«Sono qui di mia spontanea volontà, non ricevo nulla in cambio. Posso uscire di casa, ma preferisco rimanere invisibile. Non tutte le persone qui a Tildrum sono amichevoli con i morti come voi Polidori».

«Che cosa sei esattamente?»

Hein pose i pacchetti di provviste sul tavolo. «Sono vostro amico» disse. «Devi credere alla mia parola». Continuò a sorridere, con un'aria così triste che Petronella riuscì solo ad annuire e non osò fare altre domande.

«Petronella, prendi i cappelli di tuo fratello e di tua sorella» ordinò la nonna, e poi, a bassa voce, disse tra sé e sé: «Come al circo!»

Petronella prese i cappelli di feltro e i pacchetti di provviste. Con un senso di nausea nello stomaco, camminò a passo lento fuori dalla cucina.

Che cos'hai nello zaino, Pel? gli chiese Petronella con gli occhi.

Niente, fu la concisa risposta, prima che Pellegrino evitasse il suo sguardo.

A ogni passo che faceva, dal suo zaino giungeva a Petronella un tintinnio sommesso.

Sapeva che si trattava di uno dei barattoli con i reperti di Pellegrino perché lo aveva visto mentre lo metteva in valigia. Non ci sarebbe stato granché da meravigliarsi, perché Pellegrino portava sempre con sé dei barattoli vuoti, oltre a molte altre cose poco pratiche, nel caso in cui si fosse imbattuto in un reperto interessante.

Solo che questo barattolo non era vuoto. Petronella non era stata in grado di identificare il contenuto. Non le sarebbe interessato più di tanto se Pellegrino, da quando erano partiti, non si fosse comportato in modo ancora più strano del solito. Continuava a guardarsi intorno con fare furtivo e a ogni curva della strada si toglieva lo zaino e vi guardava dentro. Una volta a Petronella sembrò di sentirlo parlare dentro lo zaino. Chissà se era il reperto di cui le aveva parlato nella vasca da bagno.

«Per favore, camminiamo tutti vicini!» gridò il nonno. «Rimanete in fila! Non cincischiamo!»

Era in testa alla fila di Polidori, seguito a ruota dalla nonna, che al posto dell'elegante bastone da passeggio aveva una rozza stecca d'ebano, poi veniva Roberta, poi Petronella e in coda c'era Pellegrino.

Portavano tutti quegli imbarazzanti cappelli di feltro, e Petronella pensò che era un bene che fossero le uniche anime vive in lungo e in largo. Era una giornata grigia, per nulla adatta a una camminata. Nubi di nebbia si stendevano su Hollismoor, dando alla zona, già poco accogliente, un aspetto irreale. Nonostante avessero il binocolo al collo, non riuscivano a vedere a tre metri di distanza. Sulle paludi regnava un silenzio cupo, solo di tanto in tanto un chiurlo si alzava in volo o una libellula blu passava loro accanto ronzando.

«Miseriaccia!» brontolò Roberta. «Siamo arrivati o no? Dov'è che stiamo andando? Non possiamo tornare a casa e basta?»

Portava lo scatolone con Puffi. Con grande disappunto dei nonni, si era rifiutata di indossare l'uniforme da scout o qualsiasi abbigliamento analogo, e si era presentata con un vestito giallo canarino lungo fino a terra, che, in combinazione con i capelli blu notte, la faceva brillare come un uccello del paradiso in mezzo a quel grigio paesaggio.

L'orlo del vestito strisciava ininterrottamente sul suolo fangoso. Tutti gli altri indossavano i poncho impermeabili, che i nonni avevano portato nei loro zaini da trekking preparati in maniera esemplare.

Il nonno alzò una mano e fece cenno agli altri di fermarsi e, come lui, nascondersi dietro un cespuglio.

«Qui» sibilò il nonno. «Qui andrà bene».

I nonni si voltarono verso Roberta e la guardarono con aria di sfida.

«Cosa?» Roberta finse di non sapere che cosa si aspettavano che facesse.

«L'animale» disse la nonna. «Ora puoi liberarlo».

«Voi siete pazzi» esclamò Roberta. «Io non lascerò certo Puffi qui fuori da solo. Gli lacrima l'occhio sinistro!»

Petronella fissò i nonni e non riusciva a credere a quello che stavano chiedendo. Erano davvero queste le persone care con cui avrebbe trascorso il resto della vita, come una famiglia? Avevano un cuore freddo e meschino, se volevano abbandonare un gattino indifeso in mezzo alla brughiera! La pervase l'ormai familiare sensazione di calma prima della tempesta. Il tornado interiore era ricomparso. E si gonfiò, si fece più grande e più veloce e...

«Uuuuuuaaaarrggghhhh!» esplose. Fu come se tutti i pensieri, le parole e le emozioni dentro di lei fossero stati cancellati e fosse rimasto solo quel suono primordiale. Prima di rendersi conto di ciò che le stava accadendo, era sdraiata per terra e batteva i pugni nel fango. Il viso le bruciava e le orecchie le fischiavano per le sue stesse urla.

Sia i nonni che Roberta si allontanarono e la fissarono come se fosse una spaccatura nel terreno che si era appena aperta per rivelare alla vista l'inferno.

Alla fine, il nonno alzò entrambe le mani con fare rassicurante. «Shh. Va tutto bene, mia cara Petronella». Si sforzò di dare alla sua voce un tono calmo e si accovacciò accanto a lei. Poi le diede qualche pacchetta un po' goffa sulla schiena. «Su, calmati, bambina mia. Calmati. D'accordo. Non lo faremo. Non abbandoneremo qui il gatto. Penseremo a qualcos'altro, va bene?»

Mentre le parlava dolcemente, il tornado dentro di lei pian piano si indebolì, calò e infine scomparve di nuovo nel luogo sconosciuto da cui era venuto. Petronella aprì gli occhi, si girò sulla schiena e inspirò ed espirò profondamente guardando il cielo grigio.

«Okay» annuì. «Okay».

Si alzò in piedi, sostenuta dal nonno e da Roberta, e si avvicinò alla scatola che Roberta aveva posato nell'erica. Si chinò su di essa e guardò i due verdi occhi felini che la fissavano penetranti.

Grazie, piccola umana, le risuonò in testa una voce che faceva le fusa. È stato molto gentile da parte tua, ma non era assolutamente necessario. Posso cavarmela benissimo da solo. Sai, se volessi, potrei divorarvi tutti in un sol boccone!

Questo era troppo per Petronella. Scoppiò a ridere e non poté fare a meno lasciarsi cadere sulla schiena, sghignazzando. Con la coda dell'occhio notò che gli altri si scambiavano sguardi preoccupati. Probabilmente oramai la prendevano per pazza.

«Va tutto bene» insistette. «È solo che... questo gatto è proprio spiritoso. Mi sa che si crede un leone!»

Roberta le prese la scatola dalle mani. Petronella intravide ancora una volta il musetto offeso di Puffi prima che questi si voltasse a lavarsi le zampe, enfaticamente annoiato.

«Penso che sia meglio se ora torniamo tutti a casa» annunciò la nonna, per poi borbottare: «Accidenti. Lo dicevo, io. Come al circo!»

«Dietrofront, grazie!» gridò il nonno, battendo le mani. «Per favore, camminiamo tutti vicini! Rimanete in fila! Non cincischiamo!»

I Polidori si misero in marcia. A un tratto, l'orrore trafisse le membra di Petronella come una spada invisibile. Si arrestò, ed essendo in testa alla fila, Roberta, che come da ordini camminava subito dietro di lei, le rimbalzò sulla schiena. Anche la nonna, che veniva dopo, ruzzolò e atterrò dolcemente sul nonno, che incespicava dietro di lei. Come tessere del domino, rotolarono tutti nella fanghiglia.

«Pel!» esclamò Petronella mentre cadeva. «Dov'è Pel?»

L'oscurità era calata da tempo quando i Polidori rientrarono a casa. Anche chi aveva il poncho impermeabile era completamente zuppo e coperto di fango da cima a fondo.

Per ore avevano vagato per Hollismoor, con entrambe le mani a imbuto sulla bocca, a urlare il nome di Pellegrino.

Senza successo.

Ormai l'umore di tutti era prossimo al gelo, come si poteva notare soprattutto dall'espressione rigida della nonna.

«Non dovremmo chiamare la polizia?» chiese Roberta ai nonni.

«Ah!» proseguì la nonna. «Horks e Okland? Li avete visti, quei due idioti! No, risolveremo la questione a modo nostro».

Roberta alzò un sopracciglio, dubbiosa. «Ah, e come? Avete intenzione di usare di nuovo i vostri metodi di ricatto? Peccato che sia difficile quando non si sa con chi prendersela, vero?»

«Gloria...» Il nonno posò una mano sulla spalla della moglie come a rassicurarla, mentre lei si gonfiava come un pavone.

«Pertanto,» incalzò la nonna tra i denti perlacei «ora ci stilerete un elenco completo, senza eccezioni, di tutte le persone con cui Pellegrino ha avuto contatti. Senza eccezioni! E togliete quell'animale dalla mia vista!» Con un gesto teatrale, si portò l'avambraccio davanti al viso sporco di fango.

Petronella, che portava la scatola di cartone di Puffi, domandò: «Prima porto via il gatto o...»

«Bapbapbap!» le abbaiò la nonna. «Forza, ci servono i nomi di tutti gli amici di tuo fratello. Con chi ha parlato spesso, di recente? A scuola, nel tempo libero?»

«Con nessuno» disse Roberta senza la minima esitazione. «Solo con noi».

«Pel non ha amici» aggiunse Petronella a bassa voce, tirandosi il labbro superiore sui denti mentre pensava: *Proprio come me.*

La nonna sbuffò, anche se non era chiaro a quale aspetto fosse diretto il disappunto. «Parleremo più tardi! Adesso andate a farvi la doccia, ma *stans pede in uno*!» sbottò e se ne andò con la grazia che soltanto una persona in una tenuta da trekking gocciolante e coperta di fango poteva avere.

Il nonno guardò Roberta e Petronella negli occhi, una dopo l'altra. Sembrava stanco e triste. «Vostro fratello non sarà scappato, vero?» chiese. «Roberta. Petronella. Se voi tre non siete felici a stare con noi nel Polidorium, dovete dircelo».

A Petronella dispiaceva vederlo così impotente.

«Pel non è scappato» disse Roberta. «Non è capace di fare una cosa del genere. Ha troppo poco senso pratico!»

Il nonno la guardò ancora una volta con aria interrogativa, poi si voltò anche lui per andarsene: un triste airone grigio con il piumaggio sporco di fango.

Afflitte e gocciolanti, Roberta e Petronella si accovacciarono davanti al camino e cercarono di scaldarsi al fuoco che crepitava. Sul grembo di Petronella, Puffi si era raggomitolato in un fagotto rotondo e si era addormentato. Ma né il corpicino caldo di Puffi, né le fiamme del caminetto erano d'aiuto contro il freddo che Petronella sentiva dentro di sé. Ancora e ancora, come un disco incrinato, risuonavano nella sua testa le parole che Marie-Hedwig le aveva sussurrato in classe: *Tuo fratello non è un po' una palla al piede per te, becchina?*

Non saresti contenta di sbarazzartene, una buona volta?

No, non sono contenta, pensava ora, e a Roberta, seduta accanto a lei a fissare il fuoco, disse a bassa voce: «Io lo so chi c'è dietro la scomparsa di Pellegrino. Marie-Hedwig!»

Roberta sollevò le sopracciglia per la sorpresa. «La ragazzina della tua classe? Quella a cui hai tagliato i capelli con le forbici per mancine?»

«Abbassa la voce». Petronella lanciò una rapida occhiata alla porta. Non voleva immaginare che cosa sarebbe successo se i nonni lo avessero scoperto. In fin dei conti, era colpa sua. Si era messa Marie-Hedwig contro la sua famiglia, e ora suo fratello era scomparso. «Sì. Lei è... c'è qualcosa che non va in lei».

«Intendi... così?» Roberta disegnò dei circoletti con l'indice accanto alla tempia.

«No, lei... emana luce». Petronella scrollò le spalle. «Non riesco a spiegarlo».

Roberta sembrava confusa. «Come sarebbe a dire?»

«Non lo so. Ma l'ha visto anche Pellegrino. Ho la sensazione che abbia qualche... potere speciale, tipo».

«Mm-mm...» Roberta la guardava come se dubitasse della sanità mentale di Petronella. «E tu che cosa vuoi fare?»

«Non lo so». Petronella fissò cupa il fuoco.

Doveva trovare Pellegrino! Doveva aiutarlo! Chissà se i nonni avevano qualche oggetto nel Museo dei morti che avrebbe potuto usare contro Marie-Hedwig?

No, pensò. *Marie-Hedwig non è come gli altri esseri umani. Possiede quel potere. Nessun Museo dei morti sarà d'aiuto, ma solo... un altro tipo di potere.*

Se nella sua vita tutto fosse stato come prima, se quello che era successo non fosse accaduto, in una situazione come questa si sarebbe rivolta alla dottoressa Stella. Sua madre aveva sempre avuto un consiglio per lei. Cosa avrebbe detto a Petronella adesso? Certo. Lei lo sapeva. Glielo aveva sempre detto, ogni volta che era stata indecisa. L'aveva detto al dottor Oscar prima che partissero per la spedizione nelle profondità marine.

Se mai dovessi avere dei dubbi, non pensare alla paura! Prendi la strada più scomoda. Abbi coraggio! È piena di pericoli e di buio e di colori, e vale ogni secondo! Tutto questo insieme. Ed è la soluzione, perché, ricordati: senza avventura non c'è salvezza.

In quel momento un'avventura era decisamente l'ultima cosa di cui Petronella aveva bisogno.

Era stanca e disperata, in pensiero per Pellegrino, e la dottoressa Stella le mancava tanto da farle male. Ma sapeva che sua madre aveva sempre ragione. Tante volte in vita sua le aveva detto cose che Petronella non aveva voluto sentire, che sembravano folli e scomode. Ma quando le aveva seguite (e anche quando non l'aveva fatto), aveva sempre constatato che la dottoressa Stella aveva ragione.

Probabilmente sarebbe stato così anche questa volta, sebbene a Petronella sembrasse del tutto sbagliato, anzi, impossibile.

Pensò ai suoi corvi, ai ragni a scuola, al barbagianni in soffitta, a Puffi e agli animali del giardino incantato. Pensò alla natura selvaggia che si sarebbe impossessata del Polidorium. Quanto le sarebbe piaciuto credere che quegli animali l'avrebbero aiutata, così. Che mondo meraviglioso sarebbe stato! Ma evidentemente tutto aveva il suo prezzo.

Ecco che una decisione affiorò in superficie come un oggetto affondato in uno stagno.

Sì, avrebbe osato farlo! Per Pellegrino...

Aveva domato la paura. Aveva osservato.

Aveva tratto le sue conclusioni.

Ora avrebbe agito.

Fresca di doccia e vestita da capo a piedi, Petronella si sdraiò sotto le coperte della sua cuccetta in attesa che il silenzio della notte si posasse sul Polidorium.

Non farlo. Puffi era sdraiato sul copriletto. La fissava con gli occhi verde smeraldo, le pupille ridotte a due strette fessure, prima di tornare a leccarsi con noncuranza la zampa.

Devo farlo, Puffi. Non ho altra scelta.

Non farlo. Portami qualcosa da mangiare, piuttosto. Ho visto diverse prelibatezze al piano di sotto. Mi andrebbe un po' di polpo in barattolo.

Lascia perdere.

Puffi terminò la toeletta e mise le due zampe di velluto bianco una accanto all'altra. Le pupille gli si dilatarono. *Piccola umana, tu non ne sai nulla. Per l'ultima volta: non farlo. Lasciaci sistemare le cose.*

A chi, a te e ai corvi? Al barbagianni e ai ragni? Petronella si tirò su a sedere sotto il copriletto, al che Puffi balzò indietro ai piedi del letto con un miagolio indignato. Lei lo guardò con la fronte aggrottata. *Avete avuto tempo a sufficienza. Non avete sistemato niente... anzi, mi avete portato solo guai! E ora mio fratello è scomparso. Perciò, ci penserò IO adesso.*

Petronella scivolò fuori dalla cuccetta. Determinata, si diresse verso la porta.

Prima di uscire, si voltò ancora una volta e cercò lo sguardo di Puffi. Il gatto non era più seduto sul copriletto della cuccetta, ma accovacciato sulla scrivania. La sua silhouette si stagliava contro la luce lunare che filtrava attraverso le tende che si gonfiavano: la pelliccia era arruffata, la coda cespugliosa, fece una gobba e all'improvviso sembrò avere dimensioni impressionanti. Dalla gola gli uscì un suono sordo, così forte e sconosciuto che fece correre un brivido lungo la schiena di Petronella. Sembrava il grido di un animale con cui non si potesse più comunicare a parole e pensieri.

Nello stesso momento, all'esterno risuonò il primo rauco «cra!» e si mescolò al canto del gatto. Ben presto, giunsero altri richiami e poi Petronella lo vide: uno sciame di corvi oscurava il cerchio della luna. Non erano mai stati così tanti.

Il frastuono aumentò, Petronella credette di sentire anche altri rumori, alcuni sembravano uccelli, gli altri non riusciva a collocarli.

I corvi si posarono sul davanzale della finestra e cominciarono a battere contro il vetro con i becchi appuntiti. Petronella fece appena in tempo a chiudere tutte le finestre prima che il primo uccello riuscisse a infilarsi in uno spiraglio.

E in tutto questo il gatto ululava.

Basta!!! Si coprì le orecchie, ma non c'era nessuno che potesse guardare negli occhi a cui trasmettere i pensieri. Il tempo del dialogo era finito.

Petronella indossò la torcia frontale e chiuse le dita intorno al corno di conchiglia che le pendeva dal collo. Il raccogli-anime.

Si precipitò giù per le scale, scivolò sulle assi di legno del corridoio buio fino alla Pendola della morte, da cui estrasse al volo con le dita la chiave.

Mentre lasciava che la pesante porta della cantina si richiudesse alle sue spalle, i richiami degli animali le giungevano soffocati. La fredda oscurità la avvolse e di colpo percepì una grande calma dentro di sé. Fece un respiro profondo e girò la chiave nella serratura dall'interno. Poi accese la torcia frontale. A ogni gradino che scendeva, l'oscurità si faceva più densa e il freddo più umido.

Quando arrivò in fondo, si fermò e chiuse gli occhi.

«Sono qui» chiamò nella stanza buia. «Sono venuta ad accettare il vostro aiuto». Teneva in mano il corno di conchiglia come un talismano.

Quando riaprì gli occhi, erano tutti lì. La Zia Morta. Musgret. Dita Gelate. I Lumina. Le creature di cui Petronella non conosceva il nome, specie che il dottor Oscar non aveva ancora scoperto. Quella comunità silenziosa e così bizzarra si era radunata tutt'attorno a Petronella.

Come se provenissero da molto lontano, le grida a più voci degli animali la raggiunsero al piano di sotto. A queste si unì un fracasso sordo dalla porta della cantina, forse pugni. Petronella non ci fece caso. All'improvviso seppe con esattezza che cosa fare. Sollevò il corno di conchiglia che portava al collo appeso a un nastro. Resistette all'impulso di strizzare gli occhi e fissò la Zia Morta, la fissò fino a che gli occhi le bruciarono. Osservò la figura deformarsi, allungarsi e infine fluire verso di lei come un rivolo d'acqua che scorreva all'indietro. Una brezza fredda e gelida soffiò in faccia a Petronella,

uno strattone le afferrò il braccio, poi tutto finì. La Zia Morta era scomparsa nel corno di conchiglia. Prima che Petronella capisse da dove provenisse il formicolio sulla sua gamba, il primo topo era scivolato nel corno, seguito da un centinaio di altri: Musgret aveva seguito la Zia Morta. Un'altra scossa e un'altra ancora, una creatura dopo l'altra entrò nel corno finché non ne rimase più nessuna. Con loro, il corno di conchiglia aveva assorbito l'oscurità nera e profonda, finché nella cantina non era rimasta solo l'oscurità normale.

Era fatta. Il patto era stato stretto. Lo Spiramentum polidorium ora apparteneva a lei... e lei a lui. Lo sentiva dentro, come un uccello scuro che si era posato sulla sua anima.

Solo ora Petronella si accorse che gli animali di sopra avevano smesso di dare l'allarme. Si erano arresi, la battaglia per loro era persa.

Un piccolo crack! risvegliò Petronella dal torpore. Il suono proveniva dalla tasca dei pantaloni. Quando vi infilò la mano,

trasalì, un dolore acuto le pulsava nel dito. Tirò fuori la mano e in essa c'era un mucchietto di vetri rotti. Un po' di sangue le colava dal dito dove si era tagliata, mescolandosi a un liquido grigio e indefinibile.
Il suo infestometro si era rotto..

Capitolo 13

La cassa di Hodder

Roberta percepì il cambiamento nel modo in cui ci si accorge di un imminente temporale perché l'aria diventa più opprimente. Smise di battere contro la porta della cantina e di chiamare Petronella. Si sfregò le nocche doloranti. La sua sorellina doveva essere lì sotto. Non poteva essere scomparsa anche lei! Che cosa era successo in cantina? Il dottor Oscar aveva ragione: il Polidorium era troppo pericoloso. Di sicuro, la prossima volta sarebbe toccato a lei, a Roberta...

Il frastuono assordante che gli animali avevano fatto intorno al Polidorium all'improvviso si era spento. Altrimenti non si sarebbe certo accorta di quel rumore sommesso. Un ticchettio e uno sferragliamento vicinissimi a lei.

Si voltò e ne riconobbe la fonte: era la Pendola della morte in fondo al corridoio. Doveva essere impazzito. Il piccolo Tristo Mietitore, che di solito appariva solo allo scoccare di ogni ora, uscì sferragliando dalla sua porticina e rientrò, facendo oscillare avanti e indietro la piccola falce come se cercasse con tutte le sue forze meccaniche di liberarsi.

Poi lo spettacolo finì. La porticina restò chiusa, il pendolo e le lancette rimasero fermi. Era come se l'orologio stesse trattenendo il respiro e Roberta fece lo stesso. Quando il pendolo iniziò a muoversi, Roberta espirò. Sbatté le palpebre e fece un passo verso l'orologio a pendolo.

Sì. Non c'era dubbio. L'orologio andava all'indietro.

«Oh-oh» mormorò Roberta. «Questo non va affatto bene».

Si voltò di scatto. Mentre dall'altra parte la chiave girava nella serratura della porta della cantina, già sospettava che sarebbe stato meglio nascondersi. O scappare. Ma Roberta rimase dov'era.

Perché aveva un piano.

«Puf-fi!» chiamò, e fu abbastanza sorpresa quando il gatto scese di corsa le scale. «Almeno dai retta al tuo stupido nome» sussurrò. «Per fortuna non te ne ho dato un altro».

Probabilmente Puffi non aveva ancora idea che in futuro ci avrebbe pensato due volte prima di dare retta a Roberta. La ragazza si inginocchiò e prese in braccio la bestiola leggera come una piuma. Sollevò il gatto che faceva le fusa sopra la testa come un proiettile, la porta si spalancò...

«Oh!» Roberta abbassò le braccia.

Petronella apparve incolume sulla soglia del seminterrato, imperturbabile e senza la minima traccia di paura sul volto.

«Pensavo di doverti venire a salvare. Pensavo che fossi in pericolo là sotto!»

Roberta aspettò che la sorellina abbassasse gli occhi e si tirasse il labbro superiore sugli incisivi troppo cresciuti, come faceva circa un milione di volte al giorno. Un'abitudine fastidiosa che avrebbe dovuto smettere al più presto, perché era da stupidi e basta.

Ma il labbro superiore di Petronella non si mosse di un millimetro. Né lei abbassò gli occhi.

«Eri da sola in cantina?» domandò Roberta.

Petronella scrollò le spalle. Poi annuì. «Sì» rispose semplicemente.

Era quasi un po' inquietante. «Stai bene?» chiese Roberta. «Sembri così... non so, così... diversa».

Petronella lasciò vagare lo sguardo su Puffi, afflosciato tra le braccia di Roberta, e sollevò le sopracciglia con fare interrogativo.

«Vieni» disse Roberta in tono brusco. «Adesso metteremo in atto il mio piano. Come già sai».

Petronella si stiracchiò. Non poteva essere cresciuta in così poco tempo, non era possibile, eppure sembrava sensibilmente più alta; in qualche modo, già, parola strana da associare alla sorellina, potente. Non triste, non arrabbiata. Non come in una di quelle tempeste di rabbia che di recente l'avevano travolta. Anzi... forse sì. Forse si trovava in una tempesta più grande, e più pericolosa. Nel bel mezzo di essa.

«Lasciali stare, Roberta» disse Petronella con dolcezza. «Qualcuno dovrebbe proprio dirtelo quando sbagli. Perché quando ti sbagli, ti sbagli fino in fondo. Perciò: ti sbagli».

Sì. Sembrava proprio questo, l'occhio del ciclone.

«Di che cosa vai parlando, Nelli?» chiese Roberta, incerta.

Non avevano mai avuto una conversazione del genere. Era quasi come se si fossero invertiti i ruoli. Come se Petronella a un tratto fosse quella che comanda e che sa tutto. No, questo era troppo. Qui c'era soltanto una sorella maggiore, ed era Roberta!

«Dai, spostati» si costrinse a dire.

«Ora inizierò a scacciare i fantasmi. Musgret ha imperversato tra queste mura a sufficienza».

Fece un passo verso Petronella... e lanciò un urlo: Puffi

soffiava e le aveva conficcato gli artigli nell'avambraccio. Ora Roberta capì che cosa lo aveva spaventato tanto. Fissò incredula il corno di conchiglia che Petronella teneva in mano e le puntava contro come un crocifisso per allontanare un vampiro.

E dal corno di conchiglia uscì un topo.

E poi un altro.

E un altro ancora.

«Nelli! Ma che...?»

Roberta avvertì un conato di vomito in gola, ma non poteva farci niente, doveva continuare a fissare la piccola apertura della conchiglia, che sputava fuori una creatura pelosa dopo l'altra. Non riuscì a muoversi, nemmeno quando la massa brulicante si radunò ai piedi di Petronella e la trasformazione iniziò.

Roberta aveva visto i disegni sul quaderno, ma vederlo accadere dal vero era un'esperienza che non si poteva paragonare a nulla. Guardare quel volto, gli occhietti neri e la grande bocca che ora si apriva fino a riempire quasi interamente il viso, emettendo un suono dl tutto disumano...

Finalmente Roberta si riscosse. Non pensò. Ma afferrò il gatto per la pelliccia arruffata e la tirò come una palla soffiante contro quell'essere minaccioso.

«No!» gridò Petronella.

Tutto andò terribilmente storto.

La ripugnante Musgret si disintegrò così in fretta nelle sue componenti di roditori che Puffi cadde nel vuoto, volando giù per la porta della cantina. Roberta sentì ancora un grido indignato e poi un pietoso «Miao!» mentre le Pareti Erranti scorrevano davanti alla porta della cantina.

Da dove fosse arrivata la Zia Morta così all'improvviso, Roberta non se lo spiegava. Probabilmente anche lei dal corno di conchiglia di Petronella. Roberta fuggì per il corridoio, con la brezza fredda sul collo, l'odore di polvere nel naso.

«Aspetta!» le gridò Petronella. «Non ti fanno niente se non li attacchi!»

Roberta si accorse che il terreno le si era aperto di colpo sotto i piedi soltanto mentre cadeva. Precipitò verso il basso, si schiantò dolorosamente e fece appena in tempo a scorgere una botola chiudersi sopra di lei.

«Allora, siamo arrivati o no?» chiese Pellegrino al suo zaino, rendendosi conto di quanto la sua voce suonasse lamentosa.

Sììì. Questo posto è buono come qualunque altro fuori dal vostro, come lo chiamate voi... Polidorium!

Pellegrino si sbagliava o la voce non sembrava più amichevole come prima?

Forza, che cosa aspetti? Fammi uscire!

No, amichevole non lo era proprio. Anzi, in effetti era piuttosto ostile.

Pellegrino esitò. Stava davvero facendo la cosa giusta?

Polidori. Fammi uscire, camerata. Ora la voce suonava di nuovo più gentile (o almeno così credeva Pellegrino). *Lo sai che non posso muovermi liberamente senza il tupilak. Per questo mi servi tu. Dammi la libertà e penserò io a porre fine all'infestazione! Ricorda le mie parole. Non vuoi che Hein distrugga tutto. Vero?*

No, Pellegrino non voleva che Hein distruggesse tutto. Chiuse le mani intorno al barattolo freddo e lo estrasse con cautela dallo zaino. La lampreda lo fissò con i suoi occhi morti. Il nome in tedesco di quel fossile vivente, *Neunauge*, cioè nove occhi, era fuorviante.

I *Petromyzontiformes* non avevano nove occhi, ovviamente, ma solo due. Chi gli parlava, però, non era la lampreda, morta molto tempo prima di finire conservata in liquido nel Polidorium. Quello era solo l'involucro.

Forza, Polidori.

Pellegrino tirò fuori dallo zaino la statuina intagliata e la pose nell'erica accanto al barattolo. La lampreda si era indebolita da quando avevano lasciato il Polidorium, ma non importava. Lui avrebbe recuperato in fretta le forze. E poi, avrebbe fermato Hein prima che potesse mandarli tutti a morire. Perché era evidentemente questo ciò che Hein aveva intenzione di fare. Hodder Morkel gli aveva spiegato tutto chiaramente.

Solo che...

Che c'è, cosa stai aspettando, Polidori?

Pellegrino si premette le dita sulle tempie. Cercava di concentrarsi, ma ogni volta, proprio quando credeva di aver afferrato il pensiero giusto, questo gli sgusciava via come un pesce viscido.

Nella sua testa risuonò una risata gracchiante che non era la sua.

Ascolta. La lampreda si contorceva nel vetro come un'anguilla. *Io ti ho spiegato come stanno le cose. O Hein o me. Non c'è altra via. E hai visto tu stesso di che cosa Hein è capace. Succederà anche a te. Non puoi volerlo sul serio, Polidori!*

Pellegrino ripensò al momento terribile in cui Hein era sprofondato attraverso il pavimento insieme alla Bibliotecaria in bicicletta. No, non voleva che accadesse a lui o a qualcun altro.

Roberta aveva detto che Hodder Morkel sembrava affidabile. Ed era dell'opinione che le creature dovessero essere scacciate. Perché poi avesse detto che Hodder Morkel era in combutta con la Zia Morta, Pellegrino non l'aveva capito. Hodder gli aveva detto che la Zia Morta andava scacciata. E che l'operato di Hein doveva essere fermato. Ma Roberta non poteva saperlo. Avrebbe capito, quando Pellegrino glielo avrebbe spiegato in seguito.

E anche Petronella. Era logico: come ciascun animale apparteneva al suo habitat naturale, lo stesso valeva anche per queste creature. Lo *Spiramentum polidorium* era un fenomeno del tutto innaturale. Come lo smog. Nocivo.

E tu puoi davvero scacciare tutte quelle creature spettrali dal Polidorium? Fissò l'occhio cieco del fossile vivente. *E fermare l'operato di Hein?*

Bah! Polidorium! Quante volte te lo devo dire: è CASA MIA, sibilò la voce, carica di disprezzo. Ma poi tornò a un tono gentile: *Te l'ho già spiegato più volte: sììì. Posso farlo. Ora liberami! Prendi il Tupilak!*

Hodder Morkel gli aveva descritto il procedimento nei dettagli:

La sua anima sarebbe passata dalla lampreda al tupilak.

È la cosa giusta da fare, annuì Pellegrino tra sé e sé, e svitò il barattolo.

Immediatamente la lampreda uscì dalla sua tana, si dibatté sul suolo umido della brughiera e si avvicinò alla statuetta bianca (ricavata dalla zanna di *Physeter macrocephalus*!).

Di colpo, il crepuscolo intorno a lui si fece più scuro,

sempre più scuro, troppo in fretta, e quando si udì uno scricchiolio e uno schianto, Pellegrino fu preso dalla paura e si riparò portandosi le braccia davanti al viso.

Quando le riabbassò, era tornata la normale oscurità della notte incombente, ma il barattolo era andato in frantumi. Confuso, si guardò intorno.

In piedi dietro di lui c'era un uomo.

Alla luce della torcia frontale, Pellegrino capì che si trattava di un uomo in carne e ossa. In ogni caso, proiettava un'ombra. Era identico all'uomo della fotografia. Solo in qualche modo... più malsano. Di solito, il volto di nessun essere umano era così grigio.

«Ho di nuovo il mio corpo». Hodder Morkel abbassò lo sguardo su di sé e contorse la faccia in un ghigno. Risuonò quella risata gracchiante, stavolta fuori dalla testa di Pellegrino. «È ancora un po' freddo. Ma si scongelerà».

Le contrazioni involontarie del *Musculus zygomaticus major* e del *Musculus orbicularis* indicano un sorriso vero. Pellegrino se lo era annotato nel suo dizionario delle osservazioni quotidiane.

La muscolatura intorno agli occhi di Hodder Morkel, che nonostante le condizioni di scarsa illuminazione era chiaramente osservabile, non si muoveva neanche un po'. I suoi occhi erano inespressivi come quelli della lampreda morta nel cui corpo si trovava fino a meno di un minuto prima.

Ed ecco che, nella mente di Pellegrino, le cose si collegarono e lui comprese, era cristallino. Tutto questo era innaturale. Innaturale almeno quanto gli avvenimenti nel Polidorium. Hodder Morkel gli aveva mentito! E le persone che mentono

non sono brave persone. Avrebbe dovuto seguire il suo istinto.

«Ovviamente» sussurrò a se stesso «ho commesso un grosso sbaglio». Si lasciò sprofondare nel fango.

«Ma no, camerata!» Hodder Morkel si chinò verso di lui e si accovacciò fino a portare il viso molto vicino agli occhiali di Pellegrino, tanto che questi si sarebbero appannati se l'uomo avesse avuto ancora una qualche funzione respiratoria. Ma i polmoni del baleniere morto avevano esalato l'ultimo respiro più di cento anni prima. La sua pelle, la barba, le ciglia e le sopracciglia, tutto era bianco, congelato, ma gli occhi brillavano di un azzurro glaciale. Innaturale.

«Non è stato uno sbaglio. Hai fatto ammenda per ciò a cui mi ha ridotto tua madre, quella donna malvagia, e mi hai liberato» mormorò.

Pellegrino credette di aver capito male. «Mia madre? Ma mi hai detto che è stato Hein a ridurti così».

Ma evidentemente Hodder Morkel non era più in vena di dare spiegazioni. Rise di nuovo con la sua risata fredda e morta. «Ora posso viaggiare dappertutto... Prima, naturalmente, ho riavuto il mio corpo. Sììì.

Quale straordinaria fortuna che mi abbia aspettato per tutto questo tempo nel Mar Glaciale Artico». Soddisfatto, si accarezzò la giacca da marinaio mezza congelata. «Ma a che cosa serve che un marinaio abbia le bandiere ma non una nave, vero, camerata? Poi mi riprenderò il mio arpione... e la mia casa!» Fissò i suoi occhi azzurro ghiaccio su Pellegrino. «Tutto sarà come prima. Grazie a te, camerata. Sììì. Sarò eternamente bendisposto nei tuoi confronti, Polidori!»

«Tu non lo intendi per davvero, giusto? Che sarai bendisposto nei miei confronti? È...» Pellegrino non riusciva a pensare alla parola che Roberta aveva usato.

L'aveva cercata sul dizionario e significava che uno diceva una cosa ma ne intendeva un'altra. Ma non era questo il punto. Quello era il primo pensiero che gli era venuto in mente. Che cos'è che era? Oh, tutta quella faccenda andava oltre alle sue capacità...

«Sììì. Non si può sempre credere a tutto ciò che dice un vecchio baleniere. Soprattutto se è morto!»

Per tutto il tempo, il ghigno non aveva abbandonato gli angoli della bocca di Hodder Morkel. E nemmeno quando afferrò la nuca di Pellegrino con una mano gelida e lo sollevò in aria.

Contare i corvi era diventata un'abitudine per Petronella. In un certo senso, era arrivata ormai a trovare rassicuranti i rauchi richiami dei suoi compagni pennuti. Finché gli animali erano presenti e mantenevano l'equilibrio, non era ancora andato tutto a rotoli. E per lei, Petronella, era sempre stato come lasciarsi un'opzione aperta. Come se potesse ancora scegliere di stare dalla parte della natura selvaggia e contro l'eternità nel Polidorium, come Musgret e gli altri, se avesse voluto. La rendeva ancora più nervosa il fatto che quella mattina i rami del Tiglio Morto restassero vuoti. Anche la pensilina della fermata dell'autobus se ne stava abbandonata al vento costiero ai piedi dell'argine e durante il tragitto verso la scuola guardò fuori cercando invano le ombre svolazzanti in cielo.

Mi staranno già aspettando sul faggio rosso di fronte alla mia classe, pensò speranzosa...

...e rimase delusa nello scoprire che tra il fogliame autunnale rossoarancio non si vedeva nemmeno il più piccolo puntino nero.

Poi capì: i corvi l'avevano abbandonata.

Tu li hai, degli amici, Nelli. Forse non sempre quelli che vorresti. E alcuni li riconosci solo quando non ci sono più. Quando la dottoressa Stella aveva detto queste parole a Petronella, lei non aveva saputo che farsene. Ma ora aveva capito. E faceva male. Perché oramai era troppo tardi. Gli animali si erano arresi.

Era stata davvero la decisione giusta stringere un patto con le tenebre?

Quella notte non aveva chiuso occhio e aveva continuato a chiedersi che cosa avrebbe dovuto fare. Tornare di nuovo a Hollismoor a cercare Pellegrino? Ma gli sguardi vacui dei nonni una volta tornati a casa dopo le nuove ricerche le avevano tolto il coraggio non appena era germogliato.

Quando Petronella dovette dire loro che anche Roberta era sparita, quasi le si spezzava il cuore. Per ore, in tre, avevano setacciato il Polidorium da cima a fondo. Roberta restava sperduta nelle profondità di quella strana casa, sempre che fosse possibile.

Quella mattina, prima che Petronella sgusciasse inosservata fuori dalla porta d'ebano, aveva origliato i nonni seduti al tavolo della cucina. Non ne aveva intenzione, ma quando aveva visto quei volti afflitti, aveva indietreggiato e si era fermata in corridoio, faccia a faccia con la gru impagliata.

«Temo che Oscar avesse ragione, Pernell».

«Su che cosa aveva ragione, mia cara?»

«È stato un errore. I bambini non appartengono a questo

posto. Pernell! Hai visto che cos'è successo. La Pendola della morte va all'indietro. Dobbiamo mandare via Petronella. Perché non capiti qualcosa anche a lei!»

La consapevolezza aveva colto Petronella alla sprovvista: ora era davvero da sola.

I corvi e, lo percepiva, anche gli altri animali le avevano voltato le spalle.

Pellegrino e Roberta non c'erano più. I suoi genitori non c'erano più.

Dunque il momento era giunto.

Avrebbe perso anche i suoi amati nonni e la sua nuova meravigliosa casa.

Non aveva più nulla da perdere, insomma.

Ma non avrebbe rinunciato a tutto senza combattere. E sapeva anche da dove avrebbe cominciato.

Naturalmente Petronella non riuscì a concentrarsi sulla lezione nemmeno per un secondo. Passava nervosa le dita sui bordi frastagliati del corno di conchiglia, pensando alle creature spettrali intrappolate all'interno, in attesa che arrivasse il loro momento.

Era così assorta nei suoi pensieri che non notò subito il bigliettino.

«Petronella! Ehi! Psst!» Quel sussurro eccitato proveniva da Linnéa LeVander, che si era sporta accucciandosi verso di lei. «Leggi! Tranquilla, non sono più incavolata con te. Ci ho riflettuto. Capita a tutti di perdere le staffe. Cioè, in realtà a me finora non è mai successo. Però alla fine il detto è: mai dire mai!»

Con la fronte aggrottata, Petronella dispiegò la pallina di carta da parte di Linnéa.

In quel momento suonò la campanella di fine lezione.

Cosa ci faccio qui? pensò Petronella. *Quasi tutta la mia famiglia è scomparsa e io sono seduta qui a scuola a leggere degli stupidi bigliettini. Adesso basta!*

All'improvviso si alzò e raccolse le sue cose.

«Allora? Fantastico, vero? Che l'abbia scoperto? Come la usiamo ora quest'informazione?» Raggiante, Linnéa LeVander le si parò davanti e puntò con il dito il pezzo di carta sgualcito che Petronella, incurante, aveva lasciato sul suo banco.

«Non lo so come *tu* lo userai» sbuffò Petronella. «Ma *io* ora me ne vado».

«Dove?»

«Da qualche parte dove non ci sei tu». Petronella si meravigliò di quelle parole dure.

Ma Linnéa non si lasciò scoraggiare tanto facilmente. «Ehi! Aspetta un attimo!»

Petronella la ignorò e si diresse al banco di Marie-Hedwig. Ora o mai più. Fece un respiro profondo. «Dov'è mio fratello? Che cosa gli hai fatto?»

Marie-Hedwig non si preoccupò di alzare lo sguardo dallo zaino che stava già riempiendo. «Vattene, becchina. Non so di cosa parli». Sbadigliò.

«Ammettilo! Sei in combutta con Hodder Morkel!»

Marie-Hedwig sembrò bloccarsi a metà di un movimento. Per un attimo sembrò... colta in flagrante. Allora era così. Petronella aveva ragione.

Le tese la mano. «Okay. Te la sei cercata. Ti sfido a duello».

Fino a poco tempo fa, si sarebbe morsa il labbro e si sarebbe sentita una stupida dopo una frase del genere. Ma quei giorni erano finiti.

Linnéa, ancora in piedi dietro di lei, fece una risatina nervosa: «È una battuta, vero, Petronella? Un senso dell'umorismo un po' strano, però...»

«Zitta tu!» la investì Petronella.

Ora Marie-Hedwig alzò lo sguardo su di lei. Emanava un bagliore potente, così luminoso che Petronella non riusciva a credere che gli altri in classe non l'avessero notato. Il volto della sua acerrima nemica era pallido e gli occhi scuri e incavati. Sembrava stanca, quasi malata.

Ma Petronella non provava alcuna pietà. Al contrario. «Oppure dimmi di tua spontanea volontà che cosa ne hai fatto di mio fratello. Per l'ultima volta, dov'è Pellegrino?» Il mormorio della classe si spense. Anche Linnéa taceva. Ancora una volta, tutti gli occhi erano puntati su Petronella.

Marie-Hedwig le rivolse uno sguardo attento. Fissò la mano che Petronella le tendeva ancora per invitarla. I suoi occhi lampeggiarono. «Non so di che cosa parli». Afferrò la mano di Petronella. «Ma sarebbe troppo scortese rifiutare un invito così gentile, vero? Mi chiedo...»

«Stasera» la interruppe Petronella. Aveva perso, oltre a tutto il resto, anche la pazienza. Con voce sommessa aggiunse brusca: «Dopo il tramonto. Qui a scuola».

Ci aveva pensato bene.

Marie-Hedwig le stringeva ancora la mano. Le sue dita erano fredde e addormentate.

«Le regole di un duello» disse, strascicando le parole, «prevedono che la persona sfidata possa scegliere il luogo. Non lo sapevi, per caso?»

Petronella inspirò, secca.

«Sì, va bene» rispose, asciutta. «Dove?»

«Alla Harrys, la fabbrica di liquirizia e marzapane. Ti aspetterò».

Il sorriso zuccheroso di Marie-Hedwig si indebolì un po' più del solito. Questo non sfuggì a Petronella. Ma era comunque altrettanto perfido.

«Aspetta un attimo, Petronella!» Linnéa LeVander si era affrettata a seguirla nel corridoio deserto della scuola, con le scarpe di vernice che ticchettavano.

Era iniziata la seconda ora, e tutti erano seduti nelle proprie aule.

«Non devi andare a lezione?» mormorò Petronella, senza voltarsi.

«Anche tu. Che cosa hai intenzione di fare?»

«Devo andare in bagno. Qualcosa in contrario?» In realtà, Petronella non voleva raggiungere una meta particolare. Solo andare via, starsene in pace e attendere il calare delle tenebre.

Ma Linnéa sembrava seria. Sgusciò nel bagno delle

femmine dietro Petronella e continuò a parlarle. «Devo discutere con te di una cosa importante!»

«Per favore, vai via». Petronella entrò in un cubicolo e sbatté la porta in faccia a Linnéa. Voleva stare da sola, quella ragazza invadente non afferrava il concetto?

«Il libro. Mia zia... mi ricordo l'ultima volta che ci siamo parlate. Era tutta infervorata e mi raccontava di una lista nera».

Petronella era ancora così sconvolta che faticava a ragionare. «Sì?»

«Non so perché, ma quel libro potrebbe essere pericoloso».

«Che libro è che era?»

«S'intitola *Manuale per viaggiatori nel sonno*».

«E che cosa dovrebbe essere?»

«Non lo so! Ma mia zia ha detto che è pericoloso!»

Forse Marie-Hedwig ha tratto da lì le informazioni su di noi, rifletté Petronella. *Ma come? Tutto questo non ha senso...*

«Quindi secondo te con questo libro Marie-Hedwig può fare delle cose pericolose?» chiese a Linnéa.

«Eh? No!» gridò Linnéa. «Noi dobbiamo aiutare Marie-Hedwig!»

Aiutare Marie-Hedwig?

Mentre Linnéa pronunciava quelle parole, lo sguardo di Petronella si soffermò sugli scarabocchi tutt'intorno a lei. Più della metà riguardavano i vari modi per sbarazzarsi dei nipoti dei becchini. Alcuni erano stati cancellati, ma se ne erano aggiunti sempre di nuovi. Questi qui erano tutti contro di lei. Linnéa LeVander non faceva eccezione. Era chiaramente dalla parte di Marie-Hedwig. E dunque dalla parte sbagliata.

Fu quello il momento in cui nel bagno della scuola calò

il buio. Petronella non l'aveva voluto. Ma mentre i sussurri e gli scricchiolii si facevano più forti, mentre il freddo umido lentamente si diffondeva intorno a lei, si sentì meglio.

«Ehm, lo noti anche tu? Perché di colpo è così buio qui dentro?» La voce di Linnéa dall'altra parte della porta della cabina si fece stridula. «E fa così freddo? E cosa sono questi strani rumori? Petronella? Perché non dici più niente?»

Petronella si alzò dalla tavoletta del water e spalancò la porta della cabina. Linnéa si era infilata tra i lavandini e si guardava intorno con ansia. Ora si accorse di Petronella.

«Ah, bene... Dai, andiamo... Oh!» Aprì gli occhi e si allontanò da Petronella. «Sei tu, non è vero? Lo stai facendo tu... Oh, Dio!»

Con un'espressione di panico sul volto, si abbassò e sfrecciò sotto i lavandini verso la porta. Ma quando vi si gettò contro... la porta rimase chiusa. Riprovò con tutte le sue forze, ma senza successo. Poi si girò lentamente e si appoggiò alla porta, con il viso contorto dalla paura.

Sussurrò: «Okay. Okay. Ti prego, Petronella, lasciami andare. Io non ti ho fatto niente».

«Non sono io, sono loro...» Petronella si guardò intorno. Percepiva che erano lì, ma non li vedeva. Doveva essere Dita Gelate. Era uscito dal corno di conchiglia perché l'aveva desiderato lei. Era stato un piccolo, minuscolo pensiero, così piccolo che lei stessa non se ne era quasi resa conto.

«Apri la porta, Dita Gelate. Lasciala uscire!» comandò ora.

Linnéa la fissava, ma non osava muoversi.

«Ora puoi andare». Petronella le fece un cenno con la testa.

Tremando, Linnéa mise la mano sul pomello... e riuscì ad aprire la porta. Senza guardarsi indietro, si infilò nello spiraglio.

Quando Petronella fu sola, lentamente la luce tornò. Insieme all'oscurità, erano scomparsi anche i sussurri, gli scricchiolii e la sensazione di freddo umido. Dita Gelate si era ritirato.

Petronella uscì dai bagni provando sentimenti contrastanti. Con gli occhi della mente, continuava a rivedere l'espressione di panico di Linnéa. Era stata lei a provocarlo. Mai in vita sua Petronella aveva spaventato qualcuno o anche solo sentito il desiderio di farlo. Ma ora, rifletté, era l'unica cosa che riusciva ad aiutarla.

Io sono forte, pensò stupita. *Possiedo il potere oscuro.*

Nella vita di Roberta, raramente c'erano state situazioni in cui non aveva escogitato un piano. Certo, i suoi piani non erano sempre andati a buon fine, però l'avevano sempre portata da qualche parte. Avanti. Ora, tuttavia, si era ritrovata in una situazione in cui avanti non si poteva andare, da qualsiasi angolazione la si considerasse.

Era in trappola. Nel vero senso della parola.

Ridicolo! L'ultima volta che si era sentita così irrimediabilmente persa era stato quando aveva tre anni e si era chiusa nell'armadio a casa degli altri nonni. All'epoca, voleva soltanto dare una leccatina alla piccola chiave lucida per controllare se aveva lo stesso sapore della maniglia della porta, ma tutt'a un tratto, chissà come, l'aveva ingoiata. Da allora non aveva mai più fatto nulla di tanto infantile. C'erano volute ore prima che qualcuno la liberasse. Da quel momento in poi si era ripromessa che non sarebbe mai più rimasta senza far niente ad aspettare l'intervento di qualcun altro. Ci avrebbe sempre pensato da sola.

E ora, undici anni dopo, si ritrovava di nuovo seduta come una bambina e non sapeva che cosa fare. Solo che non era nella noiosa casa a schiera degli altri nonni e non era in un armadio, bensì nel Polidorium e in una botola attraverso la quale era finita in un sotterraneo.

Comunque. Daphne, la coraggiosa matematica, uno dei personaggi preferiti di Roberta nella serie di Miss Moonpenny, nel quinto libro perdeva la vita in un sotterraneo. Quindi, se non altro, era un luogo del tutto appropriato per morire. Stranamente, quello non era affatto un pensiero confortante.

Roberta spense la torcia frontale per risparmiare la batteria.

A quanto pareva, avrebbe dovuto resistere laggiù per molto tempo... Si faceva pena da sola, seduta lì sul freddo, duro pavimento di pietra.

Intorno a lei era buio. Tranne che per la debole luce del giorno che filtrava dalle fessure della botola e gocciolava lungo le pareti come un pallido rivolo...

Alzò la testa. Di solito la luce non si comportava così. Quella non era affatto luce! Era qualcosa di più o meno vivo. E cresceva sempre di più.

Presa dal panico, Roberta si infilò in un angolo buio e si rannicchiò, con il viso premuto contro le ginocchia.

Non voglio ancora morire! pensò. *Voglio ancora leggere tanti libri. E diventare famosa. E anche fare amicizia con Luk Schrödersen...*

Roberta tirò su con il naso e cercò di ricordare quello che il nonno aveva letto nella Cronaca di famiglia. Qualcosa sull'osservare... e sull'agire... e...

«Forza, Roberta Polidori, domina la paura» gemette a denti stretti. «Devi osservare e...»

Guardò il punto in cui la pozza di luce continuava ad accumularsi come una stalagmite in timelapse, e a prendere forma.

Infine, la cosa raggiunse le sue dimensioni complete, e il fatto che ora Roberta riconoscesse chi le stava di fronte non migliorò affatto la situazione. Lei non si mosse di un millimetro e lo fissò.

«Ah, che cosa hai fatto» disse Hein, con gli occhi tristi fissi su Roberta.

Pellegrino doveva aver perso conoscenza. Si svegliò perché qualcosa era cambiato. Sì. Era stato il silenzio improvviso che aveva seguito il boato, il trascinio e il rimbombo.

Aveva percepito tutto come attraverso un velo, perché l'odore di legno marcio e melma gli aveva tolto il respiro. Ma evidentemente si trovava in una specie di cassa. E qualcuno aveva spostato la cassa. Con lui dentro.

«Aiuto!» gridò, picchiando entrambi i pugni contro il coperchio finché non gli tornarono le vertigini.

Un colpo pesante dall'esterno contro il coperchio lo fece trasalire.

«Stammi a sentire, camerata. Se stai tranquillo, ci vorrà più tempo» sentì la voce smorzata di Hodder Morkel sopra di lui. «Ma se ti agiti e urli, farà più male. Credimi, io so bene di cosa parlo».

Una risata sommessa. Ma che non infondeva alcun calore a Pellegrino, come accadeva quando ridevano Petronella e

Roberta. Quella risata era fredda. Doveva esserci una parola anche per questo, ma Pellegrino non l'aveva ancora annotata nel suo dizionario di tutti i giorni.

«E allora di che cosa parli, di preciso?» squittì.

«Te lo spiego io, camerata. Ti trovi sotto il punto più profondo dell'Atlantico».

Il coperchio tremò, a quanto pare Hodder Morkel si era seduto sopra la cassa.

Pellegrino dimenticò le membra doloranti e il fetore della cassa. Quando si concentrava a pensare, automaticamente faceva respiri superficiali.

Hodder Morkel lo aveva dunque davvero portato nell'abisso Milwaukee, cioè nel punto più profondo dell'Oceano Atlantico?

Ma no, anche se Hodder Morkel non era più un vero essere umano, Pellegino restava pur sempre un normalissimo *Homo sapiens*. E il suo corpo non poteva resistere alla pressione di oltre ottomila metri di profondità.

No, era tornato nel Polidorium e... sì, esatto! Anche qui c'era un abisso Milwaukee, anche se era soltanto una parola sul tappeto con la mappa del mondo in biblioteca.

«Sono sotto la biblioteca» gemette. «Sicuramente la mia famiglia verrà presto a prendermi».

«Sììì. Nessuno sa di questa stanza. Tranne me. Chi meglio di me, DIMMI, sa muoversi in questa casa, la mia casa, eh, Polidori?» La pressione sul coperchio si allentò e Pellegrino udì i passi di Hodder Morkel che schioccavano sul terreno umido.

«Di sicuro ti sarà venuto in mente che ci troviamo su un promontorio. Una bella idea che ho avuto io, la Grotta della marea. Sai perché si chiama così?»

Pellegrino deglutì. «Perché sta arrivando l'alta marea» sussurrò. «Riempirà questa stanza sotterranea dell'acqua del mare, e poi annegherò dentro questa cassa».

Capitolo 14

La scoperta dell'oscurità

«Ora mi porti con te?» Le parole sulla bocca di Roberta sembravano quelle di qualcun altro.

«Portarti con me? Dove?» Il viso di Hein, con i profondi occhi neri, nonostante il buio si vedeva distintamente.

Di sicuro un qualche trucco soprannaturale.

«Non fare finta». Roberta strinse i pugni. «Ora so chi sei. O meglio, che cosa sei».

«La tua ora non è ancora giunta, Roberta. Perché tanta rabbia?»

Roberta abbassò i pugni. «A-ha. *Quindi la mia ora non è ancora giunta.* E tu come diavolo fai a saperlo?»

«Lasciamo il diavolo fuori da questa storia» disse Hein.

In quel momento le pareti del sotterraneo cominciarono a tremare.

Roberta sentì il pavimento ruotare sotto di lei. Lentamente, uno dei lati della parete si aprì a rivelare una stanza. Roberta riconobbe una dozzina di bare allineate, ma la sua attenzione fu catturata dall'uomo alto, con il viso da ragazzo, con indosso una specie di uniforme da marinaio, che se ne stava in piedi di fronte a loro con le braccia aperte.

«Che peccato! Il gioco è appena cominciato» sussurrò

l'uomo, con la bocca che si contorceva in un ghigno sotto i baffi biondi.

Roberta lo riconobbe dalla fotografia sul quaderno del dottor Oscar.

Era il baleniere.

Quello a cui questa casa era appartenuta, prima che diventasse il Polidorium.

E che era morto da più di cento anni...

«Io non gioco più, Hodder» disse Hein.

«Sei sempre stato un guastafeste, fratello». La voce del baleniere era bassa e suadente, ma gli occhi rimanevano vacui.

Se Hein era quello che Roberta sospettava... allora chi o che cosa era suo fratello?

Roberta si sentì male.

Non si domandò come si fosse cacciata in questa situazione. Non pensò al fatto che si trovava in uno scantinato con due fratelli morti da molto tempo e che nonostante ciò ora erano qui come due persone vive.

Non pensò a nulla.

Si limitò a fissare le scale che salivano, così vicine eppure così irraggiungibili.

«Tu non sei mio fratello« rispose Hein. «Mio fratello è rimasto da qualche parte nel Mar Glaciale Artico»

«Giààà». Il baleniere guardò il soffitto e finse di riflettere. Il suo ghigno insidioso si accentuò. «Eppure, eccomi qui. Ecco il Nostromo Morkel in carne e ossa, non è vero? Be'... ma come avrò fatto?»

Trionfante, infilò le mani nelle tasche della giacca da marinaio e si avvicinò a Hein finché i due si trovarono così vicini che le loro fronti quasi si toccavano. Erano quasi alti uguale, biondi uguale e scarni uguale.

E morti uguale.

«Un'altra Polidori». Il baleniere girò di scatto la testa verso Roberta. Lei avvertì un brivido gelido quando il suo sguardo la incontrò.

«Lasciala fuori da questa storia» disse Hein.

«Ma perché mai?» Hodder cantò le parole come una filastrocca per bambini. «Il piccoletto è stato molto utile». Ridacchiò. «Vediamo che cosa sa fare questa».

«Lasciala stare» ripeté Hein.

Il piccoletto. Poteva riferirsi solo a Pel.

«Dov'è mio fratello?» strillò Roberta.

Non credeva che la paura che provava sarebbe potuta aumentare. Ora sembrava crescere a dismisura.

Perché non si trattava solo di lei, come ormai le era più che chiaro.

«Lui è nel posto dove presto finirete tutti voi Polidori. Questa casa...» Hodder mosse un passo minaccioso verso Roberta «...è mia!»

Per proteggerla, Hein si piazzò di fronte a Roberta.

Hodder rise, un suono basso, maligno. Tirò fuori dalla tasca della giacca la mano che stringeva una piccola cosa bianca, che buttò per terra davanti a Hein con un gesto provocatorio. Si spezzò in due.

Roberta riconobbe due piccole teste, ciascuna con un grottesco ghigno ringhioso. Era la strana statuetta della cassa in soffitta.

«Osso di capodoglio» sputò Hodder. «Non è fatto per durare in eterno».

«Avevo nascosto il Tupilak da te» disse Hein con voce monocorde.

«Già. Non abbastanza bene. Il piccolo Polidori l'ha trovato per me. È stata una faticaccia spiegargli che, tra noi due, eri tu quello cattivo».

«Hai fatto qualcosa a Pel» ansimò Roberta.

Il pensiero che il fratellino fosse finito nelle grinfie di quel mostro quasi le toglieva il respiro.

«È stata una preda facile come la ragazzina di allora». Il baleniere ridacchiò, poi sospirò come se ripensasse con nostalgia a un bell'aneddoto. «Come si chiamava? Margret? Ma è stato tanto tempo fa. Non è vero, fratello? Neanche tu sei riuscito a salvarla. Lei, come tanti altri. E ora...» Da un momento all'altro, il sorriso scomparve dal volto di Hodder ed egli fissò lo sguardo su Hein. «... hai perso definitivamente».

In quell'istante, Roberta notò un movimento fugace vicino alle bare.

Una creaturina luminosa volò nell'aria lanciando un urlo che le attraversò le ossa. Atterrò dritta sulla faccia di Hodder.

«Puffi!» urlò Roberta.

Hodder Morkel barcollò all'indietro con un urlo rabbioso, stringendosi per la sorpresa la fronte sanguinante. Hein prese la mano di Roberta. Corsero su per le scale. Prima di aprire la porta della cantina,

Hein si voltò e disse: «A quanto pare, hai dimenticato che avere un corpo ha anche degli svantaggi».

Il crepuscolo calò sulle ciminiere bianche della Harrys, la fabbrica di liquirizia e marzapane, avvolgendo l'edificio rosa come un mantello scuro. I soffi e gli sbuffi per oggi erano cessati, ma l'odore era ancora pesante nell'aria.

Petronella spinse una delle ante del cancello di ferro e fu quasi sorpresa quando si spalancò di colpo. Inclinò il capo all'indietro e guardò in alto. Il cielo era sempre vuoto. Questa volta i corvi non l'avrebbero aiutata.

Ma lei non aveva più bisogno del loro aiuto.

Si tastò il collo per trovare il corno di conchiglia e fece un respiro profondo. L'aria sapeva di zucchero e di sale. Poi si diresse con passo deciso verso la porta dipinta di rosa ed entrò.

Nell'ultima debole luce del giorno che filtrava da una piccola fila di finestre in alto, si rese conto di trovarsi in un'enorme sala dai soffitti altissimi. La stanza era popolata da tanti mostri addormentati, che a una seconda occhiata si rivelarono essere macchinari e tini tutti diversi.

Petronella si rannicchiò dietro un grosso boiler e attese. Qualcosa si era mosso, là vicino ai nastri trasportatori? E non si sentiva una risatina, forse di Ode, il ragazzo con le lentiggini, e dei suoi amici? Ci sarebbe stata anche Linnéa LeVander? Comunque, non importava. Qui non aveva più bisogno di un'amica. Dopo quella notte, qualunque cosa fosse accaduta, i suoi giorni a Tildrum sarebbero stati contati.

Petronella si alzò e camminò fino al centro della sala.

«Sono qui!» chiamò. La sua voce riecheggiò tra le alte pareti.

Nessuna risposta.

Ma ecco... un leggero ronzio, e le lampade al neon in fondo alla sala si accesero, poi quelle accanto, e a poco a poco la fabbrica si riempì di una luce fredda e sobria. Petronella socchiuse gli occhi. Si udì un crepitio e un fruscio dal soffitto, poi tutt'a un tratto risuonò una melodia zuccherosa, e un delizioso coro cantò:

«*Dal lattante all'uom di mare:*
tutti Harrys fa impazzire
con la liquirizia e il marzapane!»

Alle spalle di Petronella, qualcuno canticchiava piano a bocca chiusa.

Si voltò di scatto e dovette alzare l'avambraccio per coprirsi gli occhi. Le sue pupille si erano appena abituate alle abbaglianti luci del soffitto, ma ciò che vedevano ora era ancora più luminoso di tutto ciò che la circondava. Nel bel mezzo di un bagliore accecante, c'era qualcuno in piedi. Petronella riconobbe prima il cappotto rosso ciliegia, poi i riccioli d'oro da un lato e la testa rasata dall'altro.

Marie-Hedwig era venuta da sola.

Smise di canticchiare. Petronella abbassò il braccio e si costrinse a guardarla. Notò con perplessità che la sua acerrima nemica aveva qualcosa che non andava. La postura non era più fiera ed eretta, bensì un po' china, gracile perfino, come quella di una vecchina. Il viso era infossato e gli occhi erano profondamente incavati. Ma emanava una luce più brillante e radiosa che mai.

«Benvenuta, becchina». La voce di Marie-Hedwig era

così flebile che Petronella riuscì a malapena a capirla, ma la sfumatura beffarda nel tono non si poteva comunque ignorare.

Il coro registrato intonava a ripetizione la canzoncina pubblicitaria. «*Dal lattante al'uom di mare...*»

«Che ti succede?» chiese Petronella.

Marie-Hedwig le rivolse un sorriso dolce e fece un altro passo verso di lei.

«*... tutti Harrys fa impazzire...*»

«Resta dove sei!" Petronella afferrò il corno di conchiglia dal collo e si preparò.

«Che maleducata. Si saluta, prima, non te l'hanno insegnato i tuoi genitori prima di sparire?»

« *... con la liquirizia e il marzapane...*»

Petronella strinse più forte il corno di conchiglia. Avvertì un lieve fremito al suo interno, e questo la rassicurò. *Non ancora. Aspettate un momento*, pensò, e disse ad alta voce: «Lascia perdere. Non voglio nemmeno sapere che cosa ti è successo. Voglio solo sapere che cos'hai fatto a Pel. Riportami mio fratello!»

Marie-Hedwig mosse le labbra, ma ora parlava così piano che Petronella non riusciva a capire una sola parola. Esitò un attimo, ma la sua pazienza era terminata.

Con tre passi si era avvicinata così tanto a Marie-Hedwig da riuscire a scorgere le occhiaie scure che aveva sotto gli occhi.

«Sputa il rospo!» disse, disgustata, fissando con impazienza la sua acerrima nemica.

«Che peccato» sussurrò Marie-Hedwig. «Io credevo che fossimo allo stesso livello. Ma credo di essermi sbagliata. Tu sei ordinaria e stupida come tutti gli altri». Fece un respiro pesante. Le parole sembravano richiederle tutte le sue forze. «Io. Non. So. Dove. Sia. Il. Tuo. Stupido. Fratello».

Come una seconda Marie-Hedwig più grande, più luminosa, traslucida, la luce che irradiava ora si mosse in modo indipendente e si ingrandì. Petronella indietreggiò quando un braccio risplendente la raggiunse.

Ora! pensò e sollevò il corno di conchiglia.

Insieme ai topi, al freddo umido e alle bizzarre creature, arrivò l'oscurità. Si riversò dal corno di conchiglia e inondò la sala fino a spegnere ogni briciola di luce al neon. Il nastro dell'inno di Harrys cominciò a ronzare e la melodia si spense.

Quasi le dispiaceva per Marie-Hedwig quando i passi pesanti e rimbombanti si fecero vicini e Petronella vide l'espressione sorpresa sul volto della sua acerrima nemica. Non ebbe bisogno di guardare, perché sapeva già chi stava avanzando verso Marie-Hedwig e la stava raggiungendo con braccia lunghe e forti.

«Te l'ho detto: la tua ora non è ancora giunta». Hein strinse la mano di Roberta.

«Perché mi stai aiutando? Chi sei tu? E chi diavolo è Hodder Morkel?»

«Eravamo fratelli. Una volta».

«Hein, adesso devi raccontarmi tutta la storia».

Si era fatto buio e le onde si infrangevano sempre più selvagge sulla sabbia della spiaggia di Tildrum. La marea stava salendo. Sulle dune soffiava un vento sensibilmente freddo. Roberta stava congelando con il maglioncino. Quando erano corsi fuori non si era preoccupata di prendere una giacca. Anche Hein indossava solo la camicia bianca sopra i pantaloni color terra con le bretelle vecchio stile.

La sua voce morbida quasi si perdeva tra il vento e le onde quando iniziò a raccontare:

«Molto tempo fa, ricevetti la notizia che mio fratello era disperso nel Mar Glaciale Artico. Qualche settimana dopo, arrivò qui la sua cassa da marinaio. Intuii subito che in tutta la faccenda c'era qualcosa di sospetto. Non mi meravigliai. Era stato così quand'era vivo, quindi perché non da morto?» Si rigirò tra le dita le due metà della statuetta; Roberta non si era nemmeno accorta che se l'era infilata in tasca. «Era un'usanza tipica del popolo del Mare Glaciale Artico. Be', suppongo che lo sia ancora».

«Un'usanza? Che tipo di usanza?»

«Un oggetto come questo» le porse la statuetta rotta con le due teste «loro lo chiamano tupilak. Questo qui è stato ricavato da un dente di capodoglio. Non so se all'epoca qualcosa sia andato storto con l'incantesimo o se sia stato intenzionale, ma a quanto pare l'anima di Hodder fu confinata qui dentro. Allora, là fuori, da qualche parte nel Mar Glaciale Artico. Quando la sua cassa da marinaio fu rispedita a bordo di una nave passeggeri, il tupilak si trovava al suo interno. E all'improvviso era tornato. Mio fratello era tornato. Non puoi immaginare che orrore quando lo incontrai in cantina quella notte».

«Be', un po' sì...» Roberta rabbrividì non solo per il freddo, ripensando al ghigno vacuo di Hodder Morkel. «E poi che cos'è successo?»

«Fuggii, Roberta. Fuggii più veloce che potevo e mi lasciai

alle spalle la casa, con tutto il terrore che conteneva».

«E poi?»

Per un po' Roberta e Hein camminarono in silenzio, fianco a fianco, lungo l'argine. Poi lui disse: «Abbandonare la casa è stato l'errore della mia vita».

Hein si fermò e guardò il mare. La luna faceva sembrare i suoi occhi ancora più neri del solito. Roberta voleva allungare una mano e posargliela sulla spalla per confortarlo. Ma qualcosa la fermò. Da Hein emanava una tristezza indicibile, per la quale non sembrava esserci consolazione.

«Tutto cominciò con la piccola Margret». Le parole gli colarono pesanti dalle labbra.

«Chi...?» Prima che Roberta potesse terminare la domanda, l'immagine si delineò nella sua mente.

Hein annuì. «Una volta era una bambina. Ingenua e curiosa come un gattino. La casa era vuota già da un po' quando osò entrare. Come è tipico dei bambini, voleva esplorare il vecchio rudere». Hein si voltò e guardò il Polidorium, che solitario stava aggrappato alla punta del promontorio. «Non avrebbe mai più trovato la via d'uscita. Fino a oggi. Lui se ne assicurò. Triste e sola, vi trascorse i suoi ultimi giorni e la sua unica compagnia furono i topi...»

«...e divenne Musgret». Roberta voltò le spalle al Polidorium. I denti le si chiusero sbattendo e si strinse nelle braccia.

«Fu la prima» proseguì Hein. «Dopo di lei venne Hortensia Polidori. Quando si trasferì a casa di Hodder, dovetti intervenire. Le offrii i miei servizi di giardiniere, ma non riuscii a impedire la sua morte. Soprattutto ciò che diventò in seguito. La tua proproprozia era una bella testa dura, sai».

Il vento strattonava i capelli di Roberta e le soffiava in faccia gocce salate. «E poi che cos'hai fatto?»

«Sono morto».

Due parole, sottili e sommesse come onde morbide, eppure per poco non fecero cadere Roberta. Anche se già lo sapeva, che Hein fosse morto; era una realtà così mostruosa, così difficile da accettare. Barcollò e si ricompose.

«Io non sono Hein. O Heiner. O Heinrich. Non sono più un essere umano, diventai ciò che dovevo essere per mantenere l'equilibrio. Quando capii come funzionava l'incantesimo, riuscii a legare al tupilak anche la mia anima. Sono rimasto per fare in modo che l'oscurità che alimenta Hodder sia tenuta a bada. E questo legame rimane saldo. Anche se il tupilak si rompe».

«Ti sei sacrificato». Roberta sentì che il liquido salato sulle sue guance non proveniva solo dal mare. Le dispiaceva di aver fatto un torto a Hein quando, con rabbia, l'aveva chiamato fantasma. Lui era molto di più. «Hai dato la tua vita per salvare le altre anime. Per mostrare loro la strada, se non fossero riuscite a trovarla da sole».

Hein annuì, con un cenno appena percettibile. «Purtroppo non ci sono riuscito con tutte. Margret. Hortensia... e molte altre. Sono ancora prigioniere del Polidorium. Ma ora vieni. Dobbiamo sbrigarci». Accelerò il passo.

«Ma dove stiamo andando?» Roberta si sforzò di tenere il passo.

«Dobbiamo raggiungere tua sorella prima che sia troppo tardi!»

«Petronella? E perché?» Roberta ripensò allo sguardo duro di Petronella e poi si ricordò della Pendola della morte che andava all'indietro. «Ma dobbiamo aiutare Pel! E Puffi!»

Hein si fermò e posò entrambe le mani sulle spalle di

Roberta. «Ti fidi di me?» le chiese.

Lei quasi si perse nel suo sguardo nero, che sembrava assorbire tutto e non lasciare uscire più nulla. Poi annuì.

«Mi dispiace, Marie-Hedwig» sussurrò Petronella.

Ed era vero. Anche se Marie-Hedwig era stata la sua acerrima nemica, anche se l'aveva guardata con occhi così cattivi e aveva detto solo cose malvagie... per qualche motivo, a Petronella sarebbe mancata.

Avvertì l'impulso di tirare il labbro superiore sugli incisivi, ma poi aggrottò le sopracciglia e lasciò perdere. Un capriccio dimenticato, come il ricordo di un sogno, appena tangibile poco dopo il risveglio, prima di scomparire nel buio dell'oblio. Dove si trovava l'altra, insicura Petronella.

Era difficile stare a guardare Musgret che si dirigeva verso la figura stanca di Marie-Hedwig. Il pavimento della fabbrica sembrava tremare sotto il tonfo delle sue scarpe e i piccoli occhi neri erano fissi su Marie-Hedwig.

Poi accadde qualcosa di inaspettato: la grande mano del braccio lungo e forte che Musgret aveva alzato come per colpire Marie-Hedwig rimbalzò di schianto sull'aura di luce abbagliante di quest'ultima, tanto che la gigantessa barcollò all'indietro e nello stesso momento si disintegrò in cento topi.

Petronella capì: fisicamente, Marie-Hedwig era sempre più debole, ma la luce che emanava era più forte e potente che mai. La battaglia non era ancora vinta.

A destra e a sinistra di Petronella si erano schierate le creature del Polidorium: la Zia Morta, Dita Gelate, i bizzarri Lumina, Musgret, che nel frattempo si era ricomposta nella sua forma. Attendevano il comando di Petronella.

Ed ecco che quella alzò le braccia e diede loro il segnale di attacco.

Con le creature, un'ondata imponente di oscurità si mosse verso Marie-Hedwig. Lei attese muta sotto il suo scudo luminoso, che allo stesso tempo si espanse come una Marie-Hedwig di luce sovradimensionata. L'onda scura vi si infranse contro, senza penetrare all'interno. Ma quando Petronella allungò la testa, vide che la sua acerrima nemica giaceva immobile sul pavimento. Gli occhi si Marie-Hedwig erano chiusi, il viso bianco.

Senza pensarci due volte, Petronella alzò il corno di conchiglia e vi soffiò dentro.

Ciò che accadde fu simile alla sensazione che aveva provato spesso negli ultimi tempi, sempre poco prima che si scatenasse il tornado interiore. Solo che ora non solo la sentiva, ma la vedeva e la udiva. Il silenzio si fece totale. Poi l'oscurità, e con essa Musgret, la Zia Morta e le altre creature, rifluì sul pavimento della fabbrica verso Petronella, rientrando di nuovo nel corno.

Infine, la melodia del nastro lentamente li raggiunse di nuovo. Come se nulla fosse successo, il coro intonava la canzoncina vecchio stile sulla liquirizia e sul marzapane.

«Marie-Hedwig!» Petronella incespicò verso la ragazzina stesa sul pavimento. «Ehi, Marie-Hedwig! Svegliati!» Le scosse una spalla afflosciata e cercò con dita frenetiche di controllarne il battito sul collo, come aveva visto fare in televisione.

Chiuse gli occhi e mormorò: «Ti prego, fai che non sia morta, tu non puoi essere morta!»

Prima di riaprire gli occhi e vederlo, percepì la sua presenza.

E quella sensazione eclissò tutte le paure che Petronella avesse mai conosciuto.

Udì la risata sommessa, gracchiante, nello stesso momento in cui scorse la punta delle scarpe, a pochi centimetri dai riccioli di Marie-Hedwig. Erano le scarpe di una persona vera, eppure erano apparse come dal nulla. Alzò lo sguardo, lentamente.

Come se qualcuno camminasse sulla mia tomba. Ecco come si sentì Petronella quando riconobbe i lineamenti ripugnanti, il ghigno nascosto che solleticava gli angoli di quella bocca. Sopra gli occhi freddi, sulla fronte, c'era una ferita aperta.

«Hodder Morkel» disse.

«Un'altra Polidori. Questa, però,» Hodder Morkel le tese una mano «mi sembra più interessante degli altri. Dammi il corno».

E la sua mano...

Petronella non riusciva a staccare gli occhi, anche se quella vista le provocava una stretta alla gola. Non aveva mai visto nulla di simile in vita sua, eppure lo sapeva: quella era la mano di un annegato.

«No!» urlò inorridita e cadde all'indietro, afferrando il raccogli-anime e tenendolo sopra di sé a mo' di scudo. Chiuse gli occhi e mormorò: «*Spiramentum polidorium!* Ho bisogno di voi. ORA!»

Ma nessun tremore attraversò il corno, nessuna ondata di oscurità si riversò fuori. Avvertì invece un colpo attutito. Hodder Morkel con un calcio le aveva tolto il corno di conchiglia di mano. Con uno scricchiolio fin troppo comune, si frantumò sotto la suola della scarpa mentre il baleniere lo schiacciava.

Poi si chinò su di lei e disse in tono lievemente minaccioso:

«Ho creato io questi esseri. Voi Polidori potete anche dare loro i vostri nomi, ma rimangono comunque *miei*!»

Stordita, Petronella si inginocchiò davanti al mucchietto di schegge di gesso e piagnucolò. Era finita. Tutto era finito. Le figure erano sparite, aveva stretto il patto per niente.

«Nelli! Oh, per la miseria, Nelli!»

Passi veloci, poi la voce di Roberta le giunse vicina all'orecchio.

Petronella pianse e sprofondò nell'abbraccio di Roberta. Oltre le spalle della sorella maggiore intravide Hein. Si staccò da Roberta e balzò in piedi.

«Hein! Devi fare qualcosa! Aiutaci!»

«Fratello, te l'ho detto». Hodder lasciò che le parole gli si sciogliessero sulla lingua con gusto. «Hai perso la partita».

«Che ne hai fatto di Pel? E di Puffi?» Anche Roberta si era alzata e aveva preso la mano di Petronella nella sua.

«E io ti ho detto che non gioco più». Hein guardava Hodder, ma nei suoi occhi non c'erano né rabbia né disgusto. Petronella pensò che avesse solo un'aria molto triste, come di chi sa che è giunta la sua ora.

Il sorriso scivolò via dal volto di Hodder come qualcosa di morto, di ormai freddo da tempo.

Immobile, rimase in piedi a guardare Hein chinarsi verso Marie-Hedwig. Come se fosse leggera come una piuma, Hein la sollevò con le sue braccia magre e si voltò per andarsene.

«Oh, te ne pentirai». La fredda ira nella voce di Hodder parve agguantare il collo di Petronella come una mano.

«Correte!» gridò Hein.

«Non posso fare molto per lei» disse Hein «ma è meglio che la riporti a casa».

Petronella fissò la figura immobile di Marie-Hedwig e improvvisamente il suo cuore si fece freddo. Era stata lei ad aver ridotto Marie-Hedwig in quello stato. Come aveva potuto permettere che si arrivasse a questo?

«Forza, Nelli» la chiamò Roberta, con il fiatone. «Dobbiamo tornare al Polidorium, e in fretta!»

Afferrò il braccio di Petronella e la strattonò lungo l'argine nella notte.

«Che abbiamo ancora da fare là?» Il coraggio di Petronella, tutta la sua forza e la sua determinazione sembravano essersi infranti insieme al corno di conchiglia sotto i piedi di Hodder Morkel nella fabbrica di liquirizia e marzapane. Si guardò indietro, ma Hein e Marie-Hedwig erano scomparsi.

«Trovare Pel, e in fretta. Ho la sensazione inconfondibile che il nostro fratellino si sia cacciato ancora una volta in una situazione impossibile».

A una certa distanza, le onde scure della marea si infrangevano contro il promontorio con rapida costanza.

«È nel Polidorium? Sei sicura?»

«Com'è vero che mi chiamo Roberta Polidori. Solo, non so dove. Hodder Morkel lo tiene prigioniero da qualche parte! Ogni minuto conta!»

Petronella rimase in silenzio. Aveva sbagliato tutto: la scomparsa di Pellegrino non era colpa di Marie-Hedwig. L'aveva messa in pericolo di vita solo perché voleva disperatamente vendicarsi della sua cosiddetta arcinemica. Se oggi fosse morta... no, non poteva succedere.

«Oh, cavolo, ma cosa... non è possibile!»

Le parole sbigottite di Roberta strapparono Petronella ai suoi cupi pensieri.

La facciata coperta di rampicanti del Polidorium si stagliava cupa davanti a loro, ma ciò che le costrinse a fermarsi fu qualcos'altro. Il viottolo di conchiglie a pezzi che conduceva all'imponente porta d'ebano era fiancheggiato da una fila di ombre nere. Se ne stavano là, immobili e in attesa.

L'odore della natura selvaggia penetrò nella coscienza di Petronella prima che lo riconoscesse. Cervi e conigli e chissà quanti animaletti striscianti e insetti nell'erba e sulle piante. Il colmo del tetto era popolato da piccole ombre (Petronella sospettava che si trattasse di pipistrelli) e sui rami del Tiglio Morto ora erano di nuovo appollaiati i suoi corvi.

Ma non erano venuti ad aiutarla

Che cosa volete? Petronella cercò di trasmettere loro i suoi pensieri, ma nemmeno il più piccolo occhio ricambiò il suo sguardo.

Era una protesta silenziosa.

Ed era diretta contro Petronella. Aveva stretto il patto con le tenebre, distruggendo così l'equilibrio.

Aspettate e vedrete!, inviò Petronella. *Sto cercando di sistemare le cose!*

Quel mercoledì di ottobre, l'alta marea sarebbe arrivata alle 3:33. Strano, cose come il calendario delle maree di Tildrum di quest'anno Pellegrino se le ricordava. I numeri erano facili: secondo i suoi calcoli, ora dovevano essere le 3:29.

Se stai tranquillo, ci vorrà più tempo. Ma se ti agiti e urli, farà più male.

Queste erano state le parole di Hodder Morkel.

Pellegrino scelse di stare tranquillo.

Capitolo 15

L'influenza della Frisia Orientale

Petronella sembrava che l'ultima volta che aveva visto i suoi nonni fosse stata in un'altra vita, eppure era successo proprio quella mattina. Fu quasi sorpresa di vedere gli animali impagliati, i pezzi di legno portati dal mare e i pesci conservati, che continuavano a esistere nel corridoio del Polidorium come se nulla fosse.

«Pernell!» gridò la nonna, alzando un braccio in aria come il vincitore di una maratona. «Sono proprio loro! I passerotti sono tornati!»

«Oh, miei cari, siamo indefinitamente felici di vedervi». Il nonno mise una grande mano sulla schiena sia di Roberta, sia di Petronella, e le condusse nella Sala del camino.

«Si dice *infinitamente* felici, Pernell» lo corresse la nonna «non *indefinitamente*. Dove sei stata, Roberta, passerottino mio? Eravamo in pensiero».

Mentre il tè nero, in un lungo flusso, incontrava i tintinnanti pezzetti di zucchero candito nella sua tazza, un piccolo sentimento germinò in Petronella. E se, in fondo, non tutto fosse perduto?

«Nonna, nonno» disse Roberta tra due sorsi frettolosi di tè. «Non abbiamo tempo, dobbiamo...»

«Bapbapbap» fece la nonna. «C'è sempre tempo per una bella tazza di tè».

«... trovare Pel!» Roberta sbatté la tazza sul piattino così forte che si crepò.

Ma prima che i nonni, che avevano già sollevato il sedere dalle poltrone color rosso corallo, potessero iniziare una predica sul valore delle porcellane di famiglia, Roberta era balzata in piedi e aveva recuperato un foglio, piegato più volte, dalla tasca dei pantaloni.

«Ecco! È nascosto da qualche parte nel Polidorium». Spinse da parte le tazze rimaste facendole tintinnare e dispiegò il progetto di Hortensia sul tavolo da tè.

Le esclamazioni indignate dei nonni si spensero non appena capirono che cosa avevano davanti.

«Ma questo è...!»

«Dove avete...? Attenta con il fuoco!»

«Le spiegazioni le rimandiamo a dopo». Roberta esaminò febbrilmente la mappa con gli occhi, mentre teneva la carta al calore del camino in modo da rendere visibili le linee invisibili. «Qui da qualche parte ci dev'essere una stanza nascosta che non abbiamo ancora trovato. Voi ne sapete qualcosa?»

I nonni fissarono la mappa, perplessi.

«No, passerotto, tutti i segreti del Polidorium li vedi su questa mappa. Dev'essere qui!»

Petronella osservò i tre chinati sul progetto a confabulare. Da quando era uscita dalla fabbrica, si era sentita come intorpidita. Ma ora la vita stava lentamente tornando nel suo corpo.

«Non ne sono sicura» mormorò. «Ma, se è come dici tu, Roberta, ed è stato Hodder Morkel a nascondere Pel... allora non potrebbe trattarsi di una stanza di cui Hortensia non sapeva nulla?»

Benché avesse parlato a voce bassissima, gli altri si interruppero e tornarono a sprofondare nei cuscini delle poltrone.

«Che cosa vuoi dire, passerottino mio?»

«Dopotutto, Hodder Morkel era il proprietario di questa casa, prima...»

«I Polidori sono i legittimi proprietari di questa casa!» esclamò il nonno, più forte di quanto Petronella lo avesse mai sentito parlare. Le sue dita lunghe e ossute si erano conficcate nei braccioli.

«Impossibile» sbottò la nonna. «Una stanza nel *nostro* Polidorium che *noi* non conosciamo...»

«Che cos'è questo strano odore?» chiese Roberta allarmata.

A Petronella spuntarono lacrime di sollievo: la Zia Morta era in piedi sulla porta della Sala del camino e li osservava con il binocolo. Poi lo abbassò e cominciò a gesticolare con le braccia e a emettere grida mute. Intorno a lei vorticavano ragnatele polverose.

Se la Zia Morta era ancora lì, forse non lo erano anche le altre creature? Erano state tutte semplicemente trasferite nel Polidorium quando Hodder Morkel aveva frantumato il corno di conchiglia?

La nonna emise un suono strozzato e il nonno le afferrò la mano. Roberta era rimasta a bocca aperta.

A Petronella bruciò constatare che tutti e tre avevano gli infestometri in mano, perché il suo era rotto.

«Venite, vuole farci vedere qualcosa» disse e si asciugò in fretta gli occhi.

Si alzò di scatto e si precipitò in corridoio dietro all'antenata. Solo una volta fuori si accorse che nessuno l'aveva seguita. Tornò di corsa nella Sala del camino, dove i tre erano ancora seduti, come folgorati. La nonna teneva ancora in mano la tazza da tè, che tremava tintinnando leggermente.

«Che cosa vi prende?» Sorpresa, fissò la sua famiglia.

Il nonno fu il primo a riscuotersi. «È solo che... non l'abbiamo mai vista prima d'ora».

«Non avevate mai visto la Zia Morta?» Petronella cominciava a capire. Aveva dimenticato che le creature spettrali, a un primo impatto, avevano un aspetto molto spaventoso. «E Musgret? Hodder Morkel?»

La nonna finalmente posò la tazza. «Hodder Morkel, hai detto? Hodder Morkel è vivo?»

«Be', forse *vivo* non è la parola giusta» disse Roberta.

«Le avete viste tutte, queste mostre?» chiese il nonno.

La nonna era così colpita che non lo corresse nemmeno. «Santo cielo. Quel baleniere. È chiedere davvero tanto a voi bambini. Come abbiamo potuto? Dobbiamo... Pernell! Dobbiamo agire subito!» Si alzò di colpo e scosse con impazienza il nonno per un braccio. «Dominare la paura, osservare, trarre conclusioni, agire... quello che fa la nostra famiglia!»

Come se stessero partendo per una missione di ricerca nella natura selvaggia, i Polidori avanzarono quatti quatti lungo il corridoio con Petronella in testa.

Della Zia Morta non vi era più traccia.

«Usate i vostri infestometri!» sussurrò Petronella.

«Il tuo dov'è?» sibilò Roberta.

Petronella le doveva una risposta. Tre infestometri nei

quali vorticavano dense volute nere di nebbia erano più che sufficienti: la Zia Morta si trovava in biblioteca. Era in piedi sul tappeto al centro dell'Atlantico e puntava fisso il dito verso il pavimento.

La nonna mosse temeraria un passo verso di lei e agitò la mano in aria davanti a sé. «Ci vede?»

«E che cos'è che vuole mostrarci?» chiese Roberta, impaziente.

«Dobbiamo osservare, non è vero, Petronella?» Il nonno si portò le mani dietro la schiena e guardò intensamente, ma a distanza di sicurezza, il punto che la Zia Morta stava indicando da alcuni minuti.

«A-bis-so Mil-wau-kee» lesse Petronella.

«Sì, e quindi?» disse con frustrazione Roberta. «Adesso non è che sarà...».

«Che cosa c'è qui sotto il tappeto? C'è una stanza?» Petronella si gettò per terra ai piedi della Zia Morta e appoggiò l'orecchio al tappeto. «Pel!» gridò, tamburellando sui bordi dell'abisso Milwaukee. «PEL!»

«Non c'è niente, passerottino mio. Questa parte del Polidorium è troppo avanti sul promontorio. Troppo poco sicura per una stanza sotterranea».

«Ma lui dev'essere lì!» esclamò Petronella. «La Zia Morta non si sbaglia!»

Roberta dispiegò nuovamente il progetto di Hortensia e si accovacciò accanto a Petronella. «Qui c'è il sotterraneo dove ero intrappolata...»

«Un momento!» esclamò la nonna. «Eri nel sotterraneo? Perché eri nel sotterraneo? Ma non è possibile...»

«Anche lì ci sono delle Pareti Erranti. Quando la stanza

ruota, si collega con la stanza delle bare. Hodder Morkel era lì, in qualche modo deve aver spostato le pareti...».

La nonna emise un grido strozzato e si batté le mani sulla testa. «Povero, povero passerotto!»

«Qui c'è la biblioteca».

Roberta passò l'indice sulla mappa. «Nel caso ci fosse una stanza proprio sotto di noi, si trova accanto al sotterraneo. Se siamo fortunati e le Mura Erranti si muovono in quel preciso momento...»

«Ma non abbiamo più tempo» disse il nonno con voce sepolcrale. «Se questa stanza esiste davvero, sarà sott'acqua. La marea è già salita».

No. Non può essere vero. Petronella alzò lo sguardo verso la Zia Morta in cerca di aiuto, ma la figura polverosa era già sparita.

«Venite» disse, seguendo un'ispirazione. «Seguiamola! Dobbiamo raggiungere i sotterranei».

Ore 03:33.

L'acqua arrivò in fretta, ma senza far rumore.

Era una delle cose che Pellegrino aveva sempre amato di più del mare. Quel silenzio particolare sott'acqua. Silenzio e oscurità.

Pellegrino chiuse gli occhi e attese.

Strinse forte le labbra e involontariamente sollevò la testa, ma anche così la bocca gli si riempì presto di acqua salata e fangosa.

Se gli fosse arrivata al naso, e ciò sarebbe avvenuto in pochi secondi, sarebbe finita, sarebbe affogato in quella cassa buia e non avrebbe mai più rivisto la sua famiglia, non avrebbe mai più esplorato le profondità marine, non avrebbe mai più...

«Forza, forza, forzaaa!» Petronella correva su e giù per il sotterraneo con i pugni stretti. Dentro di lei il tornado infuriava, si era ripresentato, e più forte che mai.

I nonni guardavano giù dalla botola, con gli occhi spalancati, con un'aria del tutto impotente.

«Come si fa a far muovere queste maledette Pareti Erranti?» gridò Petronella. Si voltò e fissò la Zia Morta, con il fiatone. «Tu devi saperlo! Le hai inventate tu!»

«È una questione di vita o di morte!» esclamò Roberta.

Le pareti cominciarono a tremare e finalmente il pavimento ruotò sotto i loro piedi. La stanza delle bare passò davanti a loro come una scenografia sul palco, poi i mattoni scivolarono di nuovo in primo piano. Il pavimento continuò a ruotare. Immediatamente Petronella e Roberta sgusciarono attraverso il primo varco che le Mura Erranti scoprirono. Scesero alcuni gradini scivolosi... e si ritrovarono in una specie di grotta, immerse nell'acqua fino alle ginocchia. Un odore sgradevole, salato, le avvolse e per un attimo entrambe si dimenticarono di respirare.

«Pel!» gemette Petronella, passando freneticamente le braccia nell'acqua.

«Tu cerchi qua, io là» ordinò Roberta, guadando fino all'altro lato della grotta.

«Quaggiù!» Un'ondata di sollievo investì Petronella quando tastò qualcosa di duro. «Quaggiù c'è una cassa! Oh no, è per forza chiuso dentro! Non abbiamo...» Disperata, si voltò verso

Roberta ed ecco che vide i nonni, che si erano calati dalla botola, precipitarsi verso di lei con il volto determinato.

Unendo le forze, sollevarono la cassa e la issarono su una sporgenza nella parete della grotta.

Senza preavviso, la nonna sferzò l'aria con il bastone da passeggio e lo sbatté con forza impressionante contro il lucchetto di ferro della cassa da marinaio di Hodder. Con un cigolio indignato, il lucchetto saltò e finì con un tonfo nell'acqua che saliva.

Il cuore di Petronella parve fermarsi per un attimo. Nella cassa giaceva Pellegrino, bagnato fradicio e rannicchiato in posizione fetale. Sembrava terribilmente piccolo.

«Oh no, è...»

«Dobbiamo rianimarlo,» disse Roberta con fermezza «come abbiamo imparato ai Piccoli Stambecchi, dobbiamo...» Si interruppe e abbassò le spalle.

Il nonno sollevò Pellegrino dalla cassa e lo portò su per i gradini fuori dalla caverna fino al sotterraneo, dove lo adagiò all'asciutto sul pavimento di pietra.

«PELLEGRINO!» gridò la nonna, dandogli un sonoro schiaffo, come aveva fatto già una volta.

«Nonono!» Petronella poggiò la testa sul petto di Pellegrino e pianse senza ritegno. Non era mai stata così disperata in vita sua. Ignorò il leggero tremore, perché non le importava se le Mura Erranti si fossero mosse, anche se sarebbe rimasta chiusa lì per sempre.

Ma fu allora che notò che la sorgente del tremore era sotto la sua guancia, sotto il maglione bagnato di Pellegrino. «Sta tossendo!» gridò nel momento in cui anche gli altri se ne accorsero.

Pellegrino sputò uno zampillo d'acqua... e aprì gli occhi.

«Non urlate così...» mormorò.

Ma le sue parole si persero sotto quattro grida di gioia.

«Il mio camerata, qui, ha ragione». La voce sussurrata proveniva dall'alto. «È meglio che risparmiate il fiato». Una risatina malvagia. «Comodo. Tutti riuniti nella trappola».

Petronella non avrebbe avuto bisogno di alzare gli occhi per sapere chi stesse parlando. Ma lo fece lo stesso, come davanti a un terribile incidente da cui non si può distogliere lo sguardo.

Il volto di Hodder Morkel era cambiato. La ferita sulla fronte aveva i bordi anneriti, ma la cosa peggiore era lo spettacolo al di sotto del suo ghigno. Pallida e gonfia, la pelle trasudava dal colletto della giacca da marinaio.

Domina la paura, osserva, trai le tue conclusioni, pensò Petronella.

Si costrinse a calmarsi, aguzzò la vista e cercò di riordinare le idee in un lampo:

Hodder, dunque, stava cambiando. O, per meglio dire, il suo involucro esterno. Aveva, a prescindere da come fosse potuto accadere, riacquistato la sua forma umana. Ma questo non cambiava il fatto che era già morto. E ora, ciò che accadeva ai cadaveri stava facendo il suo corso. Era vulnerabile.

Agisci!

Raccolse tutto il suo coraggio e cercò lo sguardo freddo di Hodder.

«Il tuo corpo sta morendo» disse.

Mentre parlava, aveva fatto un piccolo passo indietro. «L'arpione» sibilò alla nonna.

La nonna sollevò un sopracciglio, sbigottita. Ma in realtà

aveva di nuovo l'arma con sé. Con uno scatto trionfale, la tirò fuori da sotto la veste da camera.

«Gloria, Petronella, mie care» iniziò a protestare il nonno, ma poi si fermò.

Ha ragione, pensò Petronella. Quell'arpione era un'arma tremenda che nessuno avrebbe dovuto usare.

Il ghigno sul volto di Hodder scomparve quando Petronella gli puntò contro l'arpione.

«Quello è mio». Sul suo volto c'era odio puro.

«Di sicuro saprai meglio di chiunque altro che cosa può fare questo vile oggetto» disse Petronella. «Non voglio usarlo, ma se c'è qualcuno che se lo merita, quello sei tu».

Aiuto! pensò. *Preferirei morire e passare l'eternità a infestare il Polidorium, piuttosto che arpionare qualcuno con questo affare... nemmeno un baleniere morto!*

Questo prima che la figura alta dagli arti lunghi apparisse dietro Hodder Morkel.

Musgret. Oh, Musgret!

Nel momento in cui Hodder voltò la testa per vedere che cosa si stesse accumulando dietro di lui, la gigantessa spalancò la bocca fino a occupare quasi tutto il viso. I mugolii che parevano provenire da mille gole di topo sembravano carichi di accusa e molto, molto adirati. Musgret allungò le braccia... e diede uno spintone a Hodder Morkel.

Fu un attimo che finì con la stessa rapidità con cui era arrivato. Hodder non urlò. Il suo corpo cadde in silenzio e atterrò con un tonfo sordo proprio di fronte a loro.

«È...» Il nonno fissò la figura ai suoi piedi.

«Sì, credo di sì» disse la nonna, con le mani sui fianchi.

Petronella non riusciva a distogliere lo sguardo dal

baleniere morto. Assolutamente immobile, giaceva là, faccia a terra. Perfino adesso irradiava una presenza stranamente potente, pensava.

«Ce l'abbiamo fatta!» esultò Roberta.

«Ce l'abbiamo fatta» mormorò Petronella incredula e si lasciò abbracciare dalla sorella.

Pellegrino, ancora steso a terra, fece un verso a metà tra un mugolio e un colpo di tosse per schiarirsi la gola. «Credo di fare la cosa giusta in questo caso, facendovi notare che sarebbe meglio se vi voltaste di nuovo».

«Sììì» risuonò una voce alle loro spalle. «Il giovane camerata ha ragione».

Petronella si irrigidì. Molto lentamente, si staccò dalle braccia di Roberta e si girò. *Abbiamo cantato vittoria troppo presto...*

Hodder si tirò su in piedi. Il suo volto aveva ora un altro segno scuro sulla fronte, dove aveva sbattuto a terra. Ma il ghigno era tornato. «Voi Polidori» sospirò. «Vi siete sentiti troppo al sicuro. Sììì. Per tutti questi anni. Ma ora è arrivato il momento in cui prenderete atto che questa è la mia casa. Ho riavuto il mio corpo e ora mi riprenderò ciò che è mio». Fissò la nonna con gli occhi morti. Pieni di odio. Sicuri della vittoria. «Prima, restituiscimi l'arpione».

Petronella ebbe un tuffo al cuore.

«No!» sussurrò Roberta.

La nonna fece un passo verso il baleniere morto e gli occhiali le si oscurarono mentre lo guardava con sdegno dall'alto. I loro occhi si incrociarono e per un attimo Petronella ebbe la sensazione che la temperatura della stanza calasse di diversi gradi. Poi, con uno scatto del tutto inaspettato, probabilmente anche per Hodder Morkel, la nonna alzò entrambe le braccia.

Fu il suo bastone da passeggio che fece impattare con forza sul baleniere morto.

Petronella sussultò e sentì gli altri fare lo stesso. Tutti fissarono il corpo senza vita per terra di fronte a loro. Hodder Morkel non si muoveva più. Gli occhi fissavano il vuoto.

«Ah!» fece la nonna. «Questa è sistemata».

Roberta espirò rumorosamente. Mise una mano sul braccio della nonna. «È stato...» ansimò, e poi, più forte, più sicura di sé: «È stato semplicemente geniale!»

Senza neanche mettersi d'accordo, i Polidori afferrarono a quattro mani il corpo del baleniere; era pesante, ma in qualche modo ci riuscirono. Con un tonfo potente, finì nell'acqua della Grotta della marea, ormai alta fino alla vita. Petronella gli scagliò dietro l'arpione. Non voleva tenere in mano un secondo di più quell'orribile strumento micidiale, con cui Hodder Morkel aveva ucciso chissà quante balene.

Quasi nello stesso momento, le Mura Erranti cominciarono a muoversi. Doveva essere la Zia Morta!

«Ma l'arpione!» esclamò la nonna, allungando le braccia contro il muro di pietra in un gesto drammatico. «Come faremo a difenderci in futuro?»

«Be'» disse Petronella, facendo un respiro profondo. Non era mai stata così seria. «Qualunque cosa accadrà, la scelta migliore sarà sempre quella di *non* usare quell'arpione».

«E poi, hai ancora il tuo bastone, nonna» disse Pellegrino.

Il nonno si chinò a raccogliere il bastone da passeggio che era rimasto per terra e lo porse alla moglie con un inchino d'altri tempi.

Con fare benevolo, la nonna lo accettò.

Petronella alzò lo sguardo verso Musgret, che era ancora in piedi davanti alla botola, e sbatté via le lacrime che a un tratto le erano salite agli occhi. «Grazie» disse.

La gigantessa fece qualcosa che probabilmente aveva già fatto tante volte in tutto il tempo in cui si era aggirata nel Polidorium: tese la mano a un essere umano. E questa volta non fu fraintesa. La manona di Musgret al tatto pareva fredda, morta, ma Petronella la afferrò senza esitazione e la tenne stretta. Musgret era così forte che riuscì a tirarla su senza sforzo.

Di sopra, in corridoio, Petronella sentì le gambe che le cedevano. «Ti prego, aiuta anche la mia famiglia» sussurrò.

E Musgret la aiutò. Solo quando tutti i Polidori furono tornati al piano di sopra, si disintegrò in cento topi e si dileguò negli angoli dimenticati del Polidorium.

«Allora» disse la nonna, pulendosi i vestiti a pacche come se avesse appena sbrigato una faccenda fastidiosa, ma necessaria. «Adesso è davvero il momento del tè delle cinque di mattina!»

Petronella guardò la Pendola della morte... e sentì un nodo allo stomaco: le lancette andavano davvero indietro.

In quel momento, il profumo dei waffel appena sfornati le salì al naso e per un attimo dimenticò le sue preoccupazioni. Hein si trovava nella Sala del camino, accanto a una tavola riccamente apparecchiata. Oltre ai dolci fumanti, c'erano marmellata di more, una caraffa di densa crema alla vaniglia, panna montata e zucchero a velo.

«Ho pensato che, dopo gli ultimi avvenimenti, vi avrebbe fatto bene accompagnare il tè con qualcosa di dolce» disse Hein, con il suo sorriso pacato.

Roberta emise un grido di gioia e si precipitò verso una delle poltrone accanto al camino. Accoccolato sul cuscino color corallo c'era... Puffi.

«Sei tornato!» Roberta sollevò il gatto magro e gli diede un bacio sul nasino rosa.

«Questa poltrona è sempre stata mia» disse la nonna.

«Puffi» Roberta si strinse a sé l'animale «ci ha salvato la vita gettandosi con coraggio in faccia a Hodder Morkel. Si merita un posto d'onore!»

«Gloria, mia cara» disse il nonno. «Mi chiedo se non potremmo chiudere un occhio, solo per questa volta».

L'espressione della nonna passò dall'indignazione e dal severo dispetto alla pensosità e infine alla mitezza. Poi annuì: «Va bene, allora. L'animale può restare. Ma la poltrona è mia».

«Grazie, nonna» disse Roberta, e si sedette sul divano accanto a Pellegrino con il gatto in grembo.

Petronella cercò di catturare lo sguardo verde di Puffi per trasmettergli i suoi pensieri, ma il gatto mantenne per tutto il tempo gli occhi chiusi, come se lo facesse apposta. Alla fine, lei si arrese.

Si mise accanto a Hein e gli strinse la mano. «Sono di nuovo qui, nel Polidorium. Musgret, la Zia Morta e anche gli altri, ne sono certa. Anche se Hodder ha calpestato il corno di conchiglia».

«Certo». Dietro il suo sorriso c'era una tristezza che Petronella cominciava solo ora a comprendere. «Non possono farci niente. Sono legati al Polidorium, per sempre».

Petronella osservò la sua famiglia che sedeva intorno al tavolo accanto al camino, a ridere e a mangiare.

«Per sempre» mormorò. «Ma il mio patto... quindi è... annullato?»

«No, Petronella. C'è di più. Il corno di conchiglia era soltanto un oggetto. I morti possono trovare un altro raccogli-anime con cui accompagnarti. Basta che ci sia un oggetto nelle vicinanze che sia sensibile all'oscurità».

«Quindi il patto non si può sciogliere?»

Hein sorrise. «Sì, si può. In cambio di un'anima, la tua può essere liberata».

«Oh» mormorò Petronella confusa.

«Niente è regalato» disse Hein, posandole una mano sulla spalla in modo confortante. «Ma ogni cosa ha il suo lato positivo».

La nebbia aleggiava sulla città e l'autobus si muoveva lento per le strade, come se anch'esso volesse ritardare il più possibile l'arrivo a scuola. Purtroppo, alla fine aprì le porte con un sibilo sgraziato quando si fermarono davanti al parallelepipedo di mattoni della scuola. Quando scesero, la pioggerellina spruzzò d'acqua i loro volti.

«Ecco, per te» disse Roberta, porgendo a Petronella quello che sembrava un mazzo di carte. «Mi sa che a te possono servire più che a me».

Petronella prese la prima carta del mazzo e la girò. Uno scheletro con una falce le sorrideva. Sotto c'era scritto: *La Morte.*

Stringeva le carte in mano mentre saliva le scale verso

la sua classe. Quanto le sarebbe piaciuto rimanere nel Polidorium oggi. Ma, a differenza di Pellegrino, che quella mattina si era svegliato con la febbre e ora era a letto per riprendersi dalla grave ipotermia, Petronella era in perfetta salute. Marie-Hedwig non le avrebbe di certo risparmiato commenti malevoli. Probabilmente aveva già descritto a tutta la scuola in vividi dettagli quello che era successo alla Harrys, la fabbrica di liquirizia e marzapane.

Invece, il posto di Marie-Hedwig rimase vuoto, anche dopo la seconda campanella. Lo stomaco di Petronella fu colto da un senso di nausea. Nell'occhio della sua mente apparve l'immagine del corpo immobile di Marie-Hedwig tra le braccia di Hein, del suo volto emaciato.

Regnava già un silenzio insolito quando entrò in aula la preside. «Temo di non avere buone notizie per voi, oggi» annunciò con voce stentata. «Si tratta della nostra carissima Marie-Hedwig. Devo informarvi che è malata». Fece una pausa carica di significato. «Molto malata, in effetti». Un mormorio attraversò la classe. «Silenzio!» esclamò la preside, con il volto addolorato, e poi annunciò in tono minaccioso: «È l'influenza della Frisia Orientale».

Un gruppo attorno al posto vuoto di Marie-Hedwig lanciò grida sommesse, una ragazza batté i pugni sul tavolo e un ragazzo dalle guance paffute si accasciò sulla sedia. Petronella non si era mai preoccupata di memorizzare i loro nomi. Irritata da quella reazione, si guardò intorno. Non aveva mai sentito parlare dell'influenza della Frisia Orientale.

«Si riprenderà?» chiese qualcuno.

«Ci ha contagiato?» chiese qualcun altro.

«L'influenza della Frisia Orientale è una malattia molto

rara» fu la risposta vaga della preside «per la quale non esiste ancora una cura. Ora dobbiamo essere tutti molto coraggiosi e sperare, sperare, sperare». Strinse le mani a pugno e le agitò per enfatizzare le parole.

«Staremo a casa da scuola?» chiese qualcun altro.

«Certo che no. Adesso lavorate da soli» sibilò la preside, voltandosi verso la lavagna per scrivere una lunga sequenza di numeri.

«Be', io non lo so!»

Petronella trasalì e alzò con stupore gli occhi dal libro di matematica mentre Linnéa LeVander balzava su dalla sedia con tale violenza da farla cadere. Si piazzò vicinissima al banco di Petronella e le puntò contro un indice tremante.

«Tu» disse senza fiato. «Sei stata tu l'ultima a vedere Marie-Hedwig. Vi eravate date appuntamento alla fabbrica di liquirizia e marzapane! Dopo il tramonto! Per un duello! Vi ho sentito!»

Le teste si alzarono tutt'intorno. Un altro mormorio attraversò la classe, questa volta più forte di prima.

«Sì, è vero!» gridò Ode, il ragazzo con le lentiggini, puntando anche lui il dito contro Petronella. «È stata la becchina! Fa sempre cose inquietanti!»

«Va mandata via» squittì un ragazzo magro.

«Cacciamola!» esclamò Ode.

Immediatamente si unirono gli altri.

«Cacciamola, cacciamola, cacciamola!» gridavano scandendo le sillabe.

Impotente, Petronella si voltò verso la preside. Ma quella rimase a braccia conserte davanti alla lavagna e le rivolse uno sguardo spietato.

Un leggero battito nella mano sinistra distrasse Petronella. Aprì il pugno e fissò la carta in cima al mazzo di tarocchi che aveva tenuto in mano per tutto quel tempo.

Non riusciva a credere ai suoi occhi: il piccolo Tristo Mietitore era scomparso dalla carta.

In quel momento, all'improvviso divenne tutto buio e freddo. Un odore stantio di sale marino si diffuse nell'aula.

Sedie che si spostavano, voci concitate.

«Che succede? Perché a un tratto c'è tutto questo freddo e umido?» ... «Lo sentite anche voi questo odore?» ... «Qualcuno può riaccendere la luce?» ... «La luce è accesa!» ... «Cos...?»

«Siete voi?» sussurrò Petronella tra le grida concitate degli altri.

La carta che teneva in mano era umida e fredda. Vibrava; Petronella percepiva che tutti intorno a lei la stavano fissando. E all'improvviso, una grossa mano si allungò dal profilo della carta, un lungo braccio si protese verso l'alto, si estese in aria, fuori dalla carta.... e si disintegrò in una moltitudine di topi che si sparpagliarono sul pavimento.

Gli altri cominciarono a urlare, alcuni, in preda al panico, si precipitarono verso la porta dell'aula.

«Musgret» sussurrò Petronella. «Dita Gelate, ci sei anche tu? Vi ringrazio. Ma tornate subito nella carta. Vi prego!»

Le creature obbedirono. Quindi Hein aveva ragione: il patto era ancora valido. I morti avevano trovato un altro modo per stare con lei.

Uno dopo l'altro, i topi cominciarono a saltare e a scomparire di nuovo nella carta dei tarocchi. Lentamente, come la marea che si abbassa, l'oscurità si infiltrò negli angoli della stanza e presto scomparve. Il calore tornò.

Petronella si guardò intorno e notò che solo pochi compagni di classe erano rimasti indietro. Gli altri, come la preside, avevano abbandonato l'aula in fretta e furia.

Poi notò che una figura esile era ancora in piedi davanti al suo banco.

«Chi sei tu?» chiese Linnéa, impaurita.

«Attenzione, Attenzione! A Causa Di Un Misterioso Evento Verificatosi Nelle Aule Al Piano Superiore, Tutti Gli Studenti E Le Studentesse Sono Pregati Di Lasciare L'edificio! Niente Panico! Per Favore, Uscite Camminando, Ma Alla Svelta!»

Quando risuonò l'annuncio dell'altoparlante, Roberta comprese che l'incidente doveva avere a che fare con Petronella. Ma l'avrebbe potuto intuire anche dal comportamento degli altri, quando tutti si radunarono a gruppetti nel cortile della scuola, confabulando e lanciandole di tanto in tanto un'occhiata ansiosa. Ovvio. Lei era una dei tre nipoti dei becchini.

Prima di andare a cercare Petronella, voleva sbrigare ancora una faccenda.

«Ciao» disse a Luk.

Se ne stava in piedi, un po' in disparte, vicino alle biciclette e aveva le mani sepolte nelle tasche del cappotto. Quando notò Roberta, sembrò spaventato. In effetti, durante la loro breve conversazione il terrore non abbandonò il suo volto.

«Ehm, ciao» disse, guardando oltre la testa di lei come se laggiù, dall'altra parte del cortile della scuola, ci fosse uno spettacolo affascinante da osservare. Il che, naturalmente, non era vero.

«Che bello vederti» aggiunse Roberta. Le ci volle un piccolo sforzo per dirlo, ma era vero.

Silenzio. Poi Luk si schiarì la gola. «Dicono che sia stata tua sorella a scatenare questo evento. Con il mazzo di tarocchi. Erano quelli di mia madre, vero?»

«Le ho dato io il mazzo. Sì».

Ora invece Luk cercò il suo sguardo. «Che cos'è che avete voi Polidori? Dei superpoteri o qualcosa del genere?»

Roberta sospirò. «Non dipende da noi. È... la casa. Credimi, non l'abbiamo scelto noi».

Luk pensò per un momento. «Senti, non possiamo essere amici, Roberta. Non possiamo e basta. Non voglio avere niente a che fare con tutto questo».

Con ciò, si voltò e se ne andò.

Le sue parole colpirono Roberta dritta al cuore.

«Ma... Luk!» gli gridò dietro. Avrebbe voluto prendere un sasso e tirarglielo, ma nel cortile della scuola appena spazzato c'era solo l'asfalto liscio.

I richiami inascoltati e gli echi sono il linguaggio della solitudine. Roberta non sapeva come quella frase le fosse venuta in mente all'improvviso, ma avrebbe dovuto sicuramente ricordarsela.

Insieme a quelle parole le arrivò una chiarezza inaspettata, come se a un tratto i sensi le si fossero acuiti, e riuscisse a vedere attraverso tutto e tutti come in una radiografia.

La folla parve dividersi come in risposta a un segnale invisibile. Davanti alle loro bocche aleggiavano tante piccole nuvolette di fiato, e Roberta credette quasi di riuscire a vedere attraverso pelle e carne fino ai loro scheletri. Centoventi scheletri che respiravano. In realtà, né più né meno inquietanti di ciò che la attendeva a casa, al Polidorium.

A un lato dell'abisso che si stava formando intravide Petronella. Ora era così chiaro che si poteva quasi toccare con le mani: di qua c'erano Roberta e Petronella Polidori, le nipoti dei becchini, e di là c'erano gli altri, le cittadine e i cittadini normali. Una linea invisibile li separava.

Roberta attraversò l'abisso. Poi prese per mano la sorellina e uscirono dal cortile della scuola.

«Non siamo sole» disse. «Abbiamo l'un l'altra».

Petronella ricambiò la stretta di mano. «Sì, abbiamo la nostra famiglia».

Quella sera, Petronella si coricò presto nella cuccetta. Hein le aveva messo sulla scrivania un bicchiere di latte caldo con del miele in favo che si scioglieva, e, mentre beveva l'ultimo sorso, tutta l'agitazione delle ultime ore le si staccò di dosso.

Tirò le tende della cuccetta e si voltò verso il muro.

A un certo punto della notte, tra la veglia e il sonno, un tenue bagliore penetrò attraverso il tessuto leggero delle tende. Contorni luminosi, irreali, si stagliarono nel grigiore della Stanza della torre. Petronella si destò di colpo; non avrebbe potuto dire in seguito che si era trattato di un sogno.

Al centro della stanza c'era Marie-Hedwig, o meglio: la luce che emanava, che sembrava essersi separata dal suo corpo ed essere ora venuta qui, da lei. La sua voce era debole e si capiva a malapena:

Devi aiutarmi.

«Che cosa ci fai qui nella mia stanza?» chiese Petronella.

Devi aiutarmi.

«Com'è possibile, perché sei... per caso sei... morta?»

La luce tremolò e si affievolì.

Petronella saltò fuori dalla cuccetta e le corse incontro. «Marie-Hedwig! Aspetta! Non puoi andartene!»

Afferrò il vuoto. La luce si era spenta.

Parte 3

Per sempre Polidorium

Capitolo 16

Anima affine

L'inverno arrivò nella notte. Quando Petronella al mattino si affacciò alle finestre della Stanza della torre, i rami del Tiglio Morto scintillavano di bianco. Grossi fiocchi di neve fluttuavano senza sosta sul Polidorium e avevano già trasformato il giardino invaso dalla vegetazione in un magico paesaggio invernale. Solo la Pozza Nera continuava a guardare in su come un occhio gigante, e pareva semplicemente inghiottire ogni fiocco.

La scuola di Tildrum fu perfino costretta a una chiusura temporanea per via dell'inizio dell'inverno, e così nessuno poteva uscire dal Polidorium. Si ergeva innevato sul suo promontorio, immerso in un silenzio gelido, rotto soltanto dal crepitio occasionale dei ghiaccioli simili a pugnali sulle sporgenze dei muri.

Dentro, invece, la vecchia casa era piena di una vita insolitamente rumorosa. Dalla Stanza Rosa Madreperla risuonava a ciclo continuo sempre la stessa canzone di Natale. Il fuoco nella Sala del camino crepitava disperatamente contro il freddo che si insinuava attraverso fessure e cantucci, mentre dalla cucina si sprigionavano profumi di festa sempre diversi. A volte erano di cannella e vaniglia, a volte di mirtilli cotti e funghi selvatici, o di punch. Hein provò e riprovò a iniziare i Polidori alle arti della cucina e della pasticceria, ma non interessavano a nessuno.

Di decorare la casa si occupavano i nonni, anche se non erano praticamente mai d'accordo su niente.

«Oh, Pernell, le calze di Natale vanno appese sopra il camino, non alla finestra!»

«Mia cara, non credi che abbiamo già abbastanza pigne in casa? Quelle sulla cassetta dello scarico nel bagno di sopra cadono sempre quando si ritira lo sciacquone...»

«Si *tira*, Pernell, si dice *tira*!»

Puffi continuava a trovarsi posticini nuovi per dormire in mezzo alle decorazioni, con grande disappunto della nonna. E anche Pellegrino aveva iniziato ad accompagnare canticchiando il sottofondo costante dalla Stanza Rosa Madreperla.

L'unica che non partecipava al trambusto di attività era Petronella. Per metà del tempo rimase seduta accanto alla finestra nella Stanza della torre, puntellandosi sui gomiti, a fissare il mare che sembrava fondersi con il cielo bianco. I suoi pensieri vagavano al di là dell'orizzonte, oltre il Mare del Nord fino all'Atlantico, dove non trovavano la dottoressa Stella e il dottor Oscar. Natale senza i suoi genitori? Come avrebbe potuto rallegrarsi per *questo*?

E poi, chi lo sapeva se sarebbe stata ancora lì a Natale? Di sicuro era solo questione di tempo prima che qualcuno scoprisse che era lei la responsabile delle condizioni di Marie-Hedwig... qualunque esse fossero. Aveva chiesto più volte al nonno i nomi dei morti appena arrivati, ma finora il suo non era stato tra quelli.

Passava il resto del tempo libero a osservare. La sua paura del Polidorium si era placata ormai da tempo. Ogni tanto, la Zia Morta, Dita Gelate o i Lumina venivano a trovarla.

Il più delle volte, però, era Musgret che saliva le scale a tonfi pesanti. Petronella notava piccoli dettagli sempre nuovi. I Lumina, per esempio, non stavano mai fermi, bensì galleggiavano su e giù senza sosta, indolenti e tranquilli come un banco di pesci abissali. Alla Zia Morta ovviamente piaceva guardare il mare con il binocolo, proprio come a Petronella.

Ma la cosa più interessante da osservare era il cambiamento che stava vivendo Musgret.

Petronella si rese conto con stupore che la gigantessa trascorreva molto tempo con Puffi. Il gatto si rifiutava ancora di entrare nella Stanza della torre, per non parlare di guardare Petronella negli occhi. Sembrava tanto più entusiasta di aver conquistato Musgret.

Petronella ci mise un po' a capire che i due giocavano insieme. A Puffi piaceva inseguire i branchi di topi in cui Musgret si trasformava. Questo aveva delle conseguenze: Petronella poté constatare come i topi stessero diventando sempre meno e Musgret sempre più piccola.

Per ogni momento trascorso con Puffi, Petronella concludeva che perdesse un pezzo di solitudine. La forma di Musgret diventava più umana, i capelli più setosi, gli arti più corti. Era affascinante.

Nel frattempo, la bufera di neve continuava a imperversare. Per giorni non si fermò, finché i rami del Tiglio Morto non si spezzarono sotto il suo gelido peso. Il tetto del Polidorium emise gemiti minacciosi, prima che uno schianto annunciasse che un nuovo buco si era aggiunto agli altri.

Il fragore destò Petronella dal sonno.

Non poteva più starsene rintanata lì nella torre con i suoi pensieri e i suoi fantasmi.

Doveva fare qualcosa! I suoi genitori non avrebbe potuto cercarli. Ma Marie-Hedwig sì.

Imbacuccata con cappotto invernale, sciarpa e berretto, Petronella sgattaiolò lungo il corridoio. Fu piuttosto facile uscire dal Polidorium senza che nessuno la vedesse, dato che tutti gli altri si erano riuniti davanti al camino per il tè. Proprio in quel momento, uno scoppio di risa risuonò attraverso la porta socchiusa.

Ora non mi invitano nemmeno più a prendere il tè, pensò con amarezza Petronella, reprimendo deliberatamente il fatto che aveva rifiutato in malo modo gli ultimi sette inviti.

Il freddo vento del nord le tagliò il viso non appena si fu chiusa alle spalle la pesante porta d'ebano, e iniziò a percorrere il viottolo ghiacciato. Quando, in cima all'argine, una folata quasi le strappò il berretto di lana dalla testa, pensò per un breve attimo di tornare indietro. Sì, Marie-Hedwig (o, almeno, la sua figura di luce) le aveva chiesto aiuto. Ma da quando poteva fidarsi della sua acerrima nemica? E se si fosse trattato di un ultimo, terribile inganno?

Non c'era altro modo per scoprirlo. Socchiuse le palpebre e attraversò l'argine innevato in direzione della città. L'autobus era stato sospeso e sembrava che non ci fosse nessun altro per strada all'infuori di lei.

La casa dei genitori di Marie-Hedwig si trovava nel centro di Tildrum. Non era tanto una casa quanto un gigantesco cubo di pietra e vetro. Quadrato, pulito, freddo. Le case tutt'intorno si aggrappavano al grande edificio come cagnolini a una gamba dei pantaloni.

Petronella premette il pulsante del campanello con il dito guantato e attese.

Nel frattempo, la bufera si era intensificata. Resti di neve giallomarrone le si erano attaccati agli stivali invernali e il freddo era penetrato da tempo fino allo strato inferiore dei vestiti. Premette di nuovo. E, dopo un minuto che sembrò interminabile, un'altra volta ancora.

Proprio mentre si stava voltando per andarsene (se delusa o sollevata, non avrebbe saputo dire), dietro l'enorme vetrata si accesero più luci abbaglianti contemporaneamente. Poi, la porta di cemento grigio si aprì e una donna dalle labbra sottili le rivolse uno sguardo privo di espressione.

«Sì?» chiese in tono distaccato.

«Pe-Petronella Po-Polidori» tirò fuori Petronella.

Il suo viso era già intorpidito dal freddo, e aveva quasi dimenticato il motivo per cui era venuta.

«Sì?» ripeté la donna. Che fosse la madre di Marie-Hedwig?

«Vorrei vedere Marie-Hedwig».

«Non si può».

«È...?» Petronella non pronunciò la parola.

Tanto non aveva importanza. O Marie-Hedwig era lì da qualche parte in quella casa, debole e davvero bisognosa di aiuto, o era già troppo tardi. Oppure Petronella era finita in una trappola. Si maledisse per non essersi ricordata di prendere i tarocchi. Non si poteva mai sapere.

«Bene, allora» disse la donna e fece per chiudere la porta.

«Aspetti» esclamò Petronella. «Io sono una compagna di

classe, cioè una... ehm... amica. Volevo venire a trovare Marie-Hedwig».

«Un'amica?» La donna sollevò un sopracciglio con fare dubbioso.

Il che fece riflettere Petronella. Di certo non poteva essere una cosa così insolita. Marie-Hedwig doveva ricevere visite quasi ogni giorno da tutti i suoi ammiratori.

«Sssì» disse piano e pensò: *dai, puoi fare di meglio!* Fece un sorriso sghembo e annunciò con convinzione: «La sua *migliore* amica!»

Quando il sopracciglio della donna si alzò di qualche altro millimetro, Petronella si morse il labbro. *Grandioso, adesso hai esagerato.*

Ma ora la donna si spostò da parte e le fece un cenno con il capo. Con uno sguardo di disapprovazione, osservò Petronella che si sfilava goffamente gli stivali mentre la poltiglia di neve si scioglieva formando una pozzanghera.

Per qualche motivo, Petronella si sentiva indifesa mentre se ne stava lì in piedi con i calzini bagnati nel gigantesco atrio. Il pavimento di marmo era liscio e talmente pulito che ci si poteva quasi specchiare.

Profumava di detergente agli agrumi e di vernice per pareti. L'intera casa era perfettamente pulita. Non solo pulita, ma... vuota. Da qualche parte si sentiva il rumore della radio, una melodia così insignificante che la si dimenticava non appena la si ascoltava.

Che cosa la avrebbe aspettata qui?

«Ehm» disse Petronella, rivolgendosi alla donna, che nel frattempo si era messa a quattro zampe a sfregare freneticamente il pavimento con uno strofinaccio nel punto dove Petronella aveva lasciato tutto sporco e bagnato. «Mi dispiace» aggiunse, non sapendo se si stesse scusando per il disordine o se provasse semplicemente pena per quella persona. «Come sta allora Marie-Hedwig, nel senso... può parlare? Non sta morendo, vero?»

La donna sospirò e si asciugò la fronte. «Finalmente...» disse.

Per un momento, quella parola rimase sospesa nell'aria. Dato che la donna non proseguiva, Petronella chiese con cautela: «Dove la trovo?»

«La signorina è in camera sua».

La signorina? Era ovvio che non si trattasse della madre di Marie-Hedwig, ma di una cameriera.

«E dove...?» Petronella dentro di sé sospirò. Non sapere come arrivare alla stanza della propria presunta migliore amica: *non dà per niente nell'occhio!*

Ma la cameriera era così presa a pulire il pavimento che non alzò nemmeno lo sguardo mentre in tono spento recitava: «Su per le scale, nel corridoio a destra, poi nel corridoio a sinistra, poi di nuovo a destra e poi l'ultima porta a sinistra».

Petronella avrebbe voluto avere con sé un foglio di carta o Pellegrino, perché quando salì le scale e si ritrovò al piano superiore, tanto vasto quanto spoglio, aveva già dimenticato le indicazioni.

Passò in rassegna con lo sguardo diversi corridoi con porte tutte uguali che non davano alcun indizio di essere la camera di una dodicenne. Tuttavia, nell'ultimo trovò quello che cercava. Proprio alla fine del corridoio, sotto la fessura di una porta, si intravedeva un debole barlume.

Bene, si disse per darsi coraggio. *Non so perché lo stia facendo, ma ormai indietro non si torna.*

Mentre percorreva il lungo tragitto verso la porta, non poté fare a meno di pensare a un ospedale. Si preparò al peggio mentre bussava timidamente.

Roberta sorseggiò il tè e chiuse gli occhi. Non era solo il fuoco del camino. No, quel calore piacevole lo sentiva dentro, nel profondo. Starsene lì seduti mentre fuori imperversava l'inverno era semplicemente confortevole.

«I *Macropinna microstoma*» disse Pellegrino con la tipica voce da spiegazione «sono i pesci fantasma più grandi. Possono raggiungere i cinquanta centimetri di lunghezza!» Entusiasta, aggiunse: «Mi piacerebbe tanto vederne uno da vicino».

«Pel, almeno a Natale non puoi darci un taglio con questi abissi marini» gemette Roberta, ma in realtà non lo pensava davvero.

In realtà avrebbe voluto coccolare il suo fratellino, che aveva mantenuto quel suo entusiasmo per qualsiasi cosa e non era sprofondato in una profonda autocommiserazione come evidentemente avevano fatto certe altre persone nella Stanza della torre. Il pensiero del Natale senza il dottor Oscar e la dottoressa Stella era semplicemente insopportabile.

«Mancano solo tre giorni a Natale» osservò Pellegrino. «Inoltre, c'è un motivo per cui ne parlo, perché si dà il caso che un *Macropinna microstoma* sia in cima alla mia...»

In quel momento si udì un solenne scampanio e a Roberta occorse un attimo per capire che si trattava del campanello d'ingresso.

«È morto qualcuno» constatò Pellegrino, asciutto.

Di rado dei visitatori si avventuravano nel Polidorium e,

quando succedeva, erano sempre i parenti di una persona defunta venuti a parlare con i nonni. Roberta fu ancora più sorpresa quando la figura alta e smilza del nonno oscurò la porta della Sala del camino.

«Roberta, hai visite» annunciò con voce sepolcrale. «Un ragazzo».

«Io?» Nella sua mente, Roberta passò in rassegna tutte le possibilità. Ne contò precisamente zero.

In piedi nell'ingresso c'era una figura imbacuccata, che spostava il peso da un piede all'altro fissando il soffitto, da cui pendeva uno scheletro di gabbiano con le ali spiegate.

Roberta lo riconobbe solo quando lo vide togliersi la sciarpa, per le sciocche linee nere sul labbro superiore che avrebbero dovuto passare per veri baffi. Luk! Il cuore le sobbalzò nel petto, ma lei si ricompose subito.

«Anch'io ho notato il gabbiano morto solo dopo un bel po'» disse con insistita disinvoltura. «Mi capita molto di rado di guardare in alto. E nemmeno indietro. Per lo più guardo avanti, sai. Anche lì ci sono tante cose da scoprire». L'ultima frase le uscì con un tono più tagliente di quanto avesse voluto.

«Ciao, Roberta». Luk tentò un sorriso, ma gli angoli della bocca sembravano ancora congelati.

«Ciao». Roberta infilò le mani nelle tasche dei pantaloni e allo stesso tempo si chiese se dovesse vergognarsi del pigiama a conigli. Decise di no e gli lanciò uno sguardo di sfida.

«Io... ehm...» Luk si impastò le mani, per l'imbarazzo o per il freddo. Forse entrambe le cose. «Certo che abitate abbastanza fuori mano».

«Già. Ti andrebbe una tazza di tè?» chiese Roberta.

Non c'è mai motivo di essere scortesi. Glielo aveva insegnato la dottoressa Stella quando era molto piccola, e Roberta non aveva perso occasione per infrangere quella regola. Ma adesso era di umore clemente.

Doveva essere così per via di quella conciliante atmosfera natalizia. Ridicola, eppure impossibile da ignorare.

«No, volevo stare solo...» borbottò Luk e cambiò idea a metà frase quando vide l'espressione di Roberta: «Va bene, magari una tazza posso prenderla».

Fece qualche passo esitante, come se si trovasse su un terreno pericoloso.

Natale o no, cortesia o meno, Roberta stava perdendo la pazienza.

«Togliti le scarpe!» sbuffò. «Che tu ci creda o no, anche noi facciamo parte della civiltà! Che cosa vuoi, perché sei venuto qui?»

Luk si tolse il berretto (uno di quelli con i paraorecchie, che Roberta aveva sempre pensato avessero stile, come notò con fastidio) e se lo fece roteare tra le mani.

Quando si chinò per slacciarsi le scarpe, si creò un imbarazzante momento morto. Questo rese Roberta ancora meno paziente.

«Sai che c'è,» proseguì «ci ho ripensato. Il tè è solo per gli amici».

Sulle zampe felpate, Puffi arrivò nell'ingresso e andò dritto verso Luk, che se ne stava lì in piedi con le spalle ricurve nel cappotto, ma senza scarpe. Con fare amichevole, il gatto annusò le calze di Luk, gli diede un colpetto allo stinco con la testa, poi si allontanò.

«Roberta, mi dispiace». Luk la guardò negli occhi per la prima volta da quando era arrivato. «Per quella cosa che ho detto. A scuola, in cortile. Sono un vigliacco. Non voglio essere un vigliacco.

Io voglio...» Impastò di nuovo il cappello tra le mani. «... essere tuo amico».

Roberta deglutì. Nessuno le aveva mai detto una cosa del genere. Cosa avrebbe dovuto rispondere?

Lo sguardo di Luk le svolazzò davanti come un uccello spaventato. Non vi era timidezza, ma paura, vero terrore... e appena dopo che Roberta si fu domandata se quella non fosse un'emozione un po' troppo forte per una proposta di amicizia, la paura si era giù insinuata in lei. Intanto, nell'ingresso si fece tutto buio e freddo, e non era il freddo di fuori. No, questo freddo non portava con sé l'aria fresca invernale; era vecchio, ammuffito e umido. Roberta non poté fare a meno di pensare al legno marcio delle navi. Si voltò e non credette ai suoi occhi, perché in corridoio si stava riversando un'ondata d'acqua salmastra, che lambì i piedi dei due e si insinuò loro nelle gambe dei pantaloni.

«Da dove arriva?» chiese Luk con voce piena di orrore.

«Oh cavolo, è...» Prima che Roberta riuscisse a dire Dita Gelate, ciò che aveva creduto fosse acqua si manifestò assumendo una nuova forma. Prima comparvero due piedi nudi, poi due gambe, un busto. In pochi secondi, si formò davanti a loro una figura umana. Il volto era in gran parte coperto da una folta barba, spettinata come la criniera selvaggia sotto la quale scintillavano due occhi azzurri.

Luk boccheggiò; sembrava che stesse annegando. Uno sgomento senza nome si dipinse sul suo volto mentre incredulo sussurrava: «Papà?»

Gli occhi non erano arrabbiati, come in quella foto nella

baita che Roberta si ricordava, ma dolci, sì, quasi amorevoli. Ivan Schrödersen (o l'essere che un tempo era stato Ivan Schrödersen) si avvicinò, allargò le braccia e vi racchiuse Luk.

Il corpo di Luk si irrigidì mentre suo padre accostava le labbra morte al suo orecchio e sussurrava qualcosa che Roberta non riuscì a sentire. Per un breve, terrificante momento pensò freneticamente a come liberare Luk dall'abbraccio. Ma poi si rese conto che non ce n'era bisogno.

Luk indietreggiò barcollando, con gli occhi pieni di lacrime.

«D'accordo» disse con voce fragile, senza staccare gli occhi da Ivan Schrödersen. «Lo riferirò alla mamma».

Aprì con uno strattone la porta d'ebano. Poi sparì fuori nella neve, senza scarpe e senza mai guardarsi indietro. Per la seconda volta nel giro di poche settimane, lasciò Roberta lì così. Anche se stavolta lei poteva capire le sue ragioni.

«Vieni» disse una voce familiare.

Roberta si voltò. Era Hein. Aveva in mano la palla di vetro con la neve con le impronte della signora Schrödersen. Tendeva l'altra mano. Ma l'invito non era per Roberta. Nel momento in cui Ivan Schrödersen afferrò la mano di Hein, si ritrasformò in Dita Gelate, crollando come il getto di una fontana. Hein fece lo stesso. In pochi istanti, di entrambi sul pavimento rimase solo una pozzanghera, che si infiltrò senza lasciare traccia nelle fessure tra le assi di legno nero.

Roberta urlò, perché non le venne in mente un'alternativa migliore.

«Sì?»

Al suono della voce di Marie-Hedwig, un brivido di sollievo

corse subito lungo la schiena di Petronella. Ma il senso di angoscia rimase. Abbassò la maniglia ed entrò.

La prima cosa che notò fu il rosso ciliegia delle pareti. Era quasi opprimente e faceva sembrare la stanza angusta, sebbene fosse tutt'altro che piccola. I mobili erano pochi. Uno di questi era il letto, così grande che Marie-Hedwig vi si sarebbe quasi persa se non fosse stata circonfusa da quell'improbabile bagliore. Era sdraiata supina con la coperta candida tirata fino al mento. Ora sollevò leggermente la testa. I suoi occhi lampeggiarono.

«Be', era ora!» La sua voce sembrò di colpo più ferma, quasi determinata come in passato. «Pensavo che non saresti mai venuta».

«Tu... tu sei sveglia!» constatò Petronella.

Marie-Hedwig gemette quando cercò di tirarsi su a sedere nel letto. Non ci riuscì e sprofondò di nuovo nei cuscini, completamente esausta. Sul lato sinistro della testa, i riccioli erano ricresciuti di un bel pezzo e si attorcigliavano disordinati sul tessuto bianco.

«Ti ricordi di essere venuta a trovarmi in camera mia?» chiese Petronella. «O, almeno, là c'era una parte di te...»

Marie-Hedwig contorse il viso in una smorfia che era solo lontanamente paragonabile al sorriso zuccheroso che tante volte aveva fatto infuriare Petronella...

«Certo che me lo ricordo» gracchiò. «Dopotutto, mi è quasi costato le mie ultime forze». Tossì.

Petronella si guardò con disagio la punta delle scarpe. «Dicono che hai l'influenza della Frisia Orientale».

Marie-Hedwig fece un rumore che Petronella riconobbe essere una risata soltanto con un certo ritardo. Diede un lieve colpo al bordo del letto accanto a lei. Petronella esitò, ma poi le si sedette vicino e aspettò che recuperasse le forze.

La sua voce era quasi un sussurro quando disse: «Petronella. Devo svelarti un segreto».

Petronella. Non becchina.

«*Tu* vuoi svelare *a me* un segreto? Perché?» chiese Petronella con sospetto.

«Ascolta». Marie-Hedwig tossì e si ricompose. «Mi dispiace. Per il corno di conchiglia. E per tutte le cattiverie che ti ho detto».

La voce di Petronella si fece sentire: «Come hai avuto il corno di conchiglia? E perché hai detto di sapere tutto sulla mia famiglia? È vero?»

Di nuovo i resti di quello che un tempo era stato il sorriso di Marie-Hedwig. «Non tutto. Ho esagerato un po' perché volevo spaventarti. Non è stato neanche divertente. È stato fin troppo facile».

«Come hai fatto a procurarti il corno di conchiglia?» Petronella avrebbe voluto scuotere di dosso le risposte dalla debole Marie Hedwig.

«Nello stesso modo in cui sono andata nella tua stanza l'ultima volta»:

«E come...?»

«Viaggiando nel sonno».

Petronella pensò di aver capito male perché la voce di Marie-Hedwig si era abbassata sempre di più. E poi, perché quella parola non aveva senso... *Un momento.*

Il *Manuale per viaggiatori nel sonno* affiorò dal profondo della sua memoria.

Il libro che Maric-Hedwig aveva preso in prestito dalla

biblioteca e che non aveva più restituito, stando a Linnéa LeVander, o meglio, stando alla Bibliotecaria in bicicletta. Che cosa aveva detto Linnéa? *Quel libro potrebbe essere pericoloso...*

I lineamenti di Marie-Hedwig si rilassarono mentre osservava Petronella.

«Lo sapevo» disse a mezza voce. «Tu sei l'unica che può aiutarmi. L'unica che sa di... queste... cose. Tu sei come me. L'ho capito la prima volta che ti ho vista».

«Io...» Petronella balzò in piedi. «Linnéa ha scoperto il libro da sola, io ho soltanto... Oh, cavolo, non l'ho ascoltata per niente, e invece ho sospettato che fossi tu a c'entrare qualcosa con la scomparsa di Pellegrino! È colpa mia se sei ridotta così! Se non avessi stretto quel patto con le tenebre...»

Si mise una mano sulla bocca e sprofondò di nuovo sul bordo del letto, con le guance arrossate dallo spavento e dalla vergogna.

«Un patto con le tenebre? Non mi sorprende». Gli angoli della bocca di Marie-Hedwig si contrassero. Certo. Avrebbe assaporato quel momento.

Poi all'improvviso Petronella avvertì una mano fredda posarsi debolmente sulla sua.

«Siamo così simili, Petronella. L'ho saputo fin dall'inizio. Solo che non potevo...» Marie-Hedwig fece una pausa per prendere fiato. «Non ho mai avuto un'amica vera. Quanto ho desiderato un'anima affine». I suoi occhi erano circondati da occhiaie, ma ora rilucevano. «Credo che noi due lo siamo, non è vero? Anime affini?»

Petronella la fissò. Sbalordita. E poi capì. Le sembrò che la sua acerrima nemica si fosse frantumata in mille pezzi proprio di fronte a lei, per poi ricomporsi per creare un'immagine completamente nuova. «Gli altri non ti sono mai stati davvero amici. Non ti ammiravano nemmeno. Avevano solo paura di te».

«Non mi sono mai adattata a questo posto. A questa città». Marie-Hedwig chiuse gli occhi. Parlare sembrava stancarla molto. Petronella non sapeva che cosa fare, così si limitò ad aspettare che Marie-Hedwig riprendesse a sussurrare. «Quella Linnéa LeVander. È proprio insistente. Continuava a invitarmi al suo stupido gruppo di lettura del mercoledì. All'inizio non volevo... i libri non mi interessano... e Linnéa, ovviamente, non era abbastanza per me».

Pronunciò l'ultima frase senza alcuna insicurezza. Ritrasse la mano. Da sotto la cappa di stanchezza e solitudine che si era posata su Marie-Hedwig, fece di nuovo capolino lui: lo sguardo arrogante che tante volte aveva incontrato Petronella.

«A un certo punto, ho iniziato a frequentare il gruppo di lettura del mercoledì. Per disperazione, per noia, non lo so. Non c'è altro in questo paesucolo. Ma non è servito a niente. Quelle persone ordinarie...»

Ansimò. «E invece, indovina: il *Manuale* era sullo scaffale e mi ha attratto come per magia. Ho capito subito che mi avrebbe cambiato la vita. L'ho visto anche nello sguardo di quella brava bibliotecaria... Era come se non volesse darmi il libro. Ma io l'ho portato via. Non avevo mai sentito parlare di viaggi nel sonno, ma, come si è dimostrato, ero molto dotata...»

«Che cosa sono i viaggi nel sonno?»

«Puoi imparare a staccare la coscienza dal tuo corpo. Passo dopo passo. Le istruzioni erano incluse nel *Manuale*. È facilissimo. Basta... smettere di mangiare, smettere di bere... per qualche giorno. Ridurre il respiro. Ci sono anche altri stratagemmi che bisogna usare. Poi vai a dormire... e abbandoni il tuo corpo. Puoi viaggiare ovunque tu voglia, basta che tu lo voglia abbastanza».

Petronella la fissò incredula.

«Io sono talmente brava a viaggiare nel sonno» continuò Marie-Hedwig con la sua voce roca e sussurrata, «che durante i viaggi riesco perfino a portare con me degli oggetti. Dei piccoli souvenir». Di nuovo quel ghigno. «Per esempio, il corno di conchiglia. Io raccolgo oggetti. E conoscenze. E li uso per intimidire le persone. Come te».

Petronella si figurò come l'Io dormiente di Marie-Hedwig si fosse aggirato per il Polidorium, inosservato da tutti i Polidori. Non era un'immagine piacevole.

«Mi dispiace. Ora mi odierai. Fai pure. Me la sono cercata».

Petronella annuì. Aveva tutte le ragioni per sentirsi disgustata. Per disprezzare Marie-Hedwig più che mai. Invece provava tutto il contrario. Quello che Marie-Hedwig le stava dicendo le suonava familiare. Perché non era altro che lo stesso metodo impiegato dai suoi nonni, che gestivano il Museo dei morti e lo sfruttavano per tenere sotto controllo gli abitanti della città.

«No. No. Io non ti odio» disse Petronella. «E non me ne andrò. O comunque, non finché non saprò come aiutarti».

Ecco di nuovo la mano di Marie-Hedwig. E quella che aveva nell'angolo dell'occhio era una lacrima? «Tutti quei viaggi nel sonno mi hanno sfinito troppo. Deve esserci un antidoto. Se c'è qualcuno che può scoprirlo, sei tu... Vai!» Contrasse il viso, sbatté via la lacrima facendomi l'occhiolino. «Becchina».

«L'antidoto non è nel *Manuale*?»

Marie-Hedwig scosse la testa, con sguardo impaziente.

«Certo che no. L'avrei saputo, non credi?»

I suoi occhi si offuscarono e chiuse le palpebre.

Le emozioni di Petronella erano più rapide dei suoi pensieri. Si sentì fredda come il ghiaccio. «Marie-Hedwig!»

Impotente, strinse ancora di più la mano attorno a quella di Marie-Hedwig e balbettò freneticamente: «Ascolta. Io vado a cercare aiuto. Ti prometto che tornerò, che... che... troverò una soluzione. Non preoccuparti, non ti abbandonerò!»

Staccò la mano dalla presa di Marie-Hedwig e si precipitò fuori dalla stanza rosso ciliegia.

«Dove siete tutti? Devo parlare con voi! SUBITO!» ruggì Petronella togliendosi il cappotto invernale. Gettò con noncuranza gli stivali per terra e corse in corridoio. «Vi devo...»

Si fermò, perché le due figure che stavano lì, nel buio, non erano i suoi nonni. E nemmeno Roberta e Pellegrino.

«Sono contento che tu sia qui».

Era Hein. Teneva qualcuno per mano. Una bambina, forse di sei anni. Aveva un sorriso tenero sul viso e a Petronella sembrava stranamente familiare. Al collo portava una collana di conchiglie, che ora stava consegnando con orgoglio a Hein.

«Margret vorrebbe salutarti» disse Hein.

Margret. Non Musgret.

La bambina alzò la mano in segno di saluto e le sorrise.

Prima che Petronella potesse dire una parola, accadde: Hein e Margret divennero sempre più piccoli, sprofondando nel pavimento e filtrandovi dentro fino a scomparire del tutto.

«Ehi, aspettate...»

Come aveva fatto con la Bibliotecaria in bicicletta, Hein

l'aveva portata oltre. Margret se n'era andata. Musgret se n'era andata.

Ma... perché proprio ora?

Petronella pensò a come Musgret era cambiata mentre giocava con Puffi.

E capì: dopo più di cento anni di solitudine, Musgret aveva finalmente trovato compagnia. Proprio grazie a un gatto. E quella era stata la sua salvezza. Ora era pronta per il suo ultimo viaggio.

Petronella non sapeva come sentirsi. Niente più passi rimbombanti, niente più scalpiccio di topi.

«Era la prima e l'ultima della sua specie». Pellegrino era uscito dall'"Acquario"" e si era fermato accanto a lei.

Teneva le mani giunte e imitava il tono di voce solenne del nonno.

«Hai detto proprio bene, Pel».

«È triste quando una creatura se ne va per sempre. Ogni volta».

«Hai perfettamente ragione».

Contro la sua volontà, Petronella a un tratto non poté fare a meno di sorridere. Quindi, alla fine, il piano di Roberta di scacciare Musgret con Puffi aveva funzionato. Anche se in modo molto diverso da come avevano immaginato.

«Cosa ridi?» chiese Pellegrino con tono accusatorio. «Come ho detto, è triste quando una creatura se ne va per sempre!»

«Però non bisogna sempre essere tristi, no?»

Pellegrino ci rifletté per un attimo, poi si spinse su gli occhiali e annuì.

In risposta a un impulso improvviso, Petronella gli afferrò la mano e la strinse.

Forse, pensò, *c'è ancora speranza, dopotutto. Se c'è salvezza per Musgret, forse c'è salvezza per me.*

Capitolo 17

Addio

«No, no, NO!»

La nonna batté la mano sul bracciolo della poltrona.

Petronella aveva notato che le facce dei nonni erano diventate sempre più cupe mentre raccontava la storia di Marie-Hedwig. Aveva sperato nella comprensione e nell'aiuto dei nonni, ma non si aspettava una reazione tanto forte.

«Te l'ho sempre detto, Pernell! Non abbiamo preso tutte le copie!»

Petronella guardò Roberta con aria interrogativa, ma lei si limitò ad alzare le spalle.

Il nonno aveva unito le lunghe dita a triangolo e nascosto il viso dietro di esse. Ora alzò lo sguardo. «Ma abbiamo ritirato tutte quelle della tirata...»

«Tirat*ura*, Pernell, si dice tirat*ura*!»

«Sì, ma come può essere che una copia sia stata dimenticata proprio nella biblioteca di Tildrum! È impossibile!»

Petronella sentì la sorella maggiore spostarsi impaziente sul bordo del divano. «Ci fareste la cortesia di spiegarci che cosa c'entrate voi con questo *Manuale per viaggiatori nel sonno*?» chiese Roberta irritata.

I nonni si scambiarono un'occhiata. Poi la nonna annuì e

il nonno disse: «Io sono C. P. Harker. L'autore del *Manuale per viaggiatori nel sonno*».

«Cosa?» esclamarono all'unisono Petronella e Roberta.

«Christopher Pernell Harker. Mi chiamavo così finché non ho sposato vostra nonna e sono diventato un Polidori».

La mente di Petronella correva. «Ma come... e perché hai scritto questo libro?»

«Non siamo sempre stati soltanto impresari di pompe funebri, passerotto. Io, per esempio» annunciò la nonna con orgoglio «ero una famosa cantante d'opera. Ho viaggiato in giro per il mondo deliziando tutti con le mie arie».

«E come tutti i Polidori» proseguì il nonno «eravamo anche prolifici nel campo della scienza. Io e vostra nonna abbiamo scritto questo libro insieme, ma credo che sia stato soprattutto io...» tossì il nonno, «... a spingere per la sua pubblicazione. Con i nostri esperimenti e le nostre ricerche, eravamo sulle tracce di un fenomeno, una sorta di espansione della coscienza dell'io nel sonno. Ora, tutti questi termini vi sembreranno molto tecnologici...»

«*Tecnici*, vorrai dire, Pernell. Oggi, però, consideriamo tutta questa faccenda più che altro un errore...»

Il nonno annuì gravemente. «All'epoca, abbiamo distrutto tutto quanto... o, almeno, così pensavamo. Perché gli effetti collaterali dei viaggi nel sonno erano peggiori di quanto sospettassimo. Abbiamo scoperto che, a ogni singolo viaggio nel sonno, il corpo umano subisce un forte indebolimento. Mentre il cosiddetto Io dormiente diventa sempre più forte, il corpo non riesce più a riprendersi». Tossì di nuovo. «In casi estremi, i viaggi nel sonno portano alla morte».

Petronella pensò agli occhi terribilmente stanchi di

Marie-Hedwig. Saltò in piedi ed esclamò: «L'antidoto! Qual è l'antidoto?»

I nonni prima si scambiarono un'occhiata e poi guardarono Petronella.

«È questo il punto» disse il nonno. «Non c'è».

«Ma dev'esserci! Altrimenti Marie-Hedwig morirà!» Petronella sentì le lacrime salirle agli occhi. Lei stessa si sorprese di quanto l'idea la preoccupasse.

«Dimmi, passerottino, quanto intensamente ha viaggiato nel sonno questa ragazzina?» chiese la nonna aggrottando la fronte.

«Abbastanza» rispose Petronella a bassa voce. «Trasportava perfino degli oggetti».

I nonni sussultarono all'unisono.

«FULMINACCI!» tuonò la nonna.

Poi ci fu silenzio. Petronella si accasciò sul divano, i nonni, sgomenti, tacevano e persino Roberta teneva perplessa gli occhi fissi avanti a sé.

«Gloria, mia cara» esordì infine il nonno. «Non credi che dovremmo...»

«Hai proprio ragione, Pernell. È una nostra responsabilità. Dobbiamo aiutare. O almeno provarci. Forza, dunque!» Si puntellò sul bastone da passeggio. «Andiamo a cercare questa bambina!»

La lunga auto nera dei nonni scivolava tra le coltri di neve. A rotta di collo, la nonna sfrecciò sulla strada dell'argine tagliando le curve ghiacciate.

Petronella era sballottata avanti e indietro sul sedile

posteriore e si chiedeva se, in caso di incidente mortale, sarebbe stata catapultata dritta nel Polidorium o se si sarebbe semplicemente risvegliata lì, nella sua cuccetta, come se non fosse successo nulla. Accanto a lei, dentro un cestino, tintinnava il servizio da tè. Per qualche motivo, i nonni avevano insistito per portare un thermos pieno di tè, tazze di porcellana, panna e zucchero candito.

Il nonno sedeva sul sedile del passeggero, perso nei suoi pensieri, con lo sguardo fisso davanti a sé.

«Ipnosi, magari» mormorò tra sé e sé. «Oppure... no...» Tra una cosa e l'altra, mormorava in tono implorante cose come: «Gloria, mia cara, attenta a quel lampione laggiù!" Oppure: «Frena! Frena!»

«Accidenti, Pernell, è meglio che ti concentri sulla scienza! Su! Pensa!»

Con una frenata improvvisa, la nonna fermò l'auto davanti al cubo che doveva rappresentare la casa dei genitori di Marie-Hedwig. Anche se i suoi genitori non erano in casa nemmeno adesso. Tuttavia, la porta d'ingresso fu prontamente aperta, stavolta da un domestico diverso. Fissò Petronella e i nonni come fantasmi.

«Sì?»

«Vorremmo...» cominciò Petronella.

Ma la nonna la interruppe: «Ci faccia entrare, e alla svelta!»

L'uomo non mosse un muscolo. «Desidera?»

«Senta, giovanotto, questa è un'emergenza» intervenne il nonno.

«*Ovviamente* è un'emergenza!» sbuffò la nonna, spinse l'uomo da parte ed entrò in casa.

A Petronella sfuggiva come una coppia di anziani con la

nipote e un cestino da picnic in mano potessero indicare un'emergenza, ma l'uomo rimase così sorpreso che reagì solo con una debole protesta: «Devo chiedervi di andarvene. Altrimenti chiamo la polizia!»

«Se lo può risparmiare» disse la nonna al di sopra delle sue spalle. Poi si fermò. Senza voltarsi, aggiunse in tono tagliente: «Ora andiamo di sopra. Non osi disturbarci. Se lo farà... credo che il nome Cora significhi qualcosa per voi. Abbiamo i gemelli».

«Che cosa sapete del mio... oh, siete voi. Quelli delle pompe funebri!» Il domestico impallidì e, disarmato, tacque.

«Scusi» gli disse Petronella dispiaciuta mentre lei e il nonno gli passavano accanto.

Si sentiva in colpa a nome dei nonni, che gli sfilarono davanti a testa alta. Chiunque fosse Cora, una cosa era certa: i nonni lo sapevano bene quanto quel pover'uomo, sul quale stavano facendo pressione sfruttando le loro conoscenze e certi gemelli. Era quasi certo che quei bottoni si trovassero nel Museo dei morti.

Le dava una sensazione strana ma rassicurante attraversare quella casa sconosciuta insieme ai nonni. Il cuore di Petronella batteva forte mentre apriva la porta della camera da letto di Marie-Hedwig....

«Marie-Hedwig, sono tornata, io... Oh». Colpita, le fissò il volto, che ormai era diventato bianco come le lenzuola. La luce che emanava era così intensa che dovette socchiudere gli occhi.

«FULMINACCI!» disse la nonna. «Che aureola!»

«Infatti» disse il nonno. «È la più luminosa che abbia mai visto su un essere umano».

«Anche voi vedete la luce?» chiese Petronella.

«L'aureola si crea quando l'Io dormiente si stacca dal corpo» spiegò il nonno. «Solo alcune persone riescono a vederla».

«Pernell! Per l'amor del cielo, concentrati! Dov'è il tè?» La nonna afferrò il cestino e cominciò a distribuire lo zucchero candito nelle tazze a una velocità mozzafiato, per poi versare il tè fumante e un goccio di panna. Poi bevve lei stessa un bel sorso prima di portare una tazza alle labbra di Marie-Hedwig.

«Ma come dovrebbe fare il tè a...» iniziò Petronella.

«Bapbapbap» fece la nonna. «Una bella tazza aiuta sempre!»

E infatti, si udì dai cuscini la voce sottile di Marie-Hedwig: «Chi sono queste strane persone?»

«Sono i miei nonni». Petronella le afferrò la mano. «Ti aiuteranno!»

Alle sue spalle, la nonna fece un respiro dubbioso. Poi il nonno le spinse entrambe da parte e si accovacciò con attenzione sul bordo del letto di Marie-Hedwig. Come un medico, le tastò il polso e contò in silenzio. Mise la sua grossa mano ossuta sulla fronte di Marie-Hedwig e si fece passare dalla nonna un cucchiaino, con il cui manico premette sulla lingua di Marie-Hedwig mentre la guardava in bocca.

Poi, aggrottando la fronte, chiuse gli occhi. Passarono alcuni minuti. Il nonno rimase così seduto.

«Nonno, cosa...»

«Shh!» sussurrò la nonna, continuando a fissare con tensione il marito.

Petronella la imitò, anche se non sapeva che cosa aspettarsi. All'improvviso, il nonno aprì gli occhi.

«Una procedura in cinque passi» disse, perfettamente calmo. «Come il viaggio nel sonno, ma al contrario. Perché dobbiamo ancorare di nuovo il suo Io dormiente al suo corpo. Ah. È molto semplice. Primo passo». Fece una pausa d'effetto (durante la quale la nonna gli gridò: «Pernell! Sputa il rospo!»). Poi si rivolse a Marie-Hedwig: «Mia cara, devi spalancare gli occhi, più che puoi, capito?»

Marie-Hedwig mormorò qualcosa, ma sollevò le palpebre con tutte le sue forze. Petronella vide quanto fosse difficile per lei.

«Secondo passo». Il nonno guardò con urgenza Marie-Hedwig. «Dì il tuo nome, forte e chiaro!»

Marie-Hedwig fissò lo sguardo davanti a sé con gli occhi spalancati mentre sussurrava qualcosa.

«Più forte!»

«...»

«Più forte!»

«MARIE-HEDWIG!»

«Molto bene, Marie-Hedwig. E ora, terzo passo, alzati».

«Ma, nonno, è troppo debole!»

Marie-Hedwig non si mosse, ma accadde qualcos'altro. La sua aureola cominciò a espandersi e a fuoriuscire dal letto. Il tutto continuò fino a quando non si formò un'intera Marie-Hedwig luminosa in piedi davanti al letto.

«Pernell!» gridò la nonna. «Guarda, si sta allontanando!»

Il nonno alzò le mani implorante. «Marie-Hedwig! Per favore! Tu DEVI alzarti!»

Petronella non ne poteva più. Si tirò su nervosamente e si servì di una tazza di tè.

Una tazza di tè aiuta sempre, pensò.

Senza rifletterci, prese la tazza e la portò alle labbra di Marie-Hedwig, proprio come aveva fatto la nonna.

«Ti prego, ti prego, bevi almeno!» mormorò e osservò con sollievo mentre Marie-Hedwig deglutiva.

Gemendo, come al rallentatore, la sua ex acerrima nemica si tirò su a sedere. I nonni e Petronella la aiutarono a spostare indietro la coperta e a girarle le gambe.

E poi Marie-Hedwig si alzò. Con molta fatica, molto lentamente, però si alzò. Con le gambe che le traballavano, fece un passo verso la sua aureola... e vi si fuse di nuovo. E non solo: l'aureola fu assorbita dal suo corpo. Alla fine, non si vedeva più.

Marie-Hedwig si guardò, incredula. Poi alzò lo sguardo a Petronella e ai nonni.

«Sono di nuovo io» disse con la sua voce normale e forte.

Petronella fece un passo verso di lei. «Marie-Hedwig? Sono io, Petronella».

A Marie-Hedwig scintillarono gli occhi verdi. «Ma certo. La becchina! La mia...»

A Petronella si bloccò il fiato. Marie-Hedwig aveva dimenticato tutto quello che le aveva detto al capezzale?

Marie-Hedwig fece un altro passo instabile e circondò Petronella con le braccia. «... la mia anima affine!»

«Anima affine» sussurrò Petronella.

Da sopra la spalla di Marie-Hedwig, guardò il nonno. Il suo sorriso diceva: *Vedi, te l'avevo detto che avresti trovato un'amica.* E diceva anche: *Sono sempre qui per te, mia cara.*

Per un attimo Petronella si sentì completa. E felice. Poi si ricordò di una cosa.

«Questi erano solo tre passi». Lasciò andare Marie-

Hedwig. «Avevi detto che il procedimento prevedeva cinque passi, nonno! Quali mancano ancora?»

Il nonno annuì, serio. «Sei molto attenta, mia cara Petronella». Si rivolse a Marie-Hedwig. «Quarto passo: mangiare. Quinto passo: aspettare e bere il tè».

«Tutto qui?» Marie-Hedwig sbuffò. «È un gioco da ragazzi. E ne avevo già intenzione!»

«Il tuo Io dormiente» disse il nonno «deve ancorarsi di nuovo saldamente al tuo corpo. Mi devi promettere che non farai mai più un viaggio nel sonno. Mai più! Altrimenti sarà l'ultimo che farai. Hai capito?»

Marie-Hedwig esitò. Poi annuì e sorrise, raggiante. Petronella non le aveva mai visto fare un sorriso così caloroso. «Restate a cena?»

La nonna spinse il thermos nella mano di Marie-Hedwig. «Ecco, bevilo tutto. E mangia anche per noi. Ora ci salutiamo».

«Un'altra cosa». Il nonno si alzò. Guardò con urgenza Marie Hedwig. «Il *Manuale*. Per favore, consegnaci la tua copia».

Marie-Hedwig spostò lo sguardo tra il nonno e Petronella. Fece un pesante sospiro. «Non ce l'ho più".

«Devo aver sentito male» sbottò la nonna.

«Temo di no» ammise mogia mogia Marie-Hedwig. «L'ho perso».

La nonna allungò le braccia al soffitto ed emise un suono molto forte, indefinibile. Poi annientò Marie-Hedwig con lo sguardo, inspirò e tese il braccio al nonno. «Vieni, Pernell! Qui non abbiamo più niente da fare».

Il nonno le prese il braccio e disse con voce sepolcrale: «Molto bene».

In silenzio, i due si alzarono in piedi e somigliavano a un

corteo funebre molto ristretto.

«Mi dispiace!» gridò loro dietro Marie-Hedwig.

La nonna disse al nonno: «In fondo, non poteva immaginare la gravità del guaio che ha combinato».

«No, mia cara, immagino di no».

«Ma ora dobbiamo aspettarci il peggio, non è vero, Pernell?»

«Sì, mia cara Gloria, suppongo di sì. Il peggio. Vieni, passerottino, dobbiamo sbrigarci. Il Natale non aspetta noi».

Mentre se ne andava, Petronella salutò la sua nuova amica, sperando che non fosse stata troppo scoraggiata dal comportamento dei nonni. Ma ovviamente non doveva preoccuparsi di questo. Marie-Hedwig le strizzò l'occhio con fare cospiratorio e le rivolse un ampio sorriso.

Il freddo gelido rendeva le dita di Roberta rigide e insensibili, tanto che riusciva a malapena a percepire la corda tra le mani. Ma non le importava. Anche Hein teneva una parte della fune e le sorrideva. Questo riscaldò Roberta da dentro come la tazza di tè caldo che sicuramente la stava già aspettando nella Sala del camino.

Si guardò intorno. L'abete giaceva pacifico sulla slitta che stavano trainando insieme, e aspettava di adempiere al suo scopo finale di albero di Natale.

«In realtà è ben triste, vero?» esclamò Roberta, divertita. «Quest'abete se n'è stato qui a Hollismoor per tutto questo tempo, e poi arriviamo noi... e bum! Fine della pace».

«Pace?» Hein guardò di nuovo la brughiera, che dietro di loro scintillava di ghiaccio e neve. «Non direi proprio».

«Be', un albero come questo è un compagno abbastanza silenzioso...»

«Anche la morte è silenziosa» rispose Hein. «Ed è proprio questo che gli abeti rossi portano nella brughiera. Insieme all'acqua, lentamente prosciugano la vita».

«Come un vampiro... ahah! Divertente». Roberta sorrise e smise subito quando vide la faccia seria di Hein. «No, certo, non è affatto divertente. Brutto albero! Meno male che l'abbiamo fatto fuori».

Era il crepuscolo e il Polidorium sembrava aspettarli con le sue finestre illuminate. Il cuore di Roberta batté forte. *Casa mia*, pensò con orgoglio.

«Roberta?»

«Sì?» Sorridendo, si voltò verso Hein... e trasalì.

Era abituata al fatto che Hein avesse sempre un'aria triste, gli apparteneva come il glicine alla facciata del Polidorium. E anche il nero profondo dei suoi occhi non la spaventava più così tanto, ormai. Ma per un attimo, per un piccolo momento irreale, le sembrò che i suoi lineamenti fossero deragliati. Come se la bocca gli fosse collassata su se stessa, come se la fronte fosse solcata dalle rughe più profonde. Come se gli occhi gli si fossero riempiti di lacrime. Lacrime di un nero profondo.

All'improvviso, quelle parole le entrarono in testa, e non sapeva da dove fossero venute:

Abbi cura di te, Roberta. Pensa a Luk, dagli una possibilità. Mi dispiace di dovermene andare. Addio!

Poi il momento passò, con la stessa rapidità con cui era arrivato.

«... se puoi darmi una mano con l'albero? Roberta? Tutto

a posto?» Hein si era chinato sulla slitta e aveva afferrato il tronco dell'abete.

Qualsiasi cosa avesse appena sentito e visto, poteva essere accaduta solo nella sua immaginazione.

«Sì, certo» mormorò Roberta, confusa, e afferrò la cima dell'abete. Gli aghi la punsero attraverso i guanti.

Hein le sorrise mentre trasportavano l'albero in casa. «Buon Natale, Roberta».

«Buon Natale, Hein».

«È arrivato l'albero!» gridò la nonna mentre lo trascinavano a fatica in un angolo della Sala del camino. «Pernell! Passerotti! Guardate, hanno portato l'albero!»

«Un vero capolavoro». Mettendo le mani dietro la schiena, il nonno li raggiunse. «Bravissimi».

Petronella e Pellegrino entrarono di corsa. Le loro guance, di solito così pallide, erano rosse come due mele candite.

Erano tutti riuniti intorno all'albero di Natale ad ammirarlo.

«Io faccio l'albero» annunciò la nonna. «Chi vuole può aiutarmi!»

Aprì il coperchio di una scatola e tirò fuori una decorazione grigia brillantinata a forma di capodoglio. Per un momento, sembrarono una famiglia normale che festeggiava il Natale.

Odio interrompere.

La voce piombò di colpo nella testa di Roberta, sebbene non fosse la sua. A quanto pare, la sentirono anche tutti gli altri, perché scossero la testa per lo spavento. Petronella gridò e gli occhi di Pellegrino si fecero enormi.

Anche se... in realtà non è così, la voce continuò. *Già. Anzi, mi dà il massimo del piacere.* Una risata gracchiante risuonò nella testa di Roberta.

Hodder Morkel era tornato. Sembrava essere ovunque e da nessuna parte, perché Roberta non riusciva a vederlo.

«Dove sei, baleniere?» esclamò la nonna, brandendo il bastone davanti a sé come un'arma. «Fatti vedere, vigliacco!»

L'equilibrio è una cosa strana. Ora è di nuovo dalla mia parte... la parte delle tenebre, come la chiamate voi. Di nuovo riecheggiò la risata. Sembrava provenire da ogni dove, gocciolare giù dal soffitto, trasudare dalle assi del pavimento e scorrere lungo le pareti. Insieme alla risata, arrivò anche l'oscurità. Roberta ebbe la sensazione che una mano ghiacciata le avvolgesse il cuore. Sì, la Sala del camino era diventata fredda. Le tenebre si insinuavano nella stanza e spegnevano il fuoco, inghiottendo lentamente, centimetro dopo centimetro, ogni luce e calore.

In preda al panico, Roberta cercò lo sguardo di Petronella. «Fai qualcosa, Nelli!» la incalzò. «Prendi i tarocchi! O in qualsiasi modo tu lo faccia. Devi salvarci subito!»

Petronella la fissò con gli occhi sgranati per il terrore. Poi annuì più volte e cominciò a frugare freneticamente nelle tasche finché non trovò la carta con la Morte. La tese in alto e strillò: «*Spiramentum polidorium*!»

ORA BASTA! L'urlo penetrò fin nel midollo di Roberta, echeggiando nel Polidorium e nella sua testa. Le parole che seguirono si insinuarono dritte nel suo cuore: *Non rendetevi ridicoli. Avete perso, non c'è nulla che possiate fare ora, Polidori. Vi causerà solo più dolore se non starete fermi. Sììì. Ve lo dico per l'ultima volta: questa casa è MIA!*

«No, mai!» urlò il nonno.

In quello stesso momento, fu scaraventato a terra. Roberta strillò. Le tenebre si erano estese ancora di più, ora riempivano quasi tutta la stanza e le lambivano i piedi.

Roberta si guardò intorno in cerca dei suoi famigliari. Voleva guardarli tutti negli occhi ancora una volta prima che calasse il buio. Gli altri sembravano aver pensato la stessa cosa. La nonna si era sistemata accanto al nonno; era strano vederli così, per terra. Petronella e Pellegrino si guardarono l'un l'altra e poi, impauriti, volsero gli occhi a Roberta.

Era solo Hein che Roberta non vedeva da nessuna parte.

«Hein, dove sei?» chiamò a mezza voce, disperata.

Ma lui non c'era più. Allora, di colpo, capì: quello strano momento di prima non era avvenuto solo nella sua testa. Hein l'aveva salutata, a modo suo.

Capitolo 18

Il punto più profondo dell'Atlantico

Non c'era scampo. Le tenebre si abbatterono su di loro come un'onda anomala. Petronella riuscì a lanciare un'ultima occhiata al volto del nonno.

Poi calò il buio.

Era un'oscurità che spazzava via ogni sentimento, ogni speranza, lasciando solo silenzio e paura. Petronella si sentì sprofondare, sprofondare sempre più giù nel freddo nero.

Ma, all'improvviso, ecco qualcosa, prima sfocato, poi sempre più chiaro: un pensiero, il ricordo del volto del nonno prima che fosse inghiottito. Il nonno aveva... *sorriso*. Pieno di fiducia, l'aveva guardata negli occhi e aveva annuito come a dire: *Fidati di me. Andrà tutto bene.*

Ma che cosa può andare bene, adesso? si domandò Petronella. Ogni speranza era svanita, trascinata via dall'oscurità di Hodder Morkel.

Anche se...

«Oh cavolo, che stupida che sono!»

Le parole uscirono spontaneamente da Petronella. Nonostante le tenebre. Nonostante la paura che minacciava di farle scoppiare il cuore.

Nonostante la presenza opprimente di Hodder Morkel,

che sembrava fondersi con la casa.

Si mise a brancolare finché non sentì una mano, la afferrò, brancolò ancora e strinse la seconda mano con le dita.

NON OSATE! La voce di Hodder Morkel risuonò come un oceano che mugghiava. *VOI APPARTENETE A ME!*

In seguito, Petronella non avrebbe saputo dire come avesse trovato la forza o come avesse fatto a orientarsi al buio. Forse furono i morti ad aiutarla. Insieme ai suoi fratelli, riuscì a raggiungere la biblioteca, aprì la porta a due ante e uscì all'aperto, alla luce.

Come mezzi annegati, Petronella, Pellegrino e Roberta si lasciarono cadere sui gradini di pietra ghiacciati, respirando affannosamente.

VE NE PENTIRETE, VOI...

Pellegrino balzò in piedi e chiuse la porta.

«Non bisogna credere a tutto quello che dice» osservò, come a chiusura di una discussione noiosa.

Petronella non poté fare a meno di sorridere, ma tornò subito seria. «Venite» disse a bassa voce. «Dobbiamo andare alla Pozza Nera».

Le orme si addentravano nel giardino e si perdevano tra le rose selvatiche, dove gli angeli di pietra in rovina rivolgevano sguardi ciechi a Roberta.

«Ma i nonni...» protestò, però Petronella continuò imperterrita a camminare.

La consapevolezza colse Roberta all'improvviso. Quelle che portavano alla Pozza Nera erano le tracce di Hein. I cespugli tendevano i rami verso di lei e le spine le trapassavano la pelle, la neve cadeva giù dalle foglie di rosa ghiacciate mentre lei cercava invano di districarsi.

«Lasciatemi andare, è mio amico!» gridò, senza nemmeno avere il tempo di domandarsi con chi stesse parlando.

Poi tutte le parole persero di significato, perché intravide Hein. Davanti a lui c'era la Pozza Nera, immobile, nera e profonda.

Troppo profonda.

La superficie si increspò dolcemente quando Hein si tuffò. Dal suo corpo si diramarono piccole increspature, che scomparvero prima di raggiungere la riva. Tese la mano come per mostrare alle tenebre che aveva portato qualcosa per loro. Roberta riconobbe il tupilak. Era di nuovo intero, qualcuno, Hein probabilmente,aveva rimesso insieme le due metà.

Un mormorio e un sospiro attraversarono il giardino invernale, come se un gigante addormentato si stesse agitando. Hein non si voltò, non esitò. Solo quando l'ultima punta dei suoi capelli fu inghiottita dal nero profondo, Roberta riuscì di nuovo a muoversi.

Si liberò, voleva chiamare il suo nome, ma aveva la voce congelata. Si udì un crepitio secco e quando Roberta cadde in ginocchio sulla riva innevata della pozza, la superficie era rigida e fredda. Uno spesso strato di ghiaccio ricopriva l'acqua nera.

Petronella accarezzò la schiena della sorella maggiore e disse piano: «Niente è regalato. Ma ogni cosa ha il suo lato positivo. Me l'ha detto Hein una volta, sai?»

Ma lei stessa non sapeva se avesse capito quelle parole.

Pellegrino annuì. «Hein era l'anima buona della casa» ripeté le parole che un tempo aveva detto il nonno. Poi aggiunse, più che altro a se stesso: «E Hodder era l'anima cattiva della casa».

Roberta singhiozzò, in preda alla frustrazione. «E adesso? E il nonno e la nonna? E la casa? Abbiamo perduto tutto!»

«Andiamo a vedere» disse Petronella, cercando di ignorare il senso di nausea nello stomaco.

Un cervo si fermò ai piedi delle scale, sbuffò dalle narici e mosse un orecchio. Era solo un messaggero. Petronella rimase come ancorata sul posto mentre osservava altri cervi, tre volpi e un gruppo di conigli radunarsi alla destra e alla sinistra del cervo.

Gli animali erano tornati.

Petronella sbatté le palpebre. Si vedevano a malapena nella penombra del crepuscolo, ma erano lì, neri, in fila sui rami del Tiglio Morto: i suoi corvi. Si abbassò quando una grande ombra emerse dall'oscurità e atterrò ad ali spiegate sulla schiena del cervo. Era il barbagianni della soffitta.

Non avere paura. I suoi occhi scuri si conficcarono nello sguardo di Petronella.

Petronella per poco non gridò per lo spavento e la contentezza. *Tu... voi... mi parlate di nuovo?*

Veniamo in pace. Per enfatizzare l'affermazione, il barbagianni aprì le ali.

Pace Pace Pace Pace Pace Pace Pace Pace
Pace Pace Pace Pace Pace Pace Pace Pace
Pace Pace Pace Pace Pace Pace Pace Pace
Pace Pace Pace Pace Pace Pace Pace Pace Pace

Pace Pace Pace Pace Pace Pace Pace Pace Pace Pace Pace
Pace Pace Pace Pace Pace Pace Pace Pace Pace Pace Pace

Tutti i corvi si erano alzati in volo dal Tiglio e volteggiavano in cerchio sopra il gruppo di animali.

In quel momento, qualcosa nell'anima di Petronella si allentò. L'uccello scuro mosse le ali e volò via.

«Che cosa sta succedendo *qui*?»

Petronella trasalì e si girò di scatto quando la voce della nonna risuonò nel giardino. Era in piedi sulla porta aperta della biblioteca, con una mano sul bastone da passeggio e l'altra sul braccio del nonno.

Il cuore di Petronella le sobbalzò nel petto.

«Siete vivi!» esclamò e volò tra le loro braccia.

Sentì anche Roberta e Pellegrino premere contro di lei. Per un attimo rimasero così, insieme, sul tappeto del mondo, una famiglia riunita nella sua casa.

«Dov'è il baleniere?» chiese infine Roberta, dopo che si furono staccati.

«Se n'è andato» disse il nonno. «Questa volta per davvero».

Petronella si voltò: gli animali avevano iniziato a muoversi. Solo il barbagianni tornò indietro una volta e si posò sul gradino di pietra più basso.

Pace, dicevano i suoi occhi neri. *Temporanea*. Solo queste parole, poi aprì le ali e volò via verso il tetto.

«*Tyto alba*» disse Pellegrino, raggiunse il fianco di Petronella e guardò il barbagianni.

«E io che pensavo che ci fossimo liberati di questo problema!» esclamò la nonna, sconvolta. «State in guardia!» Alzò il bastone da passeggio.

«No! Dicono che siamo in pace» dichiarò Petronella.

«*Dicono* che siamo in pace?» La nonna strinse le labbra.

«E che cos'è successo a Hein?» La voce di Roberta era piccola piccola. Sprofondò sul divano, pallida e congelata. «Hein non tornerà, vero? È andato in quella stupida pozza!» singhiozzò. «Si è tuffato, così. E poi quella maledetta pozza si è ghiacciata! Hein è...» Non parlò oltre.

«Hein l'ha fatto per noi» annunciò il nonno con un'espressione solenne. Petronella ripensò agli occhi tristi di Hein, neri come la pozza.

«Dimmi, passerottino mio, aveva con sé il tupilak?» la nonna si rivolse a Roberta.

Lei la fissò sconcertata con gli occhi arrossati. «Tu... lo sapevi? Perché non l'hai fermato?»

«Era l'unico modo, mia cara». Il nonno si schiarì la gola. «Hein ha portato a termine il suo ultimo compito. Ha portato con sé il tupilak e così ha fatto in modo che Hodder Morkel lasciasse il Polidorium per sempre».

«Ma...» Roberta strinse i pugni. «Non è giusto!»

La nonna stava per rispondere, ma Petronella le mise una mano sul braccio.

«Era il compito di Hein, no?» disse. «Era il suo... destino, o come vogliamo chiamarlo. Ha sempre saputo che prima o poi sarebbe successo».

Roberta singhiozzò di nuovo e si asciugò gli occhi con la mano.

«Hein riuscì a intrappolare l'anima di Hodder in questa casa nascondendogli il tupilak» spiegò il nonno. «E fu un bene. Ma fu allora che la potenza delle tenebre sorse nel Polidorium, disturbando l'equilibrio naturale».

«*Spiramentum polidorium*» dissero Petronella e Pellegrino all'unisono.

«Sì, è così che le chiamiamo. Imparate in fretta, miei cari. I morti restano aggrappati alle tenebre e, come Hodder, sono costretti a restare qui. Hein faceva del suo meglio per aiutarli a passare oltre guidandoli nella Pozza Nera e, quando erano pronti, affondandovi i veicoli d'anima. La Pozza Nera è un portale per l'infinità».

«*Eternità*, Pernell, si dice *eternità*!»

«Le vetrinette nel seminterrato, il Museo dei morti» disse Petronella. «Sono tutti veicoli d'anima».

«Esatto. Tutti i morti hanno un veicolo d'anima » spiegò il nonno. «Un oggetto con cui hanno stabilito un legame al momento della propria morte. Quello che per Hodder Morkel era il tupilak, per altri è una palla di vetro con la neve. O una collana con una conchiglia. O un paio di orecchini... Noi Polidori conserviamo e amministriamo queste cose solo per i morti».

«E si può invertire il processo?» chiese Roberta speranzosa. «Ripescando i veicoli d'anima, magari?»

«Nessuno ci ha mai provato» sibilò la nonna.

Scoccò a Roberta un'occhiata che diceva: *Non osare nemmeno pensarci!*

Roberta guardò oltre lei, nella natura selvaggia del giardino.

«Nessun processo può essere invertito. Le tenebre permangono.

Ma questo ha un lato positivo, perché, come sapete, i Polidori hanno tratto vantaggio dallo *Spiramentum polidorium*. Tuttavia, dobbiamo fare attenzione a mantenere l'equilibrio. E ora, anche Hein se n'è andato, portando con sé il tupilak con cui tutto ebbe inizio» disse il nonno, aggiungendo con la sua voce da impresario di pompe funebri: «Hein lascerà un terribile vuoto in tutti noi».

«Già, ha pensato anche a questo» concordò la nonna con un sospiro. «Quindi ora prendiamo una tazza di tè».

Come a fungere da sottofondo alle sue parole, la Pendola della morte batté le ore. Petronella contò a mente i rintocchi mentre camminava lungo il corridoio. Cinque. Si fermò davanti all'orologio e guardò il piccolo Tristo Mietitore scomparire di nuovo dietro la sua porticina. Fu allora che lo notò. Dovette guardare due volte per accertarsene.

Sì, era così...

«La Pendola della morte» disse «va di nuovo avanti!»

Roberta si fermò accanto a lei. «È anche merito di Hein, vero?»

Petronella annuì. L'equilibrio era stato ristabilito. Un'ombra era stata tolta dalla sua anima. Per questo gli animali le avevano offerto la pace. Non avrebbe più potuto chiedere aiuto ai morti, perché il patto era stato sciolto. Non avrebbe dovuto infestare il Polidorium per sempre. Ci aveva pensato Hein. E lei gli aveva promesso di non essere triste per la sua scomparsa.

«Niente è regalato» mormorò. «Ma ogni cosa ha il suo lato positivo».

La colazione della mattina dopo fu silenziosa. Hein aveva lasciato un vuoto nel Polidorium... e anche nella dispensa.

«Chi mi spiega come funziona questa macchina?» brontolò la nonna mentre punzecchiava il tostapane con la forchetta.

Il resto della famiglia alzò le spalle. Così, la mattina della vigilia di Natale, mangiarono toast bruciati con il tè.

«Sono come quelli della dottoressa Stella» osservò Roberta, asciutta.

Petronella non poté fare a meno di sorridere al pensiero dei rari tentativi ai fornelli della dottoressa Stella, ma smise non appena vide il nonno. Se ne stava sulla soglia della cucina come un airone grigio con le ali spezzate, con una pila di lettere e giornali in mano.

«L'ufficio postale ha finalmente riaperto» disse con voce monocorde. «Era stato recluso per allagamento dopo la tempesta di quest'autunno e...»

«*Chiuso* in questo caso, Pernell» lo corresse la nonna, ma si fermò prima di addentare il suo toast nero. «Santo cielo, non stai bene?»

«La posta» disse il nonno. «La posta dell'autunno scorso. Tutte le lettere...»

Si lasciò cadere su una sedia e fece scivolare la posta sul tavolo.

Roberta guardò la pila come se un'orda di ragni dovesse strisciarne fuori, e non si mosse. Petronella riconobbe su quasi tutte le lettere il timbro della Società per l'esplorazione degli abissi marini.

«Ma cosa...?» Roberta afferrò una lettera e la aprì freneticamente.

«È indirizzata alla "Famiglia Polidori", perciò anche a me» disse Pellegrino aprendo una busta. Mentre leggeva, il solco tra gli occhi gli si approfondì, gli occhiali gli si appannarono e le orecchie gli divennero rosse.

Anche la nonna prese una lettera e la aprì, ma non la

strappò con le mani, bensì usò il tagliacarte d'oro, che aveva l'estremità a forma di coda di balena.

Contro ogni ragione, Petronella sperava che in quelle lettere ci fosse qualcosa di buono. Qualcosa che rendesse superflue cose come i telefoni del vento. Qualcosa di natalizio. Trattenne il respiro. Le dita le tremavano mentre apriva e dispiegava una lettera. Tre parole le saltarono all'occhio.

... con profondo rammarico...

Mise subito giù la lettera ed espirò lentamente.

«Qui si dice che è stata trovata una tavola di una nave, che attribuiscono alla *Vento di bufera*» disse la nonna.

«Timone» incalzò Roberta, tenendo in mano un'altra lettera.

«Sono riusciti a trovare il diario di bordo della *Vento di bufera*. Quindi ora sanno tutto sul naufragio» riassunse Pellegrino. «È affondata sopra l'abisso Milwaukee, dicono qui. La *Vento di Bufera*, intendo. È il punto più profondo dell'Atlantico. L'abisso Milwaukee, intendo».

Risuonò uno scampanio. Era il maestoso campanello della porta, ma nessuno rispose.

«È morto qualcuno» mormorò Roberta, persa nei suoi pensieri, prima di continuare come tutti gli altri.

Quando il campanello suonò una seconda volta, Petronella si alzò e camminò lungo il corridoio come una sonnambula, mentre le tre parole

... con profondo rammarico...

le riecheggiavano nella testa. Per questo, quando aprì la porta, non si rese subito conto di chi le stava davanti. Le due stavano a braccetto in piedi davanti alla soglia e le rivolgevano ampi sorrisi.

«Buon Natale!» Marie-Hedwig tese a Petronella un'elegante scatola marchiata *Harrys Liquirizia e marzapane di Natale*, mentre entrava nell'ingresso con Linnéa LeVander al seguito. «Appena sgraffignata dal nastro trasportatore, apposta per te... anima affine». Sussurrò l'ultima parola nell'orecchio di Petronella mentre la stringeva a sé.

«Che freddo fa qui dentro!» balbettò Linnéa. «Non congelate? C'è una corrente d'aria qui, non è vero? Ma è ovvio, una casa così grande ha bisogno tanta legna per scaldarsi... Non sarebbe giusto nei confronti della foresta, suppongo. Oh, prima che mi dimentichi: ecco, per te! Nella confezione originale, con gli auguri di mio padre! Buon Natale, Petronella!»

Petronella fissò la scatola di cartone con la scritta *Forbici per destrorse con incisione* e poi di nuovo la scatola elegante nelle mani di Marie-Hedwig.

«Forza, aprile!» esclamò Linnéa con impazienza.

«Adesso?» mormorò Petronella, mentre con dita tremanti sollevava il coperchio di cartone e tirava fuori un paio di forbici dorate. Sulla lama era inciso il suo nome. Si sentiva del tutto spiazzata.

«Non mi servono più le tue doti di parrucchiera, però. Ormai me li taglio da sola» disse Marie-Hedwig, buttandosi i riccioli sulle spalle in modo da rendere visibile il lato della testa appena rasato. «Ora li porto sempre così. Mi stanno meglio».

Marie-Hedwig si lasciò sfuggire una risata rauca e anche

Linnéa LeVander ridacchiò. Quando Petronella non si unì a loro, si fermarono. Per qualche istante nessuno disse nulla e rimasero tutte a guardarsi in silenzio, mentre lo scheletro del gabbiano sopra di loro scricchiolava dolcemente nella corrente.

Poi Petronella si rese conto che forse era il suo turno di dire qualcosa. *I miei genitori sono affondati con la loro nave da ricerca nell'Atlantico del Sud! Ho il cuore spezzato!* pensò, ma si limitò a borbottare: «Ehm». Deglutì a fatica. «Io non so... Io non ho un regalo per voi!»

«Petronella Polidori,» disse Marie-Hedwig «mi hai già fatto il più bel regalo di sempre».

«Io?» Incerta, Petronella si tirò il labbro superiore sugli incisivi. «Ma quale regalo?» Si sentiva davvero stupida.

Marie-Hedwig le prese la mano come aveva fatto allora al suo capezzale. «La mia vita, Petronella. Tu mi hai ridato la vita».

Petronella pensò ai suoi nonni, e al fatto che in realtà erano stati loro a salvare la vita di Marie-Hedwig con le loro istruzioni in cinque passi, ma preferì non nominarli.

Come se avesse indovinato quello che pensava, Marie-Hedwig diede un'occhiata furtiva intorno a sé e chiese: «Ho fatto un bel pasticcio, vero? Non avrei dovuto perdere il *Manuale*».

«No, direi di no» sospirò Petronella. «Ma come ha detto il nonno, alla fine non potevi sapere quanto fosse pericoloso. O sbaglio?» Cercò di leggere gli occhi di Marie-Hedwig, ma rimasero impenetrabili. «Davvero non avevi paura quando viaggiavi nel sonno?» chiese d'impulso.

«Mm». Marie-Hedwig la guardò pensierosa. Nel farlo, i

suoi occhi verdi scintillarono, conferendole un'espressione selvaggia, avventurosa. «Non ci avevo mai pensato. Ma ora che me lo chiedi... No. Non ho avuto paura. Mai». Rise. «Oh, aspetta, ho un'altra cosetta per te». Marie-Hedwig porse a Petronella un pacchettino avvolto nella carta da regalo. «Ma non aprirlo fino a stasera, quando sarai da sola»

Petronella avvampò e poi rabbrividì. «Non so davvero che cosa dire» sussurrò. *Mi sa che dovrò abituarmi ad avere delle amiche.*

«Di' solo grazie!» suggerì Linnéa LeVander.

«Okay... ehm, grazie. Grazie!» disse Petronella a Marie Hedwig e poi si rivolse a Linnéa: «E mi dispiace. Per quella volta nel bugigattolo e poi in bagno... Non è stato per niente carino da parte mia».

Linnéa LeVander sorrise e scrollò le spalle. «Acqua passata».

All'improvviso, Petronella vide davanti a sé, nella sua mente, il volto della dottoressa Stella, chiaro e distinto. *A volte*, pensò, *un'amica si riconosce anche dal fatto che torna da te. Lo sapevi, dottoressa Stella?*

«Volete una tazza di tè?» domandò poi, accompagnando le due amiche nella Sala del camino.

«Bene, miei cari, credo che per la cena di Natale dovremo accontentarci del tè e dei toast» disse il nonno quella sera, una volta che tutta la famiglia si fu riunita nella Sala del camino. C'era odore di fuoco e di Natale.

«Anche stavolta il pane tostato è solo leggermente bruciato» aggiunse la nonna.

«E il dessert per fortuna è già pronto» spiegò Petronella, posando sul tavolo la scatola di *Liquirizia e marzapane di Natale* della *Harrys*.

Per un po' si udì soltanto sgranocchiare i cinque toast imburrati. Tutti si accoccolarono sui cuscini color corallo a guardare l'albero di Natale. Alla luce delle candele, le piccole balene, meduse e stelle marine di vetro colorato appese brillavano tra i rami dell'imponente abete.

Per tutto il giorno, Petronella aveva cercato invano di non pensare a tutti i diversi pezzi della *Vento di bufera*, che si univano a formare un quadro di triste certezza.

O alle scure, fredde acque marine.

O alla dottoressa Stella e al dottor Oscar.

Mordicchiò il suo toast solo leggermente bruciato e si rigirò in mano la carta dei tarocchi con la Morte. Desiderò che la Zia Morta venisse a fare loro compagnia, ma non accadde nulla. Certo che no: il patto era stato annullato.

Ora alzò la testa perché si sentiva osservata e incontrò lo sguardo di Puffi.

Non ti farò del male, piccola umana, dissero i suoi occhi. Evidentemente il gatto non era ancora consapevole di quanto fosse mingherlino e continuava a ritenersi molto pericoloso. *Puoi farmi da cuscino.*

Che magnanimo, Puffi! Petronella gli sorrise, grata che lui, come tutti gli altri animali, non la ignorasse più da quando il patto era stato sciolto.

Puffi fece un balzo fluido e si accoccolò sulle sue ginocchia. Il suo pelo bianco era lucido e sembrava già molto più sano di quando era arrivato al Polidorium.

«Passerotti miei, questi sono per voi!» annunciò la nonna, lanciando a Puffi una rapida occhiata di disapprovazione.

Il nonno distribuì tre pacchi avvolti in carta da regalo verde, blu e oro che aveva fatto comparire da dietro le sue spalle.

«Oh, il mio è il più grosso!» esclamò Roberta deliziata. «Ovvio, d'altronde sono la più grande».

Petronella aprì con cura la carta crepitante. Sotto di essa, spuntò una familiare scatola di legno nera e marrone con inciso il suo nome. «Questo è...?»

Il nonno la guardò. «Il tuo nuovo infestometro, esatto. Potrebbe servirti ancora, non si può mai sapere».

Petronella annuì, sentendosi terribilmente ingrata per la delusione. Certo, il suo infestometro si era rotto. Quel regalo, però, non le suscitò un'ondata di gioia. Ripose l'infestometro nella scatola e masticò apaticamente un Triangolo al sale pescato dalla scatola di liquirizie. Guardò con invidia gli occhiali appannati di Pellegrino mentre scartava il suo regalo. Dentro, c'era un barattolo con un coperchio a vite che conteneva un pesce morto marrone scuro con la testa trasparente immerso in un liquido.

«*Macropinna microstoma!*» sussurrò Pellegrino con riverenza.

Puffi alzò lo sguardo a Petronella. *Dovrai scusarmi, devo andare là. Si dà il caso che i pesci abissali siano il mio cibo preferito.* Le saltò giù dal grembo e cominciò a strusciarsi carezzevolmente contro le gambe di Pellegrino.

«Una *Hocus 3.5.0*!» esclamò Roberta sollevando dall'involto una macchina per scrivere color crema. «Quella che desideravo!»

Mentre Roberta e Pellegrino studiavano con entusiasmo i loro nuovi regali («Lo sapevate che Mildred Cholmondeley avrebbe scritto tutti i volumi di *Miss Moonpenny* su una Hokus 3.5.0» ... «Incredibile che la membrana protettiva sia ancora intatta, visto che di solito collassa non appena il pesce viene portato in superficie! Per favore, Puffi, via le zampe!») e i nonni per festeggiare brindavano con un bicchiere di sherry, Petronella non sapeva che fare. Si tirò il labbro superiore sugli incisivi e chiuse gli occhi. Nonostante ciò, una grossa lacrima riuscì comunque a passare attraverso la palpebra e le scese lungo la guancia. La dottoressa Stella e il dottor Oscar sapevano ogni anno ancor prima di lei che cosa avrebbe voluto per Natale. Si sentiva terribilmente sola.

«Quasi ce ne dimenticavamo!» sbottò la nonna all'improvviso. «Pernell, fammi una cortesia, prendi l'ultimo regalo!»

Il nonno si schiarì la gola. «Ma certo. Ecco. Per te, mia cara!»

Petronella aprì gli occhi, sorpresa, quando sentì la mano del nonno sulla sua spalla. Le porse un secondo pacchetto e le fece l'occhiolino. «Prima che tu resti delusa, è meglio che te lo dica subito: non sono gli incisivi nuovi».

Con il cuore che le batteva forte, lo scartò. Un semplicissimo quaderno verde. Lo aprì e vide solo pagine bianche.

«Un quaderno» disse con sorpresa.

«Di certo sai cosa farne, vero, passerotto?» La nonna si chinò e le posò brevemente la mano sul braccio.

Sì, pensò Petronella, *lo so*, e accarezzò l'etichetta. Mentre lo faceva, si chiese se il titolo migliore fosse *Gli appunti di Petronella* o *Spiramentum polidorium*. Si mise in bocca un paio di Cuori dell'oceano, che di colpo le parvero deliziosi.

Solo quando, più tardi, si trovò da sola nella Stanza della torre, si ricordò che la aspettava un terzo regalo. Tirò fuori dal cassetto della scrivania con la chiave il pacchetto di Marie-Hedwig. Sotto la carta natalizia si nascondeva un portagioie. Petronella fece scattare il coperchio per aprirlo e vide una catenina d'oro con un ciondolo. Si trattava di una piccola semisfera, il cui interno ricordava la dentellatura di una chiave a mappa. Srotolò un bigliettino su cui, nell'energica calligrafia di Marie-Hedwig, stava scritto:

Nascosto tra le dune, tra Hollismoor e il porto, si trovava il *Nebelklause*. Roberta non aveva mai sentito parlare di quella locanda. Dopo che, al telefono, Luk le aveva suggerito il punto dove incontrarsi, lei aveva dovuto cercarlo su una mappa di Tildrum. La nebbia che dava il nome alla locanda non rendeva più facile da individuare. Era un luogo irreale, come uscito da una storia di pirati o di fantasmi. Irreale come quello strano periodo tra Natale e Capodanno.

Roberta fu ancora più sorpresa nel vedere così tante persone chine sui tavoli, a ridere e borbottare, a giocare a carte e a bere grog. Da un juke-box suonava una canzone natalizia americana, come se non si fossero ancora resi conto che le feste erano finite. Non riuscì a scorgere Luk da nessuna parte, così si sedette a un tavolino rotondo nell'angolo e si guardò intorno.

«Ma ti dico di sì!» sentì alzare la voce qualcuno al tavolo accanto.

«Accidenti, Hinnerk, tu racconti sempre di tutto. Sai come le chiamo io? Storie da marinai!» rispose un'altra voce.

«Sì, sì, ve lo giuro. L'altro ieri, ieri e di nuovo stanotte, ci scommetto! Sempre alle 00:42 precise. Anche Trudi Bleeker l'ha vista! Era una nave fantasma, ve lo dico io, una vera nave fantasma!»

«Oh, la vecchia Trudi vede sempre tutto, eh? Dai, pesca, tocca a te!»

«Che cosa sarà?»

Roberta smise di guardare gli uomini al tavolo accanto (normalissima gente di Tildrum, fu la sua sentenza), e guardò in faccia la cameriera dalla voce soave. Quasi si strozzò con la saliva. Davanti a lei c'era la madre di Luk, solo che al posto del kimono indossava un grembiule da cameriera e i capelli non le sparavano più dalla testa.

«Lei *lavora* qui?» chiese Roberta con stupore, chiedendosi se fosse scortese sembrare così sorpresi.

La madre di Luk fece un sorriso raggiante. «Roberta, non è vero? Sei la ragazza di Luk!»

«Be', sono sua amica...» mormorò Roberta. «Ma lui dov'è?»

Con un movimento energico, la madre di Luk si gettò lo strofinaccio su una spalla e si sedette sulla sedia libera accanto a Roberta. «Luk mi ha detto tutto» disse in tono cospiratorio. «L'ho sempre saputo. Che Ivan per tutto questo tempo fosse... in qualche modo... ancora qui».

«Ora non più» disse Roberta. Guardò il volto della donna. Il suo sguardo sembrava molto più trasparente dell'ultima volta. «Ora ha potuto andarsene. È una buona cosa, no?»

La madre di Luk annuì con tale impazienza che i grandi orecchini tintinnarono avanti e indietro. Poi i suoi lineamenti si fecero più duri. «Non era un brav'uomo, sai. Irascibile com'era... non mi sono mai sentita al sicuro in sua presenza».

«So esattamente che cos'è successo, signora Schrödersen». Fingere di sapere per saperne di più. Una tattica che anche Miss Moonpenny amava usare per strappare qualche informazione in più ai sospettati.

«Chiamami pure Bille. Fu un incidente. Una sera, quando tornò di nuovo a casa ubriaco, all'improvviso me la ritrovai in mano... la palla di vetro con la neve. Ne avevamo tantissime, ai tempi eravamo i proprietari del negozio di souvenir della città... Comunque, la afferrai e la lanciai. Non vidi dove, perché avevo gli occhi chiusi. Quando li riaprii, lui era a terra. Chiamai l'ambulanza, dico sul serio. Ma era morto sul colpo».

Roberta immaginò la donna minuta e quell'omone infuriato, e le credette all'istante.

«L'ufficiale di polizia Horks è stato tanto buono con me». Bille Schrödersen sorrise. «Ha chiuso la faccenda senza fare rumore. Soltanto la palla di vetro con la neve, la prova, era scomparsa così... come per magia... fino a oggi!» Guardò Roberta negli occhi con aria interrogativa. Poi il suo sguardo si fece dolce, quasi amorevole. «Pensa, Ivan mi ha chiesto scusa!»

«Mamma, scusa, non devi lavorare?» Luk era in piedi dietro la madre e aveva l'aria infastidita.

Roberta non poté evitare che gli angoli della bocca le si

sollevassero. Sì, chiamare Luk era stata la scelta giusta. Hein aveva avuto ragione, come su tutto il resto.

«Certo, tesoro. Vi porto qualcosa da bere. Offre la casa!» Bille Schrödersen diede un bacio sulla guancia al figlio e strizzò l'occhio a Roberta per poi sgusciare via verso il bancone.

Luk era arrossito. Furtivamente, si pulì la guancia e si sedette al tavolo con Roberta. «Scusa, mia mamma...» balbettò. «Sta... sta meglio da quando...» Esitò.

«Da quando il fantasma di tuo padre è sprofondato nel pavimento insieme all'assistente di mio nonno?»

Roberta lo guardò. Luk guardò Roberta. Poi entrambi scoppiarono a ridere.

«Cose da pazzi» disse Luk.

«Devi ancora venire a riprenderti le scarpe» gli sorrise Roberta.

Bille Schrödersen portò tè, panna e zucchero candito.

«Tè per gli amici» disse, e Roberta notò per la prima volta quanto i volti di Bille e Luk Schrödersen si assomigliassero, mentre le rivolgevano entrambi un sorriso caloroso.

«Ecco» disse, e tirò fuori dallo zaino un foglio ingiallito di carta da lettere. Era la testimonianza scritta che Ivan Schrödersen aveva consegnato al nonno post mortem. «Questo è vostro».

Pellegrino faceva caso di rado a ciò che le persone intorno a lui dicevano. Il più delle volte era troppo preso dai suoi pensieri. Ma ora una parola aveva attirato la sua attenzione. L'aveva detta una donna a quella che l'accompagnava prima che tutt'e due entrassero nel Salotto Verdemare per parlare con i nonni del funerale dei loro parenti.

«*Vento di bufera*. Sono state le sue ultime parole». La donna si soffiò il naso.

«E cosa vorrebbe dire con *Vento di bufera*?» domandò l'altra donna.

«Si suppone che sia il nome della nave. Sa, quella che lei dice di aver sempre visto nel porto in queste scorse notti. La nave fantasma!»

Capitolo 19

A bordo della *Vento di bufera*

«Pronto? Trudi Bleeker, per favore, risponda!»

Petronella ascoltava, con l'orecchio sinistro sul ricevitore del telefono del vento e il destro premuto contro la guancia bollente di Pellegrino. Si sentiva un fruscio, come il rumore del mare in una conchiglia (anche se non era mai il mare a fare rumore, come Pellegrino aveva spesso spiegato). Ma, a parte quello...

«Niente» mormorò Pellegrino deluso.

«Trudi?» provò ancora Petronella. «Ehm... signora Bleeker?» Abbassò il ricevitore e lo porse a Roberta. «Vuoi provare tu?»

Roberta scosse la testa. «Se non ce la fai tu, nessuno può riuscirci!»

Petronella si tirò il labbro superiore sugli incisivi. Non aveva detto a Roberta di aver perso il potere oscuro. Forse era per via dello sguardo ammirato di Roberta quando, quella volta, si erano incrociate sul pianerottolo davanti alle scale della cantina e lei aveva fatto uscire i morti dal corno di conchiglia. Sì. Voleva gustarselo ancora per un po'. Non tornare di nuovo la sorellina invisibile. Non ancora.

«Neanch'io sono riuscita a rintracciare questo Hinnerk

da nessuna parte. Se avessi saputo che...» Roberta sbatté il pugno sul tavolino, tanto che il telefono a vento e il cofanetto d'argento con i fazzoletti fecero dei piccoli rimbalzi. «Ma non potevo immaginare che stesse parlando della *Vento di bufera*! Se l'avessi saputo, l'avrei assalito subito! Con le domande, intendo!»

«Povero, povero passerotto! Però non è colpa dell'arredamento!» lo rimproverò la nonna.

L'atmosfera nel Salotto Verdemare era tesa.

I nonni erano rimasti per tutto il tempo seduti sui bordi delle sedie con espressioni impenetrabili, mentre Petronella aveva cercato invano di contattare la defunta

Trudi Bleeker con il telefono del vento per chiederle informazioni dettagliate sulla sinistra nave fantasma. Ora i nonni si alzarono insieme.

«Valeva la pena fare un tentativo» disse il nonno.

«Sciocchezze!» tuonò la nonna. «L'ho appena detto: andremo a vedere di persona». Si rivolse a Roberta: «A che ora hai detto che questa nave fantasma arriverebbe in porto?»

«Sempre alle 00:42» rispose Roberta.

«Ma non è troppo pericoloso?» chiese Petronella. «Questa Trudi Bleeker non è morta dopo aver visto la nave?»

«Secondo il certificato di morte, la signora Bleeker è morta per cause naturali» disse il nonno. «Aveva novantasette anni».

Roberta sbuffò. «"Causa del decesso: nave fantasma" sarebbe alquanto inusuale, no?»

«Roberta, per favore!» La nonna batté con vigore a terra con il bastone da passeggio. «È pur sempre la nave fantasma dei vostri genitori». Prese a braccetto il nonno e i due si diressero verso la porta. «Venite, passerotti, andiamo a dare loro il benvenuto!»

I primi fuochi d'artificio scoppiarono nel cielo mentre i Polidori percorrevano la strada sull'argine sulla lunga auto nera. Petronella guardava il tenebroso mare scintillante fuori dal finestrino. Aveva paura. Paura che le voci sulla nave fantasma che ogni notte appariva nel porto di Tildrum non fossero vere. Allo stesso tempo, temeva che fossero vere. I suoi genitori erano morti. Che cosa poteva aspettarsi?

Pellegrino le diede un colpetto.

Sono così felice, Nelli, dicevano i suoi occhi. *Ora andrà tutto bene!*

Ne sei sicuro, Pel? Sono morti.

Non importa. Sono i nostri genitori. Non cambia niente se sono morti o no.

Petronella lo guardò in faccia con aria interrogativa, alla ricerca di una traccia di dubbio, ma i lineamenti del fratello erano lisci e rilassati. Pellegrino non era mai sembrato così sicuro di sé come in quel momento.

La nonna arrestò il motore. Il porto di Tildrum si stendeva davanti a loro nella notte, con i pescherecci per la pesca dei granchi e le casette sbilenche che costeggiavano la darsena. Per minuti interi sibilarono razzi, scoppiarono petardi e colori vivaci illuminarono la notte di San Silvestro. A una certa distanza, la gente brindava, si abbracciava, festeggiava.

I Polidori stavano in piedi sul bordo del porto e le osservava.

«Scacciano gli spiriti maligni dell'anno passato» disse Roberta. «O almeno, così credono».

«Agli spiriti nuovi!» esclamò la nonna.

Tirò fuori un thermos dal bagagliaio e cominciò a sistemare le tazze da tè, il bricco per la panna e la zuccheriera sul cofano dell'auto.

«E ora, aspettiamo e ci beviamo il tè!»

I fuochi d'artificio gradualmente si spensero e la folla si diradò.

«00:41» annunciò il nonno, dando un'occhiata all'orologio da taschino.

Petronella strinse la sua tazza di tè fumante. Bevve un sorso, dolceamaro, e si accorse che stava tremando. I denti le battevano mentre, tesa e nervosa, guardava il mare buio.

«Mancano dieci secondi» disse il nonno, dando un'altra occhiata all'orologio. Non tremavano leggermente le dita anche a lui?

«Nove... otto» Roberta iniziò a contare.

«Sette... sei... cinque... quattro...» si unirono Petronella e Pellegrino.

«Tre... due...» si aggiunsero i nonni.

«Uno!!!» gridarono tutti in coro.

Con la coda dell'occhio, Petronella percepiva inconsciamente movimenti e voci alle sue spalle, ma la sua attenzione era catturata dalla superficie liscia del mare.

«00:42». Con uno scatto, il nonno richiuse l'orologio.

Tutti e cinque fissarono con occhi ardenti l'oscurità oltre il molo; nessuno di loro osava battere le palpebre. Il battito del cuore pulsava nelle orecchie di Petronella, tanto che all'inizio non si accorse del leggero gorgoglio. Solo quando si rese conto che, accanto a lei, la testa di Pellegrino era chinata verso il basso, e seguendo il suo sguardo, lo vide: proprio davanti ai suoi piedi la superficie dell'acqua si stava increspando. A Petronella sfuggì un grido sommesso. Al di sotto della superficie, vide un pallido bagliore che si allungava per oltre cento metri. Le piccole increspature diventarono più grandi, estendendosi verso l'esterno in cerchi concentrici.

Senza volerlo, cercò le mani di Roberta e Pellegrino. Le acque scure si separarono per rivelare un oggetto appuntito. Tra scrosci e crepitii attutiti, l'oggetto si fece più grosso e divenne la prua di una nave.

Lentamente e inesorabilmente, emersero dall'acqua la scritta del nome, il ponte e la sua struttura, finché alla fine, contro il cielo notturno scintillante di stelle, si stagliò lei: la *Vento di bufera*, integra e nonostante ciò (o proprio per questo) del tutto irreale. Lampi opachi guizzavano sulle punte degli alberi, diffondendo una sorta di scarica elettrica che avvolgeva la nave. Emanava un profondo senso di vuoto: l'assenza dell'equipaggio di diciotto persone. Petronella strinse più forte le mani di Roberta e Pellegrino, perché sentiva un'attrazione, fredda e terribile come il mare.

Guardò il ponte di coperta. All'improvviso, un'ondata delle emozioni più diverse la investì e la portò via con sé quando intravide una figura. Piccola e quasi trasparente, ma inconfondibile, stava lì, in piedi.

La dottoressa Stella.

Portava una luce, che stringeva con entrambe le mani come se temesse di perderla. Come se rischiasse di scivolare via e sprofondare di nuovo nel mare, se non fosse stata attenta.

Dottoressa Stella, sei proprio tu? pensò Petronella.

Spirulinella, sì, sono io, udì la voce di sua madre nella sua testa.

Spirulinella. La dottor Stella la chiamava davvero così, per via del suo secondo nome, Spirulina.

A Petronella non era mai piaciuto quel nome (chi mai avrebbe voluto chiamarsi come un batterio? Pellegrino, alla

fine, portava il nome del suo animale preferito, il nautilus, e Roberta si chiamava Lophelia, come un corallo). Ma ora quel nome era musica per le sue orecchie.

Mamma! Io...

Ma insomma! Non mi hai mai chiamata così in vita tua. Non vorremo cominciare dopo la mia morte...

Petronella non riuscì più a trattenere le lacrime. Singhiozzando forte e tirando su con il naso, se ne stette lì smarrita come i fratelli e i nonni, tutti a fissare la nave che durante un potente tornado era davvero affondata sopra al punto più profondo dell'Atlantico.

Dov'è il dottor Oscar? fu la domanda di Pellegrino.

Rimase senza risposta, perché in quel momento qualcosa si agitò alle loro spalle, si udirono voci concitate nell'oscurità del porto.

«Perdinci, è la nave fantasma! Che mi venga un colpo, esiste davvero!»

«E ovviamente c'è di mezzo la famiglia di becchini... ci avrei scommesso!»

Petronella si voltò, le lacrime si esaurirono di colpo. Dietro di loro, al di fuori del tenue cono di luce del lampione del porto, vide due ombre.

«Chi va là?» strillò la nonna.

«Fatevi riconoscere!» gridò il nonno, e si diresse a grandi passi alla macchina per prendere una torcia.

Quando illuminò il punto da cui provenivano le voci bisbiglianti, videro solo una pattumiera traboccante.

Le ombre erano andate via, presumibilmente avevano imboccato la strada più rapida per la città, per diffondere notizie fresche su quegli inquietanti Polidori, diffondere ancora più dicerie e creare così ulteriore terreno fertile per l'antipatia verso la famiglia dei becchini.

«Non va bene» mormorò Roberta.

Quando si voltarono, la *Vento di bufera* era sparita. E con lei la dottoressa Stella.

Il nonno alzò le grandi mani con fare rassicurante mentre Petronella, Pellegrino e Roberta lanciavano un urlo all'unisono e si precipitavano al limite della sponda, sperando di scoprire che la nave fosse ancora sotto la superficie dell'acqua.

«È andata via!» esclamò Roberta, e Pellegrino emise un grido strozzato.

«Nonno?» implorò Petronella. «Dov'è?»

«Miei cari, ora torniamo a casa. Credetemi, è la cosa giusta da fare».

Qualcosa nella sua voce fece sì che nessuno rispondesse, nemmeno Roberta.

Quando entrarono nel Polidorium, Petronella percepì che qualcosa era cambiato. Percepiva una certa presenza, nuova, eppure familiare.

«Benvenuta, Stella» disse il nonno nel silenzio.

Nell'occhio della mente di Petronella comparve un'immagine, la dottoressa Stella e il dottor Oscar, alla sua stessa età, nel Polidorium.

Il quaderno su cui il dottor Oscar aveva iniziato ad annotare le osservazioni naturalistiche... la dottoressa Stella l'aveva ripreso e vi aveva registrato le sue ricerche all'interno del Polidorium.

Aveva scoperto Musgret e le aveva dato un nome. La Zia Morta e i Lumina.

Ma certo! Il dottor Oscar era sempre stato il più timido dei due. Era stata la dottoressa Stella a spingere perché osasse andare all'avventura. E aveva stretto il patto con le tenebre. Ecco perché ora sarebbe rimasta qui, nel Polidorium, per sempre. Ma il dottor Oscar dov'era?

Miei cari figli, miei cari suoceri... La voce della dottoressa Stella sembrava provenire da tutti gli angoli della casa insieme. Cantava in armonia con il vento e gocciolava attraverso il tetto con la neve che si scioglieva. Ma, a differenza della voce di Hodder Morkel, la sua riempiva di calore il cuore di Petronella. *Ora sono qui... Rimarrò qui per sempre... Ma Oscar... è ancora là fuori ...*

«Oscar è... *dov'è*?» gridò la nonna.

Il punto più profondo dell'Atlantico... L'abbiamo trovato... Le parole della dottoressa Stella si facevano sempre più flebili e indistinte.

«L'abisso Milwaukee» disse Pellegrino con voce incerta. «Il dottor Oscar si trova nell'abisso Milwaukee?»

No, mio caro Pel... Abbiamo scoperto un punto ancora più profondo. Immagina... Il punto più profondo di tutti gli oceani del mondo... Non credereste mai alle creature che ci sono laggiù...

La voce della dottoressa Stella si fece sempre più debole, si confuse con gli altri rumori della casa, gli scricchiolii, i gemiti e i bisbigli.

«Ma che diamine, Stella!» sbottò la nonna.

«Le vostre ricerche non ci interessano, ora! Dov'è Oscar? Vogliamo, anzi no, dobbiamo sapere dove si trova nostro figlio! È vivo?»

«Dottoressa Stella!» gridarono Roberta e Pellegrino.

«Mamma!» gridò Petronella.

Ma la dottoressa Stella non diede più risposta.

Petronella asciugò con l'alito l'inchiostro sull'etichetta del suo nuovo quaderno. Aveva deciso di usarlo a modo suo. Non sapeva ancora se volesse fare la ricercatrice come i suoi genitori (e come Pellegrino, che senza dubbio, un giorno, lo sarebbe diventato). O la scrittrice come Roberta (era da Natale che stava scrivendo il suo primo romanzo sulla Hokus 3.5.0)? No, Petronella non sapeva nemmeno questo.

In lontananza, udì il rombo del mare. Guardò il cielo. Era limpido e azzurro. Uno stormo di corvi volteggiò sopra di lei per poi atterrare tra i rami del Tiglio Morto. Il loro «cra-cra!» era amichevole e pacifico. Petronella sospirò e guardò la sua torre. Quanto le sarebbe mancato tutto questo!

Il masso sotto il suo sedere stava diventando troppo freddo. Si alzò e andò verso la riva della Pozza Nera. Era difficile dire se fosse rimasta nera sotto la superficie ghiacciata. Sbatté le palpebre. Si muoveva qualcosa sotto il ghiaccio? A quanti gradi sotto zero si interrompeva il torpore invernale dei pesci? Pellegrino di sicuro avrebbe saputo rispondere. Ma la domanda diventò superflua quando comprese che cosa si trovava sotto la superficie ghiacciata: un volto.

Dopo tutto quello che Petronella aveva vissuto negli ultimi mesi, si meravigliò che qualcosa riuscisse ancora a spaventarla. Ma il Polidorium riservava sempre nuove sorprese. Raccolse tutto il suo coraggio e si avvicinò alla pozza. Poi riconobbe il viso stretto con le guance incavate e i grandi occhi.

«Hein!» gridò.

Con un gesto frenetico, pulì il ghiaccio con il guanto. «Aspetta, provo...» Cercò di rompere lo spesso strato di ghiaccio con la scarpa, ma fu allora che vide Hein... sorridere. Una mano apparve accanto al suo viso: la stava salutando. Poi il suo volto sprofondò nel nero profondo.

Petronella si rese conto che non poteva fare nulla. Non doveva fare nulla. Era tutto a posto.

«Arrivederci, Hein!» disse piano.

«Passerotto, stiamo partendo!» la voce della nonna risuonò nel giardino.

«Sì, nonna» gridò Petronella. «Arrivo subito!»

Prese il quaderno e si soffermò ancora un attimo ad accarezzare le lettere asciutte.

Poi si avviò verso la casa, entrò dalla porta a due ante della biblioteca, oltrepassò il tappeto del mondo, percorse il corridoio e raggiunse l'imponente porta di ebano e di ottone.

«Chiudi la porta, mia cara» le disse il nonno.

Petronella obbedì e imboccò il viottolo di conchiglie a pezzi dove l'aspettavano i nonni, Roberta e Pellegrino, carichi di borse e valigie.

«Mettiamoci in marcia!» annunciò la nonna.

Uno stormo di uccelli neri si staccò dai rami del Tiglio Morto. I corvi si alzarono in volo e seguirono Petronella.

«Sì» disse Petronella. «Osiamo andare all'avventura!»

Dizionario delle osservazioni quotidiane di Pellegrino

Voce n. 356

Casa, la (latino: polidorium)

1. luogo in cui si torna sempre volentieri;

luogo che è per sempre

2. sensazione di benessere / sicurezza

Familiarità

Nonostante tutti i fantasmi

(promemoria per me o cosa?)

3. casa = famiglia

ANJA FISLAGE

... purtroppo non è cresciuta in una casa infestata in riva al mare, però ha vissuto comunque una bella infanzia. Ama l'avventura, ma preferisce stare alla scrivania piuttosto che salpare l'ancora. E infatti ha studiato letteratura e poi ha lavorato come redattrice per diverse case editrici.

Un giorno ha capito che si possono vivere avventure anche stando sedute alla scrivania e da allora lo fa con grande piacere. *I fratelli Polidori e il patto con le tenebre* è il suo libro per bambini d'esordio.

... è cresciuta in un paesino in Austria e disegna da quando è in grado di tenere in mano una matita. E, infatti, ha studiato a Vienna per poi diventare grafica. Il suo interesse per le lingue straniere l'ha portata, tra le altre cose, nell'estremo Nord. Oltre a girovagare per il mondo, però, ciò che ama di più è starsene comoda comoda a casa sua, con una tazza di tè in una mano e la matita da disegno nell'altra. Attualmente vive a Münster e lavora come graphic designer e illustratrice

Via Jucker, 28 - Legnano (MI) - Italia

Testi: *Anja Fislage*
Illustrazioni: *Verena Wugeditsch*
Progetto di copertina: *Frauke Maydorn*
utilizzando un'illustrazione di V*erena Wugeditsch*
Titolo originale: *Die Polidoris und der Pakt mit der Finsternis*
Traduzione dal tedesco di *Beatrice Mereghetti*

www.edicart.it

PETRONELLA & PELLEGRINO POLIDORI
HODDER MORKEL
LUK SCHRÖDERSEN
PUFFI
LINNÉA LEVANDER
HORTENSIA POL
HEIN